K COMME KILLER

DU MÊME AUTEUR

C comme cadavre
Gérard de Villiers, 1989
Pocket, 1992

A comme alibi
Gérard de Villiers, 1990
Pocket, 1992

B comme brûlé
Pocket, 1993

D comme dérapage
Pocket, 1993

Le Jour du jugement
Presses de la Cité, 1993

F comme fugitif
Pocket, 1994

G comme gibier
Pocket, 1994

H comme homicide
Pocket, 1995

I comme innocent
Pocket, 1995

Sue Grafton

K COMME KILLER

roman

TRADUIT DE L'AMÉRICAIN
PAR BEN ZIMET

ÉDITIONS DU SEUIL
27, rue Jacob, Paris VIe

COLLECTION DIRIGÉE
PAR ROBERT PÉPIN

Titre original : *« K » is for Killer*
Éditeur original : Henry Holt and Company
ISBN original : 0-8050-1936-7

ISBN 2-02-023009-7

Pour Mary Lawrence Young et la fine équipe...
Richard, Lori et Taylor,
Lawrence
et Mary Taylor,

et, bien sûr, les chiens...
Sadie et Halley,
Toto et Emmy
Oz, Bob, Dee, Lily, et Tog,

et les chats...
Yukio, Ace, Karmin et Kit,
et Charmin que nous aimions et regrettons tous.

REMERCIEMENTS

L'auteur tient à remercier les personnes suivantes pour l'aide inestimable qu'elles lui ont apportée : Steven Humphrey, Susan Aharonian, contrôleurs de traitement, et Joann Fults, usine de traitement des eaux de Cater ; Larry Gillespie, coroner du comté de Santa Barbara ; lieutenant Terry Bristol, bureau du shérif du comté de Santa Barbara ; inspecteur Tom Miller, police de Santa Barbara ; Jody Knoell, banque Wells Fargo ; Michael Creek, station de radio KMCQ ; Hildy Hoffman, secrétaire auprès du maire et du Conseil, ville de Santa Barbara ; Tokie Shynk, infirmière diplômée, et tout le personnel de l'unité de cardiologie de l'hôpital de Santa Barbara Cottage ; Bobbie Kline, infirmière en chef du service des urgences, hôpital Santa Barbara Cottage, et Craig Wertz de la société Kleen Pools, Santa Barbara.

CHAPITRE 1

En droit, l'homicide est l'acte de tuer quelqu'un de manière illégale. Parfois, l'expression « avec préméditation » est utilisée et sert à distinguer entre le meurtre et les nombreuses autres occasions qu'ont les gens de s'ôter mutuellement la vie – les guerres et les exécutions venant d'abord et avant tout à l'esprit. Selon la loi, la « préméditation » n'est pas nécessairement synonyme de haine ni même de mauvaise volonté, mais se réfère plutôt à un désir conscient d'infliger de graves blessures ou de provoquer la mort. Pour l'essentiel, l'homicide criminel est une affaire intime, personnelle, dans la mesure où la plupart des victimes sont tuées par de proches parents, des amis ou des connaissances. Voilà qui justifie, à mes yeux, de garder ses distances.

A Santa Teresa, Californie, environ 85 % des homicides criminels sont élucidés, ce qui signifie que l'agresseur est identifié, appréhendé, et que la question de sa culpabilité ou de son innocence est tranchée par les tribunaux. Pour moi, les victimes d'homicides non éclaircis sont des morts indisciplinés, des êtres qui séjournent dans des limbes particuliers, entre la vie et la mort, agités, mécontents, aspirant à la délivrance. L'idée est certes fantasque pour quelqu'un qui, d'ordinaire, n'est pas enclin à donner libre cours à son imagination, mais je vois souvent ces âmes engagées dans un pénible corps-à-corps avec ceux ou celles qui les ont assassinées. J'en ai parlé à des détectives, eux aussi en proie à de semblables rêveries, hantés par certaines victimes qui semblent s'attarder auprès de nous et persévèrent dans leur désir de justice. Dans cette zone nébuleuse où de l'état de veille nous glissons vers le sommeil, dans cet instant de plomb qui précède celui où l'esprit sombre dans l'inconscient, ces morts-là, je les entends parfois murmurer. Ils se lamentent sur leur sort. Ils chantent la berceuse des assassinés. Ils murmurent les noms de leurs agresseurs, de ceux qui, hommes et femmes, continuent de parcourir le monde, toujours non identifiés, non accusés, impunis, sans remords. Ces nuits-là, je dors mal. Je reste éveillée, à l'écoute, espérant saisir une syllabe, un bout de phrase, m'efforçant de discerner, dans cette énumération de conspirateurs, le nom d'un des meurtriers. Ainsi l'assassinat de Lorna Kepler finit-il par me troubler, alors même que je n'en sus les circonstances que bien des mois plus tard.

C'était un dimanche, à la mi-février, et je travaillais tard, petite Miss Vertu rassemblant ses frais détaillés et différents reçus commerciaux pour sa déclaration d'impôts. J'avais décidé qu'il était temps de traiter ces choses en adulte plutôt que de tout fourrer dans une boîte à chaussures que je donnerais à mon comptable à la dernière minute. Quel mauvais coucheur, celui-là ! Chaque année, monsieur me passe un vrai savon, et je dois lui jurer de me corriger. C'est un serment que je prends au sérieux jusqu'à ce que revienne le temps d'une nouvelle déclaration et que je comprenne alors à quel point mes finances sont désordonnées.

J'étais assise à mon bureau dans l'étude d'avocats où je loue un coin pour mon travail. Dehors, la nuit était plutôt fraîche d'après les normes californiennes puisqu'il faisait dans les 10° C. J'étais la seule personne encore présente dans l'immeuble, me nichant dans un halo de lumière chaude qui m'endormait, alors que les autres bureaux étaient sombres et silencieux. Je venais juste de mettre à chauffer la cafetière pour contrecarrer l'espèce de narcolepsie qui m'afflige chaque fois que j'aborde les questions d'argent. La tête posée sur mon bureau, j'écoutais les gargarismes réconfortants de l'eau filtrant à travers la cafetière. Même l'odeur du « moka java » ne suffisait pas à stimuler mes sens engourdis. Cinq minutes de plus et j'aurais été complètement KO, bavant sur mon buvard, ma joue droite recueillant des messages encrés à l'envers.

J'entendis frapper légèrement à la porte de côté et je relevai la tête, tendant une oreille dans cette direction, comme un chien sur le qui-vive. Il était presque dix heures et je n'attendais aucun visiteur. Je me secouai, contournai mon bureau et sortis dans le couloir. Je collai la tête contre la porte qui donnait dans le couloir. On frappa de nouveau, beaucoup plus fort.

– Oui ? dis-je.

J'entendis une voix étouffée de femme me répondre :

– C'est bien la Millhone Investigations ?

– Nous sommes fermés.

– Quoi ?

– Ne bougez pas.

Je mis la chaînette de sûreté et entrouvris la porte, scrutant la femme du regard. La quarantaine bien sonnée, elle était vêtue dans le style « cow-girl » urbaine : bottes, jeans décolorés, chemise en daim. A voir la lourde masse de bijoux en argent et turquoise dont elle était affublée, on aurait pu penser qu'elle allait sonner comme une cloche. Elle avait des cheveux sombres qui lui tombaient presque jusqu'à la taille. Elle les portait dénoués, légèrement frisottés, et teints couleur sang de bœuf.

– Je m'excuse de vous déranger, me dit-elle, mais le panneau en bas signale la présence d'un détective privé ici, dans ces bureaux. Est-ce que par hasard il est là ?

– Ah ! Eh bien, plus ou moins, lui répondis-je, mais nous ne sommes plus aux heures de bureau. Vous serait-il possible de revenir demain ? Je me ferai un plaisir de vous fixer un rendez-vous après avoir consulté mon carnet.

– Vous êtes sa secrétaire ?

Son visage bronzé formait un ovale asymétrique, des rides profondes le marquant de part et d'autre du nez, et quatre autres le creusant entre les yeux, à l'endroit où les sourcils avaient été intégralement épilés, puis redessinés au crayon noir. Elle s'était servie du même crayon affûté pour tracer aussi le contour des paupières, mais, pour autant que je puisse m'en rendre compte, ne portait aucun autre maquillage.

L'erreur étant courante, j'essayai de ne pas laisser paraître mon agacement :

– Non, lui dis-je, ce détective, c'est moi. Je suis la Millhone Investigations. Mon prénom est Kinsey. M'avez-vous dit le vôtre ?

– Non, et je m'en excuse. Je m'appelle Janice Kepler. Vous devez penser que je suis complètement idiote.

Eh bien non, pas complètement, me dis-je.

Elle voulut me serrer la main, puis se rendit compte que la porte n'était pas ouverte assez grand pour permettre le contact. Elle retira sa main.

– Il ne m'était jamais venu à l'esprit que vous étiez une femme, reprit-elle. J'ai souvent vu ce « Millhone Investigations » sur le panneau en bas de l'escalier. Je viens ici une fois par semaine à l'étage du dessous, pour un groupe de soutien. Je pensais téléphoner, mais il faut croire que je n'en ai jamais vraiment eu le courage. Puis ce soir, alors que je m'en allais, du parking j'ai vu la lumière allumée. J'espère que cela ne vous ennuie pas. De fait, je dois aller au boulot tout de suite, alors je n'ai pas beaucoup de temps.

– Quel genre de boulot ? lui demandai-je, histoire de gagner du temps.

– Gérante de nuit au Frankie's Coffee Shop, en haut de State Street. J'y travaille de vingt-trois heures à sept heures, ce qui fait qu'il m'est difficile de prendre un rendez-vous de jour. D'habitude, je me couche à huit heures du matin et je ne me lève que tard l'après-midi. Même si je pouvais seulement vous dire mon problème, ce serait un grand soulagement. Et puis s'il s'avère que ce n'est pas votre genre de travail, peut-être pourriez-vous me recommander quelqu'un d'autre. J'ai vraiment besoin d'aide, mais je ne sais pas vers qui me tourner. Le fait que vous soyez une femme me facilitera peut-être la tâche.

Ses sourcils crayonnés de noir se soulevèrent comme une double arche suppliante.

J'hésitai. Je songeai : Quel groupe de soutien ? Alcool ? drogues ? multidépendance ? Si madame était timbrée, j'aurais bien aimé le savoir. Derrière elle, le couloir vide semblait tout plat et légèrement jaunâtre sous la lumière du plafonnier. L'étude d'avocats de Lonnie Kingman occupe tout le troisième étage à l'exception de deux W.-C. publics : l'un marqué H et l'autre F. Il n'était pas impensable qu'elle eût deux ou trois complices H planqués dans le placard, prêts à me sauter dessus au premier signe. Dans quel but, je ne pouvais l'imaginer. Le peu d'argent que j'avais, on m'obligeait à le donner aux fédéraux sous la menace du stylo.

– Un instant, lui dis-je.

Je refermai, dégageai la chaînette de sa glissière et rouvris la porte assez grand pour qu'elle puisse entrer. Elle passa devant moi d'une démarche hésitante, froissant un gros sac de papier brun dans ses bras. Son parfum était musqué, son odeur rappelant à la fois le savon glycériné et la sciure de bois. Elle paraissait mal à l'aise et déstabilisée par un mélange d'appréhension et de gêne. Le sac de papier brun semblait contenir des documents.

– C'était dans ma voiture. Je ne voudrais pas vous donner l'impression que j'ai l'habitude de transporter ça avec moi.

– Par ici, lui dis-je.

Je la précédai dans mon bureau. Elle me suivit de près. Je lui montrai une chaise et l'observai tandis qu'elle s'asseyait et posait son sac en papier par terre. J'avançai une chaise pour moi. Je me disais que si nous nous asseyions de part et d'autre de mon bureau, elle pourrait prendre connaissance de mes frais déductibles, qui ne la regardaient pas. Je suis championne de lecture à l'envers et n'hésite presque jamais à fourrer mon nez dans les affaires qui ne me concernent pas.

– Quel groupe de soutien ? lui demandai-je.

– C'est pour les parents des enfants assassinés. Ma fille est morte en avril dernier. Lorna Kepler. Elle a été retrouvée dans sa maison du côté de la Mission.

– Ah oui, je m'en souviens, dis-je, mais il semble que sa mort ait donné lieu à bien des conjectures.

– Pas pour moi, dit-elle d'un ton aigre. Je ne sais pas comment elle est morte, mais aussi sûr que je suis là devant vous, je suis persuadée qu'elle a été assassinée.

D'un geste de la main, elle remit à sa place, derrière son oreille droite, une longue mèche de cheveux défaits.

– La police n'a jamais trouvé le moindre suspect. Je me demande quel espoir ils peuvent encore avoir après tout ce temps. On m'a dit que chaque jour qui passe les chances diminuent, mais j'ai oublié le pourcentage.

– C'est malheureusement vrai.

Elle se pencha en avant. Puis elle fouilla dans le sac en papier et en retira une photo dans un cadre pliant.

– Voici Lorna. Vous l'avez sans doute vue dans les journaux à l'époque.

Elle me tendit la photo. Je la pris et regardai la jeune fille : le visage était inoubliable. Elle devait avoir une vingtaine d'années, ses cheveux noirs et lisses étant ramenés en arrière en une longue natte qui lui tombait jusqu'au milieu du dos. Yeux noisette clairs et légèrement bridés à l'orientale. Sourcils foncés et nettement dessinés, bouche large, nez droit. Elle portait un chemisier blanc avec une longue écharpe immaculée enroulée plusieurs fois autour du cou, un blazer bleu marine et des jeans délavés sur un corps élancé. Elle fixait l'objectif en souriant légèrement, les mains enfoncées dans les poches. Elle était adossée contre un mur recouvert de papier peint représentant de superbes roses pâles grimpant sur un fond blanc. Je rendis le portrait à sa mère et me demandai ce que je pourrais bien dire en pareilles circonstances.

– Elle est très belle, murmurai-je enfin. Ça date de quand ?

– Un an environ. J'ai dû beaucoup insister pour l'avoir. C'est ma dernière. Tout juste vingt-cinq ans. Elle espérait devenir mannequin, mais ça n'a pas marché.

– Vous avez dû l'avoir jeune.

– A vingt et un ans, dit-elle. Pour Berlyn, je n'en avais que dix-sept. D'ailleurs, c'est à cause d'elle que je me suis mariée. Au bout de cinq mois, j'étais aussi grosse qu'une maison. Je suis toujours avec son père, ce qui surprend tout le monde, moi y compris. Pour Trinny, ma seconde, j'avais dix-neuf ans. Elle est très gentille. C'est avec Lorna, la pauvre, que j'ai failli mourir. Un jour avant la date prévue, je me suis levée et j'ai fait une hémorragie. Je ne comprenais pas ce qui m'arrivait. Il y avait du sang partout. C'était comme une rivière qui coulait entre mes jambes. Je n'avais jamais rien vu de pareil. Le médecin a bien cru qu'il ne sauverait ni l'une ni l'autre, mais on s'en est bien sorties. Vous avez des enfants, madame Millhone ?

– Appelez-moi Kinsey, lui dis-je. Je ne suis pas mariée.

Elle sourit légèrement.

– Entre vous et moi, c'était Lorna ma préférée, sans doute parce que toute sa vie durant, elle nous a posé de grands problèmes. Bien sûr, je ne voudrais à aucun prix le dire aux deux autres.

Elle rangea la photo, puis ajouta :

– En tout cas, je sais ce que c'est que d'avoir le cœur brisé. Je vous parais sans doute normale, mais en réalité je suis une zombie. Je fais partie des morts vivants, et je suis peut-être un peu timbrée aussi. Ça fait un moment que nous participons à ce groupe de soutien... on nous l'a conseillé, et j'ai pensé que cela pourrait nous aider. J'étais prête à tout pour échapper à la douleur. Mace, mon mari, y est allé plusieurs fois, puis il a abandonné. Il ne supportait pas leurs histoires, ni toute cette souffrance enfermée dans une seule pièce. Il voulait qu'elle reste au-dehors, il voulait s'en débarrasser, s'en purifier. Je ne pense pas que ce soit possible, mais il n'y a rien à dire là-dessus. Chacun fait comme il peut.

– Je ne peux même pas m'imaginer ce que cela doit être, dis-je.

– Et moi, je ne peux pas vous le décrire. C'est ça qui est terrible. Nous ne sommes plus des gens normaux. Dès qu'on a un enfant assassiné, on vit sur une autre planète. On ne parle plus la même langue que les autres. Même dans ce groupe de soutien, on dirait que nous avons des langages différents. Chacun s'accroche à sa peine comme s'il avait un permis spécial pour souffrir. Il n'y a rien à faire. Tout le monde pense que son cas est le pire. Le meurtre de Lorna n'ayant jamais été éclairci, nous croyons que notre douleur est d'autant plus vive. Pour d'autres familles, peut-être a-t-on arrêté l'assassin. Peut-être même a-t-il fait quelques années de prison, mais il est de nouveau dehors et c'est avec ça qu'il leur faut vivre... avec l'idée que ce bonhomme peut se promener dans la rue, fumer des cigarettes, boire des bières, prendre son pied tous les samedis soir alors que leur gosse est mort. Ou alors l'assassin est en prison à vie, mais il y est au chaud, en sécurité. On lui donne trois repas par jour et des vêtements. Et s'il est au quartier des condamnés à mort, il ne va pas vraiment mourir. Presque personne n'y meurt, sauf quand ils supplient qu'on les exécute. Et pourquoi devraient-ils mourir ? Tous ces avocats au grand cœur se mettent au travail. Le système est fait de telle manière qu'on les garde tous en vie alors que nos enfants, eux, sont morts pour l'éternité.

– C'est affreux, dis-je.

– En effet. Je ne peux pas vous dire combien ça fait mal. Je suis là, dans cette pièce, à écouter leurs histoires, et je ne sais pas quoi faire. Ma douleur n'est pas moins grande, mais elle fait partie de quelque chose. S'il n'y avait pas ce groupe de soutien, la mort de Lorna se serait tout bonnement évaporée. Ce serait comme si personne ne s'en souciait. Les gens n'en parleraient même plus. Nous sommes tous blessés, alors je me sens moins isolée. Je ne suis pas séparée d'eux. C'est seulement que nos blessures affectives ne se ressemblent pas.

Elle parlait d'un ton presque prosaïque, et son regard sombre n'en paraissait que plus douloureux.

– Si je vous raconte tout ça, c'est pour que vous ne me preniez pas pour une folle, enfin... pour que vous ne me preniez pas pour plus folle que je ne le suis déjà. Quand on a un enfant assassiné, on perd les pédales. Parfois on s'en remet, parfois non. Je sais bien que c'est une obsession chez moi. Je pense à l'assassin de ma Lorna bien plus que je ne le devrais. Quel qu'il soit, je veux qu'il soit puni. Je veux que ce soit réglé une fois pour toutes. Je veux savoir pourquoi il a fait ça. Je veux lui dire ce qu'il a fait de ma vie le jour où il a pris celle de ma fille. La psychologue qui dirige notre groupe m'a dit que j'avais besoin de retrouver mon pouvoir. Elle dit qu'il vaut mieux se mettre en colère que de continuer à se sentir découragée et sans défense. C'est pour ça que je suis ici. Voilà, c'est toute mon histoire.

– Agir, dis-je.

– Ça oui, et pas seulement parler. Les paroles, ça suffit. Ça ne mène à rien.

– Il va falloir encore parler si vous voulez que je vous aide. Vous désirez un café ?

– Je sais. Oui, merci. Noir.

Je remplis deux tasses, ajoutai du lait au mien et attendis de me rasseoir pour reprendre mon interrogatoire. J'attrapai le bloc-notes sur mon bureau et pris un stylo.

– Excusez-moi de vous obliger à tout reprendre depuis le début, mais il me faut vraiment un maximum de détails… tout ce que vous savez.

– Je comprends. C'est peut-être pour ça que j'ai tant hésité avant de monter vous voir. Cette histoire, je l'ai déjà racontée des centaines de fois, mais ça n'est jamais plus facile.

Elle souffla sur son café et en but une gorgée.

– C'est du bon café, dit-elle. Il est fort. Je déteste le boire trop léger. Ça n'a pas de goût. En tout cas, comment vous dire : il vous faut comprendre que Lorna était quelqu'un de très indépendant. Elle n'en faisait qu'à sa tête, sans se soucier du qu'en-dira-t-on. Elle pensait que ça ne regardait qu'elle. Enfant, elle avait eu de l'asthme. Elle manquait souvent l'école, ce qui fait qu'elle n'a jamais été une très bonne élève. Elle était très vive, c'est vrai, mais absente la moitié du temps. Elle était allergique à presque tout, la pauvre. Elle n'avait pas beaucoup d'amis. Elle ne pouvait jamais passer la nuit chez des copines parce qu'elles avaient des animaux, parce qu'il y avait de la poussière, des moisissures, que sais-je encore ? En grandissant, Lorna s'en est bien tirée, mais on la soignait toujours pour ceci ou pour cela. J'insiste là-dessus parce que je pense que cela a eu une grande influence sur ce qu'elle est devenue ensuite. Elle était asociale, obstinée et peu solidaire. Elle avait un côté intraitable, sans doute parce qu'elle était habituée à la solitude, à faire ce qu'elle seule voulait faire. Peut-être l'ai-je un peu trop gâtée. Les enfants sentent quand ils ont le pouvoir de vous excéder. Ils deviennent tyranniques, enfin… jusqu'à un certain point. Lorna ne comprenait pas qu'on puisse faire plaisir aux autres, le donnant-

donnant habituel. Elle était gentille et savait être généreuse quand elle le voulait, mais elle n'était pas ce qu'on appellerait une fille tendre ou attentionnée.

Elle s'arrêta, puis me dit :

– Je ne sais pas pourquoi j'évoque tout cela. Je voulais parler de tout autre chose. Si seulement je pouvais m'en souvenir.

Elle fronça les sourcils, cligna des yeux, comme si elle consultait des notes dans sa tête. Il y eut un moment de silence tandis que je buvais mon café et elle, le sien. Finalement, sa mémoire lui revint et son visage s'éclaira.

– Ah oui, dit-elle. Pardon, je m'égarais.

Elle changea de position, puis continua son récit.

– Les médicaments qu'elle prenait pour son asthme la rendaient parfois insomniaque. Tout le monde pense que les antihistaminiques endorment, c'est vrai, mais il ne s'agit pas d'un sommeil réparateur ordinaire. Lorna n'aimait pas dormir. Même adulte, il lui suffisait de trois heures de sommeil. Je crois qu'elle avait peur de s'allonger. Ça rendait sa respiration plus pénible. Elle avait donc pris l'habitude de se balader la nuit, quand tout le monde dort.

– Qui fréquentait-elle ? Avait-elle des amis ou se promenait-elle seule ?

– Non, elle devait le faire avec d'autres oiseaux de nuit. Il y avait un disc-jockey, je m'en souviens. Le type qui diffuse du jazz toute la nuit. Je ne me rappelle plus son nom, mais vous le reconnaîtriez tout de suite si je vous le disais. Et puis il y avait une infirmière de nuit à l'hôpital Saint-Terry, Serena Bonney. Lorna travaillait pour son mari à l'usine de traitement des eaux.

J'en pris note. Vérifier ces deux-là si je me décidais à l'aider.

– Quel genre de travail était-ce ?

– Oh, un mi-temps. D'une heure à cinq heures. Pour la mairie, du secrétariat. Vous savez... taper à la machine, classer, répondre au téléphone. Elle était debout la moitié de la nuit. Après, elle pouvait dormir tard si elle voulait.

– Vingt heures par semaine, c'est peu, lui fis-je remarquer. Comment arrivait-elle à en vivre ?

– Eh bien, elle avait un petit logement. Une maisonnette au fond d'un jardin chez des gens. Rien de terriblement luxueux, mais le loyer n'était pas cher. Deux pièces avec salle de bains. Avant, ça avait dû être une maison de jardinier. Pas d'isolation. Pas de chauffage central et pas vraiment de cuisine, seulement un four à micro-ondes et une plaque chauffante, et le frigo était grand comme une boîte en carton. Vous voyez le genre. Elle avait l'électricité, l'eau courante et le téléphone, et c'était à peu près tout. Elle aurait pu arranger ça bien, mais elle ne voulait pas s'en donner la peine. Elle disait qu'elle voulait une maison simple, et d'ailleurs c'était provisoire. Rien côté loyer et c'était tout ce qui semblait lui importer. Elle aimait préserver son intimité et les gens ont appris à respecter son désir.

– Ça n'était pas vraiment idéal pour ses allergies, lui fis-je remarquer.

– Non, je sais, et je le lui avais dit. Évidemment, à cette époque-là, elle allait mieux. Ses allergies, son asthme étaient plus saisonniers que chroniques. Il lui arrivait d'avoir une crise après un effort, ou bien alors quand elle était enrhumée ou trop nerveuse. L'essentiel pour elle était de ne pas vivre près des gens. Elle aimait se sentir dans les bois. La propriété n'était pas d'ailleurs si grande que ça... trois ou quatre hectares avec un petit chemin de gravier à deux voies qui passait par-derrière. Mais ça devait lui donner une impression d'isolement et de tranquillité. Elle ne voulait pas vivre dans un appartement avec des locataires remuants et bruyants autour, du genre à écouter de la musique à tue-tête. Elle n'était pas chaleureuse. A peine si elle disait « salut » en passant. Elle était comme ça. Elle s'est installée dans cette maisonnette et c'est là qu'elle est restée.

– Vous dites qu'on l'a retrouvée chez elle. La police pense-t-elle que c'est aussi là qu'elle est morte ?

– Je crois que oui. Comme je vous le disais, on ne l'a pas trouvée tout de suite. Presque quinze jours après selon certains, d'après son état. Je n'avais pas eu de ses nouvelles, mais je ne m'en faisais pas. Je lui avais parlé au téléphone le jeudi soir et elle m'avait annoncé son départ. J'avais cru comprendre qu'elle partait le soir même, mais elle ne me l'avait pas clairement dit, pour autant que je m'en souvienne. Rappelez-vous... le printemps est arrivé tard l'an dernier, et la teneur en pollen était élevée, ce qui réactivait ses allergies. En tout cas, elle a appelé pour dire qu'elle serait absente deux semaines. Elle prenait un congé pour aller à la montagne, voir s'il restait de la neige. Il n'y avait que dans les stations de ski qu'elle se sentait mieux dans ces moments-là. Elle m'a dit qu'elle me téléphonerait à son retour. Mais nous ne nous sommes plus jamais reparlé.

J'avais commencé à griffonner des notes.

– C'était quand ? lui demandai-je.

– Le dix-neuf avril. Le corps a été retrouvé le cinq mai.

– Où allait-elle ? Vous avait-elle dit sa destination ?

– Il était question de la montagne, mais elle ne m'avait pas précisé où. Vous croyez que ça changerait quelque chose ?

– Simple curiosité, lui répondis-je. Le mois d'avril me semble tard pour la neige. Ça pouvait être un prétexte pour aller ailleurs. Avez-vous eu l'impression qu'elle vous cachait quelque chose ?

– Oh, Lorna n'était pas du genre à entrer dans les détails. Quand les deux autres partent en vacances, nous sommes tous là à parcourir les brochures et nous renseigner sur les conditions d'hébergement des hôtels. C'est ce qui se passe en ce moment. Berlyn a économisé de l'argent pour faire un voyage et nous n'arrêtons pas de vanter les mérites de telle croisière par rapport à telle autre en poussant des « oh » et des « ah ». Pour moi, imaginer son voyage, c'est déjà la moitié du plaisir. Lorna disait qu'on en faisait des tonnes et qu'après on était bien déçu. Elle ne voyait rien comme les autres. En tout cas, n'ayant pas de ses nouvelles, je me suis dit qu'elle n'était plus là. Ce n'était pas son genre de téléphoner souvent et il n'y avait aucune raison que l'un d'entre nous aille chez elle parce qu'elle était absente.

Elle hésita et prit un air embarrassé.

– Je peux vous dire que je me sens bien coupable. Regardez toutes ces explications que je vous donne. Je ne voudrais surtout pas vous paraître indifférente.

– Ce n'est pas l'impression que vous me faites.

– Tant mieux, parce que j'aimais mon enfant plus que la vie.

Presque machinalement, quelques larmes furtives jaillirent et je la vis cligner des paupières pour les chasser.

– Toujours est-il qu'un de ses employeurs a fini par y aller.

– Qui ?

– Oh, Serena Bonney.

Je jetai un coup d'œil sur mes notes.

– L'infirmière ?

– C'est ça.

– Quel genre de travail Lorna faisait-elle pour elle ?

– Elle lui gardait sa maison, enfin... de temps en temps, Lorna s'occupait aussi du père de Mme Bonney. D'après ce que j'ai compris, le vieux n'allait pas bien et Mme Bonney n'aimait pas le laisser seul. Je crois qu'elle voulait partir pendant quelque temps. Donc, elle voulait en parler à Lorna avant de faire les réservations. Lorna n'avait pas de répondeur. Mme Bonney lui a téléphoné plusieurs fois. Puis elle a décidé de lui laisser un mot sous sa porte. Mais une fois arrivée, elle s'est rendu compte que quelque chose n'allait pas.

Janice s'interrompit, non sous le coup de l'émotion, mais le temps de repousser les images insupportables qui avaient dû surgir en elle. Au bout de deux semaines, le corps devait être dans un piteux état.

– Comment Lorna est-elle morte ? A-t-on pu déterminer la cause du décès ?

– C'est bien ça le problème. On n'a jamais trouvé. Elle gisait face contre le sol, dans ses sous-vêtements, son costume de jogging jeté un peu plus loin. Elle avait dû faire du jogging. Revenue à la maison, elle avait dû se déshabiller pour prendre une douche. Apparemment, on ne l'a pas attaquée. Peut-être a-t-elle eu une crise d'asthme.

– Mais vous n'y croyez pas.

– Non. Et la police non plus.

– Elle était du genre à faire du sport ? Ça m'étonne. Après ce que vous m'avez raconté jusqu'ici...

– Oh, elle voulait garder la ligne. Parfois, ses exercices l'essoufflaient et lui coupaient la respiration, mais elle possédait un inhalateur qui semblait la soulager. Dans les mauvaises périodes, elle réduisait ses entraînements, mais elle les reprenait dès qu'elle se sentait mieux. Les médecins ne tenaient pas à ce qu'elle se considère comme une invalide.

– Et l'autopsie ?

– J'ai le rapport sur moi, dit-elle en me montrant son sac en papier.

– Aucun signe de violence ?

Janice hocha la tête.

– Je ne sais pas comment vous le dire. Au début, ils n'étaient même pas sûrs que c'était elle. Sans doute à cause de l'état de putréfaction du corps. Elle n'a pu être identifiée que grâce à son dossier dentaire.

– Il y a donc eu une enquête pour homicide ?

– Oui… oui. Même sans savoir la cause de sa mort, ils la trouvaient suspecte. Mais l'enquête n'a rien donné et maintenant on dirait qu'ils ont laissé tomber. Vous savez comment c'est. Une autre affaire se présente, et ils se concentrent dessus.

– Parfois, le manque d'éléments les empêche de progresser. Cela ne veut pas dire qu'ils n'aient pas travaillé dur.

– Je comprends, mais c'est difficile à accepter.

Je remarquai que ses yeux avaient cessé de chercher les miens. Je sentis le frisson de l'intuition me gagner. Je concentrai mon regard sur son visage, m'étonnant de son apparent malaise.

– Janice, lui demandai-je, y a-t-il quelque chose que vous m'ayez caché ?

Ses joues s'empourprèrent comme sous l'effet d'un coup de chaleur soudain.

– J'allais justement y venir.

CHAPITRE 2

A nouveau, elle plongea la main dans le sac en papier. Elle en retira une bande vidéo enfermée dans un boîtier sans étiquette qu'elle posa sur le bord de mon bureau.

– Il y a environ un mois, dit-elle, quelqu'un nous a envoyé ça. Je ne sais toujours pas qui c'est, et je ne comprends pas pourquoi. Sauf à vouloir nous faire du mal… Mace était absent. Je l'ai trouvée dans la boîte aux lettres, emballée dans du papier brun ordinaire, sans adresse d'expéditeur. J'ai ouvert parce qu'il y avait nos deux noms dessus. Et puis j'ai décidé de la mettre dans le magnétoscope. Je n'avais aucune idée de ce que ça pouvait être. La vidéo d'un show télévisé ou d'un mariage… J'ai failli mourir quand j'ai vu. C'était obscène et on y voyait Lorna grandeur nature. J'ai hurlé. Puis j'ai arrêté la machine et j'ai jeté la bande dans la poubelle aussi vite que j'ai pu. C'était comme si je m'étais brûlée. J'avais envie d'aller me laver les mains dans l'évier. Puis j'ai réfléchi : c'était peut-être une preuve, ça avait peut-être un lien avec son assassinat.

Je me penchai en avant.

– Je voudrais clarifier une chose avant d'aller plus loin. Était-ce la première fois que vous en entendiez parler ? Vous n'aviez jamais pensé qu'elle aurait pu tremper là-dedans ?

– Absolument pas. Je n'en revenais pas. De la pornographie ? Jamais de la vie ! Bien sûr, quand j'ai vu ce que c'était, je me suis demandé qui l'avait embringuée dans cette affaire.

– Comment ça ? Expliquez-vous.

– On aurait pu la faire chanter. Peut-être l'y avait-on forcée. Qui sait si elle ne travaillait pas en cachette pour la police ? Ce que, bien sûr, ils n'auraient jamais admis.

– Qu'est-ce qui vous fait penser ça ?

Pour la première fois, ce qu'elle me disait ne sonnait pas juste, et j'eus envie de prendre du recul. Je la regardai avec circonspection.

– Parce que dans ce cas nous leur ferions un procès, pardi ! Si elle avait été tuée dans l'exercice de ses fonctions, on pourrait les poursuivre.

J'écarquillai les yeux : je n'en revenais pas.

– Janice, lui dis-je, j'ai travaillé deux ans pour les services de police de Santa Teresa. Ce sont de vrais professionnels, tout ce qu'il y a de plus sérieux. Ils n'emploient pas d'amateurs. Et pour une enquête de mœurs ? Non, j'ai du mal à le croire.

– Je n'ai pas dit qu'ils l'ont fait. Je n'accuse personne, parce que ça serait de la calomnie ou de la diffamation. Je vous dis simplement que c'est une possibilité.

– C'est-à-dire ?

Elle sembla hésiter, puis réfléchir.

– Eh bien... peut-être était-elle sur le point de démasquer le réalisateur du film.

– Dans quel but ? Ce n'est plus illégal de faire des films pornographiques.

– Peut-être s'agit-il d'une couverture pour autre chose. D'autres crimes ?

– Bien sûr, c'est possible, mais prenons du recul. Je vais me faire l'avocat du diable. Vous m'avez dit qu'ils n'avaient pas réussi à déterminer la cause de sa mort. Cela signifie que le bureau du coroner n'a pu dire avec certitude de quoi elle était morte, vrai ou faux ?

– Vrai, me dit-elle à regret.

– Qui sait si elle n'a pas eu une rupture d'anévrisme ou une crise cardiaque ? Avec toutes ses allergies, elle aurait pu mourir d'un choc anaphylactique. Je ne dis pas que vous faites fausse route, mais là vous vous avancez beaucoup, et sans la moindre preuve.

– Je comprends. Ça peut vous paraître fou, mais je sais ce que je sais : elle a été assassinée. J'en suis absolument certaine, mais personne ne veut m'écouter. Qu'est-ce que vous voulez que je fasse ? J'aimerais vous dire autre chose. Elle avait pas mal d'argent au moment de sa mort.

– Combien ?

– Près de cinq cent mille dollars en valeurs et en bons du Trésor. Elle avait investi un peu dans les CD [1], mais le gros de son argent était placé dans des titres. Et puis... elle avait aussi cinq ou six comptes d'épargne différents. Et d'où ça venait, hein ?

– A votre avis ?

– On l'avait peut-être achetée. Pour l'empêcher de parler.

Je l'examinai, m'efforçant de jauger ses capacités de raisonnement. Elle avait commencé par prétendre que sa fille avait fait l'objet d'un chantage ou d'une coercition et maintenant elle laissait entendre qu'elle était coupable d'extorsion. Je décidai de passer à autre chose en attendant.

– Qu'a pensé la police de cette vidéo ?

Silence absolu.

– Janice ?

Elle avait pris un air buté.

– Je ne la leur ai pas donnée. Je ne voulais même pas la montrer à Mace. Il en serait mort de honte. Pour lui, Lorna était un ange. Il ne serait plus le même s'il savait.

Elle prit la bande et la remit dans le sac en papier dont elle rabattit le haut pour protéger la cassette.

– Mais pourquoi ne pas la montrer aux flics ? Au moins ils auraient une nouvelle piste...

Mais elle secouait déjà la tête.

– Non, non. Rien à faire. Jamais de la vie je ne leur montrerai cette bande. Il n'en est pas question. On ne la reverrait jamais. Je sais... ça peut paraître parano, mais j'ai entendu parler de cas semblables. Ils ont des preuves qui ne leur plaisent pas et

1. Ou Certificate of Deposit, sommes que les banques peuvent investir en bourse sous certaines conditions *(NdT)*.

soudain, elles s'évanouissent dans la nature. On débarque au tribunal et ça a mystérieusement disparu, point à la ligne. Je n'ai aucune confiance en la police, voilà le problème.

– Dans ce cas, pourquoi me faire confiance à moi ? Qui vous dit que je ne suis pas de mèche avec eux ?

– Il faut bien que je croie en quelqu'un. Je veux savoir comment elle s'est embringuée dans cette... histoire de films pornographiques... et si c'est la cause du meurtre. Mais je n'ai pas le savoir-faire et je ne peux pas revenir en arrière et comprendre ce qui s'est passé. Je n'ai aucun moyen d'y arriver.

Elle respira profondément, puis changea de vitesse.

– De toutes les façons, j'avais décidé de confier la vidéo au détective que j'allais engager. A présent, je dois vous demander si vous voulez bien m'aider, parce que sinon, il faudra que je trouve quelqu'un d'autre.

Je réfléchis brièvement. Bien entendu, l'affaire m'intéressait. Mais je n'étais pas certaine de réussir.

– Une enquête de ce genre coûte cher, lui dis-je. Êtes-vous prête à payer ?

– Si je ne l'étais pas, je ne serais pas montée vous voir.

– Et votre mari est d'accord ?

– L'idée ne l'emballe pas vraiment, mais il a compris que j'irai jusqu'au bout.

– Bon, d'accord. Laissez-moi tâter un peu le terrain avant de signer le contrat. Je veux être sûre de pouvoir vous aider. Je ne veux pas perdre mon temps et vous faire perdre de l'argent.

– Vous allez en parler à la police ?

– Il le faudra bien, lui répondis-je. Peut-être de manière officieuse d'abord. C'est que j'ai besoin de renseignements, moi. Et s'ils veulent bien coopérer avec nous, ce sera autant d'économisé pour vous.

– Je comprends, dit-elle, mais vous aussi, vous devez comprendre quelque chose. Je sais qu'à vos yeux notre police est compétente, et je suis convaincue que c'est vrai. Mais tout le monde peut se tromper au moins une fois, et c'est tout à fait humain de vouloir le camoufler. Je ne tiens pas à ce que vous décidiez de m'aider en vous fiant uniquement à leurs réactions. A leurs yeux, je suis sûrement folle comme un trou.

– Janice, croyez-moi, je suis parfaitement capable de me forger ma propre opinion.

Je sentis un début de torticolis me gagner et jetai un coup d'œil à ma montre. Bon, ça suffit comme ça, me dis-je. Je lui demandai son adresse, son numéro de téléphone personnel et au travail et notai le tout dans mon carnet.

– Laissez-moi le temps de voir ce que je peux trouver, lui dis-je. En attendant, pouvez-vous me laisser cette vidéo ? J'aimerais me mettre un peu dans le bain. En fait, je ne lancerai pas le compteur avant que nous ayons signé un contrat.

Elle regarda le sac en papier posé à côté d'elle, mais ne bougea pas.

– Oui, je peux vous la laisser, dit-elle. Mais je voudrais que personne d'autre ne mette la main dessus. Ça tuerait Mace et les filles s'ils savaient ce qu'il y a dedans.

Je jurai et levai la main.

– J'y ferai attention comme à la prunelle de mes yeux, lui dis-je sans croire utile de lui rappeler que la pornographie était une entreprise commerciale.

Sans doute des milliers de copies de cette bande étaient-elles déjà en circulation. Je rangeai mes notes dans ma serviette et la refermai. Janice se leva en même temps que moi, souleva le sac en papier à la hauteur de sa hanche, puis me le donna.

– Merci, dis-je.

Je pris ma veste et mon sac à main, les posai par-dessus la bande et, en jonglant avec le tout, j'éteignis les lumières. Elle me suivit dans l'entrée et m'observa, mal à l'aise, pendant que je fermais. Je tournai la tête vers elle.

– Vous savez, lui dis-je, il va falloir me faire confiance. Sinon, il est inutile de travailler ensemble.

Elle acquiesça et j'entrevis quelques larmes dans ses yeux.

– Lorna ne ressemblait pas à ce que vous croyez. J'espère que vous vous en souviendrez, me dit-elle encore.

– C'est promis. Vous aurez de mes nouvelles dès que je saurai quelque chose. Et nous pourrons mettre au point une stratégie.

– Entendu.

– Autre chose : vous devrez parler de cette vidéo à Mace. Il n'est pas obligé de la regarder, mais il doit en connaître l'existence. Je veux que tout soit absolument clair entre nous trois.

– C'est d'accord. De toutes les manières, je n'ai jamais pu lui cacher quoi que ce soit.

Nous nous quittâmes dans le petit parking de douze places situé derrière le bâtiment. Puis je rentrai chez moi. Une fois arrivée dans mon quartier, je dus faire le tour du pâté de maisons avant de dénicher une place à moitié réglementaire quelques centaines de mètres plus loin. Je fermai ma voiture à clef et pris le sac de Janice dans mes bras comme si je revenais du marché. C'était une nuit veloutée et douce. Des arbres assombrissaient la rue, et leurs branches nues tissaient une sorte de dais au-dessus de ma tête. Les quelques étoiles que je pus apercevoir brillaient comme des glaçons éparpillés dans le ciel. L'océan, cinq cents mètres plus loin, grondait le long de la plage hivernale. Je sentais l'odeur du sel – on aurait dit celle d'un feu de bois, suspendue dans l'immobilité de l'air nocturne. Devant moi, la lumière se reflétait dans la fenêtre de mon logement du second étage. Et je voyais les branches du pin agitées par le vent tapoter la vitre. Un homme en vélo me croisa, habillé de vêtements sombres. Il se déplaçait rapidement, les talons de ses chaussures de cycliste illuminés par des bandes d'adhésif phosphorescent. Il ne faisait aucun bruit, seul l'air frémissait à travers les rayons de son vélo. Je le fixai du regard, comme s'il s'agissait d'une apparition.

Je poussai le battant du portail qui se referma derrière moi avec un grincement réconfortant. En arrivant dans la cour de derrière, je jetai automatiquement un coup d'œil à la fenêtre de la cuisine du propriétaire, tout en sachant qu'elle serait obscure. Henry était reparti au Michigan voir sa famille et il ne serait pas de retour avant une quinzaine de jours. Je veillais sur la maison, rentrant son journal, triant son courrier, et lui faisant suivre ce qui paraissait vraiment urgent.

Comme d'habitude, je m'étonnai de constater combien il me manquait. J'avais rencontré Henry Pitts quatre ans auparavant, alors que je cherchais un studio. J'avais été élevée dans des parcs à caravanes, où j'avais vécu avec ma tante célibataire, après la mort de mes parents, quand j'avais cinq ans. Deux brefs mariages, entre vingt et trente ans, n'avaient guère stimulé mon sens du permanent. Après la mort de Tante Gin, je m'étais réinstallée dans sa caravane de location, espérant trouver quelque consolation dans un espace aussi resserré. J'avais déjà démissionné de la police de Santa Teresa et travaillais alors pour le type qui m'a enseigné à peu près tout ce que je sais du métier de détective privé. Après avoir obtenu ma licence et m'être trouvé un bureau, je louai toutes sortes de caravanes situées dans différents parcs de la région, le dernier en date étant le *Mountain View Mobile Home Estates* dans la banlieue de Colgate. J'y aurais sans doute vécu indéfiniment si un certain nombre de mes voisins et moi-même n'avions pas été expulsés. Plusieurs parcs à caravanes de la région, y compris le *Mountain View*, s'étaient reconvertis en « troisième âge uniquement, à partir de 55 ans et plus ». Les tribunaux s'étaient alors lancés dans la lourde tâche d'examiner toutes les procédures antidiscriminatoires que nous avions engagées en conséquence. Je n'avais pas eu la patience d'attendre le résultat et m'étais mise à visiter tous les studios en location dans le coin.

Mes petites annonces et une carte de la ville en main, j'avais visité des logements plus minables les uns que les autres. Décourageant au possible. Tout ce qui entrait dans mes prix (du très bon marché à l'extrêmement modeste) était ou mal situé et horriblement sale, ou complètement déglingué. Ne parlons même pas de charme ou de caractère. Jusqu'au jour où j'avais eu la chance de tomber sur l'annonce d'Henry à la laverie. Je n'avais pris la peine d'aller voir que parce que j'étais tout près.

Je me souviens encore de l'instant où, pour la première fois, je garai ma VW et poussai la barrière grinçante du jardin. C'était au mois de mars. Une pluie légère faisait briller la chaussée, parfumant l'air d'une odeur d'herbe mouillée et de narcisses fraîchement coupés. Les cerisiers étaient en fleur, le trottoir devant la maison entièrement parsemé d'un tapis tout rose. Le studio était en fait un ancien garage transformé en une minuscule studette, la copie conforme, ou presque, de mes anciens domiciles. Vu de l'extérieur, c'était un endroit tout à fait inclassable. Le garage avait été relié à la maison principale par un espace ouvert qu'Henry avait refermé à l'aide de panneaux vitrés. Il utilisait surtout cet endroit pour protéger d'énormes monceaux de pâte à pain. Boulanger à la retraite, Henry se lève encore de bonne heure et fait cuire du pain presque tous les jours.

De la fenêtre de sa cuisine grande ouverte s'échappait une odeur de levure, de cannelle et de sauce spaghetti en train de mijoter qui flottait dans la douceur de l'air printanier. Avant de frapper à la porte et de me présenter, je plaçai mes deux mains en ventouse contre la fenêtre du studio pour jeter un coup d'œil à l'intérieur. A cette époque-là, il n'y avait qu'une seule pièce qui faisait environ cinq mètres sur cinq, comportant un renfoncement étroit destiné à la petite baignoire et une cuisine minuscule comme on en trouve dans les bateaux. Cet espace avait été agrandi par la suite et comprenait maintenant une loggia qui me servait de chambre à coucher, ainsi qu'un second W.-C. Mais même dans son état originel, il m'avait suffi d'un bref regard pour comprendre que j'avais enfin trouvé mon chez-moi.

Henry était apparu à la porte en tee-shirt blanc, short et tongs, un chiffon noué autour de la tête. Ses mains étaient saupoudrées de farine et son front barbouillé de blanc. Je fixai son visage étroit, bronzé, aux cheveux blancs et aux yeux bleus brillants en me demandant si je ne l'avais pas déjà rencontré dans une vie antérieure. Henry m'invita à entrer et, tandis que nous discutions, m'offrit le premier des innombrables petits pains à la cannelle faits maison que j'ai dégustés depuis lors dans sa cuisine.

Apparemment, il avait vu autant de locataires possibles que moi de propriétaires acceptables. Il cherchait surtout quelqu'un sans enfants ni mauvaises habitudes, ni goût prononcé pour la musique bruyante. Moi, j'étais à la recherche d'un propriétaire qui s'occuperait de ses oignons. Henry me séduisit tout de suite : avec ses quatre-vingts ans et quelques, je m'estimais à l'abri de toutes attentions non désirées. Je lui plus sans doute parce que je suis une misanthrope. J'avais passé deux ans dans la police et deux autres encore à accumuler les quatre mille heures nécessaires à l'obtention de ma licence de détective privé. J'avais été dûment photographiée, on avait pris mes empreintes digitales, on m'avait assermentée, puis accréditée. Étant donné que l'essentiel de mon travail m'exposait aux mauvais penchants de la nature humaine, j'avais déjà tendance à maintenir les autres à distance. Depuis, j'ai appris la politesse. Au besoin, je peux même paraître chaleureuse. La coquetterie féminine n'est pas vraiment ce qu'on apprécie le plus chez moi. Solitaire comme je le suis, je fais une voisine idéale : tranquille, recluse, effacée, et souvent absente.

J'ouvris ma porte, allumai les lumières du bas, ôtai ma veste et allumai la télévision. Je mis le magnétoscope en marche et y glissai la vidéo de Lorna Kepler. Je ne vois pas quel intérêt il y aurait à entrer dans les détails les plus atroces de cette bande. Disons que le scénario était simple et la psychologie des personnages assez peu développée. De plus, le jeu des acteurs était horrible et les scènes de cul simulées nombreuses et plus grotesques qu'obscènes. Était-ce la gêne que m'inspirait ce spectacle qui me le faisait paraître si amateur ? Je fus même étonnée de constater qu'il s'y trouvait un générique. Je remontai la bande et la repassai depuis le début. Oui, il y avait bien un producteur, un metteur en scène et un monteur dont les noms semblaient authentiques : Joseph Ayers, Morton Kasselbaum et Chester Ellis. Je mis la bande sur pause pendant que j'en prenais note. Puis je la remis en marche, m'attendant à ce que les acteurs aient des pseudonymes du genre Biff Mandate, Cherry Ravish et Randi Bottoms, mais pas du tout. Lorna Kepler était bel et bien mentionnée par son nom, ainsi que deux autres acteurs – Russell Turpin et Nancy Dobbs – dont je notai en passant les noms tout à fait ordinaires. Il ne semblait pas y avoir d'auteur. Mais après tout, à quoi bon un scénario pour un film pornographique ? De toutes les façons, le lire ferait un effet bien bizarre.

Je me demandai où le film avait pu être tourné. Étant donné ce que doit être le budget d'un film porno, je ne voyais guère des gens aller louer des décors ou demander des permis de tournage. En général, les scènes étaient tournées dans des intérieurs passe-partout. Russell Turpin, l'acteur principal, ne paraissait avoir été engagé que pour certains attributs personnels qu'il exhibait amplement, par-devant et par-derrière. Nancy et lui, ostensiblement mari et femme, s'étalaient tout nus sur le canapé du salon, échangeant des banalités et s'infligeant l'un à l'autre toutes sortes d'outrages sexuels. Nancy était maladroite. Son regard dérivait vers la gauche de la caméra, à l'endroit où, sans doute, quelque assistant lui soufflait ses répliques. J'ai vu plus de talent dans des fêtes de fin d'année à l'école primaire. Le peu de passion qu'elle exprimait ? Elle semblait l'avoir appris en regardant d'autres films pornographiques. Ses gestes essentiels consistaient à se lécher les lèvres de façon si peu lascive qu'il y avait lieu, à mon avis, de craindre des gerçures plutôt que de l'excitation. A mon avis, on ne l'avait engagée que pour une raison : elle devait être la seule à posséder un porte-jarretelles en cette époque où le collant est roi.

Lorna était au centre de l'action, et son apparition avait été mise en scène de façon à provoquer un maximum d'effet. Elle semblait ignorer l'existence de la caméra. Ses mouvements étaient fluides et nonchalants, et son habileté évidente. Elle était élégante et, au début, on aurait eu bien du mal à imaginer que tout cela allait bientôt basculer dans le sordide. Dans les premières scènes, elle semblait décontractée et même secrètement amusée. Ensuite, elle se montrait tout à la fois impudique, pleine de maîtrise et intense, entièrement centrée sur elle-même et sur ce qu'elle éprouvait.

Au début de la projection, j'avais eu tendance à accélérer la bande aux endroits où Lorna n'apparaissait pas, mais l'effet obtenu était devenu assez comique, genre *Les Périls de Pauline* avec sexes qui ballottent d'avant et d'arrière. J'essayai de regarder ça avec le détachement que j'affecte sur les lieux d'un crime, mais le mécanisme s'enraya et je ne sus bientôt plus où me mettre. Je supporte mal la dégradation des êtres humains, surtout quand c'est fait pour gagner de l'argent sur le dos des autres. J'ai entendu dire que l'industrie pornographique pèse plus lourd que celles du disque et du cinéma réunies. Des sommes d'argent colossales passent de main en main au nom du sexe. Au moins cette vidéo ne contenait-elle que peu de violence et aucune scène impliquant enfants ou animaux.

Bien qu'il n'y eût guère de fil conducteur, le metteur en scène avait fait un effort pour créer du suspense. Lorna jouait une apparition sexuelle démoniaque. Dans ce rôle, elle traquait aussi bien le mari que la femme qui couraient nus partout dans la maison. Elle dévoyait aussi un mécanicien nommé Harry qui apparaissait dans les scènes où j'avais d'abord accéléré. Les apparitions de Lorna étaient souvent annoncées par un rideau de fumée, sa robe diaphane s'envolant alors vers le ciel grâce à une machine à faire du vent. Une fois l'action lancée, on avait droit à de nombreux gros plans amoureusement détaillés par un cameraman passionné par le zoom.

J'arrêtai la bande, la rembobinai et portai mon attention sur l'emballage. La société de production s'appelait Cyrenaic Cinema et avait une adresse à San Francisco. Cyrénaïque ? Qu'est-ce que ça voulait dire ? Je sortis mon dictionnaire et vérifiai la référence. « Cyrénaïque : d'après l'école grecque de philosophie fondée par Aristipus de Cyrène, qui considérait le plaisir sensuel individuel comme le bien suprême. » Ma parole ! On avait affaire à des lettrés ! Je m'adressai aux renseignements régionaux. Il n'y avait pas de numéro de téléphone indiqué, mais peut-être l'adresse était-elle bonne. Même si Janice et moi nous mettions d'accord, je n'étais pas sûre qu'elle accepterait de me payer un voyage à San Francisco.

Je commençai à trier les dossiers qu'elle m'avait confiés, séparant les articles de journaux des rapports de police. Je lus le compte rendu d'autopsie avec le plus grand soin, m'efforçant de rendre intelligibles à ma compréhension de profane les éléments les plus techniques. Les faits essentiels étaient en gros aussi désagréables que le film que je venais de voir, mais sans le côté lénifiant de ces dialogues minables. Lorsqu'on avait découvert le corps de Lorna, le processus de décomposition était pratiquement achevé. Un premier examen superficiel n'avait rien révélé de significatif, les tissus s'étant fondus en une espèce de masse graisseuse. Les asticots avaient vite fait leur travail.

L'examen interne avait confirmé l'absence de tous les organes, hormis quelques résidus ayant jadis appartenu au tube digestif, au foie et au système circulatoire. Les tissus du cerveau s'étaient entièrement liquéfiés eux aussi, et/ou n'existaient plus. Les restes osseux ne portaient aucune marque de traumatisme, aucune trace de blessure par balle, de coup de couteau, de ligature ou de brisure quelconque. Deux vieilles fractures avaient été repérées, mais ni l'une ni l'autre ne semblaient avoir de rapport avec la cause de la mort. Les essais en laboratoire qui étaient encore possibles n'avaient montré la présence d'aucune drogue ou poison dans le corps de la défunte. On avait excisé et conservé deux jeux complets des voûtes dentaires, ainsi que les dix doigts de ses mains. On l'avait identifiée grâce à des dossiers dentaires et à un restant d'empreinte du pouce droit. Pas de photos, mais je me dis qu'on avait dû les ranger dans son dossier de police. Ils n'allaient quand même pas refiler des clichés *post mortem* à sa maman !

Il n'y avait aucun moyen de déterminer la date ni l'heure de sa mort, mais une estimation grossière avait été faite à partir de plusieurs éléments glanés dans son environnement immédiat. Tous les témoins avaient confirmé son côté « oiseau de nuit ». Ils avaient également rappelé l'habitude qu'elle avait de faire du jogging aussitôt après s'être levée. Pour autant que les policiers avaient pu l'établir, elle avait dormi aussi tard que d'habitude en ce samedi 21 avril. Puis elle avait enfilé sa tenue et s'en était allée faire son jogging. Dans la maison, on avait retrouvé le journal du samedi, ainsi que le courrier qui lui avait été porté tard dans la matinée. Le courrier et les journaux datés après le 21 n'avaient pas été ouverts. Je me demandai pourquoi elle n'était pas partie comme prévu, le jeudi soir. Avait-elle terminé sa semaine de travail le vendredi et décidé de décoller le samedi matin après s'être douchée et habillée comme il fallait ?

Les questions étaient évidentes, mais il était inutile de se lancer dans quelque spéculation que ce soit en l'absence de toute preuve concrète. Alors que la cause du décès était toujours inconnue, la police avait émis l'hypothèse qu'elle avait été abattue par un ou plusieurs inconnus. Lorna vivait seule et dans un isolement bien particulier. Eût-elle appelé à l'aide que personne ne l'aurait entendue. Je suis moi-même célibataire et, même avec Henry Pitts comme voisin, il m'arrive d'avoir peur. Une certaine vulnérabilité est inhérente à mon travail. On m'a parfois tiré dessus, bourrée de coups de poings et agressée, mais j'ai en général trouvé le moyen de prendre le dessus sur mes agresseurs. Ce que Lorna avait dû subir dans les derniers moments de sa vie ne me plaisait pas du tout.

L'inspecteur qui avait fait tout le sale boulot s'appelait Cheney Phillips. Je le croisais de temps en temps. J'avais récemment entendu dire qu'il avait été muté à la brigade des mœurs. Je ne sais pas vraiment comment fonctionnent les services de police des autres villes, mais, à Santa Teresa, on a tendance à muter les policiers tous les deux ou trois ans : on les expose ainsi à de multiples responsabilités. Non seulement cela assure l'équilibre des services, mais cela donne aussi des possibilités de promotion, personne ne devant attendre que tel ou tel collègue inamovible se décide à mourir ou à partir à la retraite.

Comme beaucoup d'autres flics du coin, le camarade Phillips se trouvait souvent dans un abreuvoir local qui avait nom le « CC », l'endroit étant fréquenté par des avocats et divers membres de la police. Son supérieur dans cette affaire avait été le lieutenant Con Dolan, que je connaissais très bien. Je doutais fort que le rôle que Lorna avait joué dans ce film à petit budget ait un rapport avec sa mort. Par contre, je voyais bien pourquoi Janice Kepler voulait le croire. Que penser d'autre quand on est obligée de constater que feu sa fille préférée était une star du cinéma porno ?

J'étais énervée, mon overdose de caféine me donnant presque des démangeaisons. J'avais dû avaler huit à dix tasses de café dans la journée, les deux dernières en discutant avec Janice. A présent, je sentais les stimulants danser dans ma tête comme de gros bonbons. Parfois, l'angoisse et la caféine ont le même effet.

Je consultai à nouveau ma montre. Il était déjà minuit passé et plus que l'heure de se mettre au lit. Je sortis l'annuaire et cherchai le numéro du CC. Mon coup de fil dura moins de quinze secondes. Le barman m'informa que Cheney Phillips était bien là. Je lui donnai mon nom et lui demandai d'annoncer mon arrivée imminente au policier. Juste avant de raccrocher, je l'entendis crier la nouvelle à Cheney au-dessus du brouhaha. Je pris ma veste et mes clefs et sortis.

CHAPITRE 3

Je roulai vers l'est le long de Cabana, le large boulevard parallèle à la plage. Les soirs de pleine lune, l'obscurité est aussi ténue que la lumière d'une scène de film censée se dérouler la nuit mais tournée de jour. Le paysage est tellement inondé de lumière que les arbres font de l'ombre. Ce soir-là, la lune était dans son dernier quartier et très basse dans le ciel. De la route, je ne voyais pas l'océan, mais j'entendais l'écho grondant de la marée montante. Il y avait juste assez de vent pour agiter les palmiers – têtes ébouriffées acquiesçant de concert à quelque secret discours. Une voiture me croisa, mais il n'y avait aucun piéton à l'horizon. Je ne suis pas souvent dehors à une heure aussi tardive et en éprouvai un étrange sentiment d'exaltation.

Le jour, Santa Teresa ressemble à n'importe quelle autre petite ville du Sud californien. Les églises et les commerces se collent au sol pour contrer la menace des tremblements de terre. Les toitures sont basses et l'influence architecturale principalement espagnole. Il y a quelque chose de solide et de rassurant dans toutes ces maisons blanches, ces briques d'argile et ces toits de tuile rouge. Les gazons sont tondus avec soin, et les arbustes taillés de près. La nuit, tout cela semble rigide et tragique, plein de contrastes noirs et blancs qui ajoutent à la rigueur du relief. La nuit, le ciel n'est pas vraiment noir : il est d'un gris légèrement charbonneux, rendu presque crayeux par la pollution lumineuse. Les arbres ressemblent à des taches d'encre sur un tapis foncé. Même la sensation du vent est différente, aussi légère qu'un édredon de plumes sur la peau.

Le véritable nom du CC est le Caliente Café. Établissement bas de gamme, il est installé dans une station-service abandonnée près de la voie ferrée. Les pompes à essence et les réservoirs de stockage au-dessus ont été démontés il y a bien des années, et le sol souillé recouvert d'asphalte. A présent, les jours de grande chaleur, ce revêtement noir a tendance à se ramollir, une manière de sirop toxique s'en dégageant. Ce liquide goudronneux se transforme vite en filets de fumée qui donnent l'impression que le bitume est sur le point de s'enflammer. L'hiver, le pavage se fend sous le froid sec et une odeur sulfureuse flotte au-dessus du parking. Le CC n'est pas le genre d'endroit qui incite à se promener pieds nus.

Je me garai devant la porte, sous un panneau de néon rouge qui grésillait. Dehors, l'air embaumait la tortilla de maïs frite au saindoux ; dedans, ça sentait la salsa et la fumée de cigarette recyclée. J'entendis le sifflement plaintif d'un mixeur surmené qui transformait la glace et la tequila en margaritas. Le Caliente Café se voudrait authentique *cantina* mexicaine, ce qui signifie que la *decoracion* consiste en des sombreros mexicains punaisés au-dessus des portes. Avec le mauvais éclairage, on n'a pas besoin de grand-chose d'autre. Tous les noms de plats ont été américanisés et rendus fort mignons : *Ensanada Ensalada, Pasta Pequeño, Linguini Bambini*. La musique – enregistrée – est habituellement beaucoup trop forte, comme si on avait engagé un groupe de mariachis à votre table pour vous empêcher de manger en paix.

Cheney Phillips était assis au bar, le visage tourné dans ma direction. Ma demande d'audience avait de toute évidence aiguisé sa curiosité. Cheney devait avoir une trentaine d'années. Tignasse ébouriffée de cheveux noirs et frisés, yeux noirs eux aussi, menton fort et barbe de deux jours, le genre de visage qu'on verrait bien dans une revue de mode masculine ou dans les pages « société » des journaux du coin : monsieur escorte une débutante parée comme une mariée. Il était mince, de taille moyenne et vêtu d'une veste sport en soie brun tabac, d'une chemise blanche et d'un pantalon à plis en gabardine crème. Son air plein d'assurance suggérait des origines fortunées et intimidantes. Tout chez lui respirait les dotations et l'école privée : le privilégié insouciant de la côte ouest. Tout cela n'est que pure projection de ma part, et je ne sais pas du tout si c'est vrai : de fait, je ne lui ai jamais demandé comment il est devenu flic. Pour autant que je sache, c'est un policier de la troisième génération, et toutes les femmes de sa famille sont dans l'administration pénitentiaire.

Je me glissai sur le tabouret à côté du sien.

– Salut, Cheney. Comment allez-vous ? Merci de m'avoir attendue. J'apprécie.

Il haussa les épaules.

– De toute façon, je reste ici jusqu'à l'heure de la fermeture. Je vous offre quelque chose ?

– Bien sûr. Je suis tellement imbibée de café que j'aurai du mal à dormir cette nuit.

– Qu'est-ce qui vous ferait plaisir ?

– Un verre de chardonnay, s'il vous plaît.

– Très bien, dit-il.

Il sourit, découvrant un excellent travail d'orthodontiste. Personne ne pouvait avoir des dents aussi parfaites sans avoir passé de longues et onéreuses années à se les faire rectifier. Cheney était naturellement séducteur, et encore plus dans un tel cadre.

Le barman avait observé notre échange avec une patience qui me parut excessive, vu l'heure avancée. Dans un bar comme le CC, c'était le moment où les désespérés du sexe lançaient leur dernier appel pour ne pas se retrouver seuls. La consommation d'alcool a alors atteint un tel niveau que les éventuels partenaires, rejetés plus tôt dans la soirée, deviennent des candidats plausibles. Le barman devait se dire que nous étions en train de négocier nos amours d'une nuit. Cheney commanda du vin pour moi et une autre vodka-tonic pour lui-même.

Il regarda rapidement la clientèle par-dessus son épaule.

– Vous devriez garder un œil sur tous ces flics en civil. Après le dernier verre, nous sortons tous sur le parking et faisons passer l'alcootest comme s'il s'agissait d'un joint, histoire de vérifier que chacun est bien en état de rentrer au volant de sa voiture.

– On m'a dit que vous aviez quitté la Criminelle ?

– Exact. Ça fait six mois que je suis à la brigade des mœurs.

– Voilà qui est bon pour moi, lui dis-je. Ça vous plaît ?

On avait dû l'y transférer parce qu'il semblait être en âge d'avoir encore quelques vices.

– Bien sûr, c'est formidable. Je suis la brigade à moi tout seul : jeu, prostitution, drogues et crime organisé tels qu'on peut les trouver à Santa Teresa, je suis l'expert en titre. Et vous, qu'est-ce que vous devenez ? Vous n'êtes pas venue jusqu'ici pour discuter de ma carrière dans la police.

Il leva la tête tandis que le barman s'approchait, puis cessa de parler jusqu'à ce que les boissons soient servies.

Comme il se tournait vers moi, je lui dis :

– Janice Kepler veut m'engager pour enquêter sur la mort de sa fille.

– Bonne chance !

– C'est vous qui avez pris cette affaire en main au début, n'est-ce pas ?

– Dolan et moi, plus deux autres types. Voici ce qui s'est passé, dit-il en énumérant les détails sur ses doigts. Il n'y avait aucun moyen de déterminer la cause de sa mort. Nous ne sommes toujours pas absolument certains de la date, sans même parler de l'heure approximative. Il n'y avait aucune trace significative, aucun témoin, aucun motif, aucun suspect…

– Bref, aucune affaire.

– C'est ça. Ou bien il ne s'agissait pas d'un homicide, ou bien l'assassin est un sorcier.

– Je veux bien le croire.

– Vous allez prendre le dossier ?

– Je ne sais pas encore. J'ai pensé qu'il valait mieux vous en parler d'abord.

– Vous avez vu sa photo ? Elle était vraiment belle. Tordue, mais superbe. Et son côté louche… ah, mon Dieu ! C'était vraiment quelque chose.

– Vous songez à quoi ?

– Elle avait un boulot à mi-temps à l'usine de traitement des eaux. Secrétaire-dactylo. Elle répondait un peu au téléphone, classait un peu les papiers, disons... quatre heures par jour. Elle racontait à tout le monde que c'était pour payer ses études universitaires, ce qui était assez vrai. Elle suivait des cours de temps en temps, mais ça, ce n'était que la moitié de l'histoire. En vérité, c'était une poule de luxe. Jusqu'à mille cinq cents dollars le coup. Ce qui nous donne des sommes importantes au moment de sa mort.

– Elle travaillait pour qui ?

– Personne. C'était une étoile filante. Elle avait commencé par les visites à domicile : danse exotique et massage. Les types téléphonaient à un numéro répertorié dans les petites annonces, et elle arrivait pour un strip-tease lascif avec déhanchement pendant qu'ils se tripotaient. La règle là-dedans, c'est qu'on n'a pas le droit d'en demander plus. Des types de la brigade des mœurs ont téléphoné pour la même chose jusqu'à ce que tout le monde ait pigé. Mais une fois sur place, elle pouvait négocier tout ce que le client souhaitait, c'était strictement leur affaire.

– Ça lui rapportait combien ?

Il haussa les épaules.

– Ça dépend de ce qu'elle faisait. Pour tirer un coup, ça devait être cent cinquante dollars, qu'elle partageait avec la direction. Rapidement, elle s'est dit qu'elle pouvait faire bien mieux. Elle a laissé tomber les petits coups et s'est hissée au top niveau.

– Ici, en ville ?

– Principalement. J'ai entendu dire qu'on la voyait souvent au bar du Edgewater Hotel. Elle maraudait aussi au Bubbles à Montebello, une boîte qu'on a fermée au mois de juillet dernier, vous le savez peut-être. Elle avait un faible pour les endroits fréquentés par les gros flambeurs.

– Est-ce que sa mère le savait ?

– Bien sûr que oui. Absolument. Lorna a même été arrêtée une fois en flagrant délit pour avoir harponné au Bubbles un agent de la brigade des mœurs en civil. Nous ne voulions pas accabler sa mère avec ça, mais elle était certainement au courant.

– Peut-être que ça commence à lui rentrer dans le crâne,

dis-je. Quelqu'un lui a envoyé la copie d'un film pornographique dans lequel Lorna apparaît sous tous les angles. C'est sans doute ce qui l'a poussée à venir me voir. Elle pense ou que Lorna était victime d'un chantage, ou qu'elle travaillait pour la police.

– Ben tiens, dit-il.

– Je vous donne simplement son hypothèse.

Cheney renifla avec mépris.

– Elle ne vous dira jamais la vérité. Avez-vous regardé la bande ?

– Je l'ai vue ce soir. Ça dégageait !

– Ouais. Mais je ne suis pas sûr que ça change grand-chose. Vu le genre de trucs qu'elle faisait, ça ne m'étonne pas vraiment. Quel est le lien ? C'est ça que je n'arrive pas à comprendre.

– Janice pense que Lorna était sur le point de dénoncer quelqu'un.

– Allons ! Je crois qu'elle a vu trop de mauvais films à la télé. Dénoncer qui et pourquoi ? Ces gens-là sont dans la légalité… jusqu'à un certain point. Ce sont sans doute des ordures, mais ils n'enfreignent pas les lois de notre État. Vous n'avez qu'à voir les hommes politiques.

– C'est ce que je lui ai dit. De toute façon, j'essaie de voir si ça vaut le coup d'accepter ce boulot. Si vous autres n'avez rien trouvé, comment le pourrai-je ?

– Peut-être aurez-vous de la chance. Je suis un éternel optimiste. L'affaire n'est pas encore classée, mais on n'a toujours pas le moindre indice depuis des mois. Vous voulez jeter un coup d'œil sur les dossiers ? Ça peut sans doute s'arranger.

– Ce serait formidable. J'aimerais vraiment voir les photos prises sur le lieu du crime.

– Je poserai la question au lieutenant Dolan, mais je pense qu'il sera d'accord. Vous savez qu'il est à l'hôpital ? Il a fait une crise cardiaque.

Stupéfaite, je portai la main à mon cœur et faillis renverser mon verre. Je le rattrapai juste avant qu'il ne tombe. Une partie du vin en gicla.

– Dolan a fait une crise cardiaque ? Mais c'est affreux ! Quand ça ?

– Hier, juste après la réunion de la brigade. Il a été pris de douleurs à la poitrine. Comme ça, crac ! Il s'est mis à faire une de ces têtes ! Puis il a eu du mal à respirer. En un clin d'œil, il est tombé dans les pommes. Tout le monde s'est précipité. On lui a fait le bouche-à-bouche. Les médecins l'ont réanimé, mais il s'en est fallu de peu.

– Il va s'en remettre ?

– On espère. Aux dernières nouvelles, il allait très bien. On l'a mis à Saint-Terry, dans l'unité de cardiologie. Bien sûr, il râle comme un fou.

– Ça ne m'étonne pas de lui. J'essaierai d'aller le voir dès que j'aurai un moment.

– Ça lui ferait plaisir. Vous devriez y aller. Je lui ai parlé ce matin, et il commence à perdre les pédales. Il prétend qu'il n'aime pas dormir parce qu'il a la frousse de ne pas se réveiller.

– Il a dit ça ? Je n'ai jamais entendu le lieutenant Dolan dire quoi que ce soit de personnel.

– Il a changé. C'est un nouvel homme. Incroyable, mais vrai, ajouta-t-il. Vous verrez vous-même. Il sera très heureux de votre visite. Sûrement qu'il vous tiendra le crachoir un bon moment.

Je revins à Lorna Kepler.

– Et vous, quelle est votre théorie ?

Il haussa les épaules.

– Je crois qu'on l'a assassinée, si c'est cela que vous voulez savoir : un problème de boulot ou un petit ami jaloux. Ou peut-être qu'elle marchait sur les plates-bandes d'une autre tapineuse. Lorna Kepler adorait prendre des risques. Tout à fait le genre à jouer à la balançoire au bord du précipice.

– Avait-elle des ennemis ?

– Pas que je sache. Assez curieusement, les gens semblaient l'aimer beaucoup. Je dis « assez curieusement » parce qu'elle était différente, vraiment pas comme les autres. C'était presque de l'admiration de leur part. C'est vrai qu'elle était assez hors normes, vous savez ? Elle ne tenait aucun compte des règles et jouait le jeu à sa façon.

– Si j'ai bien compris, vous êtes allé très loin dans votre enquête ?

– En effet, quoique cela n'ait pas donné grand-chose. C'était plutôt frustrant. Quoi qu'il en soit, tout y est, si vous voulez jeter un coup d'œil. Je demanderai à Emerald de vous sortir les dossiers dès que Dolan aura donné son accord.

– Je vous en serais reconnaissante. La mère de Lorna m'a donné des choses, mais pas tout. Prévenez-moi et je ferai un saut au poste pour jeter un coup d'œil.

– Aucun problème. Et nous en reparlerons après.

– Merci, Cheney. Vous êtes un amour.

– Oui, je sais, dit-il. Mais n'oubliez pas de nous tenir au courant, et jouez le jeu. Si vous trouviez quelque chose, il ne faudrait pas que la cour le rejette sous prétexte que vous avez trafiqué les preuves…

– Vous me sous-estimez, lui renvoyai-je. Maintenant que je me suis fait ma place chez Lonnie Kingman, je suis devenue un modèle de vertu de la gent féminine.

– Ben voyons, dit-il.

Son sourire s'attardant, je vis pointer un soupçon de doute dans ses yeux : j'en avais probablement dit assez. Je fis machine arrière, puis je m'en allai, le saluant d'un signe de la main.

Une fois dehors, je me plongeai dans l'air glacial et tranquille de la nuit, précédée par une faible odeur de cigarette qui parvenait d'un point devant moi. Je levai la tête et aperçus un homme au moment même où il disparaissait derrière un tournant de la route, le bruit de ses pas diminuant progressivement. Il y a des hommes qui marchent la nuit, les épaules voûtées, la tête penchée, vers quelque but solitaire. J'ai tendance à les croire inoffensifs, mais qui sait ! Je scrutai l'obscurité jusqu'au moment où j'eus la certitude qu'il était parti. Au loin, de gros nuages bas remontaient lentement le flanc de la montagne et se répandaient de l'autre côté du sommet.

Le parking était complet. Les voitures brillaient dans la lumière crue. On aurait pu se croire chez un marchand d'automobiles d'occasion. Ma vénérable VW y paraissait nettement déplacée – modeste bosse bleue au milieu de superbes modèles sport aux châssis surbaissés. J'ouvris la portière de ma voiture et me glissai côté conducteur. Je m'immobilisai, les mains sur le volant, et m'interrogeai sur l'étape suivante. Cet unique verre de vin ne m'avait guère calmée. Si je rentrais à la maison, je finirais allongée sur le dos à contempler le vasistas au-dessus de mon lit. Je mis le moteur en marche et longeai la plage jusqu'à State Street. Là, je tournai à droite, en direction du nord.

Je traversai la voie ferrée, les cahots ramenant ma radio à la vie. Je ne m'étais même pas rendu compte que je l'avais laissée allumée. J'avais du mal à la faire fonctionner, mais de temps à autre j'y arrivais. Parfois, je cognais avec le poing sur le tableau de bord, ce qui faisait jaillir instantanément un flot discordant d'informations et de publicités. A d'autres moments, sans raison apparente, mon poste débitait soudain un fragment incompréhensible de la météo du jour. Il ne s'agissait probablement que d'un fil défectueux ou d'un fusible défaillant, mais ça, ce n'était qu'une hypothèse. Je ne sais même pas si les radios d'aujourd'hui sont équipées de fusibles. Pour l'instant, mon poste marchait parfaitement bien.

J'appuyai sur une touche pour passer des grandes ondes à la modulation de fréquence. Je tournai le bouton d'une station à l'autre, jusqu'au moment où je tombai sur les accords d'un saxo ténor. Je ne savais pas qui jouait, mais le mélange mélancolique des cuivres s'accordait parfaitement à cette heure de la nuit. A la fin du morceau, une voix masculine se glissa dans l'espace sonore.

– Gato Barbieri au saxophone interprétait *Une image sous la pluie*, extrait de la bande sonore du film *Le Dernier Tango à Paris*. La musique est de Gato Barbieri, et l'enregistrement date de 1972. Ici K-MAJ, la station FM où Hector Moreno vous propose toute la magie du jazz à l'aube de ce lundi.

La voix était belle, profonde et bien modulée. Elle respirait une tranquille assurance. Ce monsieur gagnait sa vie en restant debout toute la nuit à parler d'artistes et de maisons de disques, passant des CD pour les insomniaques. Je m'imaginai un type dans la trentaine, basané, bien bâti, peut-être avec une moustache, ses cheveux longs ramenés en arrière et maintenus par un élastique. Sans doute bénéficiait-il des bakchichs dus à sa notoriété locale, jouant le maître de cérémonie dans différents galas de charité. Les vedettes de la radio n'ont même pas besoin d'être physiquement belles dans le sens ordinaire du terme, au contraire des grands présentateurs de la télévision. Ces gens-là sont assez connus et ont, c'est probable, un certain nombre de groupies. Pour le moment, Hector Moreno répondait aux demandes de disques des auditeurs. Quelque chose se mit soudain en place dans ma tête. Janice Kepler avait mentionné le fait que Lorna fréquentait un disc-jockey au cours de ses errances nocturnes.

Je me mis à scruter les rues désertes, à la recherche d'une cabine téléphonique. Je passai devant une station-service fermée pour la nuit. Près du parking, je remarquai une cabine comme on n'en fait plus, une vraie, avec porte à doubles battants. Je m'arrêtai devant et, laissant le moteur en marche, cherchai le numéro du Frankie's Coffee Shop dans mes notes. Je glissai une pièce de vingt-cinq cents dans la fente et composai le numéro.

Une femme me répondit enfin et je lui demandai de me passer Janice Kepler. Elle posa lourdement l'appareil sur le comptoir et hurla son nom. J'entendais un bourdonnement confus en bruit de fond. La clientèle de nuit, sans doute, et on se remontait le moral en avalant de la tarte et du café en guise de stimulants. Puis j'entendis Janice échanger deux ou trois remarques avec quelqu'un. Finalement, elle prit le récepteur. Puis elle dit son nom d'un ton méfiant, me sembla-t-il. Peut-être craignait-elle que je lui annonce une mauvaise nouvelle.

– Allô, Janice ? Kinsey Millhone à l'appareil. J'espère que je ne vous dérange pas. J'ai besoin d'un renseignement. Il m'a paru plus simple de vous appeler plutôt que de faire tout le chemin…

– Mon Dieu ! Vous êtes encore debout à cette heure ? Vous sembliez épuisée quand nous nous sommes quittées dans le parking. Je pensais que vous dormiez à poings fermés.

– C'était bien mon intention, mais je n'y suis pas arrivée. J'étais trop gavée de café. A un moment donné, je me suis dit que je ferais mieux de me mettre au travail. J'ai eu une longue conversation avec l'un des enquêteurs qui s'est occupé de l'affaire. Et comme je suis toujours dehors, je me suis dit : autant en faire un peu plus pendant que j'y suis. Vous m'avez bien dit que Lorna fréquentait le disc-jockey d'une des stations radio FM locales, n'est-ce pas ?

– Si, si.

– Vous savez qui c'était ?

– Je peux essayer de le savoir. Un instant, je vous prie.

Sans même recouvrir l'écouteur, elle s'adressa à l'une des autres serveuses.

– Dis donc, Perry... comment s'appelle l'émission de jazz qui dure toute la nuit ? Et c'est à quelle station ?

– K-MAJ, je crois.

Je le savais déjà. Pour gagner du temps, je dis :

– Janice ?

– Le disc-jockey... tu te rappelles son nom ?

En arrière-fond, j'entendis confusément Perry lui répondre : « Lequel ? Il y en a deux ou trois. » Puis un fracas de vaisselle et les haut-parleurs diffusant à plein tube une version de *Ça monte, ça monte et ça s'en va* avec toute une section de cordes derrière.

– Celui que Lorna fréquentait. Souviens-toi, je t'en avais parlé.

Je l'interrompis.

– Janice ?

– Un instant, Perry. Comment ?

– Ça ne serait pas Hector Moreno ?

Elle eut comme un petit aboiement sec en reconnaissant son nom.

– Oui, c'est ça. C'est lui. Je suis presque sûre que c'est lui. Passez-lui un coup de fil. Il vous dira s'il la connaissait.

– C'est ce que je vais faire, lui dis-je.

– N'oubliez pas de me tenir au courant. Et si après, vous êtes toujours en ville, passez donc prendre une tasse de café. Aux frais de la maison.

Je sentis mes boyaux se tordre à l'idée d'un café supplémentaire. Les tasses que j'avais bues faisaient déjà vibrer mon cerveau comme une machine à laver déréglée. Je raccrochai et décrochai immédiatement, obtenant ainsi la tonalité pendant que je dégageais l'annuaire accroché au bout de sa chaîne et en faisais tourner les pages à toute vitesse. Sous la lettre K se trouvait la liste de toutes les stations de radio. Le hasard voulut que K-MAJ se situât à peine six ou sept pâtés de maisons plus loin. Derrière moi, dans la voiture, j'entendis les premières notes d'un nouveau morceau de jazz. Je récupérai une autre pièce de vingt-cinq cents au fond de mon sac et composai le numéro du studio.

Le téléphone sonna deux fois.

– K-MAJ. Hector Moreno à l'appareil.

Le ton était sérieux. Mais c'était bien la voix que je venais d'entendre à la radio.

– Bonsoir, dis-je. Je m'appelle Kinsey Millhone et j'aimerais vous parler de Lorna Kepler.

CHAPITRE 4

Moreno avait laissé la lourde porte du studio entrouverte. Je me faufilai à l'intérieur et elle se referma derrière moi, le loquet retombant automatiquement en place. Je me retrouvai dans une entrée mal éclairée. A la droite des deux portes d'ascenseur, un panneau signalait le studio K-MAJ à l'aide d'une flèche orientée vers le bas et pointant vers un escalier métallique sur la droite. Je le descendis, mes chaussures caoutchoutées émettant des bruits creux au contact des marches en métal. En bas, la réception était déserte ; les murs et l'étroit couloir, un peu plus loin, étaient peints d'un bleu atroce et d'un étrange vert couleur d'algues, comme le fond d'un bassin. J'appelai :

– Il y a quelqu'un ?

Pas de réponse. On entendait bien de la musique de jazz provenant de toute évidence d'un des studios.

– Il y a quelqu'un ?

Je haussai les épaules et m'avançai dans le couloir, jetant en passant un coup d'œil à l'intérieur de chaque cabine. Moreno m'avait dit que je le trouverais dans le troisième studio à droite, mais il n'y était pas. J'entendais toujours des accents lointains de jazz qui passaient dans les haut-parleurs, mais apparemment il s'était absenté un moment. La pièce était petite et jonchée d'emballages de fast-food et de boîtes de soda vides. Il y avait une demi-tasse de café encore chaud sur la console et une horloge grosse comme la pleine lune accrochée au mur. L'aiguille des secondes faisait le tour du cadran avec un bruit saccadé. Tic tac, tic tac. La fuite du temps ne m'était jamais apparue aussi concrète ni aussi implacable. Les murs étaient recouverts d'un isolant en mousse gris foncé.

A ma gauche, d'innombrables dessins et articles de journaux étaient fixés par des punaises sur un panneau en liège. Le reste du mur était encombré de multiples rangées de CD et d'étagères pleines de 33 tours et de cassettes. Je dressai un bilan visuel des lieux comme si je m'apprêtais à jouer une partie de *Concentration*. Des tasses à café. Des haut-parleurs. Une agrafeuse. Un dévidoir à scotch. De nombreuses bouteilles d'eau stylisées : Évian, Sweet Mountain et Perrier. Sur la console de commandes, je vis l'interrupteur-micro, des machines, et un arc-en-ciel de lumières, l'une d'entre elles portant la mention « deux pistes-mono ». Une des lumières clignotait en vert et une autre en rouge. Il y avait aussi un micro accroché à son support, le tout faisant penser à un grand cône neigeux de mousse grise. Je m'imaginai en train d'en approcher mes lèvres et y lâchant d'un ton FM aussi séduisant que possible :

– Salut, les oiseaux de nuit ! Ici Kinsey Millhone qui vous présente le meilleur jazz aux pires heures de la nuit...

J'entendis quelqu'un dévaler lourdement le couloir derrière moi, et, curieuse, regardai Hector Moreno s'approcher. Agé d'une cinquantaine d'années, il marchait en s'appuyant sur des béquilles. Ses cheveux gris étaient tout ébouriffés, et ses yeux bruns aussi doux que des caramels. Le haut de son corps était immense, son torse diminuant progressivement jusqu'à ses jambes qui ressemblaient à des baguettes tronquées. Il portait un épais pull de coton noir, des jeans, et des mocassins bon marché. A côté de lui se tenait un grand chien d'un jaune rougeâtre, avec une grosse tête, une puissante poitrine et d'énormes épaules. A voir sa gueule d'ours en peluche et le collier de poils qui lui encerclait le cou, ce devait être un croisement de chow-chow.

– Bonsoir. Hector Moreno ?... Kinsey Millhone, dis-je.

Le chien grogna quand je tendis la main à son patron.

Hector Moreno se redressa sur une de ses béquilles pour me saluer.

– Enchanté, dit-il. Je vous présente Beauty, ma chienne. Il lui faudra un peu de temps pour se faire une opinion de vous.

– C'est normal, lui répondis-je. Si ce n'était que de moi, je lui laisserais toute la vie pour le faire.

La chienne s'était mise à gronder sourdement. Ce n'était pas vraiment un grognement, mais plutôt une espèce de vrombissement en sourdine, comme si on avait mis en marche une machine au plus profond de sa poitrine. Hector fit claquer ses doigts, et la chienne se tut. Je n'ai jamais été très à l'aise avec les chiens, ni eux avec moi. Moins d'une semaine auparavant, on m'avait présenté un chiot qui s'était empressé de lever la jambe et de faire pipi sur ma chaussure. Son propriétaire l'avait vigoureusement grondé, mais cela ne m'avait pas paru très sincère. Qui sait si ça ne lui ferait pas une bonne histoire à raconter, avec force reniflements et gros rires, bien sûr : « Vous savez ce que mon petit Bowser a fait l'autre jour ? » Résultat, j'avais maintenant des Reebok qui sentaient la pisse de chien, détail qui n'avait pas échappé à une Beauty qui en semblait même passablement fascinée.

Hector bascula en avant et entra dans le studio en répondant de lui-même à la question que je n'osais pas lui poser :

– A l'âge de douze ans, je suis entré en collision avec un tas de rochers. Je faisais de la spéléologie dans le Kentucky, et le tunnel s'est effondré. A entendre ma voix à l'antenne, les gens s'attendent à autre chose. Asseyez-vous donc.

Il me fit un sourire, que lui renvoyai. Je le suivis tandis qu'il posait ses béquilles et se hissait sur le tabouret. J'en trouvai un dans un coin et m'approchai de lui en remarquant que Beauty s'était placée entre nous deux. Tandis que nous échangions des plaisanteries, la chienne nous observait avec un air d'intelligence quasi humaine. Son regard se déplaçait constamment de son visage au mien. Par moments, elle haletait avec une expression qui s'apparentait au sourire, sa langue pendante se balançant au rythme de quelque *private joke*. Ses oreilles bougeaient tandis que nous conversions, jaugeant le ton de nos voix. J'étais sûre qu'elle interviendrait si ce qu'elle entendait ne lui plaisait pas. De temps à autre, en réponse à des signes que je ne saisissais pas moi-même, elle rentrait la langue et refermait sa gueule, se dressant sur ses pattes en vrombissant de la poitrine. Un geste de Moreno et elle se laissait tomber de nouveau, mais en affichant un air maussade. Boudait-elle donc chaque fois qu'on lui interdisait de se régaler de chair humaine ? Hector, toujours attentif, paraissait amusé de sa performance.

– Elle ne fait guère confiance aux gens, me dit-il. Je l'ai eue à la SPA, mais elle a dû prendre des coups quand elle était jeune.

– Elle reste avec vous tout le temps ? lui demandai-je.

– Ouais. J'apprécie sa compagnie. Je travaille tard et à l'heure où je quitte le studio, la ville est déserte. Sauf pour les dingues. Ceux-là sont toujours de sortie. Vous avez mentionné Lorna. Le rapport avec vous ?

– Je suis détective privée. La mère de Lorna est passée me voir ce soir pour me demander d'enquêter sur sa mort. Elle n'était pas particulièrement satisfaite du travail de la police.

– Si on peut appeler ça du travail, dit-il. Vous avez parlé à ce Phillips ? Quel con, celui-là !

– Je viens juste de le voir. Il a été transféré des homicides à la brigade des mœurs. Qu'est-ce qu'il vous a fait ?

– Oh, rien ! C'est seulement son attitude générale. Je déteste les types de son espèce. De petits coqs persifleurs qui font tout pour vous impressionner. Un instant, je vous prie.

Il inséra une cassette dans la fente, appuya sur un bouton et, se penchant en avant, d'une voix aussi satinée qu'un fondant, il dit :

– Vous venez d'entendre Phineas Newborn au piano. Il interprétait un morceau intitulé *Le soleil de minuit ne se couchera jamais.* Au micro, Hector Moreno, qui vous jette un sort sur K-MAJ. Dans quelques instants, vous aurez droit à une demi-heure de musique ininterrompue : au programme, l'incomparable voix de Johnny Hartman dans un enregistrement légendaire avec le quartet de John Coltrane. Le magazine *Esquire* l'avait désigné comme le plus grand album de tous les temps. Enregistré le 7 mars 1963, sous le label Impulse, avec John Coltrane au sax ténor, McCoy Tyner au piano, Jimmy Garrison à la basse et Elvin Jones à la batterie.

Il appuya sur un bouton, diminua le volume des renvois dans le studio et se tourna vers moi.

– Quoi qu'il ait dit sur Lorna, il vaudrait mieux se méfier.

– Il a dit qu'elle avait un côté secret, mais je le savais déjà. Je n'ai pas encore une vision d'ensemble, mais ça viendra. Vous la connaissiez depuis longtemps ?

– Un peu plus de deux ans. Je l'ai rencontrée juste après mes débuts ici. J'étais à Seattle avant, mais je ne supportais plus l'humidité. Des amis d'amis m'ont parlé de ce boulot.

– Vous avez toujours fait de la radio ?

– J'étais dans la communication, dit-il. Production radio et télévision, un peu de vidéo, mais ça ne m'a jamais vraiment intéressé. Je suis originaire de Cincinnati, diplômé de l'Université, mais j'ai travaillé partout. Enfin, j'ai rencontré Lorna dès mon arrivée. C'était un oiseau de nuit. Elle téléphonait pour demander des titres. Entre les coupures et les annonces publicitaires, il nous arrivait de parler une heure. Puis elle s'est mise à me rendre visite, une ou deux fois par semaine au début. Vers la fin, elle venait à peu près tous les soirs. Aux alentours de deux, trois heures du matin, elle m'amenait des pets-de-nonne et du café, des os pour Beauty, si par hasard elle avait dîné en ville. Parfois, je me dis que c'était surtout ma chienne qui l'intéressait. Il y avait une espèce d'affinité psychique entre elles. Lorna prétendait qu'elles avaient été amantes dans une vie antérieure. Beauty attend toujours qu'elle revienne. A trois heures du matin, elle sort sur le palier et, la tête en l'air, elle attend. Elle a un de ces petits grondements dans la gorge… à vous briser le cœur.

Il secoua la tête, s'efforçant avec une impatience étrange d'écarter cette vision.

– Comment était Lorna ?

– Compliquée. Pour moi, c'était une âme à la fois belle et torturée. Agitée, déconnectée, probablement déprimée. Mais ça n'était qu'une partie d'elle. Elle était divisée, contradictoire. Ça n'était pas uniquement un « côté secret ».

– Est-ce qu'elle prenait de la drogue ou buvait ?

– Pas que je sache. Elle soufflait le chaud et le froid. Elle en était presque excessive par moments. En termes analytiques, j'aurais tendance à la qualifier de maniaco-dépressive, mais ce n'était pas vraiment cela. C'était plutôt un combat qu'elle menait, où, pour finir, c'est le côté négatif qui a triomphé.

– Nous avons tous cela en nous, je pense.

– Ça, c'est sûr.

– Vous saviez qu'elle avait tourné dans un film porno ?

– J'en avais entendu parler. Je ne l'ai jamais vu, mais les gens en parlaient.

– Ça s'est fait quand ? Peu avant sa mort ?

– Je ne sais pas trop. Elle était souvent absente pendant les week-ends… Los Angeles, San Francisco. Ça s'est peut-être fait pendant l'un de ces voyages. Mais je n'en suis pas certain.

– Vous n'en aviez pas parlé entre vous ?

Il secoua la tête.

– Elle aimait jouer les muettes. Je crois que ça lui donnait un sentiment de puissance. J'ai appris à ne pas fouiller dans ses histoires personnelles.

– Savez-vous pourquoi elle a fait ce film ? pour l'argent ?

– J'en doute. Le producteur se fait sans doute un maximum, mais les comédiens sont payés au forfait. Du moins, c'est ce que j'ai entendu dire. Peut-être l'a-t-elle fait comme le reste. Lorna flirtait avec la catastrophe tous les jours de sa vie. Pour moi, la peur était l'unique sensation vraie qu'elle éprouvait. Pour elle, le danger était comme une drogue. Il fallait augmenter la dose. Elle ne pouvait pas s'en empêcher. Ce qu'en pensaient les autres ne semblait guère la préoccuper. Je lui en ai parlé jusqu'à épuisement. Ça n'a jamais changé quoi que ce soit, pour autant que je sache. Voilà ce que je pense, peut-être est-ce entièrement faux. Mais vous m'avez posé la question et je vous réponds. Elle faisait semblant d'écouter. Elle faisait semblant d'être d'accord avec tout ce qu'on lui disait, mais après, elle n'en tenait aucun compte. Elle suivait son idée, quoi qu'il arrive. Elle se conduisait comme une droguée, une junkie. Elle savait que cette vie n'était pas bonne pour elle, mais elle n'arrivait pas à rompre.

– Vous aviez sa confiance ?

– Je ne dirais pas ça. Pas vraiment. Lorna n'avait confiance en personne. Dans ce sens, elle était comme Beauty. Peut-être me faisait-elle plus confiance qu'à d'autres.

– Pourquoi ?

– Je ne lui ai jamais fait la moindre avance. Donc, je ne la menaçais d'aucune manière. N'ayant pas à s'investir sur le plan sexuel, elle n'avait rien à perdre. Elle ne pouvait rien y gagner non plus, mais cela nous convenait à tous les deux. Avec Lorna, mieux valait garder ses distances. C'était le genre de femme... à peine tu t'impliques que t'es foutu. C'est fichu. La seule façon de la garder était de la tenir à distance. Je connaissais la règle du jeu, mais je n'arrivais pas toujours à l'appliquer. Je m'y faisais prendre. Je voulais toujours la sauver et ce n'était pas possible.

– Vous a-t-elle raconté ce qui se passait dans sa vie ?

– En partie. Surtout des banalités. Le quotidien, quoi. Jamais rien d'important. Des choses qui lui arrivaient, pas ses sentiments. Vous voyez ce que je veux dire ? Même alors, je doute qu'elle m'ait jamais dit la vérité. Je savais des trucs, mais ce n'était pas toujours elle qui me les racontait.

– D'où teniez-vous ces informations ?

– J'ai des copains dans cette ville. Son comportement devenait frustrant. Elle me jurait de suivre le droit chemin, mais je suppose qu'elle n'arrivait pas à renoncer. A peine avait-on le dos tourné qu'elle se mettait à draguer des mecs. Deux, trois, tout ce que vous voulez. Des gens la voyaient faire et tenaient à me le raconter, de peur que je me mouille trop.

– Et c'était le cas ?

Il sourit avec amertume.

– A l'époque, je ne le pensais pas.

– Ces rumeurs vous embêtaient ?

– Ça, oui ! Elle menait une vie dangereuse, et j'en étais malade. Je n'aimais pas ce qu'elle faisait, ni que les gens accourent ici pour me parler d'elle dans son dos. Les commérages, j'ai horreur de ça. Je n'arrivais pas à les arrêter. Avec elle, je m'efforçais de ne rien dire. Ce n'était pas mes affaires, mais j'étais embringué. Je lui disais : Pourquoi, mon chou ? A quoi ça sert ? Et elle secouait la tête. « T'aimerais pas savoir, Hector. Je te le promets. Ça n'a rien à voir avec toi. » En vérité, je crois qu'elle ne s'en rendait même pas compte elle-même. C'était une nécessité, comme d'éternuer. Cela lui faisait du bien. Dès qu'elle se retenait, il y avait quelque chose qui la remettait dans le mauvais chemin.

– Qui d'autre à part vous jouait un rôle dans sa vie ?

– Je ne jouais aucun rôle dans sa vie. J'étais en marge. Bien loin. Elle travaillait le jour, à mi-temps, dans l'usine de traitement des eaux. Allez les voir. Peut-être auront-ils quelques indications complémentaires à vous donner. La plupart du temps, je ne la voyais pas avant trois heures du matin. Il se peut bien que sa vie ait été tout à fait différente après le lever du soleil.

– Ah ! Eh bien, ça donne à réfléchir, dis-je. Vous voyez autre chose ?

– Rien de bien précis. Si quelque chose me revient, je vous contacterai. Vous avez une carte de visite ?

J'en sortis une et la posai sur la console. Il y jeta un coup d'œil sans la prendre.

– Merci de m'avoir donné un peu de votre temps.

– J'espère vous avoir été utile. Je ne supporte pas l'idée qu'il s'agisse d'un meurtre impuni.

– En tout cas, c'est un début. Peut-être reviendrai-je vous voir.

J'hésitai et jetai un coup d'œil à la chienne toujours allongée entre nous. Dès qu'elle eut senti mon regard sur elle, elle se dressa sur ses pattes, sa tête se trouvant alors à peu près au niveau du tabouret où j'étais assise. Elle regardait droit devant elle, fixant intensément l'une de mes hanches, dans la perspective d'un éventuel souper tardif.

– Beauty, murmura-t-il en changeant à peine de ton.

La chienne se laissa retomber par terre, mais je savais que, dans sa tête, elle imaginait toujours sa gueule pleine à ras bord.

– La prochaine fois, je lui apporterai un os, dis-je. De préférence pas un des miens.

Je repris le chemin de la maison, traversant le quartier des affaires en suivant une piste de feux clignotant du rouge au vert. Les devantures des boutiques étaient verrouillées, les vitrines en verre épais illuminées par des éclairages fluorescents. On aurait dit que les rues étaient blanchies par les reflets de toute cette lumière. Je dépassai un homme à bicyclette, tout seul et de noir vêtu. Il était presque une heure et demie du matin, la circulation réduite au minimum et les carrefours larges et déserts. La plupart des bars étaient encore ouverts et d'ici une demi-heure environ, tous les ivrognes en sortiraient pour regagner les différents parkings du centre-ville. De nombreux édifices étaient plongés dans le noir. Les sans-abri, recroquevillés dans leur sommeil, en bloquaient les entrées comme des statues écroulées. Pour eux, la nuit est comme un vaste hôtel où il y a toujours une chambre libre. Le seul prix à payer, parfois, c'est la vie.

A deux heures moins le quart, j'ôtai enfin mes jeans, me lavai les dents et, éteignant les lumières, grimpai dans mon lit sans même me donner la peine d'enlever mon tee-shirt, mon slip et mes chaussettes. Les nuits de février étaient encore trop froides pour dormir nue. En sombrant dans l'inconscient, je me repassai mentalement des morceaux choisis de la bande de Lorna. Ah, la vie de la femme célibataire dans un monde gouverné par les maladies sexuellement transmissibles ! J'étais là, allongée, essayant de me rappeler la date de mes derniers rapports sexuels. Il y avait vraiment de quoi s'inquiéter : je ne m'en souvenais même plus. Je m'endormis en me demandant s'il y avait une relation de cause à effet entre la perte de mémoire et l'abstinence. Apparemment, oui, puisque c'était la dernière chose dont je fus consciente pendant les quatre heures suivantes.

Le réveil sonna à six heures du matin et je roulai hors du lit avant que l'idée de résister me revienne. J'enfilai mon jogging et mes chaussures de sport, puis me dirigeai vers la salle de bains où je me brossai les dents en évitant de me regarder dans la glace. Un coup d'œil malencontreux me révéla un visage gonflé de sommeil et des cheveux aussi raides et emmêlés que ceux d'une épave humaine. Je les avais bien raccourcis six mois auparavant avec une vaillante petite paire de ciseaux à ongles, mais je n'y avais guère touché depuis. Maintenant, les parties de ma chevelure qui ne se dressaient pas tout droit sur ma tête étaient soit aplaties soit complètement à la dérive. Il allait vraiment falloir que je m'en occupe un de ces quatre.

Je n'avais dormi que quatre heures et ne montrai guère de zèle à courir. Souvent, je m'identifie à l'aspect de la plage, laissant les oiseaux de mer et l'odeur des algues me porter. Le jogging devient alors une méditation qui donne une tout autre dimension au temps. Mais mes exercices d'aujourd'hui n'étaient guère propices à l'élévation d'âme.

Plutôt qu'avec l'euphorie, il me fallait me réconcilier avec l'équivalent de trois cents calories de transpiration, des cuisses qui hurlaient de douleur et des poumons qui me brûlaient. Je rajoutai un kilomètre pour expier mon indifférence, puis je rentrai en marche rapide, histoire de faire baisser ma température. Je me douchai et enfilai des jeans tout neufs ainsi qu'un pull noir à col roulé, et par-dessus, un gros pull-over en coton gris.

Je me perchai sur un tabouret près de la table de la cuisine et avalai un bol de céréales. Je parcourus rapidement le journal local. Pas de surprises. Alors que des inondations menaçaient le Midwest, la moyenne des précipitations à Santa Teresa était en baisse et la perspective d'une nouvelle période de sécheresse agitait les esprits. Janvier et février sont normalement des mois pluvieux, mais le temps avait été capricieux. Les orages s'approchaient de la côte, puis y restaient comme en suspens, comme s'ils flirtaient, nous refusant le baiser humide de la pluie. Des systèmes de haute pression retenaient toutes les pluies. Le ciel devenait nuageux, broyait du noir, mais en fin de compte ne crachait pas le morceau. C'était frustrant.

A la rubrique des événements plus réjouissants, j'appris qu'une grande compagnie pétrolière envisageait la construction d'une nouvelle raffinerie sur la côte sud. Le paysage n'en deviendrait certainement que plus beau. Un braquage de banque, un conflit entre des promoteurs immobiliers et les membres du comité de surveillance du comté. Je parcourus les bandes dessinées en buvant mon café, puis me rendis à mon bureau, où je passai les heures suivantes à rassembler le solde de mes recettes imposables. Odieux. Une fois terminé, je sortis un contrat standard et tapai à la machine les détails de mon accord avec les Kepler. Je consacrai ensuite l'essentiel de la journée à terminer le compte rendu d'une affaire dont je venais de m'occuper. La note définitive, frais compris, s'élevait à un peu plus de deux mille dollars. C'était peu, mais cela me permettrait de payer mon loyer sans toucher à mon assurance.

A cinq heures, j'appelai Janice en me disant qu'elle serait déjà levée. Trinny, la plus jeune des ses deux filles, me répondit. Elle était du genre bavarde. Après avoir compris qui j'étais, elle me dit que le réveil de sa mère allait sonner d'une minute à l'autre. Berlyn était partie à la banque et son père allait rentrer du travail : j'étais au courant de tout. Janice m'avait donné l'adresse, mais Trinny rajouta aimablement d'autres indications.

Je récupérai ma voiture dans le parking à quelques pâtés de maisons de chez moi. Un flot continu d'automobiles dévalait la rampe en spirale – des consommateurs ou des employés de bureau rentrant chez eux. En remontant Capillo Hill, je trouvai que l'air était tout gris, comme adouci par le crépuscule. Les lampadaires s'allumèrent soudain comme lanternes en papier accrochées de poteau en poteau pour une fête.

Janice et Mace Kepler possédaient une petite maison sur les hauteurs des Bluffs', dans un quartier qui avait dû se créer au début des années cinquante pour accueillir marchands et commerçants. De nombreuses rues surplombaient l'océan Pacifique, ce qui aurait dû en faire un quartier aux prix immobiliers élevés. Mais, en réalité, il y avait trop de brouillard. La peinture des murs extérieurs s'écaillait, les surfaces en aluminium se corrodaient, et les bardeaux des toitures se voilaient à cause de l'humidité permanente. Le vent soufflait si fort de l'océan qu'il transformait les pelouses en patchworks rapiécés. Les quartiers proprement dits étaient presque entièrement composés de maisons préfabriquées, habitations destinées à une seule famille et construites à une époque où les prix étaient bas et où l'on pouvait s'acheter sur catalogue les plans d'ensemble.

Les Kepler avaient apparemment fait pour le mieux. La peinture jaune qui recouvrait les flancs en volige de la maison semblait plutôt récente. Les volets étaient blancs ainsi que la barrière en lattes fractionnées mise en place pour délimiter la cour. La pelouse avait été remplacée par une épaisse masse de lierre qui semblait pousser partout, y compris sur les deux arbres.

Dans l'allée cochère se trouvait une camionnette bleue ornée d'un immense robinet stylisé, à la manière d'une bande dessinée. Une énorme larme d'eau en jaillissait : MACE KEPLER, PLOMBERIE, CHAUFFAGE, CLIMATISATION, était imprimé en blanc sur le côté du véhicule. Un petit sigle oblong précisait que Mace Kepler était membre de l'ANEPCC, l'Association nationale des entrepreneurs en plomberie, chauffage et climatisation. Son numéro de licence était indiqué, ainsi que les réparations d'urgence dont il pouvait se charger vingt-quatre heures sur vingt-quatre (fuites d'eau, vidanges d'égouts, fuites de gaz et chauffe-eau) et les cartes de crédit qu'il acceptait. De nos jours, aucun médecin n'offre un éventail aussi vaste de services.

J'empruntai l'allée de gravier et me garai derrière sa camionnette. Je ne fermai pas à clef et jetai un bref coup d'œil dans l'arrière-cour avant de grimper les marches basses en béton qui conduisaient au perron. L'un des membres de la famille devait avoir une passion pour les arbres fruitiers. Un véritable verger de citronniers avait été planté à l'arrière du lotissement. En cette saison, toutes les branches étaient nues, mais une fois l'été revenu, le feuillage vert foncé redeviendrait surabondant et dense, les fruits s'y blottissant comme des boules de Noël.

Je sonnai. Une paire de chaussures de travail boueuses se trouvait à côté du paillasson. Presque aussitôt, Mace Kepler vint ouvrir la porte. Je me dis qu'on avait dû le prévenir de mon arrivée. Vu mon incorrigible penchant pour le fouinage, j'étais contente de ne pas m'être arrêtée pour explorer sa boîte aux lettres.

Nous nous présentâmes, et il recula pour me laisser entrer. Même dans ses pantoufles en cuir, il devait faire plus d'un mètre quatre-vingt-dix à côté de mon petit mètre soixante-cinq. Il portait une chemise à carreaux et des pantalons de travail. Il avait la soixantaine, plutôt costaud, avec un visage large et un début de calvitie. On aurait dit qu'il avait un point d'exclamation planté au centre de son menton profondément fendu, une ligne verticale, signe de soucis, séparant comme une balafre l'espace entre ses yeux. Pour ses chantiers, sans doute engageaitil des types plus jeunes et plus petits qui pouvaient se glisser dans l'espace de travail sous la maison.

– Janice est sous la douche, mais elle ne va pas tarder à arriver. Je peux vous offrir une bière ? Je vais en prendre une moi-même. Je viens juste de rentrer. Fichue journée !

– Non merci, dis-je. J'espère que je n'arrive pas au mauvais moment.

J'attendis près de la porte tandis que, d'un pas lourd, il allait se prendre une bière dans la cuisine.

– Pas de problème. Tout va bien, dit-il. Je n'ai simplement pas eu le temps de me détendre. Je vous présente ma fille Trinny.

Trinny leva la tête, me fit un bref sourire, puis elle continua son travail, déversant une pâte lisse couleur cacao dans un moule à gâteaux de trente centimètres sur quarante. Le mixeur manuel, dont les palettes dégoulinaient encore d'une espèce de mélasse brune, était posé sur le comptoir de la cuisine, à côté d'une boîte ouverte de préparation pour gâteau au chocolat Duncan Hines. Trinny mit son plat dans le four et régla la minuterie qui avait la forme d'un citron. Elle avait ouvert une boîte de glaçage fondant tout prêt et j'aurais parié qu'elle y avait déjà trempé le doigt. Ma tante, qui n'avait jamais voulu m'apprendre à faire de la pâtisserie, m'avait cependant constamment mise en garde contre ces ignobles préparations qu'on trouve dans le commerce : elle les méprisait tout autant que le café instantané et le sel d'ail en flacon.

Trinny était pieds nus et, vêtue d'un tee-shirt blanc trop grand pour elle, portait une paire de jeans déguenillés coupés à hauteur du genou. A en juger par la dimension de ses fesses, elle avait dû confectionner pas mal de gâteaux maison en son temps. Mace ouvrit le réfrigérateur et en retira une bière. Il trouva l'ouvre-bouteilles dans un tiroir et, après avoir retiré la capsule d'un geste sec, il la jeta au passage dans un sac en papier brun qui faisait office de poubelle.

Trinny et moi, nous nous murmurâmes un « salut ». Berlyn, l'aînée, émergea du couloir, vêtue d'une paire de collants noirs et d'une chemise d'homme en fin drap blanc par-dessus. A nouveau, Mace nous présenta, et nous échangeâmes des salutations insignifiantes du genre « salut, comment ça va ». L'air décidé, Berlyn se retroussa les manches en traversant la pièce pour passer dans la cuisine ouverte. Elle s'arrêta à hauteur de Trinny et lui tendit un bras. Trinny s'essuya les mains et se mit à remonter la manche de sa sœur.

Au premier coup d'œil, on aurait pu les prendre pour des jumelles. Elles semblaient tenir plutôt du père, toutes deux grandes et bien faites avec des jambes et des cuisses lourdes. Berlyn était une blonde teinte aux grands yeux bleus bordés de cils noirs. Elle avait le teint clair, pâle, et une bouche pleine et voluptueuse, vibrante d'un rouge à lèvres rose brillant. Trinny avait gardé sa couleur de cheveux naturelle, brun caramel – probablement celle de Berlyn à la naissance. Elles avaient toutes les deux des yeux bleus brillants et des sourcils noirs. Les traits de Berlyn étaient plus grossiers, ou peut-être était-ce ses cheveux teints qui lui donnaient l'air d'une pute. N'eût été la beauté délicate de Lorna, j'aurais dit que les trois sœurs étaient jolies, mais un rien vulgaires. Je savais certes ce que je savais d'elle, mais Lorna avait eu une classe qui manquait aux deux autres.

Berlyn se dirigea vers le réfrigérateur et en retira un Pepsi sans sucre. Elle en fit sauter la capsule et sortit tranquillement par la porte de derrière qui donnait sur la terrasse en bois longeant l'arrière de la maison. A travers la fenêtre, je la vis s'installer sur une chaise longue constituée de bandes de plastique entrelacées. Il semblait faire trop froid pour rester assis dehors. Son regard croisa le mien avant qu'elle ne se détourne.

Sa canette de bière à la main, Mace traversa la cuisine vers la pièce qui servait de bureau et me fit signe de le suivre. Tandis qu'il refermait la porte derrière nous, je sentis l'odeur chimique du gâteau au chocolat en train de cuire.

CHAPITRE 5

Le « bureau » avait été rajouté à la maison en prenant la moitié du garage à deux voitures. On avait posé un revêtement de sol sur le béton d'origine et, par-dessus, des planches veinées façon chêne en vinyle. Bien qu'un grand tapis eût été rajouté, la pièce avait gardé une odeur d'huile de moteur et de vieilles pièces détachées pour voitures. Un canapé, une table basse, quatre chaises, une ottomane et une table roulante pour la télévision y avaient été disposés. Dans un coin se trouvaient un classeur et un bureau où s'entassaient les papiers. Tous ces meubles ressemblaient à des soldes de dépôt-vente : tissus mal assortis, capitonnages usés, rebuts auxquels on donnait une dernière chance.

Mace s'affaissa dans une chaise longue brune délabrée en Naugahyde et activa le mécanisme qui faisait basculer le repose-pied. Sa bouche était pleine de mauvaises dents. Le long de ses mâchoires, la chair s'était ramollie avec l'âge, deux courbes semblables à des parenthèses encadrant désormais la fine ligne de ses lèvres. Il prit la télécommande, éteignit le son et, après avoir zappé plusieurs fois, tomba sur une partie de basket-ball. Les types bondissaient silencieusement de haut en bas de la surface de jeu, sautaient, tombaient et se cognaient les uns dans les autres. Si l'on avait monté le volume, j'aurais certainement entendu le crissement strident des semelles caoutchoutées sur le plancher. La balle plongeait dans le panier comme si on l'avait magnétisée, ne touchant même pas le cercle métallique une fois sur deux.

Sans y être invitée, je me juchai sur l'ottomane près de moi, me plaçant dans la ligne de mire de mon hôte.

– Janice vous aura parlé de notre conversation d'hier soir, lui dis-je.

J'étais prête à le tranquilliser quant à la participation de Lorna au film pornographique. Mais il ne me répondit pas. Apparut alors une publicité pour un fast-food, un hamburger coloré de trente-cinq sur quarante-cinq centimètres envahissant l'écran de télévision. Les grains de sésame étaient aussi gros que des grains de riz, une tranche de fromage d'un bel orange vif débordant de façon alléchante du petit pain. Je vis les yeux de Mace fixer l'image. Je sais depuis toujours que je suis moins irrésistible qu'un sandwich au bœuf grillé, mais je trouvai quand même déprimant de voir son attention ainsi détournée. Je tournai la tête à gauche, entrant ainsi dans son champ de vision.

– Elle m'a dit qu'elle voulait vous engager pour enquêter sur la mort de Lorna, dit-il comme si on lui avait soufflé sa phrase des coulisses.

– Quel est votre sentiment ?

Il se mit à tapoter le bras du fauteuil.

– C'est à Janice de décider, dit-il. Je ne voudrais pas vous paraître stupide, mais nous avons, elle et moi, une opinion assez différente sur ce sujet. Elle pense que Lorna a été assassinée, moi, je n'en suis pas convaincu. C'était peut-être une fuite de gaz. Peut-être un empoisonnement à l'oxyde de carbone dû à une chaudière déficiente.

Il avait une grosse voix et de grandes mains.

– Il y avait une chaudière dans la maisonnette de Lorna ? J'avais l'impression que c'était plutôt primaire comme installation.

Un soupçon d'impatience anima son visage.

– C'est la même chose avec Janice. Elle prend tout à la lettre. Je vous donne simplement un exemple. Chez Lorna, tout était vieux ou déglingué. Vous vous retrouvez avec un appareil de chauffage défectueux, ça peut créer bien des problèmes. C'est ce que j'essaie de vous faire comprendre. Je vois ça tout le temps. Après tout, c'est mon métier.

– La police a bien dû envisager cette hypothèse, non ?

Il écarta ma question, haussant une épaule musculeuse comme pour se débarrasser d'une courbature.

– Je me suis coincé le dos en essayant d'arracher un tuyau d'une dalle, dit-il. Je ne sais pas ce qu'a foutu la police. Selon moi, on devrait en rester là. Il me semble que toute cette histoire de meurtre n'est qu'une autre façon de ne pas laisser tomber cette affaire. J'adorais ma fille. Elle était presque parfaite à mes yeux – une belle et douce enfant. Mais elle est morte à présent, et rien ne changera cela. Nous avons deux filles en vie et nous devons centrer nos efforts sur elles. Ça nous changerait un peu. Ça donne quoi quand on engage des avocats et des détectives ? Beaucoup de dépenses inutiles… en plus de la souffrance.

Je sentis mes oreilles se dresser. Aucun outrage, aucune protestation, pas la moindre allusion à toutes ces séances de léchage et de suçage ? Pour moi, le comportement lascif de Lorna était loin d'être « presque parfait » et plus proche de l'impudeur. Mener une vie dissolue ne voulait pas dire qu'elle fût mauvaise, mais le mot « douce » n'était pas précisément celui qui venait à l'esprit.

– Vous devriez peut-être en reparler avec votre femme, lui dis-je. Je lui ai bien précisé hier soir qu'il faudrait que vous soyez d'accord.

– Eh bien, nous ne le sommes pas. Je crois qu'elle se met le doigt dans l'œil, mais si c'est ça qu'elle veut, je marcherai. Nous essayons tous de faire face au mieux. Si ça lui fait du bien, je ne m'y opposerai pas, mais cela ne veut pas dire que je partage son avis.

Mon pauvre gars ! Attends un peu que je te présente ma facture. Je n'avais aucune intention de me faire piéger dans cette querelle.

– Et Trinny et Berlyn ? En avez-vous discuté avec elles ?

– Ça ne les regarde pas. C'est à moi et à ma femme de décider. Les filles vivent à la maison, mais c'est nous qui payons les factures.

– Je me demandais seulement comment elles supportent la mort de Lorna.

– Oh ! Nous n'en parlons pas beaucoup. Demandez-leur vous-même. Moi, j'essaie d'oublier, et pas de ressasser tout ça sans arrêt.

– Certains trouvent réconfortant d'en parler. C'est une façon d'analyser ce qu'ils ont vécu.

– Je ne voudrais pas vous paraître rabat-joie, mais pour moi c'est l'inverse. Je préfère laisser tomber et que la vie continue.

– Ça vous ennuierait que je leur parle ?

– En ce qui me concerne, ça vous regarde, vous et elles. Elles sont adultes. Du moment qu'elles sont d'accord, vous pouvez leur parler tant que vous voulez.

– Peut-être leur dirai-je un mot avant de partir. Enfin… pas nécessairement aujourd'hui, mais j'aimerais leur parler séparément dans les jours qui viennent. Il se pourrait que Lorna leur ait révélé quelque élément significatif.

– J'en doute, mais vous pouvez toujours demander.

– Quels sont leurs horaires de travail ?

– Berlyn répond au téléphone de huit heures à dix-sept. J'ai un biper et elle s'assure que je suis au courant des urgences. Elle tient les livres, paie les factures et s'occupe des dépôts d'argent. Trinny est en train de chercher du travail. Elle est au chômage depuis le mois dernier, donc elle est ici la plupart du temps.

– Elle fait quoi ?

La série d'annonces publicitaires venait enfin de se terminer et il porta à nouveau son attention sur l'écran de télévision. Deux anciens athlètes en tenue de ville discutaient de la partie. Je laissai faire, me disant que je poserais moi-même la question à Trinny.

On frappa à la porte du « bureau », et la tête de Janice apparut dans l'entrebâillement.

– Oh, salut ! Trinny m'a dit que vous étiez là. J'espère que je ne dérange pas.

Elle entra dans la pièce et referma la porte derrière elle, exhalant un parfum de savon, de déodorant et de cheveux humides. Elle était vêtue d'une chemise à carreaux rouges et blancs et d'un pantalon extensible en polyester rouge.

– Au travail, j'ai un vrai uniforme, me dit-elle, son regard suivant le mien.

Polyester ou pas, elle avait l'air plus pimpante que moi.

– On ne vous a rien offert à boire ?

Je m'attendais presque à ce qu'elle sorte son carnet de commandes et son stylo.

– Merci, ça va. Mace m'a déjà offert à boire tout à l'heure.

Je fouillai dans mon sac et en retirai le contrat que je posai sur la table.

– Je suis passée avec ceci. J'espère que je n'interromps pas vos préparatifs de dîner.

Elle agita la main.

– Ne vous en faites pas. Trinny s'en est occupée. Depuis qu'elle est au chômage, c'est comme si nous avions une aide à demeure. Nous ne dînons pas avant huit heures, c'est-à-dire dans longtemps. En attendant, comment allez-vous ? J'espère que vous avez assez dormi. Vous avez l'air fatiguée.

– Je le suis, mais je compte me rattraper ce soir. Je ne sais pas comment vous arrivez à travailler de nuit. Ça me tuerait.

– On s'y habitue. C'est ce que je préfère. La nuit, on voit des gens tout à fait différents. Au fait, mon invitation à prendre un café est toujours valable si vous vous trouvez dans le coin pendant mes heures de boulot.

Elle prit le contrat. Il s'agissait d'un simple document d'une page fixant les termes de notre accord.

– Je ferais mieux de le lire avant de signer. Comment ça fonctionne ? C'est sur une base horaire ou un forfait ?

– Cinquante dollars de l'heure plus les frais, lui répondis-je. Je vous fournirai un compte rendu écrit une fois par semaine. Nous pouvons rester en contact téléphonique aussi souvent que vous le souhaitez. Cet accord autorise mes services et mes dépenses jusqu'à hauteur de cinq mille dollars. Au-delà de ce montant, nous en discuterons le moment venu. Vous pouvez décider de ne pas donner suite et, dans ce cas, nous en resterons là.

– Il vous faudra sans doute des arrhes ? C'est bien comme ça que ça se passe ?

– En général, oui.

Nous discutâmes un moment des détails pendant que Mace regardait la partie.

– Ça m'a l'air correct. Qu'en penses-tu, chéri ?

Elle lui tendit le contrat, mais il l'ignora. Elle se tourna à nouveau vers moi.

– Je reviens tout de suite. Mon chéquier est dans l'autre pièce. Mille dollars, ça ira ?

– Ce sera parfait.

Elle quitta la pièce et je me tournai vers lui.

– Je gagnerais du temps si vous pouviez me donner les noms et adresses des amis de Lorna.

– Elle n'avait pas d'amis. Et pas d'ennemis non plus, que je sache.

– Et son propriétaire ? Il me faudrait son adresse.

– Vingt-six, Mission Run Road. Il s'appelle J. D. Burke. Lorna habitait derrière sa maison. Je suppose qu'il vous fera faire la visite complète, si vous le lui demandez gentiment.

– A votre avis, pourquoi l'aurait-on assassinée ?

– Je vous ai déjà dit ce que j'en pensais, me renvoya-t-il.

Janice revint dans la pièce à temps pour entendre ma dernière observation et sa réponse.

– Ignorez-le. Il est désagréable, dit-elle.

Elle lui donna un coup léger sur la tête.

– Tiens-toi comme il faut !

Elle s'assit sur le canapé, son chéquier à la main. D'après le coup d'œil que j'avais pu jeter sur la souche à talons, elle n'avait tiré aucun chèque depuis pas mal de temps. Apparemment, elle préférait tout arrondir, les montants inscrits sur les talons se terminant toujours par un zéro. Elle remplit le chèque, le détacha et me le donna, tout en notant le numéro et son montant. Puis elle griffonna son nom au bas du contrat et le tendit à Mace. Il prit le stylo et rajouta sa signature sans un regard pour les termes de notre accord. Son geste évoquait, sinon l'indifférence, quelque chose qui y ressemblait beaucoup. Depuis le temps que je suis dans le métier, j'ai appris à me méfier. Je décidai de faire payer Janice au fur et à mesure. Si j'attendais de leur présenter une facture définitive de quelque importance, j'étais convaincue que Mace en ferait tout un plat et refuserait de payer.

Je jetai un coup d'œil à ma montre.

– Je ferais mieux d'y aller, dis-je. J'ai rendez-vous dans un quart d'heure à l'autre bout de la ville.

Je mentais, bien sûr, mais ces gens commençaient à me donner des crampes d'estomac.

– Vous pouvez me raccompagner ?

Janice se leva en même temps que moi.

– Avec plaisir, dit-elle.

– Heureuse de vous avoir rencontré, murmurai-je à Mace en partant.

– Ouais, ouais, moi aussi.

Ni Berlyn ni Trinny ne se montrèrent tandis que nous traversions le salon en direction de la porte. Dès que nous eûmes atteint la terrasse, je lui dis :

– Janice, qu'est-ce qui se passe ? Vous lui avez parlé de la bande ? On dirait qu'il n'est pas au courant, et vous m'aviez juré de le faire.

– Oui, je sais, mais je n'ai pas eu le temps. Il était déjà parti à son travail quand je suis rentrée ce matin. C'est seulement maintenant que j'aurais pu le faire. Je ne voulais pas en parler devant Berlyn et Trinny.

– Pourquoi ? Elles ont le droit de savoir ce que trafiquait Lorna. Peut-être savent-elles quelque chose et n'en parlent-elles pas, pour essayer de vous protéger tous les deux.

– Oh ! Je n'avais pas pensé à ça. Vous croyez vraiment ?

– C'est possible.

– Je pourrais le leur dire, mais l'idée de ternir sa mémoire me fait horreur… c'est tout ce qu'il nous reste.

– Il se peut que mon enquête mette à jour des choses bien plus pénibles.

– J'espère que non. Qu'est-ce qui vous fait dire ça ?

– Un instant. Arrêtons tout ça. Je ne pourrai jamais être efficace si vous ne jouez pas le jeu.

– Mais je joue le jeu ! s'écria-t-elle d'un ton indigné.

– C'est faux. Primo, laissez donc tomber toutes ces conneries à propos de Lorna. L'inspecteur auquel j'ai parlé m'a précisé que vous étiez au courant de ce qu'elle faisait parce qu'il vous l'avait dit lui-même.

– Ce n'est pas vrai !

– Je n'ai aucune envie de me lancer dans ce genre d'histoires. Vrai ou faux, je vous répète ce qu'il m'a dit.

– Eh bien, c'est un sacré menteur, et vous pouvez le lui dire de ma part.

– Je le lui ferai savoir. Notre problème à nous, c'est que vous aviez promis de parler à votre mari de la vidéo. Encore heureux que je n'aie pas mis les pieds dans le plat en ouvrant ma grande gueule. J'étais à deux doigts de le faire.

– Ça m'arrangerait, dit-elle prudemment, prenant ma déclaration pour une offre de ma part.

– Je n'en doute pas. Vous vous dites qu'il m'est déjà hostile, donc quelle différence cela ferait-il ? Je peux déjà m'imaginer sa réaction. Non, mais dites donc ! Ça, c'est votre boulot, et vous feriez mieux de vous dépêcher.

– Je lui en parlerai au dîner.

– Le plus tôt sera le mieux. Il est inadmissible que j'en sache plus que lui. Il va déjà se sentir assez idiot comme ça.

– J'ai dit que je m'en occuperai, trancha-t-elle d'un ton glacial qui ne m'impressionna pas.

Nous nous séparâmes sur cette note légèrement tendue.

En traversant le centre-ville, je m'arrêtai à la banque pour y déposer le chèque. Qui sait s'il n'était pas en bois ? Il aurait été plus sensé de ma part de le savoir avant de m'engager davantage, mais j'avais l'intention de rentrer chez moi. Sous les arbres, le crépuscule du mois de février avait accumulé les ombres. Je me réjouissais déjà de dîner tôt et de passer une bonne nuit. Par souci d'efficacité, je fis un crochet par Mission Run Road, en quête de l'ancien propriétaire de Lorna. S'il était là, je taillerais une petite bavette avec lui. S'il était sorti, je laisserais un mot lui demandant de me contacter.

La maison était de style victorien à deux étages : filets blancs et volets verts, et une terrasse qui faisait tout le tour. Comme bon nombre d'habitations de ce genre à Santa Teresa, il s'agissait probablement d'une ancienne résidence principale bâtie sur de vastes terres agricoles. A une certaine époque, cette propriété était située à la périphérie de la ville plutôt que près du centre. J'imaginai les vergers et les champs qu'on avait morcelés, d'autres maisons envahissant le terrain tandis qu'un propriétaire après l'autre déposait l'argent à la banque. Ce qui en restait désormais représentait sans doute moins de deux hectares et demi peuplés de vieux arbres et de ce qui devait être d'anciens communs convertis à d'autres usages.

En remontant l'allée, j'entendis deux voix en colère, l'une masculine, l'autre féminine – mais l'objet de la dispute était inaudible. Une porte claqua. L'homme cria quelque chose, mais le sen de sa phrase m'échappa. Je montai les marches en bois rendues rugueuses par la peinture grise qui s'écaillait. La porte d'entrée était ouverte, le grillage de la moustiquaire maintenu fermé par son loquet. Je sonnai. Je vis du linoléum dans le couloir et, sur la droite, un escalier qui montait jusqu'au palier du premier étage. Une partie du couloir était divisée par deux barrières en accordéon, l'une proche de l'escalier, l'autre à mi-chemin de la cuisine. Burke avait un petit chien ou un enfant – c'était difficile à déterminer. Les lumières étaient allumées à l'arrière de la maison. Je sonnai de nouveau. Un homme répondit de la cuisine, puis apparut et se dirigea vers moi, un torchon coincé sous sa ceinture. Il éclaira la terrasse, me scrutant du regard.

– Vous êtes bien J. D. Burke ? lui demandai-je.

– C'est exact.

Son sourire était incertain. Il devait avoir entre quarante-cinq et cinquante ans, le visage décharné et de bonnes dents quoique l'une de celles de devant fût ébréchée. Il avait deux plis profonds de chaque côté de la bouche, et une myriade de rides aux coins des yeux.

– Je m'appelle Kinsey Millhone. Je suis détective privée. La mère de Lorna Kepler m'a engagée pour enquêter sur la mort de sa fille. Vous avez quelques minutes ?

Il jeta un coup d'œil derrière lui, puis il haussa les épaules.

– Bien sûr, si ça ne vous ennuie pas de me regarder faire la cuisine.

Il défit le loquet de la porte moustiquaire et me tint celle-ci ouverte.

– La cuisine est par ici. Gare à vos pieds, dit-il.

Il contourna une rangée de cubes en plastique tandis qu'il descendait le couloir.

– Ma femme dit que les parcs pour enfants ressemblent à des prisons et laisse Jack jouer ici, où il peut voir tout ce qui se passe.

Je constatai que Jack avait barbouillé de beurre d'arachide tous les barreaux d'escalier à sa portée.

Je suivis « J. D. » le long d'un couloir glacial assombri par des boiseries en acajou et du papier peint datant d'un autre temps. Je me demandai si les experts des beaux-arts sauraient en raviver le fini en nettoyant la suie, rendant à toutes les couleurs leur tonalité autrefois claire, comme à quelque ancien chef-d'œuvre. D'un autre côté, jusqu'à quel point pouvait-on recolorer des roses pommées brun clair ?

La cuisine me parut le fruit d'affligeants efforts déployés pour moderniser un espace qui, à l'origine, avait dû servir de débarras. Le dessus des tablettes était recouvert de plaques de linoléum bordées d'une bande métallique où s'était accumulée une ligne de crasse gris foncé. Les placards en bois étaient recouverts d'une épaisse couche de peinture jaune citron. La cuisinière et le réfrigérateur semblaient neufs – deux accessoires blancs incongrus qui ressortaient dans la pièce. Une table en chêne et deux chaises avaient été casées dans une alcôve, où une baie vitrée avec des bancs incorporés donnait sur une cour envahie de végétation. Par rapport au couloir d'où nous venions, c'était une pièce bien mieux chauffée.

– Asseyez-vous, me dit-il.

– Ça ira. Je ne peux pas rester longtemps.

En réalité, je répugnais à poser mes fesses sur des sièges tout gluants de traces de petits doigts. Quelqu'un de petit, sans doute Jack, avait fait le tour de la pièce et laissé derrière lui, à la hauteur des chaises, une traînée de gelée de raisin qui s'étendait jusqu'à la porte de derrière qui donnait sur une petite verrière.

J. D. se pencha sur le brûleur et monta la flamme sous la poêle à frire tandis que je m'appuyais contre le montant de la porte. Ses cheveux brun clair se faisaient rares au-dessus du crâne, mais étaient plutôt touffus sur ses oreilles. Il portait une chemise de travail en coton bleu, des jeans délavés et des bottes poussiéreuses. Un sac en papier blanc marqué au crayon de boucher était posé sur le comptoir, à côté d'une pile d'oignons et d'ail coupés en cubes. Il rajouta de l'huile d'olive dans la poêle. J'adore regarder les hommes faire la cuisine.

– J. D. ?

Une voix de femme nous parvint du devant de la maison.

– Ouais.

– Qui est à la porte ?

Il leva les yeux en direction du couloir derrière moi et je me retournai tandis qu'elle approchait.

– Madame est une détective privée chargée d'enquêter sur la mort de Lorna. Je vous présente ma femme Leda. Excusez-moi, mais j'ai déjà oublié votre nom.

L'huile étant chaude, il rassembla les oignons et l'ail hachés et les fit tomber dans la poêle.

Je me tournai et tendis la main à son épouse.

– Kinsey Millhone. Heureuse de vous connaître.

Nous nous serrâmes la main. Leda était une femme-enfant du genre exotique, deux fois plus petite que Burke, et deux fois plus jeune aussi. Elle ne pouvait pas avoir plus de vingt-deux, vingt-trois ans et, petite et frêle, avait des cheveux noirs comme un lutin. Les doigts qu'elle me tendit étaient glacés et sa poignée de main molle.

– Vous connaissez peut-être le père de Leda, me dit Burke. Il est aussi détective privé.

– Vraiment ? Comment s'appelle-t-il ?

– Kurt Selkirk. Il est pratiquement à la retraite maintenant, mais ça fait des années qu'il est sur le terrain. Leda est sa cadette. Il a cinq autres filles exactement comme elle, ouais… toute une brochette de filles.

– Bien sûr que je connais Kurt ! m'écriai-je. Donnez-lui le bonjour de ma part la prochaine fois que vous le voyez.

Kurt Selkirk avait gagné sa vie pendant des années en s'adonnant à l'espionnage électronique et avait la réputation d'être une ordure. En juin 1968 avait été votée la loi publique 90-351, dont le texte disait ceci : « Quiconque utilisera sciemment, cherchera à utiliser, ou obtiendra pour quelque autre personne que ce soit la possibilité d'utiliser ou de chercher à utiliser tout dispositif électronique, mécanique ou autre, en vue d'intercepter quelque communication orale que ce soit, sera passible d'une amende ne pouvant excéder dix mille dollars ou d'une peine d'emprisonnement n'excédant pas cinq ans », et je savais pertinemment que Selkirk avait régulièrement encouru les deux peines. La plupart des détectives privés dans sa tranche d'âge gagnaient autrefois leur vie en espionnant les époux et épouses adultères. Depuis, les lois sur le divorce aux torts partagés avaient beaucoup changé tout cela. Dans son cas, sa décision de partir à la retraite était sans doute la conséquence d'une flopée de procès et de menaces émanant du gouvernement fédéral. J'étais contente de savoir qu'il avait laissé tomber, mais je n'en dis rien.

– Quel genre de travail faites-vous ? demandai-je à J. D.

– Électricien, dit-il

Pendant ce temps, Leda, un léger sourire aux lèvres, passa devant moi dans un nuage d'eau de Cologne musquée : de quoi enflammer un troupeau de bœufs. Le maquillage de ses yeux était élaboré : ombre à paupières charbonneuse, eye-liner noir, sourcils épilés pour former une courbe gracieuse. Sa peau était très pâle, ses os aussi délicats que ceux d'un oiseau. Elle portait une longue tunique blanche sans manches, largement décolletée sur sa poitrine osseuse, et un sarouel d'un blanc diaphane à travers lequel on distinguait nettement ses jambes minces. Il me fut difficile de croire qu'elle n'était pas transie de froid. Ses sandales étaient du genre qui me met toujours hors de moi – avec de minces lanières de cuir entre les orteils.

Elle passa dans la verrière, s'affairant auprès d'un nourrisson emmailloté qu'elle retira de son berceau en osier. Elle posa l'enfant sur la table de la cuisine et se glissa sur le banc. Elle sortit son sein gauche plutôt minuscule et y colla habilement le bébé comme une espèce de trayeuse. Pour autant que je puisse m'en rendre compte, l'enfant n'avait proféré aucun son. Avait-il émis un signal uniquement perceptible par sa mère ? Jack château branlant était probablement en train d'étaler partout avec ses doigts le contenu de sa couche.

– J'espérais voir la maison de Lorna, mais je ne savais pas si elle était actuellement occupée, repris-je.

Je remarquai que Leda m'observait attentivement pendant que je parlais à son mari.

– Non, c'est vide. Vous pouvez y aller si vous voulez. Impossible de la louer depuis que le corps a été retrouvé. Les gens sont au courant et personne n'en veut, vu l'état dans lequel elle était.

Burke se pinça le nez avec un dégoût exagéré.

Embarrassée, Leda s'écria « J. D. ! » comme s'il avait émis un bruit grossier avec son derrière.

– C'est la vérité, dit-il.

Il ouvrit le paquet de la boucherie et en retira un bloc de bœuf haché qu'il jeta dans la poêle par-dessus les oignons sautés. Il se mit à désagréger la masse de viande avec sa spatule. Je voyais encore les espèces de nouilles de bœuf denses et tassées qui avaient émergé du hachoir à viande. On aurait dit des vers. Sous l'effet de la chaleur, le dessous du bloc de bœuf haché vira du rose pâle au gris. Je ne mangerai plus jamais de viande. Je le jure.

– Pouvez-vous transformer l'endroit ?

– Pour l'instant, je n'ai pas d'argent et ça ne changerait sans doute rien. Ce n'est jamais qu'une baraque.

– Combien payait-elle de loyer ?

– Trois cents dollars par mois. Ça peut paraître cher, mais comparé aux loyers de par ici... C'est vraiment comme un deux-pièces avec une chambre et un poêle à feu continu que j'ai finalement enlevé. Dès qu'un endroit est vide, on se fait voler comme au coin d'un bois. Faute de mieux, ils prennent toutes les ampoules.

Je remarquai que, dans ce commentaire typique d'un propriétaire, la « baraque » avait été élevée au rang de deux-pièces.

– Quelqu'un d'autre y a-t-il habité avant elle ?

– Non. La propriété appartenait à mes parents, et j'en ai hérité à la mort de Maman, plus quelques locations à l'autre bout de la ville. J'ai rencontré Lorna par l'intermédiaire de gens qui travaillaient dans la même usine qu'elle. On a discuté un jour et elle m'a dit qu'elle cherchait un endroit à l'abri des regards indiscrets. Elle avait entendu parler de ma maisonnette et elle m'a demandé de la voir. Elle en est tombée amoureuse. Je lui ai dit : « Écoutez, c'est dans un état lamentable, mais si vous voulez bien l'arranger, je suis d'accord. » Elle s'est installée quinze jours plus tard, mais n'y a pas fait grand-chose.

– Est-ce qu'elle était du genre à faire la fête ?

– Pas à ma connaissance.

– Et ses amis ? Est-ce qu'elle recevait beaucoup ?

– Je ne pourrais pas vous dire. C'est vraiment loin derrière. Une espèce de petit chemin privé en terre battue y conduit à partir de la rue perpendiculaire à la nôtre. Si vous voulez voir, mieux vaut avancer votre voiture et passer par là. Dans le temps, il y avait un chemin entre nos deux maisons, mais nous ne nous en servons plus et c'est envahi de mauvaises herbes. La plupart du temps, je ne pouvais même pas voir si elle était seule ou pas à cause du feuillage trop dense. Parfois, en hiver, je voyais de la lumière, mais je n'y ai jamais prêté beaucoup attention.

– Vous saviez qu'elle faisait le tapin ?

Il me regarda d'un air déconcerté.

– Des passes, précisa Leda.

J. D. la dévisagea, puis me regarda.

– Ce qu'elle faisait, c'était son affaire. Je n'ai jamais pensé que cela me concernait.

S'il était frappé par ce que je venais de lui révéler, il n'en montra rien. Sa bouche se tordit en une moue sceptique tandis qu'il remuait la viande qui cuisait.

– Où avez-vous entendu dire cela ? me demanda-t-il.

– C'est un détective de la brigade des mœurs qui me l'a appris. Apparemment, beaucoup de putes font leur travail de prospection dans les palaces fréquentés par les gros flambeurs. Lorna avait d'abord travaillé à domicile, chez le client, puis elle était montée en grade et bossait en étoile filante.

– Si vous le dites.

– Et donc, à votre connaissance, elle n'amenait pas ses clients ici ?

– Pourquoi l'aurait-elle fait ? Quand on veut impressionner son bonhomme, on ne le conduit pas dans une baraque minable au milieu des bois. C'est mieux à l'hôtel. Comme ça, à lui de payer les boissons et le reste.

– C'est juste, dis-je. Si j'ai bien compris, elle tenait à ce que sa vie privée le demeure. Sans doute n'aimait-elle pas mélanger les deux, de toute façon. Parlez-moi du jour où vous l'avez trouvée.

– Ce n'était pas moi. C'était quelqu'un d'autre, dit-il. Je n'étais pas en ville, nous étions montés au lac Nacimiento pour une quinzaine de jours. Je ne me souviens pas exactement de notre emploi du temps comme ça, à brûle-pourpoint. Je suis rentré à la maison et j'étais en train de classer des factures quand je me suis aperçu que je n'avais pas reçu son chèque pour le loyer. J'ai essayé de téléphoner un tas de fois, mais personne ne répondait. En tout cas, deux ou trois jours plus tard, une femme est venue à la porte. Elle aussi avait voulu contacter Lorna, et elle était passée lui laisser un mot. Dès qu'elle s'est approchée de la maison, elle a été saisie par la puanteur. Elle est venue frapper à notre porte pour nous demander de prévenir la police. Elle nous a dit qu'à son avis, il s'agissait très probablement d'un cadavre, mais j'ai pensé qu'il valait mieux vérifier d'abord.

– Vous n'aviez rien remarqué avant ?

– Quelque chose sentait mauvais, ça, j'en avais été conscient, mais pas plus. Je me souviens que notre voisin s'était plaint, mais ni l'un ni l'autre, nous n'avions pensé qu'il pouvait s'agir d'un être humain. Un opossum... ou quelque chose d'autre. Ç'aurait pu être un chien ou un cerf. Vous seriez étonnée du nombre d'animaux sauvages qu'il y a dans le coin.

– Vous avez vu le corps ?

– Ça non, pas moi. Je me suis avancé jusqu'à l'entrée de la

maison et j'ai rebroussé chemin. Je n'ai même pas frappé à la porte. Quelque chose clochait, je m'en rendais bien compte, mais je ne tenais pas à être le premier à savoir quoi. J'ai appelé Police Secours et ils ont envoyé une voiture. Même le policier a souffert. Il a dû garder un mouchoir sur sa bouche.

J. D. se dirigea vers le garde-manger d'où il sortit deux boîtes de sauce tomate. Il prit l'ouvre-boîtes dans un tiroir et ôta le couvercle de la première.

– Vous croyez qu'on l'a assassinée ?

– Elle était trop jeune pour mourir sans qu'on lui file un coup de main, dit-il.

Il versa le contenu de la première boîte dans la poêle, puis ouvrit la seconde. L'odeur d'ail chaud de la sauce se répandant aux alentours, je me dis que, tout compte fait, la viande, ce n'était peut-être pas si mal que ça. La cuisine préparée par d'autres me fait toujours défaillir de faim. Manque de maternage ?

– Vous avez une hypothèse ?

– Aucune.

Je me tournai vers Leda.

– Et vous ?

– Je ne la connaissais pas vraiment. Nous avons installé le jardin potager dans son coin, alors de temps en temps je la voyais en allant y cueillir des haricots.

– Pas d'amis communs ?

– Pas vraiment. J. D. était ami avec le patron de Lorna à l'usine de traitement des eaux. C'est comme ça qu'elle avait entendu parler la petite maison. A part ça, nous ne la fréquentions pas. J. D. n'aime pas trop être copain avec les locataires.

– Ouais. Parce qu'après, c'est des excuses qu'ils vous offrent, et pas le chèque du loyer, dit-il.

– Et Lorna ? Elle payait dans les temps ?

– De ce côté-là, ça baignait. Du moins jusqu'à la dernière fois. Sinon, je n'aurais pas laissé courir, dit-il. Je n'arrêtais pas de me dire qu'elle passerait me l'apporter.

– Aviez-vous rencontré ses amis ?

– Je ne m'en souviens pas.

Il se tourna vers Leda qui secoua la tête.

– Voyez-vous quelque chose d'autre qui pourrait m'aider ?

Je n'obtins que des « non » à peine murmurés.

Je pris une carte de visite et notai mon numéro de téléphone personnel au dos.

– S'il vous revenait quoi que ce soit, n'hésitez pas à me contacter. Vous pouvez appeler à l'un ou l'autre des numéros. J'ai un répondeur pour les deux. Je vais jeter un coup d'œil à la maison et je repasserai s'il y a un problème.

– Attention aux bestioles, me dit-il. Il y en a de grosses là-bas.

CHAPITRE 6

Je pointai le nez de ma VW dans l'étroit chemin en terre battue qui pénétrait dans la propriété à proximité des lotissements de derrière. Autrefois, le passage avait été goudronné, mais sa surface en était maintenant grise et craquelée, envahie par les mauvaises herbes. Les phares de ma voiture balayèrent deux rangées de chênes verts qui délimitaient le chemin sillonné d'ornières. Les branches entrelacées au-dessus de ma tête formaient un tunnel d'obscurité que je traversai. Des massifs d'arbustes qui, autrefois, avaient peut-être été soigneusement taillés et dessinés débordaient à présent en une masse confuse qui ralentissait ma progression. Ma voiture n'étant, c'est vrai, plus toute jeune, je répugnais quand même à ce que les branches en égratignent la peinture bleu pâle. Déjà que les nids-de-poule ébranlaient ma suspension comme dans une séance d'essais en usine...

J'atteignis une clairière, où une maisonnette délabrée surgit de l'ombre. Je tournai ma voiture en trois manœuvres pour ne pas avoir à repartir en marche arrière. J'éteignis mes phares. L'illusion d'isolement fut immédiate et profonde. J'entendis des criquets dans le sous-bois. Autrement, tout était silencieux. Il était difficile de croire que d'autres maisons bordant des rues citadines se trouvaient à proximité. La faible clarté des réverbères ne pénétrait pas jusque-là et le bruit de la circulation se réduisait au murmure discret d'une marée lointaine. On se serait cru au fin fond du désert, et pourtant mon bureau ne se trouvait qu'à dix petites minutes en voiture.

Je tournai mon regard vers la maison principale et ne vis que la dense frondaison de jeunes arbres, de vieux chênes-verts et de quelques sapins : même à travers les troncs et les branches nues des quelques arbres à feuillage caduc qui se trouvaient là, les lumières étaient obscurcies. J'ouvris la boîte à gants et en sortis une torche électrique. J'en essayai le faisceau lumineux et constatai que les piles étaient encore bonnes. Je posai mon sac à main sur le siège arrière et fermai la voiture à clef en sortant. A une dizaine de mètres de là, entre moi et la maison principale, je vis les espèces de squelettes de wigwams qui soutenaient les haricots grimpants dans le jardin désormais abandonné. Une forte odeur de mousse humide et d'eucalyptus imprégnait l'atmosphère.

Je montai les marches conduisant à la terrasse en bois qui entourait la partie avant de la maisonnette. La porte d'entrée avait été démontée de ses gonds et posée contre le mur, sur le côté. J'allumai la lumière et constatai avec soulagement que le courant était toujours branché. Il n'y avait qu'un seul plafonnier, avec une ampoule de quarante watts qui diffusait une lumière glauque dans les pièces. Peu d'isolation, peut-être même aucune, et la maison était glaciale. Bien que toutes les vitres fussent intactes, une légère couche de suie s'était posée sur toutes les fissures et craquelures des murs. Des insectes morts s'alignaient le long des rebords de fenêtre. Dans un coin, une araignée avait enveloppé une mouche dans un sac de couchage de soie blanche. Ça sentait le moisi, le métal rouillé, et l'eau fétide croupissant dans les joints de plomberie. Une partie du plancher de la pièce principale avait été découpée à la scie par l'équipe de la Criminelle, le trou béant qu'ils avaient laissé ayant ensuite été recouvert d'une feuille de contreplaqué qui gondolait. Je le contournai avec précaution. Juste au-dessus de ma tête, j'entendis un bruit sourd, puis des petits pas précipités dans le grenier. J'imaginai des écureuils se glissant dans les ouvertures du toit afin d'y construire des nids pour leurs bébés. Le faisceau de ma torche électrique éclairait les innombrables artefacts de dix mois d'abandon : crottes de rongeurs, feuilles mortes, petites pyramides de débris créées par les termites.

L'espace habitable était disposé en L, avec une étroite salle de bains encastrée à l'extrémité du côté le plus profond. La tuyauterie se partageait entre la salle de bains et la cuisinette, la partie salle à manger occupant l'angle jusqu'au salon. Je vis la plaque métallique sur laquelle le poêle à bois avait été fixé. Les murs, peints en blanc, étaient parsemés de faucheux que j'observai avec inquiétude tandis que je visitais les lieux. D'un côté de la porte d'entrée se trouvait la boîte Belltone de la sonnette, qui avait la taille d'un paquet de cigarettes. Quelqu'un avait fait sauter le boîtier du mur, et je vis que le mécanisme intérieur avait disparu. Un fil électrique gainé de plastique vert avait été coupé et pendait désormais sur le côté comme la tige d'une fleur fanée et desséchée.

Le coin chambre à coucher avait dû être relégué dans la partie courte du L. Les placards de cuisine étaient vides, les étagères revêtues de plaques de linoléum encore rugueuses de farine de maïs et de vieux débris de céréales. Du sirop Karo ou de la mélasse avait dégouliné sur la surface, et je vis des ronds aux endroits où les produits en boîte avaient laissé des traces. J'allai voir dans la salle de bains et découvris qu'elle n'avait pas de fenêtre donnant sur l'extérieur. Les toilettes étaient anciennes, le réservoir haut et étroit. La cuvette elle-même avait une forme protubérante, comme une pomme d'Adam en porcelaine. Le siège en bois brun était fendillé – du genre à pincer aux endroits auxquels on tient. Le lavabo avait la taille d'un grand plat et était soutenu par deux pieds métalliques. J'essayai le robinet d'eau froide et reculai en poussant un cri quand un jet d'eau brunâtre en jaillit. La tuyauterie émit un vrombissement grave, comme si des sirènes en sous-sol dénonçaient mon bris de clôture. La baignoire reposait sur des pieds en forme de boules. Des feuilles mortes s'étaient amassées à proximité de l'écoulement, des cygnes noirs glissant sur le rideau de douche en plastique vert opaque qui pendait à une tringle en forme d'ellipse.

Dans la pièce principale, malgré l'absence de meubles, je pus m'imaginer comment l'espace avait été utilisé. Près de la porte d'entrée, des marques sur le plancher en pin signalaient l'emplacement d'un sofa et de deux chaises. Je me représentai une petite table basse en bois à l'autre bout du salon, dans le coin qui donnait sur la cuisine. D'un côté de l'évier se trouvait un petit meuble comportant une fiche femelle fixée juste au-dessus de son socle. Lorna possédait sans doute un téléphone portatif ou une grande rallonge lui permettant de garder l'appareil dans la cuisine le jour et près de son lit la nuit. Je me tournai et inspectai lentement les lieux. Autour de moi, les ombres s'approfondirent et les faucheux excités par mon intrusion se mirent à dévaler les murs sur la pointe des pieds. Je sortis doucement de la maison, les surveillant de près.

J'avalai mon dîner du bout des lèvres, assise seule dans mon coin préféré *Chez Rosie*, le restaurant qui se trouve à deux ou trois cents mètres de chez moi. Comme d'habitude, la très tyrannique Rosie m'avait obligée à commander ce qu'elle voulait. Je ne m'en plains pas vraiment. En dehors des Macdo géants au fromage, je n'ai pas de nettes préférences en matière de nourriture et je suis bien contente d'avoir quelqu'un pour me piloter à travers un menu. Ce soir-là, elle me conseilla la soupe aux graines de carvi avec boulettes, suivie d'un plat de porc braisé : encore une de ces recettes hongroises où l'on vous sert des viandes inondées de crème aigre et de paprika. *Chez Rosie* n'est pas tant un restaurant qu'un bar de quartier où les plats exotiques sont concoctés selon les caprices de la patronne. On a toujours l'impression qu'il va y avoir une descente de police pour le contrôle de la nourriture tant la plupart des règlements en matière de santé publique y sont esquivés au plus près. L'air sent un curieux mélange d'épices hongroises, de bière et de fumée de cigarettes. Les tables disposées au milieu de la salle sont des survivances des années 40 en chrome et Formica. Des box sont accolés aux murs : les banquettes raides à dossiers surélevés sont découpées dans du contreplaqué brut de qualité « chantier », et teintées en brun foncé pour masquer tous les nœuds et les éclats de bois.

Il n'était pas tout à fait dix-neuf heures, et aucun des fanas de sport habituels n'était encore arrivé. La plupart des soirs, surtout en été, le bar est bourré de bruyantes équipes de joueurs de bowling et de *softball* portant les uniformes de leurs entreprises respectives. L'hiver, ils sont obligés d'improviser. Cette semaine-là, justement, un groupe de joyeux lurons avait inventé un jeu baptisé « Lancez le slip à coquilles », un triste exemplaire de ce viril dispositif de soutien étant désormais perché sur le nez du marlin poussiéreux qui s'étale au-dessus du bar. Rosie, d'habitude plutôt autoritaire et sans humour, semblait amusée par sa présence et l'y avait laissé. Je me demandai si ses noces imminentes n'avaient pas fait chuter son QI de quelques points critiques. Pour l'heure, elle était perchée sur un tabouret de bar et parcourait la presse locale en fumant une cigarette. Un petit poste de télévision en couleur beuglait à l'autre bout du bar, mais ni l'une ni l'autre nous ne prêtions beaucoup d'attention à l'émission en cours. William, qui est tout à la fois le frère aîné d'Henry et le bien-aimé de Rosie, s'était envolé pour le Michigan avec lui. Rosie et William étaient censés se marier d'ici un mois, la date de la cérémonie restant pourtant assez indécise.

Le téléphone sonna à notre extrémité du bar. Rosie y jeta un coup d'œil agacé et je crus qu'elle ne répondrait pas. Elle prit son temps, repliant le journal avant de le poser. Elle finit par décrocher à la sixième sonnerie et, après avoir échangé quelques brèves remarques avec son interlocuteur, arrêta son regard sur moi. Elle souleva l'écouteur dans ma direction, puis le déposa lourdement sur le comptoir, déchirant sans doute par la même occasion le tympan du type à l'autre bout du fil.

Je repoussai mon assiette et me glissai hors du box en faisant attention à ne pas me planter d'écharde dans la cuisse. Un de ces quatre, je vais me louer une ponceuse et décaper à fond tous ces sièges en bois. J'en ai assez de craindre de me faire empaler par une lance en contreplaqué bon marché. Rosie gagna l'autre bout du bar et baissa le son de la télévision. Je traversai la pièce en direction du bar et soulevai le récepteur.

– Allô ?

– Hé, Kinsey ! Cheney Phillips à l'appareil. Comment allez-vous ?

– Vous saviez où j'étais ?

– J'ai parlé à Jonah Robb. Il m'a dit que vous aviez l'habitude d'aller chez Rosie. J'ai téléphoné chez vous et le répondeur s'est enclenché, alors je me suis dit que vous étiez peut-être sortie dîner.

– Voilà du bon boulot de détective.

Il ne me parut pas nécessaire de lui demander d'où lui était venue l'idée de parler de moi avec Jonah Robb, qui était affecté à la section des Personnes disparues de la police de Santa Teresa lorsque je l'avais rencontré trois ans auparavant. J'avais été brièvement sa maîtresse, pendant qu'encore une fois son épouse désertait le foyer conjugal. Jonah et sa femme Camilla étaient ensemble depuis la classe de sixième. Elle le quittait à intervalles plus ou moins réguliers, mais il la récupérait toujours. C'était l'amour façon école secondaire et cela avait quelque chose de très pénible pour les observateurs extérieurs. Je ne connaissais pas la règle du jeu et je n'avais pas compris le rôle qui m'était attribué. Une fois le message reçu, j'avais choisi de ne plus jouer, mais cela m'avait laissé un mauvais goût dans la bouche. Quand on est seul, il arrive de commettre ce genre d'erreur. Il n'en reste pas moins déconcertant de faire l'objet de médisances. L'idée d'avoir été un sujet de conversation dans les vestiaires de la police locale ne me plaisait pas du tout.

– Qu'est-ce que vous faites en ce moment ? lui demandai-je.

– Pas grand-chose. Je vais essayer de trouver un type plus tard dans la soirée, en bas de State Street, pour avoir quelques renseignements. Je pensais que ça vous dirait peut-être de m'accompagner. Il paraît qu'une ancienne copine de Lorna fait le tapin dans le coin. Si on la repère, je pourrais vous la présenter… à condition, bien sûr, que cela vous intéresse.

Mon cœur se serra tandis que s'évanouissait la perspective de me coucher tôt.

– Formidable ! J'apprécie votre offre. Comment fait-on ? Je vous retrouve là-bas ?

– Si vous y tenez, mais peut-être vaudrait-il mieux que je

fasse un crochet pour vous prendre. Je vais beaucoup circuler et il m'est difficile de savoir où je serai.

– Vous savez où j'habite ?

– Bien sûr, dit-il en me récitant l'adresse. Je passerai vers onze heures.

– Si tard que ça ? dis-je en couinant.

– Ça ne décolle pas vraiment avant minuit, dit-il. Ça vous pose un problème ?

– Non, c'est parfait.

– Et donc, à ce soir, dit-il, et il raccrocha.

Je jetai un coup d'œil à ma montre et constatai avec désespoir qu'il me restait à peu près quatre heures à ne rien faire. Tout ce que je désirais vraiment, c'était me coucher, mais pas s'il me fallait me relever. Une fois allongée, j'aime le rester. Ne faire qu'un petit somme me laisse une sensation de gueule de bois sans le plaisir d'avoir fait la bombe. Sachant que j'allais me balader un peu partout avec Cheney Phillips pendant des heures et des heures, je préférais de loin rester debout. Mieux valait me trouver quelque occupation d'ici là. Je bus deux tasses de café, réglai mon repas à Rosie, pris ma veste et mon sac et sortis dans la nuit.

Le soleil s'était couché à six heures moins le quart et la lune ne se lèverait sans doute pas avant deux heures du matin. A cette heure-ci, tout le monde dans le quartier était encore parfaitement éveillé. Dans presque toutes les maisons, les fenêtres sur rue brillaient, comme si l'intérieur était en flammes. Comme de doux oiseaux, les papillons de nuit heurtaient vainement les ampoules illuminant les entrées. Le mois de février avait réduit au silence tous les insectes de l'été, mais j'entendais toujours de vigoureux criquets dans l'herbe sèche et, à l'occasion, un oiseau de nuit. A part cela, le silence était général. La nuit me semblait plus chaude que la précédente et, pour avoir lu le journal du soir, je savais que le ciel bas allait encore se couvrir. Les vents soufflaient du nord, secouant les feuilles de palmiers desséchées au-dessus de ma tête. Je fis à pied les deux ou trois cents mètres qui me séparaient de mon appartement et entrai un moment pour prendre connaissance d'éventuels messages.

Il n'y avait rien sur le répondeur. Je ressortis aussitôt avant de céder à la tentation de téléphoner à Cheney afin d'annuler notre grande aventure de la soirée. Le grincement du portail me sembla mélancolique, comme si le froid métal protestait contre mon départ. Je m'installai dans ma voiture, mis le contact et remontai la manette du chauffage dès que le moteur commença à vrombir. Impossible d'avoir de l'air chaud si vite, mais j'avais besoin de cette illusion de chaleur et de confort douillet.

Je pris la 101 sur près d'un kilomètre et la quittai à la hauteur de Puerta Street. L'hôpital Saint Terry se trouvait deux pâtés de maisons plus loin. Je me garai dans une rue latérale, fermai la voiture et fis à pied les quelques centaines de mètres me séparant de la porte d'entrée. En principe, les visites étaient interdites avant vingt heures, mais j'espérais que l'infirmière en chef du service de cardiologie fermerait les yeux.

Les portes coulissantes en verre s'ouvrirent à mon approche. Je dépassai la cafétéria de l'hôpital à gauche du hall d'entrée, où des petits groupes de gens discutaient ferme sur les canapés. Plusieurs patients ambulatoires, en peignoirs et en pantoufles, avaient choisi de descendre s'asseoir avec leurs parents et leurs amis. L'endroit ressemblait à un vaste salon confortablement meublé, avec musique diffusée par haut-parleurs et tableaux peints par des artistes locaux. Les odeurs n'étaient pas du tout déplaisantes, mais me rappelèrent des moments pénibles. Dix ans plus tôt Tante Gin était morte ici même, par une nuit de février. Je fermai la porte à ces pensées et à tous les souvenirs qui en découlaient.

La boutique à cadeaux était ouverte et j'y fis un bref crochet. Je voulais acheter quelque chose pour le lieutenant Dolan sans vraiment savoir quoi. Ni les ours en peluche ni les peignoirs ne me semblaient appropriés. En fin de compte, je choisis une énorme tablette de chocolat et le dernier numéro de la revue *People*. Pénétrer à l'intérieur d'une chambre d'hôpital est toujours plus facile quand on a quelque chose dans la main – tout est bon quand il faut adoucir son intrusion dans l'intimité de la maladie. D'ordinaire, il ne me viendrait jamais à l'esprit de traiter une affaire avec un homme en pyjama.

Je m'arrêtai au bureau des renseignements pour demander son numéro de chambre et la direction de l'unité de cardiologie, puis je déambulai le long d'innombrables couloirs conduisant aux ascenseurs de l'aile ouest. J'appuyai sur le bouton du troisième et me retrouvai dans un vestibule clair, aéré, au sol blanc et brillant comme neige. Je tournai à gauche dans un petit couloir. La salle d'attente de l'unité de cardiologie se trouvait juste à droite. Je regardai à travers la vitre de la porte. La pièce était vide et sobre : une table ronde, trois chaises, deux fauteuils en vis-à-vis, une télévision, un téléphone à pièces et plusieurs revues. Je m'avançai vers la porte conduisant à l'unité de cardiologie. Un autre téléphone était fixé au mur et, juste à côté, un panneau signalait qu'il fallait appeler pour obtenir la permission d'entrer. Une infirmière ou une employée du service ayant pris mon appel, je lui dis que je souhaitais voir le lieutenant Dolan.

– Un instant. Je vais vérifier.

Un moment s'écoula, puis elle me dit d'entrer. La maladie a ceci d'étrange qu'elle correspond en grande partie à ce qu'on en attend. Nous avons tous vu cela à la télévision : le remue-ménage au poste des infirmières, les graphiques et les machines destinées à surveiller les malades. Dans l'unité de cardiologie, les infirmières de service étaient en tenue de ville normale, ce qui donnait une ambiance plus détendue et moins clinique. Il y en avait cinq ou six, toutes jeunes et tout à fait gentilles. Le personnel médical était en mesure de détecter toute alerte depuis une position commodément centrale. En me tenant au comptoir, je pus observer huit battements de cœur différents, chacun ressemblant à une ligne de hoquets pointus s'inscrivant en vert sur un panneau de contrôle.

La salle proprement dite était peinte en couleurs du Sud-Ouest : roses poudreux, bleus légers, verts pâles. Les portes des chambres étaient en verre, coulissantes, facilement visibles depuis les postes d'infirmières, avec des rideaux qu'il suffisait de tirer pour s'isoler au besoin. Il émanait de cette unité une impression de propreté et de silence qui faisait songer au désert : pas de fleurs, pas de plantes artificielles, toutes les surfaces en contreplaqué simples et sobres. Les tableaux aux murs représentaient des vues du désert, avec des montagnes s'élevant au loin.

Je demandai à voir le lieutenant Dolan, et l'infirmier me fit signe d'aller plus loin dans le couloir.

– Deuxième porte à gauche, dit-il.

– Merci.

Je m'arrêtai un instant à l'entrée de la chambre. La pièce était jolie et moderne. Le lit sur lequel il reposait était aussi étroit que celui d'un moine. J'étais habituée à le voir au travail dans un costume gris froissé, grincheux et débordé, tout à fait sérieux. Ici, il paraissait plus petit. Il était vêtu d'une robe de chambre en coton pastel sans forme, avec des manches courtes et un ruban pour l'attacher par-derrière. Il avait une barbe d'un jour qui rendait ses joues grises et broussailleuses. Je vis la chair fatiguée et grasse de son cou, et ses bras autrefois musclés paraissaient flasques et maigres. Une colonne montante allant du sol au plafond et située près de la tête du lit contenait l'attirail nécessaire à l'observation de son état. Des fils collés sur sa poitrine remontaient en se tortillant vers une prise installée sur la colonne, un écran affichant ses signes vitaux à la manière d'un télégraphe-imprimeur. Il était en train de lire le journal, des lunettes en demi-lune posées bas sur son nez. Il était sous perfusion. Dès qu'il me vit, il mit son journal de côté et ôta ses lunettes. Il tira sur le bord du drap afin de recouvrir ses pieds nus.

Et il me fit signe d'entrer.

– Vous ? Vous m'en direz tant ! Qu'est-ce qui vous amène ici ?

Il passa une main dans ses cheveux qui se faisaient plutôt rares, pour ne pas dire pire, et étaient comme plaqués par la sueur. Il se redressa en s'appuyant contre son lit surélevé. Son bracelet d'hôpital en plastique faisait paraître vulnérable son poignet, mais il n'avait pas l'air malade. C'était comme si je l'avais surpris un dimanche matin en train de flemmarder en pyjama avant d'aller à l'église.

– Cheney m'a dit que vous étiez souffrant, alors j'ai eu envie de vous rendre une petite visite. J'espère que je n'ai pas interrompu votre lecture.

– J'ai déjà lu ce journal trois fois. Je suis tellement désespéré que je lis même les petites annonces. Un certain Erroll voudrait bien que Louise l'appelle, au cas où vous connaîtriez l'un ou l'autre.

Je souris en me disant que j'aurais préféré le voir en meilleure forme, sachant que si les rôles étaient renversés, j'aurais eu encore pire allure.

Je lui tendis ma revue.

– C'est pour vous, dis-je. Je pense que, dans votre état, rien ne vous interdit une overdose de ragots. Si vous vous ennuyez vraiment, vous pourrez toujours faire les mots croisés. Comment vous sentez-vous ? Vous avez bonne mine.

– Je ne vais pas mal. J'ai connu de meilleurs jours. Le docteur a laissé entendre qu'on allait me faire sortir d'ici demain, ce qui me paraît un bon signe.

Il se gratta la barbe.

– J'en profite en refusant de me raser. Qu'en pensez-vous ?

– Ça fait laisser-aller, lui dis-je. La prochaine étape, c'est la vie de clochard ?

– Prenez donc une chaise. Asseyez-vous. Il n'y a qu'à déplacer tout ça.

Le reste du journal et plusieurs revues étaient empilés sur une chaise. Je mis le tout de côté et tirai la chaise vers le lit en sachant que, lui comme moi, nous avions recours à ces bavardages et à ce remue-ménage pour masquer notre gêne.

– Vous parlent-ils de reprendre le travail ?

– Ils ne veulent rien dire pour l'instant, mais je crois que j'en ai encore pour un moment. Deux, trois mois. Je leur ai fichu une de ces frousses, d'après ce que tout le monde dit. Vous vous imaginez un peu ? Tom Flowers a été obligé de me faire le bouche-à-bouche ! Il ne s'en remettra jamais. Quel tableau !

– Cela dit, vous êtes toujours des nôtres.

– Ça, c'est vrai. Vous allez bien ? Cheney m'a parlé de Janice Kepler. Ça se passe comment ?

Je haussai les épaules.

– Bien, je crois. Cela fait moins d'un jour que je suis sur l'affaire. J'ai rendez-vous avec Cheney un peu plus tard. Il va traîner dans le bas de State Street, à la recherche d'un de ses informateurs, et il a proposé de me présenter une copine de Lorna par la même occasion.

– Danielle, sans doute, dit-il. Nous l'avons interrogée à l'époque, mais elle n'a pas été d'un grand secours. Vous connaissez ces petites nanas. Elles mènent une vie terriblement dangereuse. Nuit après nuit, se brancher avec des inconnus… S'installer dans une voiture, sachant qu'il s'agit peut-être du dernier voyage. Et pour elles, l'ennemi, c'est nous. Je ne sais pas pourquoi elles font ça. Elles ne sont pas bêtes.

– Elles sont désespérées.

– Ça doit être ça. Et ce n'est rien comparé à Los Angeles. N'empêche que c'est terrible. Prenez Lorna… Ça n'a aucun sens.

– Vous avez une idée de qui l'a tuée ?

– J'aimerais bien. Elle gardait ses distances. Elle ne copinait pas avec les gens. Sa manière de vivre était trop peu conventionnelle pour la plupart d'entre eux.

– Ça, c'est bien vrai. Est-ce qu'on vous a parlé de la vidéo ?

– Cheney l'a mentionnée. Si j'ai bien compris, vous l'avez vue. Je devrais la visionner moi-même. Peut-être que j'y reconnaîtrais un acteur.

– Mieux vaut attendre que vous rentriez à la maison. Ça accélérerait trop vos battements de cœur. Janice Kepler m'en a donné une copie. Elle est très paranoïaque et m'a fait jurer de veiller sur ce foutu truc comme si c'était la prunelle de mes yeux. Je n'ai pas encore fait la tournée des boutiques porno, mais ça ne m'étonnerait pas d'y trouver une demi-douzaine de copies. D'après l'emballage, ça a été fabriqué quelque part dans la région de San Francisco.

– Vous avez l'intention d'y aller ?

– J'aimerais bien. Ça en vaudrait peut-être la peine si j'arrive à convaincre Janice.

– Cheney me dit que vous voulez jeter un coup d'œil sur les photos du crime.

– Si vous n'y voyez pas d'inconvénient. J'ai visité la maison cet après-midi, mais elle est vide depuis des mois. J'aimerais voir de quoi elle avait l'air quand on a retrouvé le corps.

Le lieutenant Dolan fronça les sourcils de dégoût.

– Je n'ai rien contre, mais vous feriez mieux de prendre des forces avant. C'est le pire cas de décomposition que j'aie jamais vu. Nous avons dû pratiquer l'examen toxicologique à partir de la moelle des os et du peu de tissu du foie que nous avons pu récupérer.

– Vous êtes sûr qu'il s'agissait bien d'elle ?

– Absolument sûr, dit-il.

Il leva les yeux vers la console de contrôle, et je suivis son regard. Les battements du cœur s'étaient accélérés et le trait vert ressemblait maintenant à une rangée d'herbes broussailleuses.

– C'est stupéfiant de voir à quel point le souvenir d'une chose pareille peut provoquer une réaction physiologique après tout ce temps.

– Avez-vous jamais rencontré Lorna de son vivant ?

– Non, et c'est sans doute aussi bien. Je me sentais déjà assez mal de l'avoir vue dans cet état. Ça n'est pas exactement « Poussière tu as été, poussière tu redeviendras... » En tout cas, je vais téléphoner aux Archives pour qu'ils vous en procurent un jeu. Quand souhaitez-vous y aller ?

– Tout de suite, si c'est possible. J'ai trois heures devant moi avant que Cheney ne passe me prendre. Je me suis couchée tard hier soir et je suis morte de fatigue. Mon seul espoir est de continuer à bouger.

– Ces photos-là vous réveilleront.

La plupart des services de police ferment à dix-huit heures. Le laboratoire était effectivement fermé et les inspecteurs partis. Dans les entrailles du bâtiment, les dispatchers de Police-Secours étaient sans doute assis devant leurs consoles, répartissant les appels d'urgence. Le comptoir principal, celui où se paient les contraventions, était aussi dénudé que les lattes d'un pupitre à cylindre, un panneau indiquant que le guichet rouvrirait dès huit heures du matin. La porte menant aux Archives était fermée, mais je vis deux personnes en train d'y travailler – sans doute des techniciens en traitement de données introduisant les mandats (d'arrêt ou d'amener) du jour dans l'ordinateur. Il n'y avait personne au petit comptoir dans l'entrée, mais je réussis à me pencher par-dessus et à jeter un coup d'œil du côté des archives, dans le coin à droite.

Un policier en uniforme m'aperçut, interrompit sa conversation avec un employé en civil et s'avança vers moi.

– Est-ce que je peux faire quelque chose pour vous ?

– Je viens de parler au lieutenant Dolan, à Saint Terry. Lui et le détective Phillips sont d'accord pour que j'examine certains dossiers. Il y a une série de photos que, d'après lui, je pourrais prendre.

– C'est au nom de Kepler, n'est-ce pas ? Le lieutenant vient d'appeler. Je les ai ici. Vous voulez entrer ?

– Merci.

Le policier appuya sur le bouton d'ouverture du verrou. Je traversai la pièce jusqu'au couloir du fond, où je tournai à droite. Le policier reparut à l'entrée du Service des archives et identifications.

– Il y a un bureau ici… si vous voulez vous asseoir.

Je parcourus soigneusement le dossier en prenant des notes. Janice Kepler m'avait déjà donné la plupart des renseignements, mais je tombai sur de nombreux mémorandums et notes interdépartementaux qui ne faisaient pas partie de son dossier. Je trouvai les procès-verbaux des auditions de témoins que la police avait conduites auprès d'Hector Moreno, J. D. Burke et Serena Bonney. Je notai les adresses et les numéros de téléphone personnels. D'autres parents de Lorna avaient été interrogés, ainsi que son ancien patron, Roger Bonney, et cette Danielle Rivers que j'espérais rencontrer ce soir dans State Street. A nouveau, je pris note de leurs adresses et numéros de téléphone personnels. Il s'agissait d'éléments que j'aurais pu trouver toute seule, mais pourquoi les laisser filer ? Le lieutenant Dolan avait donné des instructions pour que je puisse photocopier tout ce que je voulais. Je copiai d'innombrables pages. Sans doute allais-je interroger la plupart des mêmes personnes, et il serait instructif de comparer leurs opinions et observations présentes avec celles d'autrefois. Enfin, je fixai mon attention sur les photos prises sur le lieu du crime.

D'une certaine manière, il est difficile de savoir ce qui est le plus sordide : la pornographie du sexe ou la pornographie du crime. Les deux disent la violence, des êtres brisés et avilis, des humiliations auxquelles nous nous soumettons dans la chaleur de la passion. Certains actes sexuels sont perpétrés avec autant de sang-froid que s'il s'agissait d'un meurtre, certains crimes étant, eux, aussi émoustillants pour leur auteur qu'une rencontre sexuelle.

La chair de Lorna Kepler avait perdu l'essentiel de sa définition en se décomposant. Les enzymes blottis dans ses cellules avaient provoqué sa désintégration. Son corps avait été envahi par une petite équipe fort besogneuse d'asticots aussi légers que flocons de neige et aussi blancs que fil à surjet. Il me fallut de nombreuses minutes avant de pouvoir regarder les photos sans révulsion. Enfin, je fus capable de détachement. C'était tout simplement la réalité de la mort.

Je voulais voir la maisonnette encore meublée. Je l'avais vue vide, couverte de suie et délaissée, pleine d'araignées et de moisissures, avec l'odeur de renfermé de l'abandon. Voici que soudain, en couleur et en noir et blanc, je voyais des tissus, des étagères surchargées d'objets usuels, des coussins de canapé en désordre, un vase rempli de fleurs qui s'étiolaient dans deux centimètres d'eau sombre, des tapis en lambeaux, des pieds de chaise en bois tourné. Je vis une pile de lettres qu'elle avait laissée sur un coussin du canapé. Découvrir ainsi son espace vital avait quelque chose de désagréable. C'était comme arriver trop tôt et voir la maison avant que son hôtesse ait eu le temps d'y mettre de l'ordre.

En dehors de quelques clichés destinés à orienter l'observateur, le corps de Lorna était le sujet principal de la majorité des tirages brillants de format 12 × 16. Elle reposait sur le ventre, comme une personne endormie, ses membres disposés selon le dessin classique à la craie qui délimite le corps dans n'importe quel spectacle télévisé. Pas de sang. Pas de souillures. Il était difficile d'imaginer ce qu'elle était en train de faire quand elle était tombée : ouvrait-elle la porte ? Courait-elle vers le téléphone ? Elle portait un soutien-gorge et une culotte, ses vêtements de jogging entassés à proximité. Ses longs cheveux noirs étaient toujours soyeux et formaient une masse de tresses brillantes. Dans la lumière du flash, des petits asticots blancs brillaient comme des perles de culture. Je glissai les photos dans l'enveloppe en papier jaunâtre et fourrai le tout dans mon sac.

CHAPITRE 7

J'étais adossée à ma VW garée devant chez moi lorsque Cheney apparut au volant d'une VW apparemment encore plus vieille que la mienne. Elle était beige, très déglinguée, la réplique exacte du modèle de ville 1968 que j'avais flanqué dans un fossé presque deux ans auparavant. Cheney réussit péniblement à arrêter son engin. J'essayai d'ouvrir la portière côté passager. Rien à faire. Finalement, en posant mon pied sur le côté de la voiture, je réussis à tirer assez fort sur la porte pour l'ouvrir. Le couac qu'elle émit me fit penser à un pet de grosse bête sauvage. Je me glissai sur le siège et tentai en vain de fermer la portière. Cheney se pencha sur moi et y parvint après un violent effort. Il passa en première et la voiture démarra en grondant.

– C'est une belle voiture. J'avais exactement la même, dis-je.

Je tirai un coup sec sur la ceinture de sécurité, en essayant sans succès de l'attacher. Tout le système était coincé, il ne me restait plus qu'à prier le ciel que Cheney veuille bien éviter les collisions. J'ai horreur de finir une soirée en passant à travers le pare-brise. A mes pieds, je sentais un vent coulis passer à travers un trou dans le plancher rouillé. S'il avait fait jour, j'y aurais vu la route défiler à toute vitesse, comme on voit les rails quand on tire la chasse dans un train. Je m'efforçai de garder mes pieds en l'air afin de ne pas rajouter du poids à l'endroit en question et risquer de passer à travers. Si jamais la voiture tombait en panne, je pourrais toujours nous faire avancer d'un pied sans quitter mon siège. Je voulus baisser la vitre et constatai qu'il n'y avait plus de manivelle. J'ouvris la fenêtre arrière de mon côté, un air glacé pénétrant aussitôt en biais à l'intérieur de la voiture. Jusque-là, c'était bien la seule chose qui fonctionnait de mon côté.

Cheney était en train de me dire :

– J'ai aussi une petite voiture de sport, mais je ne vois pas l'intérêt d'amener un engin pareil dans le quartier où nous allons. Avez-vous pu parler avec Dolan ?

– Je suis passée le voir ce soir à Saint Terry. Je dois dire qu'il a été très chic. Je suis allée directement de l'hôpital au commissariat pour y consulter les archives. Il m'a même fourni des photos du lieu du crime.

– Il vous a paru comment ?

– Il me semble que ça allait. Il était moins ronchon que d'habitude. Pourquoi ? Quelle est votre impression ?

– Il était déprimé quand je lui ai parlé, mais peut-être s'est-il forcé pour vous.

– Il doit avoir peur.

– J'aurais peur moi aussi.

Ce soir-là, Cheney portait une paire de souliers italiens vernis, un pantalon sombre, une chemise brun café et un blouson en daim velours couleur crème. Je dois avouer qu'il ne ressemblait à aucun des agents en civil que j'avais rencontrés jusque-là. Il me jeta un coup d'œil et s'aperçut que j'étais en train de l'observer.

– Quoi ? dit-il.

– D'où êtes-vous ? lui demandai-je.

– De Perdido.

Il s'agissait d'une petite ville située à une cinquantaine de kilomètres plus au sud de chez nous.

– Et vous ?

– Je suis d'ici, lui répondis-je. Votre nom me dit quelque chose.

– Vous me connaissez depuis des années…

– Oui, mais est-ce que je ne vous connaîtrais pas d'ailleurs ? Vous avez de la famille dans le coin ?

Il émit un son prudent qui voulait dire « oui », en gros.

Je l'examinai attentivement. Étant menteuse moi-même, je suis capable de reconnaître les manœuvres des autres.

– Votre famille fait quoi ?

– Dans la banque.

– Quoi « dans la banque » ? Ils y déposent de l'argent ? Ils les braquent ?

– Ils… hmm, vous savez bien… ils en possèdent quelques-unes.

Je le dévisageai. La compréhension illumina mon visage comme un grand soleil de bande dessinée.

– Votre père est X. Phillips ? Comme dans la Banque X. Phillips ?

Il acquiesça silencieusement.

– C'est quoi, ce X ? Xavier ?

– En fait, c'est X, un point c'est tout.

– Et votre deuxième voiture ? C'est une Jaguar ?

– Dites donc ! Ce n'est pas parce qu'il est plein aux as que je le suis aussi. J'ai une Mazda. Ce n'est pas du luxe. Enfin, un peu… mais elle est entièrement payée.

– Ne soyez pas sur la défensive, lui répliquai-je. Comment avez-vous fini dans la police ?

Il sourit.

– Quand j'étais petit, je regardais beaucoup la télévision. J'ai été élevé dans une atmosphère de négligence bienveillante. Ma mère vendait de l'immobilier haut de gamme tandis que mon père dirigeait ses banques. Les films de détectives m'ont beaucoup impressionné. Plus que les questions financières, en tout cas.

– Ça ne pose pas de problèmes avec votre père ?

– Il n'a pas le choix. Il sait que je ne suivrai pas ses traces. D'ailleurs, je suis dyslexique. Pour moi, la page imprimée, c'est du charabia. Et vos parents ? Ils sont toujours en vie ?

– Veuillez prendre note : je me rends compte que vous changez de sujet, mais je choisis de répondre à votre question. Ils sont tous les deux morts depuis longtemps. Il se trouve que j'ai de la famille là-haut, à Lompoc, mais je n'ai encore rien décidé à leur sujet.

– Qu'y a-t-il à décider ? Je ne savais pas que nous avions le choix dans ce genre d'histoires.

– C'est une longue histoire. Ils ont ignoré mon existence pendant vingt-neuf ans et tout à coup ils veulent faire amie-amis. Ça ne me convient pas du tout. Je n'ai pas besoin de ce genre de famille-là.

Il sourit à nouveau.

– Disons que j'éprouve le même sentiment que vous à leur égard et que je les vois depuis que je suis né.

Et je ris.

– Serions-nous assez cynique, ou quoi ?

– Le « ou quoi » me paraît juste.

Je reportai mon attention sur le quartier où nous venions d'entrer. Ce n'était pas loin de chez moi. En bas du boulevard Cabana, puis à gauche en traversant la voie ferrée. Après les grands ensembles en copropriété et les petites maisons, on passait à des entreprises commerciales : entrepôts, petites et moyennes industries, un grossiste en fruits de mer, une boîte de déménagements et de garde-meubles. La plupart des bâtiments étaient longs, bas, et sans fenêtres. Coincé dans une rue latérale se trouvait l'un des deux seuls bouquinistes pour « adultes » des environs. L'autre était situé au bas de State Street, à quelques rues de là. De petits arbres dénudés avaient été plantés à intervalles plutôt espacés. Les lampadaires n'offraient qu'un pâle répit entre de grands pans d'obscurité. Du côté des montagnes, je vis les lueurs enfumées de la ville se fondre dans le ciel. Les maisons en contrebas étaient reliées par une féerie de lumières artificielles. Nous commençâmes à croiser des petits groupes de gens, cinq ou six, appuyés contre des voitures, des grappes de jeunes dont il était difficile de dire le sexe. Leurs regards nous suivaient intensément, les conversations s'arrêtant un instant : on espérait que nous aurions quelque affaire à proposer. Du sexe ou de la drogue, peu importe, du moment qu'il y avait échange d'argent. A travers la vitre, je sentis l'odeur de la came tandis que les joints passaient de main en main.

Le grondement sourd d'une note de basse nous signala que l'établissement que nous cherchions était proche.

Le Neptune's Palace faisait bar et salle de billard et possédait une cour ouverte sur l'un des côtés, le tout étant entouré par un vaste parking bitumé. Les clients avaient investi à la fois la cour et le parking. Le jaune des lumières à vapeur de mercure ruisselait sur les capots étincelants des voitures en stationnement. De violentes bouffées de musique montaient du bar. Près de l'entrée principale, des filles étaient adossées contre un mur bas et suivaient du regard le flot des voitures qui passaient lentement, leurs chauffeurs en quête d'une aventure pour la nuit. Les doubles portes étaient grandes ouvertes comme l'entrée d'une grotte et le rectangle de lumière fauve qu'on y découvrait adouci par un brouillard de fumée de cigarettes. Nous fîmes deux fois le tour du pâté de maisons, Cheney s'efforçant de localiser Danielle.

– Vous ne la voyez pas ? lui demandai-je.

– Elle doit bien être par là quelque part. Pour elle, c'est ici l'agence pour l'emploi.

Nous nous garâmes au coin de la rue, dans un endroit où l'air nocturne était plus paisible. Nous descendîmes de la voiture, la fermâmes à clef et passâmes devant de nombreux couples de même sexe qui nous dévisagèrent d'un air amusé. L'hétérosexualité serait-elle définitivement passée de mode ?

Nous nous frayâmes un chemin jusqu'au bar, nous mélangeant à des tas de clients en état d'ébriété. Du dancing montaient de véritables explosions de musique tonitruante. La chaleur moite de tous les corps agglutinés à l'intérieur avait un caractère presque tropical. La bière pression bon marché rendait l'air saumâtre. Le thème nautique était évident partout. De grands filets de pêcheur drapaient les poutres du plafond, où la lumière jouait sur des boules réfléchissantes comme le soleil à la surface de l'eau. Dans les hauteurs, un light show simulait un crépuscule tombant sur l'océan, avec lumière du jour qui s'estompe dans le coucher de soleil et nuit noire comme du jais. Par moments, les constellations étaient projetées par-dessus nos têtes, à d'autres des zigzags fulminant d'éclairs simulaient l'apparition d'un orage en mer. Les murs étaient peints en une multitude de bleus, les nuances allant du bleu calme de la houle d'été aux teintes sombres du plus profond de l'océan à minuit. De la sciure de bois répandue sur le sol en béton créait une illusion de fonds sablonneux. Le dancing proprement dit était délimité par ce qui semblait être la proue d'un navire qui a sombré. L'illusion de vie sous-marine était si parfaite que je ressentais de la gratitude chaque fois que je respirais.

Les tables étaient nichées dans des alcôves qui évoquaient des récifs de corail. L'éclairage était voilé ou faible, émanant en grande partie de gigantesques aquariums d'eau salée dans lesquels de gros mérous lippus ondulaient sans fin en quête d'une proie. Des reproductions de cartes de navigation anciennes étaient fixées dans le polyuréthanne de chaque dessus de table, le monde qu'elles représentaient consistant en de vastes océans dépeuplés où de perfides créatures restaient tapies sur les bords et n'avaient rien à envier aux clients eux-mêmes.

Dans le bref interlude des pauses musicales, je saisis les effets sonores lointains diffusés par les haut-parleurs : des cloches de bateaux, le craquement du bois, le battement des voiles, le cri des mouettes, le signal grêle des bouées. Le plus étrange était les lamentations presque imperceptibles des marins qui se noyaient, comme si nous étions tous pris à l'intérieur de quelque purgatoire maritime dans lequel l'alcool, les cigarettes, les rires et la musique assourdissante servaient à nous garder de ces cris lointains qui se glissaient dans le silence. Toutes les serveuses étaient vêtues de costumes moulants qui luisaient comme des écailles de poisson. Je devinai donc que la plupart d'entre elles avaient été engagées pour cause d'androgynie : cheveux coupés ras, hanches minces et pas de seins dignes de ce nom. Même les garçons étaient maquillés.

Cheney se tenait juste derrière moi, sa main confortablement posée au milieu de mon dos. A un moment, il se pencha en avant pour me dire quelque chose, mais le bruit recouvrit sa voix. Il disparut un instant, puis revint avec une bouteille de bière dans chaque main. Nous trouvâmes un pan de mur libre d'où l'on voyait presque toute la salle. Nous nous y adossâmes, regardant les clients. Le volume de la musique était tel qu'il nous faudrait passer ensuite un test auditif. Je me représentai tous les cils vibratiles s'aplatissant dans mon conduit auditif. Un jour, j'avais tiré un coup de revolver au fond d'une poubelle et depuis ce temps-là j'étais tourmentée par un sifflement intermittent au fin fond de ma tête. Il leur faudrait des cornets acoustiques à tous ces jeunes, et avant qu'ils aient vingt-cinq ans.

Cheney me toucha le bras et me montra quelqu'un à l'autre bout de la salle. Sa bouche forma le mot « Danielle » et je suivis son regard. Elle se tenait debout près de la porte, apparemment seule, à mon avis pas pour longtemps. Elle avait probablement un peu moins de vingt ans, et devait donc mentir régulièrement sur son âge : comment aurait-elle pu entrer ici sans ça ? Ses cheveux brun foncé étaient assez longs pour qu'elle puisse s'asseoir dessus, et ses jambes interminables. Même à cette distance, je vis des hanches minces, un ventre plat et des seins de la première adolescence, le tout formant un type de corps fort prisé par le mâle en post-ménopause. Elle était vêtue d'un pantalon sexy en satin vert citron et d'un bustier avec un blouson de même couleur par-dessus.

Nous nous frayâmes un chemin vers elle. Alors que nous nous avancions, elle vit Cheney s'approcher. Il lui montra la cour du doigt. Elle pivota et sortit avant nous. Dehors, la température était beaucoup tombée et l'absence soudaine de fumée de cigarette donnait à l'air une odeur de foin fraîchement coupé. Le froid me fit l'effet d'un liquide se déversant sur ma peau. Danielle s'était retournée vers nous, les mains dans les poches de sa veste. De près, je pus voir l'utilisation habile qu'elle faisait de son maquillage dans la bataille qu'elle menait contre son air juvénile. Elle aurait pu passer pour une fille de douze ans. Ses yeux avaient le vert lumineux de certains poissons tropicaux, et son regard était insolent.

– Notre voiture est garée au coin, dit Cheney sans préambule aucun.

– Et alors ?

– Et alors, nous pourrions y avoir une petite conversation à trois.

– Sur quoi ?

– La vie en général, et Lorna Kepler en particulier.

Les yeux de Danielle étaient rivés sur les miens.

– Qui est-ce ?

– Je vous présente Kinsey. La mère de Lorna l'a engagée.

– Vous n'allez pas encore m'arrêter, au moins ? dit-elle avec lassitude.

– Mais non, Danielle ! Il ne s'agit pas de ça ! C'est une détective privée. Elle enquête sur la mort de Lorna.

– Parce que je vous le dis, Cheney. Si vous essayez de me coincer, ça pourrait me causer beaucoup d'ennuis.

– Il ne s'agit pas d'un coup monté. C'est une rencontre. Elle paiera le tarif normal.

Je jetai un coup d'œil à Cheney. Il allait falloir que je paye cette petite andouille ?

Le regard de Danielle glissa sur le parking, puis dériva dans ma direction.

– Je ne fais pas les femmes, dit-elle d'un ton renfrogné.

Je me penchai en avant.

– Hé là, moi non plus. Au cas où le renseignement intéresserait…

Cheney m'ignora et s'adressa à elle.

– Que craignez-vous ?

– Ce que je crains ? dit-elle, pointant un doigt sur sa poitrine.

Ses ongles étaient rongés jusqu'au sang.

– Pour commencer, j'ai peur de Lester. J'ai peur de perdre mes dents. J'ai peur que monsieur Tête-de-Nœud m'aplatisse encore le nez. C'est un salaud, un vrai con…

– Vous auriez dû porter plainte. Je vous l'avais dit la dernière fois, répliqua Cheney.

– Ouais, d'accord. J'aurais dû m'installer tout de suite à la morgue, ça m'aurait évité d'en prendre plein la gueule, dit-elle, tranchante.

– Allez. Aidez-nous, lui dit Cheney d'un ton enjôleur.

Elle réfléchit, scrutant l'obscurité. Finalement, elle dit, presque à contrecœur :

– Je parle avec elle, pas avec vous.

– C'est tout ce que je demande.

– Je ne le fais pas parce que vous le demandez. Je le fais pour Lorna. Et uniquement cette fois. Croyez-moi. Je ne tiens pas à ce que vous me coinciez comme ça une autre fois.

Cheney lui décocha un grand sourire séduisant.

– Vous êtes trop parfaite.

Danielle fit une grimace, comme lui, pour lui faire comprendre qu'elle n'était pas dupe. Elle se dirigea vers la rue en parlant par-dessus son épaule.

– Finissons-en avant que Lester débarque.

Cheney nous accompagna jusqu'à la voiture, où nous eûmes droit à l'inévitable exercice de torsion de la porte. Le grincement qui s'ensuivit fut si percutant qu'à deux ou trois cents mètres de là un couple cessa de se peloter le temps de voir le genre de créature que nous étions en train de torturer. Je m'assis côté passager et laissai à Danielle le siège du conducteur au cas où elle serait obligée de filer en vitesse. Qui que fût Lester, je commençais, moi aussi, à me sentir nerveuse.

Cheney se pencha vers la fenêtre arrière.

– Reculez-vous donc un peu.

– Si jamais vous voyez Lester, ne lui dites surtout pas où je suis, lui lança-t-elle.

– Faites-moi confiance !

– Lui faire confiance ! A lui ! Quelle blague ! dit-elle à la ronde.

Nous l'observâmes à travers le pare-brise tandis qu'il disparaissait dans le noir. J'espérai que les tarifs du lundi soir étaient bas. Je ne me rappelais pas combien de liquide j'avais sur moi et ne pensais pas qu'elle accepterait ma carte Visa, qui d'ailleurs était inutilisable.

– Vous pouvez fumer si vous voulez, lui dis-je en pensant obtenir ses bonnes grâces.

– Je ne fume pas, me répliqua-t-elle, offusquée. Vous savez combien nous coûtent les maladies dérivées du tabagisme ? Quinze mille millions de dollars par an. Mon père est mort d'un emphysème. Un vrai exercice de suffocation ambulante, et tous les jours de sa vie, encore ! Les yeux lui sortaient de la tête. Il respirait... il était comme ça...

Elle s'arrêta pour me montrer, la main sur la poitrine. Les sons qu'elle émit tenaient du raclement entrecoupé d'étouffements.

– Et il n'arrivait pas à respirer. C'est une façon terrible de mourir. Il traînait partout son ballon d'oxygène. Mieux vaut renoncer tant qu'on le peut encore.

– Je ne fume pas. Mais je pensais que vous... j'essayais d'être polie.

– Pour moi, c'est inutile, dit-elle. Je déteste fumer. C'est très mauvais et en plus ça pue.

Elle se retourna et contempla l'intérieur de la VW avec dégoût.

– Quelle porcherie ! On pourrait attraper une maladie rien qu'à rester assise là-dedans.

– Ici, au moins, vous êtes sûre qu'il n'est pas en train de vous taper.

– Les flics du coin ne prennent pas d'argent. Ils ont trop de plaisir à fourrer les gens au trou. Il a une voiture bien plus belle, mais il est trop parano pour l'amener ici. Voilà. Assez de bla-bla du genre « faisons connaissance ». Que voulez-vous savoir sur Lorna ?

– Tout ce que vous pourrez m'en dire. Depuis quand la connaissiez-vous ?

Sa bouche s'affaissa en une grimace de lassitude.

– Deux trois ans. Nous nous sommes rencontrées quand nous étions hôtesses-accompagnatrices. C'était une fille bien. C'était une mère pour moi. Elle était ma... comment dit-on ?... mon mentor... Ce n'est que maintenant que je comprends que j'aurais dû l'écouter davantage.

– Comment ça ?

– Elle me tuait, cette fille ! C'était quelqu'un de formidable. Elle m'a réellement sidérée. J'étais... comment vous dire ?... complètement impressionnée. Elle savait ce qu'elle voulait et elle s'efforçait de l'obtenir, et tant pis si ça plaisait pas.

– Que voulait-elle ?

– Un million de dollars, pour commencer. Elle voulait

prendre sa retraite avant l'âge de trente ans. Elle y serait arrivée, c'est sûr, si elle avait vécu assez longtemps.

– Comment pensait-elle pouvoir le faire ?

– A votre avis ?

– On doit y passer un sacré temps, non ?

– Pas avec ses tarifs. Après avoir quitté son job d'accompagnatrice, elle se faisait deux cent mille dollars par an. Deux cent mille ! J'arrivais pas à le croire. Elle était maligne. Elle plaçait son argent. Elle ne le jetait pas par les fenêtres comme je l'aurais fait si j'avais été à sa place. Je ne comprends rien aux finances. Ce que j'ai en poche, je le dépense, et quand il n'y en a plus, je recommence. Enfin, j'étais comme ça avant qu'elle ne me prenne en main.

– Qu'avait-elle l'intention de faire une fois à la retraite ?

– Voyager. Faire des conneries. Peut-être même épouser quelqu'un qui s'occuperait d'elle toute sa vie. C'est comme ça... voilà ce qu'elle ne cessait de me répéter... tu as de l'argent, tu es indépendante. Tu peux faire ce que tu veux. Ton mec te maltraite, tu te tires et puis merde ! On peut toujours se tirer. Vous me suivez ?

– Mais c'est ma philosophie, à moi ! lui dis-je.

– Ouais, c'est la mienne aussi, maintenant. Après sa mort, j'ai ouvert un petit compte d'épargne, c'est là que je planque mon blé ! C'est pas grand-chose, mais ça me suffit, et je ne vais pas y toucher. C'est ce que disait toujours Lorna. Tu le mets à la banque et ça rapporte des intérêts. Elle a placé beaucoup d'argent dans les valeurs de premier ordre, les bons municipaux, des trucs comme ça, mais elle a tout fait toute seule. Les agents financiers ou autres, c'était pas son truc. Parce que, d'abord, elle disait que c'était le meilleur moyen pour n'importe quel trou du cul de se ramener et de vous mettre sur la paille. Vous connaissez les agents de change ? Elle les appelait les maquereaux du portefeuille.

Cette expression la fit rire. Cette idée de souteneurs à Wall Street avait l'air de beaucoup l'amuser.

– Et vous, vous avez fait des économies ?

– En fait, oui.

– Où ça ? Comment ?

– J'ai investi dans des CD, dis-je en me sentant un rien agacée.

Il me paraissait étrange de défendre ma stratégie financière auprès d'une fille des rues.

– Ça, c'est bien. Lorna l'avait fait aussi. Elle aimait bien les trucs à haut rendement et nets d'impôts. Elle avait aussi investi dans les Ginnie Maes [1], des trucs comme ça. Fallait nous entendre. Voilà ce que j'aime. Parler de tous ces machins à long terme. Tu as de l'argent, c'est du pouvoir, et aucun mec n'arrivera à te fermer la gueule, pas vrai ?

– Vous avez mentionné qu'elle se faisait deux cent mille dollars par an. Est-ce qu'elle payait des impôts là-dessus ?

– Bien sûr ! Faut jamais baiser le gouvernement, c'était sa méthode. C'est la première chose qu'elle m'a apprise. Tout ce que tu gagnes, tu le déclares. Vous savez comment ils ont eu Al Capone et les autres, non ? Revenus non déclarés. On triche avec le gouvernement et on finit au trou, et pour longtemps et c'est pas de la blague !

– Et pour ce qui est de...

– Un instant, me coupa-t-elle. Permettez-moi de vous poser une question. Vous gagnez combien ?

Je la fixai du regard.

– Combien je gagne ?

– Ouais, disons l'année dernière. Quel a été votre revenu ? Vous avez payé des impôts sur combien ?

– Ça devient plutôt personnel, vous ne trouvez pas ?

– Ne le prenez pas comme ça. C'est strictement entre nous. Vous me le dites, et puis ce sera à mon tour. Nous échangeons, donnant-donnant, pour ainsi dire.

– Vingt-cinq mille.

Ce fut à elle d'écarquiller les yeux.

– C'est tout ? J'en ai gagné deux fois plus. Je ne déconne pas. Je me suis fait cinquante-deux mille cinq cents dollars et des poussières.

1. Système de bons pour l'établissement d'une retraite privée *(NdT)*.

– On vous a cassé le nez en plus, fis-je remarquer.

– Oui, mais on vous l'a cassé aussi, d'après ce que je vois. Je ne veux pas vous critiquer. Ne prenez pas la mouche, dit-elle. Vous êtes une fille qui a de la gueule, mais pour vingt-cinq mille dollars, vous recevez des coups dans les côtes tout comme moi, vrai ou faux ?

– Je ne verrais pas les choses tout à fait comme cela.

– Ne vous racontez pas d'histoires. Ça aussi, je l'ai appris de Lorna. Croyez-moi. Votre boulot est aussi dangereux que le mien, mais deux fois moins bien payé. Vous devriez changer, à mon avis. C'est pas que j'essaie de promouvoir mon type de travail. Je vous dis simplement ce que je pense.

– J'apprécie votre intérêt pour moi. Si je décide de changer de carrière, je m'adresse à vous comme conseiller en matière d'emploi.

Elle sourit, amusée par mon ironie ou ce qu'elle présumait en être.

– Je vais vous dire ce qu'elle m'a encore appris : fermer sa grande gueule. Vous vous faites un mec, mieux vaut ne pas en parler après. Surtout dans le milieu où elle évoluait. Elle avait fait cette gaffe une fois et s'était juré de ne jamais recommencer. Il y a des types… waouh ! Mieux vaut oublier que vous les avez connus.

– Vous nagez dans ces eaux-là ? Le très haut de gamme ?

– Eh bien… pas tout le temps. Pas pour le moment. Quand elle était encore en vie, ça m'arrivait de temps en temps. Il y avait des fois où elle m'habillait vraiment bien et où je l'accompagnais sur un gros coup. Moi et une autre… Rita. Qu'est-ce qu'on se marrait ! Il y a des types qui les aiment jeunes. Tu te rases le pubis et tu fais comme si t'avais dans les dix ans. Tenez, une fois, j'ai gagné plus de mille cinq cents dollars. Ne me demandez pas comment. Ça non plus, on n'en parle pas. Lester m'aurait tuée s'il avait su.

– Qu'est-il advenu de tout son argent quand elle est morte ?

– Pas la moindre idée. Faudrait que vous demandiez à ses vieux. Je parie qu'elle n'avait pas fait de testament. Non, parce que… à quoi bon un testament ? Elle était jeune, enfin… elle avait vingt-cinq ans, ce qui n'est pas très vieux. Je parie qu'elle croyait avoir des années devant elle et en fait, elle n'avait rien.

– Quel âge avez-vous ?

– Vingt-trois ans.

– C'est pas vrai !

– Si, c'est vrai.

– Non, Danielle, c'est faux.

Elle sourit légèrement.

– Bon, d'accord, j'ai dix-neuf ans, mais je suis mûre pour mon âge.

– Dix-sept ans est sans doute plus près de la vérité, mais enfin, passons.

– Vous feriez mieux de me poser d'autres questions sur Lorna. Vous gaspillez votre argent en me demandant des choses sur moi.

– Que faisait Lorna à l'usine de traitement des eaux ? A première vue, ça ne valait même pas le coup de travailler à mi-temps.

– Il fallait bien qu'elle fasse quelque chose. Elle ne pouvait pas dire à ses parents comment elle gagnait son blé. Ils sont très conservateurs – du moins son père. J'ai rencontré sa mère à l'enterrement, et elle m'a semblé plutôt gentille. Son vieux, c'était un con : toujours sur son dos et toujours à vouloir savoir des trucs sur elle. Lorna était une sauvage, elle n'aimait pas qu'on la surveille.

– J'ai parlé à son père, aujourd'hui. Il m'a dit que Lorna n'avait pas beaucoup d'amis.

D'un hochement de tête, Danielle rejeta cette affirmation.

– Qu'est-ce qu'il en sait ? C'est seulement qu'il n'en a jamais rencontré. Lorna aimait les gens de la nuit. Tous ceux qu'elle connaissait n'émergeaient qu'au coucher du soleil. Comme les araignées et toutes ces... comment dit-on ?... les créatures nocturnes. Comme les hiboux et les chauves-souris. Pour rencontrer ses amis, il fallait s'habituer à veiller jusqu'à pas d'heure. Quoi d'autre ? Je commence à m'amuser. Je ne savais pas que j'étais si intelligente.

– Et le film porno ? Pourquoi l'a-t-elle fait ?

– Oh, rien que du classique. Vous savez comment ça se passe. Un type est descendu de San Francisco, elle l'a rencontré une nuit à l'Edgewater et ils se sont mis à parler. Il pensait qu'elle serait du tonnerre, et faut croire qu'elle l'était. Au début, elle ne voulait pas le faire, et puis elle s'est dit : pourquoi pas ? Ils ne lui ont pas donné grand-chose, mais elle m'a dit qu'elle s'était payé du bon temps. Qu'est-ce qu'on vous en a raconté ?

– Rien. Je l'ai vu.

– Sans blague. Vous avez vu ça ?

– Bien sûr, j'en avais une copie.

– Hé ben, ça alors ! Cette vidéo n'est jamais sortie.

Ce fut à mon tour d'être sceptique.

– Vraiment ? Ça n'a jamais été distribué ? Je n'arrive pas à le croire.

A nous entendre, on aurait dit une paire d'oiseaux parleurs.

– C'est ce qu'elle m'a dit. Même que ça l'emmerdait. Elle pensait que ce serait sa grande chance, mais elle ne pouvait rien faire.

– La cassette que j'ai visionnée était montée, emballée, tout le truc. Ils ont dû investir beaucoup d'argent. C'est quoi, cette histoire ?

– Je n'en sais pas plus. Peut-être que l'apport de capital, comme on dit, était insuffisant. Comment avez-vous obtenu une copie ?

– Quelqu'un l'a envoyée à sa mère.

Elle glapit de rire.

– Vous plaisantez. Ça, c'est trop. Quel est l'imbécile qui ferait une chose pareille ?

– Je ne sais pas encore. J'espère le découvrir. Que pouvez-vous me dire d'autre ?

– Non, non. C'est à vous de demander et je répondrai. Comme ça, je ne vois rien d'intéressant à signaler.

– Qui est Lester ?

– Lester n'a rien à voir avec Lorna.

– Mais qui est-ce ?

Elle me regarda.

– Qu'est-ce que ça peut bien vous faire ?

– Vous avez peur de lui et je veux savoir pourquoi.
– Ne me bassinez pas avec ça. Vous gaspillez votre argent.
– Peut-être que je peux me le permettre.
– Ah, oui, c'est vrai… Avec ce que vous gagnez ! A qui vous allez faire croire ça ?
– En fait, je ne sais même pas combien vous prenez.
– Le tarif pour un coup ? Cinquante dollars.
– De l'heure ? m'écriai-je.
– Non, pas de l'heure. Mais qu'est-ce qui vous prend ? Vous ne comprenez donc rien ? Cinquante dollars le coup. Rien de ce qui touche au sexe ne prend une heure, me précisa-t-elle avec mépris. Si on vous dit ça, c'est qu'on veut vous truander.
– Si j'ai bien compris, Lester est votre maquereau.
– Mais écoutez-moi ça ! « Maquereau ». Qui vous a appris à parler comme ça ? Lester Dudley, soit : monsieur Tête-de-Nœud pour ce qui vous concerne, est mon manager personnel. C'est en quelque sorte mon agent professionnel.
– Est-ce qu'il représentait Lorna ?
– Bien sûr que non. Je vous l'ai déjà dit, c'était une futée. Elle a refusé ses services.
– Vous pensez qu'il aurait des renseignements sur elle ?
– Aucune chance. Ça ne vaut même pas la peine d'essayer. Ce type est une vraie merde.

Je réfléchis un instant, mais j'avais posé à peu près toutes les questions qui m'étaient venues à l'esprit.
– Bon, dis-je, ça devrait aller pour l'instant. Si vous pensez à quoi que ce soit d'autre, vous me contactez ?
– Bien sûr. Du moment que vous avez l'argent, moi j'ai la bouche… façon de parler.

Je pris mon sac à main et en retirai mon portefeuille. Je lui donnai une carte de visite, où je griffonnai mon adresse et mon numéro de téléphone personnels. D'habitude, je n'aime pas le faire, mais je voulais lui rendre la tâche aussi facile que possible. Je considérai mes moyens en liquide. Je me disais qu'elle serait peut-être magnanime et laisserait tomber ses honoraires, mais elle tendit la main et m'observa attentivement pendant que j'y déposais mes billets en les comptant. Pour le dernier dollar, je dus aller chercher la petite monnaie au fond de mon sac. Bien entendu, il m'en manquait un peu.

– Ne vous en faites pas. Vous me devrez dix cents.

– Je vous signe une reconnaissance de dette ?

D'un geste, elle refusa l'offre.

– Je vous fais confiance.

Elle fourra l'argent dans la poche de sa veste.

– Les hommes sont bizarres, vous savez. Le grand fantasme mâle sur les putes ? Je le vois dans tous les livres écrits par des hommes. Un type rencontre une pute et la nana est superbe : gros nichons, raffinée, et elle mouille pour lui. Ils finissent au plumard, et après elle refuse son argent. Il est tellement formidable qu'elle ne veut pas le faire payer comme tous les autres. Eh bien ça, c'est des conneries. Je n'ai jamais encore connu de pute qui se tapait un type pour rien. De toutes les façons, le sexe avec une pute, c'est de la merde. S'il croit que c'est un cadeau, c'est qu'il n'a vraiment rien compris.

CHAPITRE 8

Il était presque une heure et demie du matin quand je garai ma VW dans le petit parking devant l'entrée des urgences de l'hôpital Saint Terry. Après ma conversation avec Danielle, Cheney m'avait déposée chez moi. J'avais poussé le portail grinçant, puis j'avais fait le tour de la maison. J'avais entendu Cheney klaxonner brièvement, puis démarrer. Le ciel nocturne était toujours clair, illuminé d'étoiles, mais je voyais des pans de nuages s'accumuler loin à l'ouest, comme prévu. Un avion traversa mon champ de vision, point lointain rouge clignotant au milieu de piqûres d'épingles de blanc, le son traînant à l'arrière comme une bannière publicitaire aérienne. Le dernier quartier de lune se réduisait à une courbe argentée semblable à une houlette de berger, un nuage pris dans son croissant tel un morceau de coton. J'aurais juré entendre encore la musique tonitruante qui avait ébranlé le Neptune's Palace. De fait, le club se trouvant à un bon kilomètre et demi de mon appartement, il n'était pas impossible que le son portât si loin. Mais il s'agissait probablement d'une chaîne stéréo ou d'une radio d'automobile beaucoup plus proche. Le faible son de la basse formait un contrepoint assourdi, rêveur, moelleux et indistinct au roulement de la marée haute à deux ou trois cents mètres de là.

Je m'arrêtai, les clefs à la main, et appuyai brièvement la tête contre la porte de ma maison. J'étais fatiguée, mais curieusement indifférente au sommeil. J'ai toujours été quelqu'un du jour, une inconditionnelle du lever de bonne heure et du soleil matinal dans un monde fonctionnant de neuf heures à dix-sept heures. Il m'arrive de travailler tard, mais, en général, je rentre chez moi en début de soirée et dors à poings fermés avant vingt-trois heures. Ce soir-là, encore une fois, j'étais en proie à une certaine agitation. Un aspect longtemps étouffé de ma personnalité était en train de s'activer à nouveau et je me sentais répondre à l'appel. Je voulais parler à Serena Bonney, l'infirmière qui avait découvert le corps de Lorna. Quelque part dans le portrait verbal de Lorna Kepler qui était en train de se constituer, se trouvait l'explication de sa mort. Je repassai par le portail et le refermai silencieusement derrière moi.

La salle des urgences avait un air abandonné. Les portes coulissantes en verre s'étant ouvertes avec un bruit discret, je pénétrai dans le silence de l'espace bleu-gris. A la réception, les lumières étaient allumées, mais les guichets d'enregistrement des patients étaient fermés depuis plusieurs heures. A gauche, derrière une petite cloison sur laquelle étaient fixés des téléphones payants, la salle d'attente était vide, la télévision y formant un carré gris. Je jetai un coup d'œil à droite, vers les salles d'auscultation. La plupart d'entre elles étaient plongées dans le noir, les rideaux qui les entouraient tirés en arrière et fixés aux glissières supérieures. Je sentis une odeur de café frais et revigorant monter d'une petite cuisine à l'arrière. Une jeune Noire vêtue d'une blouse de laboratoire blanche sortit d'une porte portant la mention « Lingerie ». Elle était menue et jolie. Elle s'arrêta en me voyant et me fit un sourire éclatant.

– Oh, excusez-moi. Je ne savais pas qu'il y avait quelqu'un. Est-ce que je peux vous aider ?

– Je cherche Serena Bonney. Est-elle de service ?

La jeune femme jeta un coup d'œil à sa montre.

– Elle ne devrait pas tarder. C'est son heure de pause. Voulez-vous vous asseoir ? La télévision est en panne, mais il y a plein de choses à lire.

– Merci.

Je passai le quart d'heure suivant à lire de vieux numéros

de la revue *Family Circle* : des articles sur les enfants, la santé et l'équilibre, la nutrition, la décoration intérieure, et des projets peu onéreux d'aménagements de la maison destinés aux moments perdus de Papa – un banc en bois, une cabane à construire dans un arbre, une étagère rustique devant soutenir le pittoresque jardin de pots à herbes de Maman. J'eus l'impression de lire des choses se rapportant à la vie sur une autre planète. Toutes les publicités montraient des femmes absolument parfaites. La plupart d'entre elles avaient trente ans et, blanches, avaient un teint impeccable. Leurs dents étaient régulières et immaculées comme neige. Pas de grosses fesses, ni de poches ventrales genre kangourou déformant leurs pantalons. Aucun signe de cellulite, pas de veines en toiles d'araignée ni de seins qui dégringolent jusqu'à la ceinture. Et ces femmes parfaites vivaient dans des maisons parfaitement rangées et aux parquets brillants. On avait une incroyable variété d'accessoires ménagers et d'immenses gants duveteux, mais pas d'homme visible. Papa avait sans doute été relégué au bureau entre ses heures d'atelier de bois. Intellectuellement, je comprenais bien qu'il s'agissait là de mannequins fort bien payés jouant seulement à la femme au foyer pour faire vendre du Kotex, des revêtements de sol et de la nourriture pour chiens et que leurs vies étaient probablement tout aussi éloignées de celle de la ménagère que la mienne. Mais que pouvait-on faire quand, femme au foyer, on était confrontée à toutes ces images de vivante perfection ? De mon point de vue, je ne voyais aucun rapport entre mon style de vie (les putes, la mort, le célibat, les revolvers et le fast-food) et celui dépeint dans cette revue, et c'était aussi bien comme ça. Qu'aurais-je bien pu faire d'un gant duveté et de récipients remplis d'aneth odorant et d'origan ?

– Serena Bonney. Vous vouliez me voir ?

Je levai les yeux. L'infirmière qui se tenait à la porte devait avoir une quarantaine d'années et était plutôt grande, disons dans les un mètre quatre-vingts. Sans être obèse, elle avait une forte carrure. Les femmes de sa famille devaient se décrire comme étant « de vigoureuse souche paysanne ».

Je posai ma revue et me levai pour lui tendre la main.

– Kinsey Millhone, dis-je. La mère de Lorna Kepler m'a engagée pour enquêter sur sa mort.

– Encore ? lança-t-elle en me serrant la main.

– Le dossier n'est pas clos. Puis-je vous demander quelques minutes de votre temps ?

– Drôle d'heure pour enquêter.

– Je vous dois des excuses. Normalement, je ne vous aurais pas dérangée au travail, mais je souffre d'insomnie depuis deux ou trois nuits, et j'ai pensé que c'était aussi bien de profiter du fait que vous étiez de service.

– Je ne sais pas grand-chose, mais je ferai ce que je peux. Venez donc derrière. C'est tranquille pour le moment, mais je ne sais pas pour combien de temps.

Nous dépassâmes deux salles d'auscultation avant d'arriver dans un petit bureau sommairement meublé. Comme les infirmières au-dessus, elle était en habits de ville : chemisier en coton blanc, pantalon en gabardine beige et veste assortie. Ses chaussures à semelles de crêpe disaient les longues heures à rester debout. Même chose pour sa montre-bracelet qui ressemblait à un thermomètre à viande équipé d'une trotteuse. Serena s'arrêta devant l'encadrement de la porte et se pencha dans le hall.

– Je serai ici si tu as besoin de moi, Joan.

– Pas de problème.

Serena laissa la porte entrouverte, plaçant sa chaise de façon à pouvoir surveiller le couloir.

– Excusez-moi de vous avoir fait attendre. J'étais en haut, à l'unité de soins. Mon père y a été réadmis il y a deux ou trois jours et j'essaie de jeter un coup d'œil dans sa chambre chaque fois que j'en ai l'occasion.

Elle avait le visage large, sans rides, et les pommettes hautes. Ses dents étaient droites et carrées, mais un peu ternes : peut-être le résultat d'une maladie ou de malnutrition dans sa jeunesse. Ses yeux étaient vert clair, ses sourcils pâles.

– C'est grave ? lui demandai-je.

Je m'assis sur une chaise chromée au siège capitonné de tweed bleu.

– Il a eu une grosse crise cardiaque il y a un an et on lui a mis un stimulateur cardiaque. Il a des problèmes avec l'appareil et ils ont voulu le vérifier. Il a tendance à être un peu rouspéteur. Il a soixante-quinze ans, mais il est très actif. C'est pour ainsi dire lui qui dirige le Conseil des eaux de Colgate, et il déteste rater une seule réunion. L'adrénaline lui profite bien.

– Votre père ne serait pas Clark Esselmann par hasard ?

– Vous le connaissez ?

– De réputation. Je ne savais pas. Il est toujours en train de se déchaîner contre les promoteurs.

Esselmann s'était lancé dans la politique locale pendant quinze ans, après avoir vendu sa société immobilière et pris une splendide retraite. D'après ce que j'avais entendu dire, il était assez colérique, son langage pouvant passer de la plus grande grossièreté à l'éloquence selon le sujet. Homme têtu et ayant son franc-parler, il siégeait au conseil d'administration d'une demi-douzaine d'œuvres de charité.

Elle sourit.

– Oui, c'est bien lui, dit-elle.

Elle glissa une main dans ses cheveux cuivrés, mélange de rouge et d'or sombre. On aurait dit qu'elle avait une permanente, l'ondulation qui les marquait semblant trop accentuée pour être entièrement naturelle. La coupe était courte, le style simple. Je l'imaginai en train de se brosser les cheveux après la douche du matin. Elle avait de grandes mains, dont les ongles étaient coupés droit, mais joliment soignés. Elle dépensait de l'argent pour se mettre en valeur, mais pas du tout de façon tapageuse. Malade ou blessée, je lui aurais fait confiance au premier coup d'œil.

Je murmurai quelque chose d'inoffensif, puis fis dériver la conversation.

– Que pouvez-vous me dire de Lorna ?

– Autant le dire tout de suite : je ne la connaissais pas bien.

– Janice m'a dit que vous êtes mariée avec l'homme qui l'employait à l'usine de traitement des eaux.

– Plus ou moins, dit-elle. Roger et moi sommes séparés depuis un an et demi environ. Je peux vous dire que ces dernières années ont été pour le moins infernales. Mon mariage s'est effondré, mon père a fait une crise cardiaque, et Maman est morte. Et après, les problèmes de santé de Papa n'ont fait qu'empirer. Lorna venait me garder la maison quand j'avais besoin de prendre l'air.

– Vous l'avez rencontrée par l'intermédiaire de votre mari ?

– Oui. Elle a travaillé pour Roger un peu plus de trois ans, alors je la rencontrais quand je passais à l'usine. Je la voyais aux pique-niques des employés en été et à la fête de Noël chaque année. Je la trouvais fascinante. De toute évidence, beaucoup plus intelligente que ne l'exigeait son travail.

– Vous vous entendiez bien avec elle ?

– Très bien.

Je m'arrêtai, me demandant comment formuler la question qui m'était venue à l'esprit.

– Si ce n'est pas trop personnel, pouvez-vous me parler de votre divorce ?

– Mon divorce ?

– Qui l'a demandé ? Vous ou votre mari ?

Elle releva la tête.

– C'est une drôle de question. Pourquoi me la poser ?

– Je me demandais si votre séparation avec Roger avait à voir avec Lorna.

Elle eut un rire rapide et étonné.

– Ah, mon Dieu ! Non, pas le moins du monde ! dit-elle. Nous étions mariés depuis dix ans, et nous avons fini par nous ennuyer. C'est lui qui a abordé la question, mais je ne lui en ai certainement pas voulu. Je comprenais comment il en était arrivé là... Il a le sentiment que son travail est sans issue. Il aime ce qu'il fait, mais il ne deviendra jamais riche. Comme pour beaucoup, il ne mène pas une vie à la hauteur de ses espérances. Il s'imaginait à la retraite à cinquante ans. Aujourd'hui il les a dépassés, mais il n'a toujours pas un sou. Moi, par contre, non seulement j'ai une carrière qui me passionne, mais je vais hériter de ma famille un de ces jours. Avoir à vivre avec cette idée était trop pour lui. Nous sommes toujours en bons termes, mais ça n'a plus rien d'intime, vous pouvez le vérifier avec lui si vous le souhaitez.

– Je vous crois, dis-je en me promettant quand même de vérifier. Et la garde de la maison ? Comment Lorna a-t-elle fini par la faire ?

– Je ne m'en souviens pas exactement. J'ai dû mentionner que j'avais besoin de quelqu'un. Son logement était petit et particulièrement rudimentaire. Je me suis dit qu'elle prendrait plaisir à passer un peu de temps dans un cadre plus confortable.

– Elle venait souvent ?

– Elle est venue cinq ou six fois en tout, je crois. Elle n'était pas venue depuis quelque temps, mais Roger pensait qu'elle le souhaitait toujours. Je pourrais vérifier dans mon agenda à la maison si cela vous paraît utile.

– Pour l'instant, je ne sais pas ce qui est utile et ce qui ne l'est pas. Étiez-vous satisfaite de son travail ?

– Bien sûr. Elle se conduisait de manière responsable. Elle nourrissait le chien et le sortait, elle arrosait les plantes, rentrait le journal et le courrier. Ça m'économisait des frais de chenil, et j'aimais avoir quelqu'un dans la maison quand je n'étais pas là. Après notre séparation, je suis retournée chez mes parents. J'avais envie de changer de décor et Papa avait besoin d'une surveillance officieuse en raison de sa santé. Ils avaient déjà diagnostiqué le cancer de Maman et elle était sous chimiothérapie. C'était un arrangement qui convenait à tout le monde.

– Vous habitiez donc chez votre père au moment où Lorna est morte ?

– C'est exact. Il était sous traitement médical, mais c'était ce qu'on appelle un patient désobéissant. Je projetais de partir et je ne voulais pas qu'il reste seul à la maison. Papa était inflexible. Il m'a juré qu'il n'avait pas besoin d'aide, mais j'ai insisté. A quoi bon un week-end loin de tout si je dois sans cesse me faire des soucis pour lui ? En fait, c'était cela que je m'efforçais d'organiser quand je suis allée chez elle et que je l'ai trouvée. J'avais essayé d'appeler pendant des jours et des jours, et je n'avais jamais de réponse. Roger m'avait dit qu'elle prenait deux semaines cumulées de vacances, mais elle était censée revenir d'un jour à l'autre. Comme je n'étais pas sûre de la date de son retour, j'ai décidé de passer chez elle et de lui laisser un petit mot. Je me suis garée près de la maisonnette et dès que je suis descendue de ma voiture, j'ai été frappée par l'odeur, sans parler des mouches.

– Vous saviez ce que c'était ?

– Eh bien… je ne savais pas qu'il s'agissait d'elle, mais je savais que c'était quelque chose de mort. L'odeur est plutôt caractéristique.

Je changeai légèrement de sujet.

– Tous ceux que j'ai interrogés jusqu'à présent m'ont dit combien elle était belle. Je me demandais si les femmes la considéraient comme une menace.

– Moi, jamais. Bien sûr, je ne peux pas parler pour les autres, dit-elle. Les hommes semblaient la trouver plus séduisante que les femmes. Mais je ne l'ai jamais vue flirter. Encore une fois, je ne parle que des occasions où j'ai pu la voir.

– D'après ce qu'on me raconte, elle aimait vivre en marge.

J'avais introduit le sujet sans en faire une question, ce qui m'intéressait se réduisant à la réaction que j'obtiendrais. Serena soutint mon regard, mais ne répondit pas. Jusqu'à présent, elle avait eu tendance à éviter chacune de mes questions. Je poussai un peu plus loin.

– Vous saviez qu'elle avait d'autres activités ?

– Je ne comprends pas votre question. Vous faites référence à quel genre d'activités ?

– Sexuelles.

– Ah, ça ? Oui. Vous parlez de l'argent qu'elle gagnait dans le commerce hôtelier, le cul à louer, dit-elle avec drôlerie. Je ne pensais pas que c'était à moi d'évoquer cela.

– Les gens étaient au courant ?

– Je ne crois pas que Roger le savait, mais moi si, ça, c'est sûr.

– Comment l'avez-vous su ?

– Je n'en suis pas certaine. Je ne me souviens pas vraiment. Indirectement, je pense. Je suis tombée sur elle un soir à l'Edgewater. Non, attendez. Ça me revient. Elle est arrivée aux urgences avec le nez cassé. Elle avait donné une explication qui ne cadrait pas. Des cas de coups et blessures, j'en ai vu assez pour savoir à quoi m'en tenir. Je ne lui ai rien dit, mais je savais bien qu'il se passait quelque chose.

– Est-ce qu'il pouvait s'agir d'un petit ami ? Quelqu'un avec qui elle vivait ?

J'entendis des voix dans le couloir.

Elle jeta un coup d'œil vers la porte.

– Je suppose que oui, mais pour autant que je sache, elle n'avait jamais de relation durable. En tout cas, l'histoire qu'elle m'avait racontée m'a paru suspecte. J'ai oublié ce que c'était, mais ça m'a paru complètement bidon. Et il ne s'agissait pas seulement du nez cassé. Il y avait autre chose.

– Par exemple ?

– Sa garde-robe, ses bijoux. C'était subtil, mais je n'ai pas pu m'empêcher de le remarquer.

– Quand a eu lieu l'incident qui a provoqué sa venue aux urgences ?

– Je ne me souviens pas exactement. Il y a probablement deux ans de cela. Vous pouvez vérifier aux archives. Ils doivent savoir.

– Vous ne connaissez pas les hôpitaux. J'aurais plus de chances d'accéder à des secrets d'État, lui dis-je.

Un bébé s'était mis à pleurer dans la salle d'attente.

– Et ça aurait de l'importance ?

– Peut-être. Supposons que le type qui l'a cognée décide de faire en sorte que ce soit pour de bon ?

– Oh, je vois ce que vous voulez dire.

Elle se tourna de nouveau vers la porte ouverte tandis que Joan passait.

– Mais elle ne s'est pas confiée à vous quand elle est arrivée ?

– Pas du tout. Après l'avoir vue à l'Edgewater, j'ai fait le rapprochement.

– C'est aller un peu vite.

– Pas si vous l'aviez vue le soir où je l'ai croisée. Il y avait aussi le type avec qui elle était. Plus âgé, très chic. Des bijoux en or, un costume superbe. De toute évidence un bonhomme qui avait de quoi flamber. Je les ai vus au bar et, plus tard, dans une boutique où elle essayait des vêtements. Il a lâché un paquet de fric ce soir-là. Quatre ensembles Escada, et elle était en train d'en essayer un cinquième.

– Je suppose qu'Escada, c'est cher.

– Mon Dieu !

Elle rit en se caressant la poitrine.

Des lumières s'allumèrent dans la cabine d'auscultation en face de nous. J'entendis des murmures : bébé qui fait des histoires, mère à la voix perçante et parlant espagnol à toute vitesse.

– Cela s'est reproduit le même mois, pour autant que je m'en souvienne, reprit-elle. Même situation, bonhomme différent, même profil. Pas besoin d'être Einstein pour comprendre.

– Vous pensez qu'un de ces types la cognait ?

– Je crois que cette explication-là est meilleure que la sienne. Je ne prétends pas que ce soit toujours vrai, mais certains hommes dans ce groupe d'âge commencent à avoir des problèmes d'impuissance. Ils se trouvent des call-girls haut de gamme et l'argent coule à flots. Champagne et cadeaux, superbe nana en laisse. Ça fait bien, en surface, et tout le monde se dit : quel étalon ! Ce que ces hommes recherchent, c'est une relation qui en jette parce qu'ils ne peuvent pas bander. On paie le service, alors si le matériel ne fonctionne pas, c'est sa faute à elle, pas à lui, et on peut exprimer sa déception comme on veut.

– A coups de poing.

– Si vous voulez voir cela de son point de vue à lui, pourquoi pas ? Il a payé, elle est à lui. S'il n'est pas à la hauteur, il peut toujours le reprocher à la fille et lui taper dessus.

– Parlez d'une affaire ! Elle garde le liquide et les vêtements en échange de la punition.

– Elle n'est pas toujours punie. Il y a des types qui aiment qu'on les punisse. Qu'on les frappe et les humilie. Ils aiment bien la fessée, parce qu'ils ont été méchants, très très méchants !

– C'est Lorna qui vous a raconté ça ?

– Non. Je le tiens de deux ou trois poules qui travaillent dans le coin. J'ai aussi lu pas mal de choses sur ce sujet pendant que je préparais ma licence. Je les voyais débarquer, et j'étais hors de moi de les voir traitées de la sorte, furieuse parce que je ne comprenais pas vraiment ce qui se passait. Je me lançais à la rescousse et j'essayais de les sauver des « mauvais types ». Mais ce n'était pas la peine de me donner tant de mal. Curieusement, je suis une meilleure infirmière quand j'arrive à être détachée.

– Et c'est ce que vous avez fait avec elle ?

– Exactement. J'ai éprouvé de la compassion, mais je n'ai pas essayé de l'amender. Ce n'était pas mon affaire. Et pour elle, ce n'était pas un problème, pour autant que je sache.

– Vous me semblez passer beaucoup de temps à l'Edgewater. Est-ce l'endroit à la mode pour les célibataires d'aujourd'hui ?

– Les célibataires de notre groupe d'âge, oui. Je suis sûre que les gosses trouveraient ça incroyablement ringard, et les prix astronomiques. Franchement, cela redonne de l'attrait à la vie conjugale.

– Vous souvenez-vous d'une ou plusieurs des dates où vous l'avez vue ? Si je vérifie avec l'hôtel, ça m'aidera à les préciser.

Elle réfléchit un court instant.

– Un jour, j'étais avec un groupe de copines. Nous nous réunissons pour nous fêter nos anniversaires. Cette fois-là, c'était le mien, donc nous devions être au début du mois de mars. Nous ne parvenons pas toujours à nous réunir à la date exacte, mais cela devait être un vendredi ou un samedi, car ce sont ces jours-là que nous sortons.

– En mars dernier ?

– Sans doute.

– Avant l'histoire du nez cassé ou après ?

– Aucune idée.

– Lorna savait-elle que vous saviez ?

– Eh bien… elle m'a vue ce soir-là et peut-être deux fois avant. Depuis que Roger et moi nous étions séparés, je sortais presque tous les week-ends avec des amis. Lorna et moi n'avons pas ouvertement parlé de sa « carrière », mais il y a eu des allusions voilées.

Serena s'était servie des doigts de ses deux mains pour former les guillemets autour du mot « carrière ».

– Simple curiosité… comment se fait-il que vous vous en souveniez aussi précisément ? Alors que presque personne ne se rappelle ce qu'il a fait la veille…

– La police m'a posé à peu près les mêmes questions et c'est resté gravé dans mon esprit. Et puis, j'y ai beaucoup réfléchi. Je ne sais pas du tout pourquoi elle a été assassinée, et ça me trouble.

– Vous croyez qu'elle a été assassinée ?

– Je crois que c'est vraisemblable, oui.

– Vous saviez qu'elle trempait dans la pornographie ?

Elle fronça légèrement les sourcils.

– Comment ça ?

– Elle a été la vedette d'une vidéo. Quelqu'un a envoyé la cassette à ses parents il y a environ un mois.

– Qu'est-ce que c'était ? Un film *snuff*[1] ? Du sado-maso ?

– Non, l'histoire et le scénario étaient plutôt prosaïques, mais Mme Kepler pense que cela pourrait avoir un lien avec la mort de Lorna.

– Et vous ?

– Je ne suis pas payée pour avoir des opinions à ce stade de l'enquête. J'aime garder l'esprit ouvert.

– Je comprends, dit-elle. C'est comme si on faisait un diagnostic. Cela ne sert à rien d'éliminer ce qui paraît évident.

On frappa à la porte et Joan apparut dans l'encadrement.

– Excusez-moi de vous interrompre, mais nous avons un bébé que j'aimerais vous faire examiner. J'ai fait appeler l'interne, mais je crois que vous devriez le voir.

Serena se leva.

– S'il y a quoi que ce soit d'autre, faites-le-moi savoir, me dit-elle en avançant vers la porte.

– Bien sûr. Et encore merci.

Je rentrai chez moi en voiture. Les rues étaient désertes. Je commençais à me sentir à l'aise dans cet univers de nuit tardive. L'obscurité change d'heure en heure. Une fois les bars fermés et la circulation disparue, ce qui émerge, c'est la tranquillité absolue de trois heures du matin. Les carrefours sont vides. Les feux forment des O brillants comme une écume rouge et verte qui se répand sur des kilomètres à travers la ville.

1. Films dans lesquels la star est réellement tuée *(NdT)*.

Les nuages montaient à toute vitesse. Un épais brouillard venant de la terre s'étalait en travers des montagnes comme du coton et les collines grises étaient piquées par l'éclat des réverbères trouant le rideau de brume qui tanguait. La plupart des fenêtres du quartier étaient noires. Là où de temps à autre on voyait une lumière allumée, j'imaginais des étudiants en train de rédiger des essais à la dernière minute : le cauchemar des jeunes. Ou peut-être les lumières restaient-elles allumées pour de tout nouveaux insomniaques, comme moi.

Une voiture de police descendit lentement Cabana Boulevard, l'officier en uniforme se retournant pour me dévisager pendant que je passais. Je tournai à gauche dans ma rue et trouvai une place. Je fermai ma VW à clef. Le ciel était déjà comme velouté de nuages, et les étoiles entièrement voilées. L'obscurité rasait le sol, tandis que le ciel se couvrait d'une lumière étrange, comme du papier calque gris foncé barbouillé de craie blanche. Derrière moi j'entendis le faible ronronnement de l'air se déplaçant rapidement à travers les rayons d'un vélo. Je me retournai juste à temps pour voir passer l'homme sur sa bicyclette. Vu de dos, avec le feu arrière et les bandes lumineuses sur ses talons, on aurait dit quelqu'un qui jonglait avec trois petits points de lumière. L'effet était étrangement troublant, numéro de cirque d'esprits célestes exécuté uniquement pour moi.

Je franchis le portail et entrai dans mon appartement en allumant la lumière. Tout était en ordre, exactement comme je l'avais laissé. Le silence était profond. Je ressentis une petite poussée d'angoisse, mélange de lassitude, d'heure tardive et de pièces vides autour de moi. A ce stade, je n'allais pas pouvoir dormir. C'était comme la faim – une fois le point crucial dépassé, l'appétit diminue et on peut tout bonnement se passer de manger. La nourriture, le sommeil… la belle affaire ! Le métabolisme passe à la vitesse supérieure, faisant appel à une énergie venant d'une autre source. Si j'étais allée me coucher à neuf heures ou même à dix, j'aurais pu dormir toute la nuit. Mais à présent, mon permis de dormir avait expiré. Étant restée debout aussi longtemps, j'étais condamnée à veiller encore plus longtemps.

Mon corps était tout à la fois fatigué et excité. Je laissai tomber mon sac à main et ma veste sur la chaise près de la porte. Je jetai un coup d'œil sur le répondeur : pas de messages. Y avait-il du vin chez moi ? Non, il n'y en avait pas. Je vérifiai le contenu du réfrigérateur, qui ne révéla rien d'intéressant du point de vue culinaire. Mon garde-manger était vraiment vide : quelques boîtes de conserve éparses et des choses desséchées qui, seules ou mélangées, ne donneraient jamais rien de mangeable, à moins d'avoir un faible pour des lentilles crues au sirop d'érable. Le pot de beurre d'arachide portait des marques de tourbillons concentriques sur son fond, comme si tout le reste avait filé. Je trouvai un couteau de cuisine et raclai les côtés du pot, mangeant ce qui s'y était accumulé à même la lame tout en déambulant.

– C'est vraiment minable, dis-je en riant, mais en réalité, cela ne me gênait pas du tout.

Par désœuvrement, j'allumai la télévision. La vidéo de Lorna était toujours dans le magnétoscope. J'appuyai sur la commande à distance et la bande se mit à défiler de nouveau. Je n'avais aucunement l'intention de regarder du sexe tard dans la nuit, mais je me repassai deux fois le générique. La nuit d'avant, j'avais essayé les renseignements à San Francisco, espérant obtenir le numéro de téléphone de la Cyrenaic Cinema, la maison de production. Au générique figuraient les noms du producteur, du metteur en scène et du monteur : respectivement Joseph Ayers, Morton Kasselbaum et Chester Ellis.

Et puis zut, me dis-je, les opératrices de téléphone veillent bien toute la nuit !

J'essayai les noms dans l'ordre inverse, n'obtenant rien pour les deux premiers. Arrivée au producteur, je gagnai le gros lot, l'opératrice me chantonnant ceci :

– Merci d'avoir fait appel à la compagnie A T et T.

Suivit un enregistrement, une voix mécanique me récitant deux fois le numéro de téléphone de Joseph Ayers.

J'en pris note, soulevai le récepteur et appelai à nouveau les renseignements à San Francisco en vérifiant, cette fois-ci, la liste des abonnés au nom des autres acteurs : Russell Turpin et Nancy Dobbs. Le nom de cette dernière n'apparaissait pas, mais il y avait deux « Turpin » avec l'initiale « R », le premier rue Haight et le second dans Greenwich. Je notai les deux numéros. Au risque de perdre mon temps et de gaspiller l'argent de Janice Kepler, il me semblait qu'un voyage dans le Nord s'imposait. Même si mes contacts ne donnaient rien, il me restait au moins l'espoir d'éliminer l'angle porno comme cause de la mort de sa fille.

Je téléphonai au Frankie's Coffee Shop et Janice me répondit dès la seconde sonnerie.

– Janice. Kinsey à l'appareil. J'ai une question à vous poser.

– Allez-y. Nous n'avons pas grand-monde.

Je lui fis part de mes conversations avec le lieutenant Dolan et Serena Bonney, puis je la mis au courant de ma mini-enquête sur l'équipe de tournage.

– Je crois qu'il serait utile de parler au producteur et à l'autre acteur.

– Je me souviens de lui.

– Ouais, eh bien, entre Turpin et ce producteur de film, j'espère obtenir la réponse à certaines questions. Je vais essayer de contacter ces deux-là par téléphone avant d'y aller, mais il me semble qu'un petit aller-retour en vaudrait la peine. Si j'arrive à leur fixer rendez-vous, je crois que je vais prendre la route.

– Vous y allez en voiture ?

– C'est ce que je pensais faire.

– Avec votre mignonne petite VW ? Pourquoi ne pas prendre l'avion ? C'est ce que je ferais, si j'étais vous.

– Je pourrais peut-être, dis-je en hésitant. Mais pour un vol aussi court, les tarifs seront exorbitants. Il me faudra aussi louer une voiture là-bas. Le motel, les repas…

– Cela me paraît normal. Gardez tout simplement les reçus et nous vous rembourserons dès votre retour.

– Et Mace ? Vous lui avez parlé de la bande ?

– Je vous avais dit que je le ferais, non ? Ça l'a choqué, bien entendu, puis il est entré dans une grande colère. Pas contre elle, non, contre celui ou celle qui lui a fait faire ça.

– Que pense-t-il de mon enquête proprement dite ? Il ne m'a pas paru vraiment enchanté, hier.

– Il m'a dit exactement la même chose qu'à vous. S'il le faut pour me rendre heureuse, il est d'accord.

– Formidable. Je prendrai probablement l'avion demain après-midi et je vous parle dès mon retour.

– Bon voyage, dit-elle.

CHAPITRE 9

A neuf heures le lendemain matin, je me secouai juste assez pour appeler Ida Ruth et lui dire que je serais là brièvement au cas où quelqu'un voudrait me voir. Puis je ramenai les couvertures sur moi et regardai le vasistas en Plexiglas au-dessus de mon lit. Ciel clair, ensoleillé, probablement 18° C dehors. Au diable mon jogging ! Je m'accordai dix minutes de repos supplémentaire. Je me réveillai à midi trente-sept, avec la même gueule de bois que si j'avais bu jusqu'à l'inconscience la veille au soir. Le sommeil a ceci de compliqué qu'en plus du nombre d'heures qu'on lui consacre, le corps semble vous tenir responsable de leur échelonnement dans le temps. S'assoupir entre quatre et onze heures du matin n'équivaut pas nécessairement au même nombre d'heures comptabilisées entre onze heures du soir et six heures du matin. J'avais certes assuré sept heures pleines, mais mon rythme métabolique était désormais complètement déréglé et me demandait pour se rétablir de rester allongée encore quelques heures.

J'appelai de nouveau Ida Ruth et constatai avec soulagement qu'elle était sortie déjeuner. Je lui laissai un message précisant que j'avais été retenue par un rendez-vous avec un client. Ne me demandez pas pourquoi je raconte des bobards à une femme qui n'est même pas celle qui établit ma fiche de paie. Parfois, je mens uniquement pour ne pas perdre la main. Je sortis du lit en chancelant et entrai dans la salle de bains où je me brossai les dents. Je me sentais comme anesthésiée, et j'étais convaincue qu'aucune des extrémités de mon corps ne fonctionnerait. Je m'appuyai contre la paroi de la douche, espérant que l'hydrothérapie raccommoderait mes circuits déréglés. Enfin habillée, je me retrouvai à prendre mon petit déjeuner à une heure de l'après-midi et me demandai si je retrouverais jamais le droit chemin. Je mis la cafetière à chauffer et me droguai de caféine en donnant quelques coups de fil à San Francisco.

Cela ne m'apporta pas grand-chose. Au lieu de Joseph Ayers, j'obtins un répondeur qui était peut-être le sien, mais pouvait aussi être celui de quelqu'un d'autre, le message étant formulé de telle sorte que ni le nom ni le numéro de téléphone n'y est donné clairement. Une voix masculine me dit seulement :

– Je regrette de ne pas être là pour prendre votre appel, mais si vous me laissez vos nom, numéro de téléphone et un bref message, je vous rappellerai.

Je laissai mon nom et le numéro de téléphone du bureau, puis des messages sur les répondeurs des deux R. Turpin. L'une des voix était féminine, l'autre masculine. Aux deux Turpin, je déclarai gaiement :

– Je ne suis pas certaine que vous soyez le bon Turpin. Je suis à la recherche de Russell. Je suis une amie de Lorna Kepler. Elle a suggéré que je vous appelle si jamais je me trouvais à San Francisco et comme je vais y monter dans les deux ou trois jours qui viennent, j'ai pensé vous dire bonjour. Appelez-moi quand vous aurez ce message. J'aimerais beaucoup vous rencontrer. Elle m'a dit le plus grand bien de vous. Merci.

Avec l'aide des renseignements à San Francisco, je vérifiai les noms des autres membres de l'équipe, en descendant patiemment la liste. La plupart des numéros n'étaient plus attribués. Étant toujours chez moi, j'ouvris le tiroir de mon bureau et en retirai un paquet de fiches neuves où je reportai les renseignements que j'avais glanés jusqu'alors – soit quatre fiches environ. Au cours des dernières années, j'avais pris l'habitude d'utiliser les fiches de ce type pour y noter les découvertes que je faisais pendant mes enquêtes. Après quoi je punaise mes fiches sur un panneau au-dessus de mon bureau et, à mes moments perdus, je les dispose et redispose au hasard. A un moment donné, je me suis aperçue à quel point un détail peut paraître différent lorsqu'on le voit hors de son contexte ordinaire. Comme les pièces d'un puzzle, la réalité semble changer de forme selon les circonstances. Ce qui paraît étrange ou inhabituel peut ainsi être parfaitement raisonnable une fois placé dans le cadre qui convient. De la même manière, ce qui ne semble pas devoir retenir l'attention dévoile parfois de précieux secrets sous une lumière différente. Ce système, je l'avoue, ne m'apporte en général absolument rien, mais m'a récompensée juste assez souvent pour que j'aie décidé de le garder. En plus, c'est reposant, cela m'aide à m'organiser et me rappelle, visuellement, ce qu'il me reste à faire.

Je fixai la photo de Lorna sur mon panneau, à côté des fiches. Elle regardait droit dans ma direction, calmement, avec ses yeux noisette et son sourire énigmatique. Ses cheveux noirs étaient joliment ramenés à l'arrière. Mince et élégante, elle était adossée au mur, les mains dans les poches. Je l'examinai comme si elle allait me révéler ce qu'elle avait découvert pendant les dernières minutes de sa vie. Avec un silence de chat, elle me renvoya mon regard. Je songeai qu'il était temps de reprendre contact avec la Lorna qui vivait de jour.

Je suivis la route bitumée à deux voies, longeant des champs en contrebas, masse ondulante d'herbes sèches d'un vert terne rehaussé d'or. Ici et là, les chênes verts formaient des bouquets vert foncé. La journée était sombre et couverte, le ciel un étrange mélange de nuages gris charbon et jaune sulfureux. Les montagnes se profilaient en bleu-gris, escarpements en grès visibles sur toute leur longueur. Cette partie-là du comté de Santa Teresa est presque totalement déserte, la terre convenant mieux aux fourrés de *chaparral* et de sauge qu'aux récoltes abondantes. Ce sont les premiers colons de la région qui y ont planté tous les arbres. Le sol autrefois desséché est aujourd'hui aimable et civilisé, mais l'atmosphère est toujours celle d'une lumière crue se répandant sur des terres à peine défrichées. Sans irrigation, arrosage intensif ou en goutte-à-goutte, la végétation aurait tôt fait de retourner à son état d'origine, mélange de céanothus, buissons-coyote, *manzanita* et herbes ondulantes qui, les années de sécheresse, donnent de grandes moissons de flammes. Si les prédictions actuelles étaient justes et que nous allions entrer dans une nouvelle période de sécheresse, tout le feuillage se transformerait en matière inflammable et la terre serait nettoyée sous une charrue de feu.

Devant moi, sur la gauche, se trouvait l'usine de traitement des eaux de Santa Teresa construite dans les années soixante : toiture en tuile rouge, trois arcades de stuc blanc et quelques arbres rabougris. Au-delà des lignes basses du bâtiment, j'aperçus l'enchevêtrement de grilles qui entouraient les bassins en béton. A ma droite, un panneau indiquait la présence du réservoir « Largo », pièce d'eau qui n'était pas visible de la route.

Je me garai devant la porte et montai l'escalier en béton avant de franchir les doubles portes vitrées. La réception se trouvait à gauche de l'entrée principale, laquelle donnait sur une grande pièce qui semblait aussi servir de salle de classe à l'occasion. L'employée assise au bureau était sans doute la remplaçante de Lorna. Elle paraissait jeune et capable, mais n'avait pas même l'ombre de sa beauté. La plaque de bronze posée sur son bureau indiquait qu'elle s'appelait Melinda Ortiz.

En guise d'introduction, je lui donnai ma carte de visite professionnelle.

– Me serait-il possible de voir le directeur de l'usine quelques minutes ?

– C'est son camion, là, derrière vous. Il vient juste d'arriver.

Je me retournai à temps pour voir une camionnette du comté monter la rampe de stationnement. Roger Bonney en sortit et se dirigea vers nous avec l'air préoccupé de celui qui se rend à une réunion et dont l'attention est déjà entièrement prise par cette perspective.

– Puis-je lui dire de quoi il s'agit ?

Je me retournai vers elle.

– Lorna Kepler.

– Oh, elle ! C'était horrible.

– Vous la connaissiez ?

Elle hocha la tête.

– J'ai entendu parler d'elle, mais je ne l'ai jamais rencontrée moi-même. Ça fait seulement deux mois que je suis ici. C'était elle qui occupait ce poste avant la fille que j'ai remplacée. Peut-être y en a-t-il eu une autre entre les deux. M. Bonney en a essayé plusieurs après elle.

– Vous travaillez à mi-temps ?

– L'après-midi. J'ai des enfants en bas âge, et c'est parfait pour moi. Mon mari travaille la nuit, il peut les garder quand je ne suis pas là.

Bonney pénétra dans le bureau, une enveloppe en papier ordinaire à la main. Il avait un visage large et très bronzé et des cheveux frisés en broussaille qui étaient probablement devenus gris quand il avait eu vingt-cinq ans. Le mélange de rides et de plis de son visage le rendait séduisant. Il avait dû être trop beau dans sa jeunesse, le genre même d'homme dont l'aspect me rend hargneuse et insensible. Mon second mari était lui aussi très beau, et nos relations avaient connu une fin déprimante... à mon point de vue, au moins. Daniel semblait croire que tout était vraiment épatant, merci. J'avais désormais tendance à décrocher avec certains types de messieurs. J'aime les visages que marque le processus adoucissant de la maturité. Il est des affaissements et des poches sous les yeux qui sont, d'une certaine manière, rassurants. Bonney m'aperçut et s'arrêta poliment devant le bureau de Melinda, de peur d'interrompre notre conversation.

Melinda lui montra ma carte.

– Cette dame voulait vous parler. C'est à propos de Lorna Kepler.

Son regard se posa sur moi. Je ne m'attendais pas au brun de ses yeux. Avec ses cheveux gris argentés et son teint clair, je les aurais crus bleus.

– Je serais heureuse de prendre rendez-vous plus tard si cela vous dérange, lui dis-je.

Il consulta sa montre.

– J'ai l'inspection annuelle des services de santé de l'État dans une quinzaine de minutes, mais vous êtes la bienvenue si vous voulez m'accompagner jusqu'à l'usine. Ça ne devrait pas durer longtemps. J'aime m'assurer que tout est en ordre avant leur arrivée.

– Ce serait parfait.

Je le suivis dans un petit vestibule sur la gauche et m'arrêtai tandis qu'il passait par son bureau et y posait son enveloppe sur la table. Il portait une chemise bleu pâle (col déboutonné et cravate de travers), des jeans délavés et de grosses bottes de travail. Avec son casque et son écritoire portatif, on aurait pu le mettre sur un chantier de construction et le prendre pour un ingénieur. Il faisait un peu moins d'un mètre quatre-vingts et avait l'air solide d'un homme de cinquante-cinq ans. Il n'était pas du tout gros, mais avait de larges épaules et la poitrine lourde. Je me dis qu'il contrôlait son poids en faisant constamment de l'exercice, du tennis et du golf sans doute, avec, à l'occasion, une féroce partie de *racquetball.* Il n'avait pas la mince musculature du coureur de fond et il me fit plutôt l'effet de quelqu'un qui préfère la compétition tout en se maintenant en forme. Il avait dû jouer au football américain au lycée, ce qui, dix ans plus tard, avait provoqué un effritement de ses articulations.

Je le suivis de près quand nous repartîmes.

– Je vous remercie d'avoir accepté de me parler si vite.

– Aucun problème. Vous avez déjà visité l'usine ?

– Je ne savais même pas qu'elle se trouvait ici.

– Nous aimons éduquer le public.

– Au cas où les tarifs augmenteraient encore, je parie.

Il eut un sourire bon enfant, puis nous franchîmes une lourde porte.

– Vous voulez le grand jeu ?

– Absolument.

– J'en étais sûr, dit-il. L'eau du réservoir situé de l'autre côté de la route passe par la structure d'arrivée en circulant sous le plancher du bureau de la réception. Vous auriez pu en prendre conscience si vous aviez tendu l'oreille. Des grilles-écrans à poissons et des rampes à détritus réduisent l'entrée des matériaux étrangers. L'eau descend par ici. La canalisation principale passe sous cette partie du bâtiment. Nous sommes sur le point d'arrêter l'usine pour une inspection d'entretien dans les jours qui viennent.

Dans la zone où nous circulions, une série de jauges et de compteurs surveillait la progression des eaux qui se déversaient dans l'installation avec un léger ronflement. Les sols étaient en béton et les tuyaux enchevêtrés sur tout le mur peints en rose, vert foncé, brun et bleu, avec des flèches orientées aux quatre points cardinaux. Un panneau au sol avait été démonté et Bonney, sans un mot, pointa le doigt vers le bas. Je jetai un coup d'œil dans le trou. Environ un mètre plus bas, je vis une eau noire filer aveuglément à travers la canalisation à la manière d'une taupe. Ce qui eut apparemment pour conséquence de me donner la chair de poule. Il n'était pas possible de dire à quel point c'était profond ni ce qui pouvait ondoyer dans ces profondeurs. Imaginant un long tentacule qui me prenait le pied en m'entraînant au fond, je reculai. C'est peu de dire que je suis du genre impressionnable. Une porte s'étant refermée derrière nous avec un bruit creux et métallique, je faillis laisser échapper un cri. Bonney ne sembla rien remarquer.

– Quand avez-vous parlé à Lorna pour la dernière fois ? lui demandai-je.

– Vendredi matin 20 avril. Je m'en souviens parce que j'avais un tournoi de golf ce week-end-là et que j'espérais pouvoir quitter mon travail tôt pour me rendre sur le terrain. Elle aurait dû être là à une heure, mais elle a téléphoné pour me dire qu'elle souffrait d'une mauvaise crise d'allergie. De toutes les façons, elle voulait quitter la ville, vous savez, pour essayer d'échapper au taux élevé de pollen dans l'air, alors je lui ai dit de le faire et de prendre sa journée. Cela ne servait à rien qu'elle vienne si elle se sentait mal en point. D'après la police, elle est morte le lendemain.

– Elle était donc censée reprendre son travail le 7 mai ?

– Il faudrait que je vérifie la date. Ça aurait fait quinze jours à partir du lundi, mais ils l'avaient déjà trouvée entre-temps.

Il revint au style guide touristique et me parla coûts de construction tandis que nous entrions dans le secteur suivant de l'usine. Le faible ronflement de l'eau et l'odeur de chlore rendaient la perception différente. L'atmosphère générale des lieux était celle de vannes de retour et de réservoirs sous pression sur le point d'exploser. Un bon tremblement de terre dans la faille de San Andreas aurait suffi à détruire toute l'installation, qui aurait alors craché des milliards de tonnes d'eau et de débris, nous tuant tous deux en l'espace de quelques secondes. Je me rapprochai de lui en feignant un intérêt que je n'éprouvais pas vraiment.

Revenant au moment présent, je l'entendis dire :

– L'eau est préchlorée afin de tuer les organismes susceptibles de provoquer des maladies. Ensuite, nous rajoutons des coagulants, ce qui pousse les fines particules à se grouper en masse compacte. Des polymères sont généralement inclus dans le procédé de coagulation afin d'améliorer la formation des floculés insolubles qui seront ensuite éliminés par filtrage. Nous avons un laboratoire à l'arrière de façon à pouvoir contrôler la qualité de l'eau.

– Dément ! Maintenant, il va falloir que j'aie peur d'organismes générateurs de maladies qui pourraient vadrouiller dans le laboratoire ! Boire de l'eau était si simple ! On prend un verre, on ouvre le robinet, on remplit d'eau à ras bord et on vide le tout jusqu'au rot final. Je n'avais jamais songé à ces floculés insolubles ni à ces coagulants. Beurk !

En plus des explications qu'il me donnait sur le fonctionnement de l'usine, ce qu'il avait déjà dû faire cent fois par le passé, je le voyais examiner minutieusement chaque centimètre de l'installation en prévision de l'inspection imminente. Nous dévalâmes bruyamment un court escalier en béton et passâmes une porte qui menait dehors. Le jour me parut étrangement lumineux après la lumière artificielle de l'intérieur, et l'air humide était parfumé de produits chimiques. De longues passerelles couraient entre les groupes de bassins ouverts et entourés de grillages métalliques où l'eau reposait aussi calmement que le verre, réfléchissant le ciel gris et la partie inférieure des grilles en béton.

– Voici les bassins de floculation et de coagulation, reprit-il. On y maintient l'eau en circulation de façon à créer un floculé de dimension et densité adéquates destiné à être ultérieurement transféré dans les bassins de sédimentation.

Je dis des choses du genre « Aha… hmm, hmm ».

Il continuait de parler, pour lui tout allait de soi. Ce que j'étais en train de regarder (en m'efforçant de ne pas laisser paraître mon profond dégoût) se réduisait à des bacs de laboratoire contenant de l'eau avec un liquide à l'aspect visqueux à la surface, recouvert de bulles et noir comme de l'encre. Cette espèce de boue avait la noirceur de la réglisse et semblait constituée de pneus fondus arrivant à ébullition. Perversement, je m'imaginai quelqu'un plongeant dans ces profondeurs goudronneuses et me demandai s'il en ressortirait en battant l'air de ses mains d'où la chair pendrait en lambeaux sous l'action des produits chimiques. Steven Spielberg aurait pris son pied avec ce genre de truc.

– Vous n'êtes pas dans la police ? me demanda-t-il.

Il n'avait pas cessé de marcher un seul instant.

– J'en faisais partie autrefois. Par tempérament, le secteur privé me convient mieux.

Je trottinais sur ses talons comme un gosse en excursion qui se voit irrémédiablement séparé du reste de la classe. Dehors, derrière l'usine, se trouvait un réservoir large et peu profond rempli de sédiments noirs craquelés ; on aurait dit un bassin de décongélation de grumeaux. Dans quelques milliers d'années, les anthropologues le déterreraient et s'imagineraient qu'il s'agissait d'une espèce de réceptacle à sacrifices.

– Êtes-vous autorisée à dire qui vous emploie ? reprit-il. Ou s'agit-il là d'un renseignement confidentiel ?

– Ce sont les parents de Lorna, lui répondis-je. Parfois, je préfère ne pas donner ce renseignement, mais dans le cas présent cela ne pose pas de problèmes. Ce n'est pas un grand secret. J'ai eu la même conversation avec Serena hier soir.

– Ma « future-ex ». Eh bien mais… voilà un point de départ intéressant. Pourquoi elle ? Parce qu'elle a découvert le corps ?

– Exact. Je n'arrivais pas à dormir. Je savais qu'elle travaillait la nuit à Saint Terry, alors j'ai pensé que ce serait aussi bien de lui parler en premier. Si j'avais su que vous étiez encore debout, j'aurais frappé à votre porte également.

– Quel dynamisme ! s'exclama-t-il.

– On me paie cinquante dollars de l'heure pour ça. C'est quand même normal que je travaille autant que je peux !

– Et ça donne quoi ?

– Pour l'instant, j'en suis à rassembler des informations. J'essaye d'avoir une idée de ce que je vais avoir à faire. On me dit que Lorna a travaillé pour vous... quoi ?... trois ans ?

– Environ. A l'origine, c'était un emploi à plein temps, mais avec les coupures budgétaires, nous avons décidé d'essayer de nous en sortir avec vingt heures par semaine. Jusqu'ici, ça a marché, c'est pas l'idéal, mais c'est faisable. Lorna suivait des cours à l'université et un emploi à mi-temps cadrait parfaitement avec ses horaires.

Entre-temps, nous avions fait une grande boucle à l'intérieur de l'usine, le tout à quelque étage souterrain. Le sous-sol était entièrement dominé par d'énormes tuyauteries. Nous grimpâmes une longue volée de marches et nous retrouvâmes soudain dans un couloir bien éclairé assez proche de son bureau. Il me fit entrer et m'indiqua une chaise.

– Asseyez-vous.

– Vous avez le temps ?

– Voyons déjà ce que nous pouvons faire, et le reste attendra un autre jour.

Il se pencha en avant et appuya sur le bouton de l'interphone.

– Melinda, rappelez-moi si je ne suis pas sorti quand les inspecteurs arriveront.

J'entendis un « Oui, monsieur » assourdi.

– Excusez-moi de vous avoir interrompue. Continuez, dit-il.

– Je vous en prie. Lorna faisait-elle bien son travail ?

– Je n'ai pas eu à me plaindre. Il n'y avait pas grand-chose à faire. Elle était essentiellement réceptionniste.

– Vous saviez beaucoup de choses sur sa vie personnelle ?

– Oui et non. En fait, dans une usine comme la nôtre, où moins de vingt employés à la fois se retrouvent par équipe de travail, on arrive à se connaître assez bien. Nous fonctionnons vingt-quatre heures sur vingt-quatre, sept jours sur sept, pour moi c'est comme une famille. Je dois dire que Lorna était un peu distante. Elle n'était pas impolie ni froide, mais quand même assez peu accessible. Pendant les pauses, elle avait toujours le nez dans un livre. Elle apportait son déjeuner dans un sac et restait parfois dans sa voiture pour manger. Elle ne se livrait pas beaucoup. Spontanément, elle ne disait jamais grand-chose. Elle répondait quand on lui posait une question, mais elle n'était pas très communicative.

– D'après certains, elle aurait été secrète.

Il fit la grimace.

– Je ne dirais pas ça. Pour moi, le terme de secret a une connotation sinistre. Elle était agréable, mais quelque peu distante. L'adjectif réservé conviendrait mieux.

– Comment décririez-vous vos relations avec elle ?

– Mes relations ?

– Oui, je me demandais si vous la voyiez en dehors du travail.

Son rire me parut gêné.

– Si vous voulez dire ce que je pense, je dois avouer que je suis flatté, mais elle n'était rien de plus qu'une employée. C'était une belle fille, mais elle avait… quoi ?… vingt-quatre ans ?

– Vingt-cinq.

– Et j'en ai deux fois plus. Croyez-moi, Lorna n'avait aucun intérêt pour un homme de mon âge.

– Et pourquoi ? Vous êtes bel homme et vous présentez bien.

– J'apprécie le compliment, mais cela ne veut pas dire grand-chose pour une fille dans sa situation. Ce qu'elle recherchait probablement, c'était le mariage et une famille, la dernière chose au monde qui m'intéresse. A ses yeux, je ressemblais plutôt à une vieille crotte avec un léger excédent de poids. Par ailleurs, j'aime avoir des intérêts communs et une conversation intelligente avec les femmes avec qui je sors. Lorna était vive, mais elle n'avait jamais entendu parler de l'offensive du Têt et les seuls Kennedy qu'elle connaissait étaient Caroline et John-John.

– J'explorais seulement une possibilité, lui fis-je remarquer. J'ai abordé le même sujet avec Serena parce que je me demandais si, d'une manière ou d'une autre, Lorna avait un rapport avec votre divorce.

– Pas du tout. Mon mariage avec Serena a tout simplement perdu son piquant. Parfois, je me dis qu'il aurait mieux valu un franc désaccord. Un conflit produit des étincelles. Ce que nous vivions était monotone.

– D'après Serena, c'est vous qui avez voulu le divorce.

– Eh bien, c'est vrai, dit-il, mais j'ai fait des pieds et des mains pour que nous restions en bons termes. Comme je l'ai dit à mon avocat : je me sens déjà assez coupable comme ça, donc n'envenimons pas le débat. J'aime Serena. C'est vraiment une fille bien, et j'ai une très haute opinion d'elle. Mais je ne suis tout simplement pas prêt à vivre sans passion. J'ose espérer qu'elle vous a présenté la situation plus ou moins de la même façon.

– En fait, oui, répondis-je, mais je pensais que cela valait la peine de creuser le sujet dans le contexte de la mort de Lorna.

– Je comprends. Bien sûr, j'ai vraiment été très triste d'apprendre ce qui lui était arrivé. Elle était honnête, rapide et, pour autant que je sache, elle s'entendait bien avec tout le monde.

Je le vis jeter un coup d'œil sur sa montre sous prétexte d'ajuster le bracelet. Je remuai sur ma chaise.

– Il vaut mieux que je vous laisse, lui dis-je. Je vois que vous êtes distrait.

– C'est vrai… maintenant que vous le dites. J'espère que vous ne me trouvez pas grossier.

– Pas du tout. Je vous suis reconnaissante de m'avoir donné de votre temps. Je dois partir d'ici deux, trois jours, mais peut-être aurez-vous encore de mes nouvelles… si vous n'y voyez pas d'inconvénient.

– Bien entendu. Il est parfois difficile de me trouver, mais vous pouvez vérifier avec Melinda. Nous allons fermer pour entretien et réparations ce samedi, je serai donc ici si vous avez besoin de moi.

– Je m'en souviendrai. En attendant, si vous pensez à quoi

que ce soit d'intéressant, voulez-vous avoir la gentillesse de m'appeler ?

– Certainement.

Je lui laissai une deuxième carte de visite professionnelle. Nous nous serrâmes la main par-dessus le bureau, puis il m'accompagna vers la sortie. Deux inspecteurs attendaient près du bureau de Melinda. Le type portait une chemise à manches longues, des jeans et des tennis. Je remarquai que la femme était bien mieux habillée. Roger les accueillit aimablement, me faisant un rapide salut de la main tandis qu'il les conduisait vers le fond du couloir.

Je rentrai à mon bureau. C'était le milieu de l'après-midi et de faibles rayons de soleil hivernal s'efforçaient de percer les nuages. Le ciel était blanc, l'herbe d'un vert citron vif. A Santa Teresa, le mois de février arrive dans un grand désordre de géraniums d'un rose vibrant, de bougainvilliers magenta et de capucines orangées. Je m'étais déjà accoutumée à fonctionner dans le noir et la lumière me paraissait dure et les couleurs trop criardes. La nuit semblait plus douce, tel un liquide étreignant tout, fraîche et apaisante. Dans l'obscurité, les feuillages se fondent dans l'ombre, réunis et simplifiés, alors que le jour divise et place les objets en opposition violente, en guerre les uns contre les autres.

Je me glissai chez moi par la porte de côté, puis m'assis à mon bureau, déplaçant les papiers, essayant de me comporter comme si j'avais un but. J'étais trop fatiguée pour rechercher de la compagnie et le manque de sommeil me donnait à nouveau l'impression de planer. J'avais le sentiment d'avoir fumé de la drogue pendant les deux derniers jours. Toute mon énergie avait disparu comme sciure de bois fuyant d'un trou dans ma chaussure. En même temps, l'infusion de café provoquait un son grésillant au centre de mon cerveau, comme une antenne recueillant des signaux-radio en provenance de l'espace. D'un moment à l'autre, les Vénusiens nous avertiraient d'une invasion imminente et je serais trop hors circuit pour appeler la police. Je posai ma tête sur mon bureau et sombrai dans l'inconscience.

Au bout d'une heure et cinq minutes du plus grand petit

somme de tous les temps, le téléphone sonna. J'eus l'impression qu'une scie circulaire me coupait en deux. Je sursautai comme si quelqu'un m'avait pincé les fesses. Je décrochai violemment le combiné et dis mon nom, m'efforçant de montrer que j'étais parfaitement éveillée.

– Mademoiselle Millhone ? Joe Ayers à l'appareil. Que puis-je faire pour vous ?

Je n'arrivais absolument pas à me rappeler de qui il s'agissait.

– Monsieur Ayers, merci de m'avoir appelée, lui dis-je avec enthousiasme. Un instant, je vous prie.

Je posai la main sur l'écouteur. Joe Ayers... Joseph Ayers. Ah ! Le producteur du film pornographique. Je plaçai le récepteur contre mon autre oreille pour pouvoir prendre des notes en bavardant.

– Je crois savoir que vous avez produit un film d'art et d'essai dans lequel apparaissait Lorna Kepler.

– C'est exact.

– Pouvez-vous me parler de sa participation à ce projet ?

– Je ne suis pas certain d'avoir compris la question.

– Moi non plus. Quelqu'un a envoyé une vidéo à sa mère, et elle m'a demandé de voir ce que je pouvais découvrir... Votre nom figurait en qualité de producteur...

Ayers m'interrompit brutalement :

– Mademoiselle Millhone, c'est plutôt à vous de me renseigner. Nous n'avons rien à nous dire. Lorna Kepler a été assassinée voilà six mois.

– En fait, dix. J'en suis tout à fait consciente. Ses parents espèrent pouvoir mettre à jour de nouveaux éléments.

Ça sonnait pompeux même à mes oreilles, mais son irritation m'agaçait.

– Eh bien, vous n'allez rien pouvoir mettre à jour avec moi, dit-il. J'aimerais pouvoir vous aider, mais j'ai eu des relations extrêmement limitées avec Lorna. Je regrette de ne rien pouvoir faire pour vous.

Je vérifiai rapidement mes notes, m'efforçant de parler assez vite pour retenir son intérêt.

– Qu'en est-il de Nancy Dobbs et de Russell Turpin, les deux autres acteurs du film ?

Je l'entendis remuer de contrariété.

– Que voulez-vous savoir sur eux ?

– J'aimerais leur parler.

Un silence.

– Je peux probablement vous dire comment le contacter, dit-il enfin.

– Vous avez une adresse et un numéro de téléphone récents ?

– Je dois avoir ça quelque part.

Je l'entendis feuilleter vivement les pages de ce qui devait être son carnet d'adresses. Je coinçai le téléphone dans le creux de mon cou et ôtai le capuchon de mon stylo.

– Allons-y, dit-il.

Il débita rapidement des indications dont je pris note. L'adresse de la rue Haight correspondait à celle que j'avais obtenue des renseignements.

– C'est formidable ! m'écriai-je. J'apprécie vraiment beaucoup. Et Mlle Dobbs ?

– Là, je ne peux rien pour vous.

– Écoutez... Pouvez-vous me dire votre emploi du temps pour les deux trois jours à venir ?

– Qu'est-ce que mon emploi du temps vient faire là-dedans ?

– J'espérais que nous pourrions nous rencontrer.

A l'autre bout du téléphone, je crus entendre tournoyer les cellules de son cerveau tandis qu'il réfléchissait à ma requête.

– Je ne vois vraiment pas pourquoi. Je connaissais à peine Lorna. J'ai passé au mieux quatre jours en sa compagnie.

– Vous rappelez-vous quand vous l'avez vue pour la dernière fois ?

– Non. Je sais que je ne l'ai jamais revue après le tournage, ce qui ferait un an en décembre. C'est la seule et unique fois où nous avons fait affaire ensemble. En fait, le film n'étant jamais sorti, je n'avais aucune raison de la contacter par la suite.

– Pourquoi le film n'est-il jamais sorti ?

– Je ne pense pas que cela vous concerne.

– C'est quoi ? Un secret ?

– Non, ça ne vous regarde tout simplement pas.

– C'est bien dommage. J'espérais que vous pourriez nous aider un peu.

– Mademoiselle Millhone, je ne sais même pas vraiment qui vous êtes. Vous m'appelez, vous me laissez un message sur mon répondeur avec un numéro régional que je n'ai même pas réussi à identifier. Vous pourriez être n'importe qui. Nom de Dieu, pourquoi devrais-je vous aider ?

– C'est vrai. Vous avez raison. Vous ne me connaissez ni d'Ève ni d'Adam et je ne peux d'aucune manière vous obliger à me fournir des renseignements. Je me trouve ici, à Santa Teresa, à une heure d'avion de chez vous. Je ne vous veux rien de particulier, monsieur Ayers. J'essaie simplement de faire de mon mieux pour comprendre ce qui est arrivé à Lorna, et j'aurais apprécié un peu de matériel de fond. Je ne peux pas vous obliger à coopérer.

– Ce n'est pas la question. Je ne peux rien faire pour vous. Vraiment.

– Je ne vous prendrais sans doute même pas une heure de votre temps.

Je l'entendis respirer fort tandis qu'il enregistrait. Je m'attendais presque à ce qu'il me raccroche au nez. Au lieu de cela, il devint méfiant.

– Vous n'essayez quand même pas de vous introduire dans le métier, non ?

– Le métier ?

Je pensais qu'il faisait allusion au métier de détective privé.

– Parce que si vous êtes une espèce d'actrice de merde, vous perdez votre temps. Peu m'importe la dimension de vos nichons.

– Je vous assure que non. Ce que je fais est parfaitement légitime. Vous pouvez vérifier mes références auprès de la police de Santa Teresa.

– Vous me prenez au pire moment. Je viens de rentrer d'un séjour de six semaines en Europe. Ma femme organise un putain de raout ce soir ! Il faut que j'y sois. Ça lui coûte une fortune et je ne connais même pas la moitié de ses invités. Et je suis mort de fatigue.

– Que diriez-vous de demain ?

– C'est encore pire. J'ai des choses à faire.

– Et ce soir ? Je pourrais sans doute être chez vous dans deux ou trois heures.

Il ne dit rien, mais son agacement était quasiment audible.

– Oh ! et puis merde ! D'accord. Après tout... dit-il, si vous venez vraiment en avion, appelez-moi. Si je me sens assez bien pour ça, on se verra. Sinon, tant pis. C'est le mieux que je puisse faire et je vais sans doute le regretter.

– Formidable ! Fantastique ! Je peux vous joindre à ce numéro ?

Il soupira, en comptant sans doute jusqu'à dix. Je l'avais si désespérément irrité que nous en étions presque devenus amis.

– Voici le numéro de téléphone de chez moi. Mieux vaut vous donner l'adresse pendant que j'y suis. Vous devez être passablement odieuse quand vous n'obtenez pas ce que vous voulez.

– Je suis terrible, dis-je.

Il me donna son adresse personnelle.

– Je vais me coucher, dit-il.

Je l'entendis raccrocher violemment. Je téléphonai à Lupe, mon agent de voyages, et réservai une place dans le premier avion. Malheureusement, tous les vols étaient complets jusqu'à neuf heures du soir. Elle m'inscrivit sur la liste d'attente et me dit de me rendre à l'aéroport. Je rentrai chez moi et jetai quelques affaires dans un sac de marin. A la dernière minute, je me souvins que je n'avais pas dit à Ida Ruth où je serais. Je l'appelai chez elle.

Voici ce qu'elle me dit en apprenant que je me rendais à San Francisco en avion :

– J'espère que vous vous êtes mis quelque chose de mieux que des jeans et un col roulé.

– Ma chère Ida Ruth, lui renvoyai-je, vous m'insultez. Ceci est un voyage d'affaires.

– Mouais... Regardez-vous et décrivez-moi ce que vous portez. Et puis après tout, laissons tomber. Je suis certaine que vous êtes épatante. Vous voulez me donner un numéro où vous joindre ?

– Je ne sais pas où je serai. Je vous appellerai pour vous le dire une fois là-bas.

– Appelez mon répondeur au bureau. Le temps que vous arriviez à San Francisco, je serai au lit. Soyez prudente.

– Oui, m'dame. Je vous le promets.

– Prenez des vitamines.

– J'en prendrai. Je vous verrai à mon retour.

Je fis un peu de ménage dans mon appartement au cas où l'avion s'écraserait et sortis les ordures en signe d'adieu aux divinités. Comme nous le savons tous, le jour où je négligerai cet important rituel, l'avion se cassera la gueule et tout le monde se dira quelle souillon j'étais. Par ailleurs, j'aime que l'ordre règne dans mon chez-moi. En rentrant d'un voyage, j'aime que ce soit la sérénité et non point le bordel qui m'accueille.

Chapitre 10

Arrivée à l'aéroport, je laissai la VW au parking longue durée et revins à pied au terminal. Comme la plupart des bâtiments publics de Santa Teresa, l'aéroport est de style vaguement espagnol : un étage et demi en stuc blanc avec toit en tuile rouge, arcades et escalier incurvé qui remonte sur le côté du bâtiment. A l'intérieur du terminal, il n'y a que cinq portes de départ, avec un minuscule kiosque à journaux au premier étage et un modeste café au second. Au comptoir de la United, je pris mon billet et donnai mon nom à l'agent au cas où il y aurait une place disponible plus tôt. Je n'eus pas cette chance. Je me trouvai un siège à proximité, appuyai ma tête contre mon poing et sommeillai comme un vagabond jusqu'à ce qu'on appelle mon vol. Avec tout le temps qu'il me fallut attendre, j'aurais pu aller à San Francisco en voiture.

L'avion était un coucou à quinze places, dont dix occupées. Je portai mon attention sur la brillante revue d'aviation en papier glacé coincée dans la poche du siège devant moi. Il s'agissait de « mon » exemplaire « gracieux » (c'était écrit dessus), l'adjectif gracieux signifiant en fait trop ennuyeux pour qu'on ait envie de l'acheter. Tandis qu'on faisait chauffer les moteurs dans un lancinant sifflement de vélomoteurs de course, l'hôtesse de l'air nous récita les derniers sacrements. Nous ne pouvions entendre un seul mot de ce qu'elle disait, mais les contorsions de sa bouche nous indiquèrent de quoi il s'agissait, en gros.

Tressautant et frémissant, l'avion décolla, les secousses cessant brusquement en altitude. L'hôtesse arpenta le couloir, un plateau dans les bras, nous distribuant des gobelets transparents en plastique remplis de jus d'orange ou de Coca-Cola et des paquets, à l'épreuve des enfants, de bretzels et de cacahuètes, au choix.

Les compagnies aériennes, extrêmement malignes en matière de diminution des frais, ont désormais réduit la ration de cacahuètes à environ une cuillerée par personne. Je coupai chacune des miennes en deux, ne mangeant qu'un morceau à la fois pour prolonger l'expérience.

Tandis que nous remontions la côte en bourdonnant à travers le ciel nocturne, les communes sous nos pieds apparaissaient comme une série de lumières inégales et dispersées. Vues de cette altitude, les villes ressemblaient à des colonies isolées sur une planète étrangère avec de sombres étendues entre ce qui, de jour, serait des montagnes. J'étais désorientée par le paysage. J'essayai de repérer Santa Maria, Paso Robles et King City, mais je n'ai pas un sens précis des proportions ou des distances. Je découvris la 101, mais cette route me parut étrange de si haut.

Nous atteignîmes San Francisco en un peu moins d'une heure et demie. En approchant, je vis des réverbères ondoyer sur les collines, délimitant le terrain comme sur une carte. Nous atterrîmes dans un terminal de correspondance si éloigné qu'il avait fallu poster toute une enfilade d'agents au sol pour nous indiquer le chemin qui conduisait à la civilisation. Nous entrâmes dans le bâtiment, grimpâmes les escaliers de derrière comme des émigrés expulsés, et déboulâmes enfin dans un couloir plus familier. Je m'arrêtai au kiosque à journaux et m'achetai une bonne carte de la ville. Puis je trouvai le comptoir des locations de voitures où je remplis toute la paperasse. A vingt-trois heures cinq, j'étais sur la 101, me dirigeant au nord, vers la ville.

La nuit était claire et froide, les lumières d'Oakland et d'Alameda visibles à ma droite, de l'autre côté de la baie. Les voitures roulaient vite et la ville commença à prendre forme autour de moi comme une construction en néon. Environ un kilomètre après Market Street, à la hauteur de Golden Gate Avenue, la 101 se réduisit à une simple route à deux voies. Je fis encore deux ou trois cents mètres jusqu'à la rue Van Ness et tournai à gauche, et finis par retourner à gauche pour déboucher dans Lombard Street. Des cafés et des motels de toutes sortes et de toutes dimensions s'alignaient de part et d'autre de cette artère à quatre voies. Ne tenant pas à consacrer une énergie excessive à ma recherche, je m'arrêtai devant le Del Rey Motel, le premier à signaler qu'il y avait des chambres libres. Je n'y passerais qu'une seule nuit. Je n'avais guère besoin que d'une chambre suffisamment propre pour ne pas être obligée de garder mes chaussures tout le temps. J'en demandai une où j'aurais le calme : l'employé me conduisit à la 343, à l'arrière du bâtiment.

Le Del Rey était l'un de ces motels où la direction tient pour acquis qu'on va lui voler tout ce qu'on trouve. Tous les portemanteaux étaient conçus de manière à ce que les crochets ne puissent être ôtés de la tige de suspension. Une note apposée sur le téléviseur précisait que détacher le câble d'alimentation ou déplacer de quelque manière que ce soit l'appareil déclencherait automatiquement une alarme non contrôlable par le client. Le radioréveil était boulonné à la table de nuit. Je me trouvais dans un établissement fin prêt à déjouer les voleurs et les artistes de l'arnaque. Je plaçai une oreille contre le mur, me demandant qui pouvait bien se cacher dans la chambre d'à côté. J'entendis des ronflements monter dans le silence. Ça allait être de tout repos plus tard, quand je chercherais à m'endormir. Je m'assis sur le bord du lit et appelai la réception, y laissant mon numéro de téléphone pour Ida Ruth. Profitant de l'occasion, j'appelai mon propre répondeur en utilisant la télécommande pour vérifier les messages. Il n'y en avait aucun. Mon séduisant appel interurbain n'avait suscité aucune réponse, ce qui signifiait qu'il me faudrait appeler une autre fois.

Il était déjà près de minuit et je sentais mon énergie filer par tous les pores de ma peau. Depuis que j'avais abandonné ma vie diurne pour gérer mes affaires la nuit, j'avais remarqué qu'il me devenait plus difficile de prévoir les plongeons dans l'épuisement. J'avais très envie de m'étendre sur mon lit et d'y dormir tout habillée. Je me secouai avant que cette idée ne devienne trop attrayante. Dans la salle de bains, une notice imprimée rappelait au client qu'il y avait une grande sécheresse et le suppliait d'utiliser le moins d'eau possible. Je pris une douche rapide (en me sentant bien coupable), puis me séchai avec une serviette aussi rêche qu'un trottoir. Je posai mon sac sur le lit et en retirai des sous-vêtements propres et un collant. Puis je sortis le vêtement miracle, ma robe noire tout terrain. Il n'y a pas si longtemps de cela, cet article suppurait l'eau d'égout et puait la moisissure et les créatures du marécage. Plusieurs fois au cours des mois précédents, je l'avais portée au nettoyage, et elle était désormais comme neuve... à moins de la renifler de près. Le tissu était à la hauteur des réalisations scientifiques les plus récentes : léger, infroissable, vite sec, et indestructible. Plusieurs de mes connaissances regrettaient amèrement cette dernière qualité, me suppliant de la jeter et d'en ajouter une autre à ma garde-robe. Je ne voyais pas pourquoi. Avec ses longues manches et son devant plissé, ma robe tous terrains était parfaite, à tout le moins convenable en toutes circonstances. Je l'avais mise pour des mariages, des enterrements, des cocktails, et mes comparutions au tribunal. Je la secouai un peu, en défis la fermeture Éclair, et réussis à me glisser simultanément dedans et dans mes chaussures plates noires. Personne ne m'aurait prise pour une star de la mode, mais au moins pouvais-je passer pour une adulte.

D'après la carte et l'adresse qu'il m'avait données, Joseph Ayers habitait à Pacific Heights. J'étalai ma carte sur le siège de la voiture et laissai la lumière intérieure allumée pour voir où j'allais. Je tournai à gauche dans Divisadero et me dirigeai vers Sacramento Street. Arrivée dans le quartier, je me mis à rouler doucement. Même à cette heure, la résidence des Ayers n'était pas difficile à repérer. La maison était resplendissante de lumières, un flot ininterrompu d'invités profitait du parking auquel un valet de pied conduisait leurs voitures. Je confiai la mienne à l'un de ces jeunes hommes en pantalons noirs et chemise blanche de smoking. Il y avait une Mercedes devant, et une Jaguar s'arrêta juste derrière moi.

Le portail d'entrée était ouvert, les derniers arrivés étant dirigés par le côté de la maison vers le jardin de derrière. L'accès était contrôlé par un homme en smoking qui dévisagea mon ensemble avec une évidente inquiétude.

– Bonsoir. Puis-je voir votre invitation ?

– Je ne suis pas ici pour la fête. J'ai un rendez-vous personnel avec M. Ayers.

A son expression, je vis que cela lui paraissait peu probable, mais comme il était payé pour sourire, il m'accorda le minimum syndical.

– Sonnez à la porte de devant. L'une des bonnes vous fera entrer.

La maison était entourée d'une cour étroite, mais grande par rapport aux normes de San Francisco, où les maisons sont ordinairement collées les unes aux autres. Une haute haie en buis avait été plantée juste à l'intérieur de la clôture en fer forgé pour assurer un maximum d'intimité. Je remontai l'allée en brique. L'herbe était d'un beau vert tendre et récemment tondue. La maison comportait trois étages en brique qui avec l'âge avaient pris une couleur de pastèque mûre. Toutes les fenêtres en verre plombé étaient encadrées de pierres gris pâle. Le toit mansardé était en ardoise grise, et toute la façade baignée de lumières indirectes. Derrière, j'entendis les voix amplifiées par l'alcool des nombreux invités se superposer aux harmonies d'un trio. De temps à autre, un éclat de rire montait en chandelle, explosant doucement au milieu de l'obscurité tranquille du quartier.

Je sonnai à la porte comme on me l'avait indiqué. Une bonne en uniforme noir m'ouvrit et recula pour me laisser entrer. Je lui dis mon nom, ajoutant que M. Ayers m'attendait. Cela ne parut lui faire ni chaud ni froid, et ma robe tous terrains semblait parfaitement lui convenir, merci. Elle hocha la tête et repartit, me donnant le loisir d'examiner les lieux. Le hall d'entrée circulaire comportait un escalier en marbre noir en spirale tournant à droite. Le plafond montait jusqu'à la hauteur de deux étages et s'ornait d'un lustre dont les larmes dorées et étincelantes tombaient en cascades. Un de ces quatre, un tremblement de terre le ferait s'écraser de tout son poids, aplatissant la bonne comme un coyote de dessin animé.

Un autre homme en smoking fit enfin son apparition et

m'accompagna à l'arrière de la maison. Le sol était recouvert de dalles de marbre noires et blanches disposées comme une table de jeu. Les plafonds des pièces que je traversai étaient facilement à trois mètres cinquante du sol et bordés de guirlandes en plâtre et d'étranges diablotins qui nous dévisageaient de haut. Les murs du couloir étaient recouverts de soie capitonnée rouge foncé destinée à étouffer le bruit. J'examinai les lieux avec tant d'attention que je faillis me cogner dans une porte. Le maître d'hôtel continua à jouer son rôle, m'ignorant discrètement quand je glapis de surprise.

Il me fit entrer dans la bibliothèque et en referma les doubles portes en sortant. Un vaste tapis d'Orient déployait son doux motif mauve sur le parquet. A gauche, trônait un bureau massif ancien en acajou et chêne des Indes, avec incrustations de cuivre. Les meubles – un canapé surdimensionné et trois solides fauteuils – étaient tapissés de cuir bordeaux. C'était une pièce fonctionnelle, réellement utilisée et pas quelque assemblage bien ordonné destiné à impressionner. Je vis des classeurs, un jeu d'ordinateurs, un fax, une photocopieuse et un téléphone à quatre lignes. Des étagères en acajou disposées sur trois des murs étaient pleines de livres, avec une section consacrée à des scénarios de films dont les titres étaient marqués à l'encre sur la partie visible.

Sur le quatrième mur, des fenêtres à la française surplombaient les pelouses entourées de murs à l'arrière, où la fête battait son plein. Le niveau sonore avait augmenté, mais l'essentiel en était atténué par les vitres à meneaux. Je me mis devant une fenêtre et observai la foule en bas. Des tentes avaient été dressées dans une partie de l'immense jardin, la toile rouge de ces dais étant comme embrasée par la lumière des bougies. De grands appareils de chauffage au propane avaient été placés sur le pourtour pour réchauffer l'air frais du soir. De minuscules ampoules avaient été accrochées en guirlandes sur tous les jeunes arbres du domaine. Toutes les branches étaient redessinées par des petits points lumineux. Les tables étaient couvertes de nappes en satin rouge. Les milieux de tables étaient des compositions de roses d'un rouge sombre et d'œillets. Les chaises pliantes étaient emmaillotées de nuages de tulle rouge. Je vis les traiteurs en train d'installer un souper froid – du boudin, sans doute.

Les cartons d'invitation avaient dû spécifier les exigences vestimentaires. Les hommes portaient des smokings noirs, et toutes les femmes étaient vêtues de robes du soir ou de robes de cocktail rouges ou noires. Ces dames étaient minces, et leurs cheveux apprêtés et teints de cet étrange blond californien tant prisé par les femmes de plus de cinquante ans. Leurs visages semblaient parfaits, bien qu'à force de chirurgie elles parussent toutes plus ou moins du même âge. Je les soupçonnai de ne pas faire partie de la meilleure société. Ces gens-là étaient comme lait enrichi qui a réussi à grimper aussi haut dans la bouteille que le permettent argent et ambition au cours d'une génération. Il me vint à l'idée que, tout en buvant et lorgnant le buffet, ils débinaient leurs hôtes.

– Si vous avez faim, je peux vous faire apporter quelque chose à manger.

Je me retournai.

– Non merci, ça va, dis-je automatiquement.

En vérité, j'avais une faim de loup, mais savais que je me sentirais en position de faiblesse si je me gavais en présence de cet homme.

– Kinsey Millhone, dis-je en lui tendant la main. Merci d'avoir accepté de me voir ce soir.

– Joseph Ayers, répondit-il.

Il ne devait pas avoir loin de cinquante ans, et l'air pénétré du gynécologue qui vous annonce une nouvelle embarrassante. Il portait des lunettes à grands verres et lourdes montures en écaille de tortue. Il avait tendance à garder la tête baissée, ses yeux noirs vous scrutant d'un air sombre. Sa poignée de main était vigoureuse et sa peau aussi lisse que s'il venait d'enfiler une paire de gants en caoutchouc. Le front était ridé et le visage allongé, effet qu'accentuaient les plis de chaque côté de sa bouche et le long de ses joues. Ses cheveux noirs commençaient à s'éclaircir sur le dessus, mais je compris qu'il avait été vigoureusement beau en son temps. Il portait le smoking exigé. S'il était toujours épuisé par de longues heures de vol, cela ne se voyait pas. D'un geste de la main, il me dirigea vers l'un des fauteuils en cuir, où je m'assis. Il prit place derrière le bureau et posa un doigt contre ses lèvres, y tapotant pensivement tandis qu'il m'étudiait.

– En fait, vous passeriez peut-être bien à l'écran. Vous avez un visage intéressant.

– Sans vouloir vous offenser, monsieur Ayers, j'ai vu un de vos films. Les visages n'y jouent pas un grand rôle.

Il sourit légèrement.

– Vous seriez étonnée. Il fut un temps où le public voulait de fortes femmes, du genre Marilyn Monroe, avec des avantages presque grotesques. A présent, nous cherchons quelque chose d'un peu plus réaliste. Mais je ne cherche pas à vous convaincre de quoi que ce soit.

– Restons-en là, lui dis-je.

– J'ai été formé dans une école de cinéma, dit-il, comme si je l'avais sommé de s'expliquer. Comme George Lucas et Oliver Stone. Non pas que je me compare à eux. Au fond, je suis classique. C'est ce que j'essaie de vous faire comprendre.

– Ils savent ce que vous faites ?

Il redressa la tête en direction de la fenêtre.

– J'ai toujours dit que j'étais dans le cinéma, ce qui est vrai… ou l'était. J'ai vendu ma société voici un an à un groupe international. C'est ce qui m'occupait en Europe ces dernières semaines. Je réglais les derniers détails.

– Vous avez dû très bien réussir.

– Mieux que le producteur moyen à Hollywood. Mes frais généraux étaient peu élevés, et je n'ai jamais eu à supporter les chefs syndicaux ou les patrons des studios. Si je souhaitais réaliser un projet, je le faisais quand je voulais, comme ça.

Il claqua les doigts pour me montrer.

– Chacun de mes films a immédiatement connu le succès et la plupart des producteurs hollywoodiens ne peuvent en dire autant.

– Et Lorna ? Comment l'avez-vous rencontrée ?

– J'étais descendu à Santa Teresa pour le week-end de Memorial Day, il y a deux ou trois ans de ça. Je l'ai repérée dans le bar d'un hôtel et je lui ai demandé si la carrière d'actrice l'intéressait. Elle m'a ri au nez. Je lui ai donné ma carte et deux de mes cassettes vidéo. Elle m'a téléphoné plusieurs mois après et a manifesté quelque intérêt. J'ai organisé le tournage. Elle a pris l'avion pour San Francisco et a travaillé deux jours et demi, pour lesquels elle a été payée deux mille cinq cents dollars. C'est là toute l'histoire.

– Je n'arrive toujours pas à comprendre pourquoi le film n'a jamais été distribué.

– Disons simplement que je n'étais pas content du produit fini. Le film avait l'air minable et les prises de vue étaient mauvaises. La société qui m'a racheté a fini par prendre tout mon catalogue, mais ce film-là ne faisait pas partie du marché.

– Vous saviez que Lorna faisait le trottoir à ses moments perdus ?

– Non, mais cela ne m'étonne pas. Savez-vous comment on appelle ces gens-là ? Des ouvrières du sexe. Une ouvrière du sexe peut faire toutes sortes de choses : massages, danse exotique, travail à domicile, vidéos lesbiennes, magazines *hard core*. Elles sont comme des travailleurs saisonniers en tournée. Elles vont là où il y a du travail, parfois de ville en ville. Je ne dis pas qu'elle ait fait ce genre de boulot. Je vous fais un portrait d'ensemble.

J'observai son visage, émerveillée par le ton neutre auquel il avait recours.

– Et vous ? Quels étaient vos rapports avec elle ?

– J'étais à Londres quand on l'a tuée. Je suis parti le vingt.

Je ne tins pas compte de son coq-à-l'âne, quoiqu'il m'intéressât. Quand nous nous étions parlé au téléphone, il avait été assez vague quant à la date de sa mort. Peut-être s'était-il livré à un audit interne en prévision de mon arrivée.

Il ouvrit un tiroir et en retira une feuille de papier.

– J'ai vérifié le registre des salaires pour le film qu'elle a tourné. Voici les noms et adresses de deux des membres de l'équipe avec qui j'ai été en contact depuis. Je ne peux vous garantir qu'ils soient toujours ici, à San Francisco, mais c'est un point de départ.

Je pris la fiche et y jetai un coup d'œil. Je reconnus les noms d'après la liste que j'avais vérifiée. Les deux numéros de téléphone à San Francisco n'étaient plus attribués.

– Merci. Je vous en suis reconnaissante.

Même si ça ne vaut rien, pensai-je.

Il se leva du bureau.

– Et maintenant, si vous voulez bien m'excuser, je dois faire une brève apparition avant d'aller me coucher. Vous êtes sûre que vous ne voulez pas un verre ?

– Merci, mais vraiment pas. J'ai encore du chemin à faire, et je ne resterai pas ici très longtemps.

– Je vous raccompagne, dit-il courtoisement.

Je descendis derrière lui les larges escaliers en marbre blanc, traversant le hall d'entrée, puis une vaste pièce vide au plafond en forme de dôme et au plancher clair et brillant en bois dur. Tout au fond, il y avait une estrade.

– Qu'allez-vous faire maintenant que votre affaire est vendue ?

– Voici la salle de bal, dit-il en remarquant mon air curieux. Ma femme l'a fait remettre à neuf. Elle donne des bals de charité pour des maladies que seuls les riches attrapent. Pour répondre à votre question, je peux me permettre de ne rien faire.

– Vous avez de la chance.

– Il ne s'agit pas de chance. C'était mon intention dès le début. Je suis une personne qui se donne des buts. Je vous conseillerais de faire de même.

– Absolument, dis-je.

Dans l'entrée, nous nous serrâmes la main. Je remarquai qu'il avait refermé la porte avant même que j'atteigne le trottoir. Je récupérai ma voiture, offrant au valet un pourboire d'un dollar. A son regard stupéfait, je compris qu'on devait lui donner au moins cinq fois plus.

Je consultai ma carte. Russell Turpin habitait Haight Street et ce n'était pas loin. Je me dirigeai vers le sud par Masonic Avenue et traversai le secteur de Golden Gate Park envahi par les mendiants. Haight Street se trouvait à deux pâtés de maisons et l'adresse où j'allais quatre rues plus bas.

Sur les trottoirs, il y avait foule. Les restes du passé glorieux d'Haight Ashbury[1] étaient toujours évidents : boutiques de robes anciennes, librairies, restaurants funky. La rue était bien éclairée et il y avait encore pas mal de circulation. Les gens étaient accoutrés à l'ancienne mode hippie, pantalons bouffants, boucles dans le nez, cheveux bouclés, jeans déchirés, tenues cuir, visages peinturlurés, boucles d'oreilles multiples, sacs à dos et bottes montant jusqu'au genou. La musique dégoulinait des bars. Devant les portes, des gosses flânaient, apparemment défoncés par des drogues plus exotiques que l'herbe ou les quaaludes.

Je contournai huit pâtés de maisons – deux vers le bas, deux à droite, deux en remontant, et deux à droite encore, m'efforçant de trouver une place pour y glisser ma voiture. San Francisco me semble bien mal équipée pour contenir toutes ses voitures. Les véhicules stationnent dans les moindres espaces libres le long des trottoirs, en épis dans les collines, montent sur les trottoirs, allant jusqu'à se caler sous les maisons. Les pare-chocs avant sont nez à nez avec les bouches d'incendie. Les pare-chocs arrière débordent sur les zones rouges. Une place de parking vaut son pesant d'or et les voies de stationnement entre les maisons sont hérissées de panneaux destinés à décourager les resquilleurs.

Le temps de trouver une place, il était presque une heure du matin. Je coinçai ma voiture de location rue Baker, juste au coin, me précipitant au moment même où un autre véhicule s'en allait. Je fouillai dans le fond de mon sac pour y trouver mon stylo-lampe. Je fermai ma voiture à clef et remontai à pied la centaine de mètres me séparant de Haight Street. Tous les bâtiments étaient collés les uns contre les autres, crépis de tons pastel, hauts de quatre ou cinq étages. De temps à autre, un arbre frêle ajoutait une gracieuse note de verdure. Beaucoup d'immenses fenêtres étaient encore éclairées. De la rue, je voyais, en une suite d'angles aigus qui allaient diminuant, des manteaux

1. Quartier de San Francisco qui, grâce au mouvement hippie, connut son heure de gloire vers la fin des années soixante *(NdT)*.

de cheminée, d'audacieuses peintures abstraites, des murs blancs, des étagères pleines de livres, des plantes suspendues et des moulures en forme de couronne.

L'adresse que j'avais s'avéra être un quatre étages moderne en bardeaux bruns pris en sandwich entre deux maisons à charpente victorienne. Le réverbère était en panne, et je ne pus que deviner le rouge éteint de la première, et le bleu indigo de l'autre avec (peut-être) des liserés blancs. Dans le noir, toutes deux avaient une couleur gris boueux. J'avais discuté une fois avec un peintre qui travaillait sur les plateaux de cinéma. Pour un film tourné en noir et blanc, il disait que l'équipe de décoration se servait de peinture marron de onze nuances différentes. Les lieux dans lesquels je me trouvais donnaient la même impression : celle d'un environnement privé de ses couleurs, réduit à des tonalités de marron et de brun foncé. Les gradations étaient infinies, mais visibles seulement par les esprits de la nuit.

Turpin occupait un appartement au deuxième étage, et j'eus le plaisir de constater que la carte écrite à la main et glissée dans la fente adéquate indiquait effectivement le nom « Russell » ainsi que celui d'une certaine Chérie Stanislaus. A travers la porte vitrée, je vis une entrée élégamment tapissée de papier peint avec une porte d'appartement de part et d'autre. Au fond, un escalier formait un angle droit vers la gauche avant de disparaître. Sans doute faisait-il le chemin inverse dans un couloir identique à l'étage au-dessus.

Je retournai dans la rue et levai les yeux vers les fenêtres du second étage. Des deux côtés du bâtiment, les pièces de devant étaient éclairées, ce qui voulait dire que les occupants étaient toujours éveillés.

En montant l'escalier qui conduisait à l'entrée, j'entendis le clic-clac de hauts talons qui s'approchaient de moi par-derrière. Je m'arrêtai, jetant un coup d'œil par-dessus mon épaule. La blonde qui était en train de monter portait un maquillage si pâle qu'elle avait l'air d'un fantôme. Ses yeux étaient minutieusement maquillés, avec d'épais faux cils, deux nuances d'ombre à paupières et un trait de crayon en haut et en bas. Elle avait le front haut et les cheveux ramenés en arrière, retenus par une barrette voyante en faux diamants. Le reste de sa chevelure était long et raide et se divisait aux épaules, une moitié s'en répandant le long de son dos. De longues boucles tombaient en grappes sur ses seins. Ses boucles d'oreilles étaient en forme de points d'interrogation allongés. Elle portait un justaucorps foncé et une jupe noire aguichante fendue sur le côté. Elle avait les hanches minces et le ventre plat. Elle sortit un porte-clefs et me jeta un long regard tranquille en ouvrant la porte du hall d'entrée.

– Vous cherchez quelqu'un ?

– Russell Turpin.

– Eh bien, vous êtes à la bonne adresse.

Son sourire était peu communicatif, sans hostilité mais sans chaleur.

– Il n'est pas là mais vous pouvez monter l'attendre si vous voulez. Je partage l'appartement avec lui.

– Merci. Vous êtes Chérie ?

– C'est ça. Et vous êtes ?...

– Kinsey Millhone. J'ai laissé un message sur votre répondeur...

– Je m'en souviens. Vous êtes l'amie de Lorna.

Elle poussa la porte et j'entrai derrière elle. Elle s'arrêta le temps de s'assurer qu'elle avait bien refermé derrière elle avant de prendre l'escalier. Je la suivis. Ayant menti au téléphone, il me fallait à présent décider si j'allais jouer franc-jeu.

– En fait, Lorna et moi ne nous sommes jamais rencontrées, lui précisai-je. Je suis détective privée et j'enquête sur sa mort. Vous saviez qu'elle avait été assassinée ?

– Oui, bien sûr. Nous le savions. Russell n'était pas enthousiasmé à l'idée d'annoncer la mauvaise nouvelle.

Elle portait des bas résille noirs et ses talons aiguilles de dix centimètres de hauteur lui galbaient fortement les mollets. Une fois arrivée au palier du deuxième, elle ouvrit la porte de l'appartement C. Elle ôta ses souliers avec une petite grimace de soulagement, puis traversa le salon pieds nus, à pas feutrés. Je pensais qu'elle allumerait une lampe, mais elle devait préférer l'obscurité.

– Mettez-vous à l'aise, dit-elle.

– A quelle heure pensez-vous qu'il rentrera ?

– D'un moment à l'autre, je crois. Il n'aime pas rester dehors trop tard.

Elle alluma une lumière dans la cuisine visible à travers les volets à doubles battants surmontant le comptoir. Elle ouvrit les volets. Je la vis prendre deux bacs à glaçons qu'elle déversa dans un seau à glace en plastique.

– Je vais prendre un verre. Si vous en voulez un, dites-le. J'ai horreur de jouer à l'hôtesse, mais je tiens le temps d'une tournée. Il y a une bouteille de chardonnay ouverte, si ça vous tente... Vous m'avez l'air du genre à marcher au vin blanc.

– Avec grand plaisir. Vous voulez un coup de main ?

– Nous en avons tous besoin, me fit-elle remarquer. Votre bureau est ici, à San Francisco ?

– Je suis de Santa Teresa.

Elle pencha la tête, me dévisageant à travers l'ouverture.

– Pourquoi avez-vous fait tout ce chemin pour venir voir Russell ? J'espère qu'il ne fait pas partie des suspects.

– Vous êtes son amie ?

Je pensai qu'il était temps que je pose les questions plutôt qu'elle.

– Je ne dirais pas ça. Nous nous aimons beaucoup, mais nous ne vivons pas ensemble. Il préfère se croire libre de toute attache et le cœur inoccupé. Vous voyez le genre.

Elle fit tomber plusieurs glaçons dans un grand verre et le remplit à moitié de scotch. Elle y rajouta un peu d'eau de Seltz, en utilisant un de ces engins qu'on voit dans les vieux films des années trente. Elle but une gorgée en frémissant légèrement, puis elle posa son scotch de côté et me chercha un verre à vin dans le placard. Elle le porta à la lumière et décida qu'il n'était pas assez propre. Elle le rinça et l'essuya. Elle sortit le chardonnay du réfrigérateur et remplit mon verre, puis elle mit la bouteille au frais dans un récipient spécial qu'elle laissa sur le comptoir. Je m'avançai jusqu'à la porte et pris le vin qu'elle me tendait.

– Je ne sais pas si vous êtes au courant, mais Russell est très déboussolé, me dit-elle.

– Vraiment ? Je ne l'ai jamais rencontré.

– Vous pouvez me croire. Vous voulez savoir pourquoi ? Parce qu'il est monté comme un âne.

– Ah, dis-je.

L'ayant vu en action, je pouvais en témoigner.

Chérie sourit.

– J'aime ce « ah », dit-elle. C'est diplomatique. Venez donc dans ma chambre et nous pourrons parler pendant que je me change. Si je ne sors pas de cette gaine tout de suite, je vais me suicider dans pas longtemps.

CHAPITRE 11

Le mobilier de la chambre à coucher était composé d'un ensemble des années cinquante en bois blond aux lignes courbes. Chérie s'assit devant une coiffeuse avec un grand miroir rond au milieu et deux tiroirs profonds de part et d'autre. Elle y alluma une lampe, laissant le reste de la pièce plongé dans l'ombre. Elle avait deux lits jumeaux à tête en bois blond, une table de nuit du même bois, un vieux tourne-disque 45-tours avec un gros chargeur noir et un fauteuil en toile noire et fer forgé en forme de papillon couvert de vêtements abandonnés. Je n'avais plus d'autre choix que de m'asseoir sur un des deux lits. Je préférai m'adosser au chambranle de la porte.

Chérie s'extirpa de sa gaine et de son collant et les jeta par terre, puis elle se retourna afin de s'examiner dans la glace. Elle se pencha en avant, vérifiant les rides qu'elle avait autour des yeux d'un regard critique. Elle hocha la tête en signe de dégoût.

– Vieillir est vraiment la fin de tout. Parfois, je me dis qu'il vaudrait mieux me tirer une balle dans la tête et en finir une bonne fois pour toutes.

Tandis que je l'observais, elle étala une serviette blanche et propre et sortit de la crème, une lotion tonique, des boules de coton et des bâtonnets, se préparant apparemment à se démaquiller. J'ai déjà vu des hygiénistes dentaires moins méticuleux qu'elle dans l'assemblage de leurs instruments.

– Vous connaissiez Lorna ? lui demandai-je.

– Je l'ai rencontrée. Je ne la connaissais pas.

– Qu'en pensiez-vous ?

– J'étais jalouse, évidemment. C'était ce qu'on appelle une beauté naturelle. Elle n'avait pas à se casser. De quoi dégoûter les autres.

Ses yeux rencontrèrent les miens dans le miroir.

– Vous ne vous maquillez pas beaucoup, vous ne savez donc pas ce que c'est. Moi, je passe des heures à m'arranger, et pour quel résultat, je vous le demande ? Un quart d'heure dans la rue et tout se volatilise. Mon rouge à lèvres est avalé. Mon fard à paupières finit dans cette ride... Là, regardez. L'eye-liner bave sur le haut de la paupière. Et chaque fois que je me mouche, mon fond de teint se dépose sur le mouchoir, comme de la peinture. Lorna, c'était tout le contraire. Elle n'avait pas besoin de faire quoi que ce soit.

Elle décolla ses faux cils d'une paupière et les déposa dans une petite boîte, où j'eus l'impression qu'ils me faisaient un clin d'œil. Elle tira sur les autres et les plaça à côté des premiers. Maintenant, on aurait dit deux yeux endormis.

– Qu'est-ce que je n'aurais pas donné pour avoir une peau comme la sienne ! reprit-elle. Oh, bon, quand on est une pauvre fille...

Elle posa la main sur son front et ôta ses cheveux. Sous sa perruque, elle portait une sorte de bonnet de bain. Sa voix ayant retrouvé son ton de baryton naturel, elle s'adressa à mon reflet dans le miroir.

– Tiens ! Voilà Russell ! Heureux de vous rencontrer, dit-il.

Comme par magie, Chérie avait disparu, laissant place à un homme un peu dégingandé. Il se tourna et prit la pose.

– Franchement... qui préférez-vous ?

Je souris.

– J'aime bien Chérie.

– Moi aussi, dit-il.

Il se regarda à nouveau en plissant les paupières.

– Je ne saurais vous dire combien il est odieux de se réveiller chaque matin face à une barbe. Et un pénis ? Doux Jésus. Imaginez-vous ça dans votre petit slip en dentelle. On dirait un gros ver de terre tout vieux et tout moche. Ça me fout la trouille, à mort.

Il se mit à appliquer de la crème sur son visage, essuyant le fond de teint à grands coups.

Je n'arrivais pas à détacher mon regard de lui. L'illusion avait été parfaite.

– Vous faites ça tous les jours ? Vous vous habillez en femme ?

– Presque tous les jours. Après le travail. De neuf heures à cinq heures du soir, je suis Russell : cravate, veste sport, col à boutons, tout le numéro. Je ne mets pas de baleines, mais leur équivalent moral et spirituel.

– Quel genre de travail faites-vous ?

– Je suis sous-directeur de la branche locale des magasins Circuit City. Nous vendons des chaîne stéréo. La nuit, je peux me détendre et faire tout ce que je veux.

– Vous ne gagnez pas votre vie comme acteur ?

– Ah ! Vous avez vu le film, dit-il. Ça ne m'a presque rien rapporté et il n'a jamais été mis en exploitation, ce qui, je dois l'avouer, a été un soulagement pour moi. Il y aurait eu quelque chose d'assez ironique à ce que Russell Turpin connaisse la célébrité alors qu'au fond je suis vraiment Chérie.

– Je viens de parler à Joe Ayers. Il dit qu'il a vendu sa société.

– J'imagine qu'il aspire à la respectabilité.

Il fronça les sourcils et sourit légèrement. Son expression signifiait que cela ne risquait pas de se produire de sitôt. Une fois le fond de teint enlevé, il prit une boule de coton et l'humecta de lotion tonique. Il se mit à essuyer la crème et toute trace de maquillage.

– Combien de films avez-vous faits pour lui ?

– Un seul.

– Avez-vous été déçu qu'il ne soit jamais sorti ?

– A l'époque, oui. Depuis, je me suis rendu compte que je ne tiens pas vraiment à rentabiliser mon « matériel ». Je déteste être un mec. J'ai vraiment horreur de toute cette mise en scène macho de merde, tous les efforts que cela exige. C'est beaucoup plus amusant d'être une femme. Parfois, je suis tenté de me débarrasser de mon engin, mais je ne supporte pas l'idée d'être transformé chirurgicalement, bien monté comme je suis. Peut-être qu'une banque d'organes serait intéressée, dit-il.

Il agita légèrement la main.

– Mais assez de mes problèmes minables ! Que puis-je vous dire d'autre à propos de Lorna ?

– Je ne sais pas. Si j'ai bien compris, vous ne la connaissiez pas si bien que ça.

– Cela dépend de votre système de référence. Nous avons passé deux jours ensemble pendant le tournage du film. Ça a immédiatement collé entre nous, et nous avons pissé de rire. C'était une fille vraiment chouette. Vicieuse et sans peur, avec un sens de l'humour assez féroce. Nous étions sœurs dans l'âme. Je ne plaisante pas. Ça m'a fait un choc terrible d'apprendre sa mort.

– C'est la seule la seule fois où vous l'avez vue ? Pendant le tournage ?

– Non. Je l'ai croisée peut-être deux mois plus tard, elle était montée ici faire des courses avec cette sœur qui ressemble un peu à un petit cochon.

– Laquelle ? Elle en a deux.

– Oh, vraiment ? Je ne me souviens pas de son nom. Un truc bizarre, si je me rappelle bien. On aurait dit une copie de Lorna : même visage, mais complètement porcin. En tout cas, je les ai vues dans la rue près d'Union Square, et nous nous sommes arrêtés pour bavarder de tout et de rien. Elle était toujours aussi spectaculaire. C'est la dernière fois que je l'ai vue.

– Et Nancy Dobbs, l'autre actrice ? Était-elle amie avec Lorna ?

– Doux Jésus ! Quelle tarte ! Une vraie planche, celle-là.

– Elle n'était pas terrible, dus-je reconnaître. A-t-elle tourné dans d'autres films pour Ayers ?

– J'en doute. En fait, je suis sûr que non. Je crois qu'elle a tourné dans celui-là uniquement pour rire. Une autre fille avait été engagée, mais elle a laissé tomber à la dernière minute. Lorna l'avait cataloguée. Nancy était terriblement ambitieuse, mais elle n'avait ni le talent ni le corps pour arriver très loin. C'est le genre de femme qui se serait frayé un chemin jusqu'au sommet en couchant, mais comme personne n'en voulait… Elle ne serait pas montée très haut. Quelle chienne !

Il rit.

– En fait, elle aurait même baisé avec un chien si elle avait pensé que cela pouvait l'aider.

– Comment s'entendait-elle avec Lorna ?

– Pour autant que je sache, elles ne se sont jamais affrontées mais, en privé, chacune se sentait infiniment supérieure à l'autre. Je le sais parce qu'elles avaient pris l'habitude de me faire leurs confidences entre les prises.

– Est-elle toujours en ville ? J'aimerais lui parler.

Il me regarda d'un air étonné. Vous ne l'avez pas vue ce soir ? Je pensais que vous lui aviez parlé à la petite soirée d'Ayers.

– Qu'est-ce qu'elle y aurait fait ?

– C'est sa femme. C'est une bonne raison, non ? Pendant tout le tournage, elle s'est pratiquement jetée sur lui. A peine le temps de dire ouf… et voilà ! Elle était devenue Mme Joseph Ayers, une personnalité en vue. C'est probablement pour ça qu'il a laissé tomber son film. Vous vous imaginez si c'était sorti ? Au fait, il l'appelle « Duchesse ». Prétentieux en diable, non ?

– Quelque chose pourrait faire penser que la relation entre Joe Ayers et Lorna était autre que professionnelle ?

– Il n'y a jamais rien eu de sexuel entre eux, si c'est à ça que vous pensez. C'est un peu *cliché*[1] d'imaginer que ces types sont toujours à tester la marchandise. Croyez-moi, son seul et unique intérêt était de faire du fric.

– La mère de Lorna semble croire que sa mort a un rapport avec ce tournage.

– Ce n'est pas impossible, mais qui aurait voulu l'assassiner pour ça ? Elle aurait pu devenir une star si elle avait vécu. En ce qui concerne ceux d'entre nous qui ont travaillé sur ce film, croyez-moi, nous nous entendions bien. Nous étions tous si contents d'avoir eu cette occasion que nous en faisions notre point d'honneur, dit-il. Comment sa mère a-t-elle découvert tout ça ?

1. En français dans le texte *(NdT)*.

– Quelqu'un lui a envoyé la vidéo.

Il fixa mon reflet dans la glace.

– Comme condoléances, c'est de mauvais goût, dit-il. Il y a de quoi se poser des questions.

– A qui le dites-vous !

Je retournai au motel, me sentant tout à fait éveillée. A deux heures du matin, tout est fermé à Santa Teresa. A San Francisco, tous les bars le sont, mais de nombreux établissements restent ouverts : les stations-service, les librairies, les clubs de gymnastique, les locations de vidéo, des cafés, et même certains magasins de vêtements. J'ôtai mes ballerines et ma robe tout terrain, et me débarrassai de mes collants avec le même soulagement que Chérie. Une fois en jeans et col roulé, j'eus le sentiment d'être de nouveau dans ma peau. Je trouvai un snack-bar à deux portes du Del Rey et y pris un petit déjeuner somptueux. Je retournai dans ma chambre et fixai la chaînette de sécurité. J'ôtai mes Reebok, empilai tous les coussins derrière moi et me mis à parcourir de nouveau le dossier de Lorna, examinant un par un les croquis du lieu du crime et les photos qui allaient avec.

Le photographe avait pris l'extérieur de la maison, le jardinet de devant et celui de derrière en orientant son appareil au nord, au sud, à l'est et à l'ouest. Il y avait des photos des terrasses avant et arrière, des balustrades en bois et des fenêtres. La porte d'entrée avait été fermée, mais pas à clef, et ne présentait aucun signe d'effraction. A l'intérieur de la maison proprement dite il n'y avait aucune arme visible, aucune trace de lutte non plus. Je vis des taches colorées aux endroits où les spécialistes avaient déposé leurs différentes poudres. D'après le rapport, de nombreuses empreintes, aussi bien digitales que de paumes de main, avaient été relevées, la plupart ayant été identifiées. Un grand nombre d'entre elles appartenaient à Lorna, les autres étant celles des membres de sa famille, du propriétaire, de son amie Danielle et d'autres personnes que la Criminelle avait interrogées. De nombreuses surfaces avaient été totalement essuyées.

Les premières photos de Lorna avaient été prises de loin, établissant sa position par rapport à la porte d'entrée. Ensuite venaient des clichés intermédiaires, des gros plans avec une règle de dix centimètres à proximité pour donner l'échelle des grandeurs. La main courante faisait état d'une progression ordonnée dans les lieux. Je me sentis frustrée devant ces images plates, bidimensionnelles. J'aurais voulu grimper à l'intérieur du cadre, examiner tous les objets posés sur les tables, ouvrir les tiroirs et en fouiller le contenu. Je me mis à loucher, tantôt rapprochant les photos de mon visage, tantôt les en éloignant comme si le sujet pouvait soudain y gagner en clarté. Je fixai le corps, explorant minutieusement l'arrière-plan, faisant entrer tous les détails dans ma vision périphérique.

Lorsque je l'avais visitée, la maison était vidée de tous ses meubles. Seule l'ossature nue de l'espace vital de Lorna était restée intacte : placards vides et salle de bains, plomberie et éléments électriques. Revoir les photos m'aida à modifier ma vision mentale. Dans ma mémoire, j'avais déjà commencé à corriger les dimensions des pièces et à mettre en relation les distances. Je parcourus toutes les photos une deuxième fois, puis une troisième. Dans les dix mois qui avaient suivi la mort de Lorna, le lieu du crime avait été démantelé, et c'était tout ce qui en restait. Si le meurtre devait un jour être prouvé et un suspect incriminé, toute l'affaire pourrait facilement reposer dans le contenu de cette enveloppe. Et quelles en étaient les chances ? Que pouvais-je encore espérer accomplir à ce stade ? Dans mes recherches, j'imitais essentiellement la méthode d'investigation en spirale du lieu du crime : on commence au centre, puis on s'étend vers l'extérieur en décrivant des cercles de plus en plus grands. L'ennui, c'est que je n'avais aucune direction, aucune piste précise à suivre. Je n'avais même pas d'hypothèse quant au motif de sa mort. J'avais le sentiment d'aller à la pêche, lançant l'appât dans l'espoir que je finirais par attraper un tueur. Tout ce que ce diable malin avait à faire était d'adopter un profil bas et de contempler mon piège du fond de sa retraite.

Je parcourus le dossier, laissant vagabonder mon esprit. Mis à part le tueur occasionnel ou en série, l'auteur d'un homicide doit avoir une raison, quelque motif concret de vouloir la mort de sa victime. Dans le cas de Lorna Kepler, j'hésitais encore sur ce point. L'argent était un mobile possible. Sa succession n'était pas négligeable, loin de là. Je me promis de vérifier cette éventualité du côté de Janice. En présumant que Lorna n'ait pas de descendance vivante, Janice et Mace seraient ses héritiers légaux si elle était morte sans testament. Mais il était difficile d'imaginer l'un ou l'autre coupable de ce meurtre. Si c'était Janice, elle aurait été bien bête de me faire entrer dans l'histoire. Mace, lui, me posait des problèmes. Il n'était certes pas conforme à l'idée que je me faisais d'un père éploré. Les sœurs étaient une autre possibilité, mais ni l'une ni l'autre ne me paraissait assez intelligente ou énergique.

Je saisis le combiné et composai le numéro du Frankie's Coffee Shop. Cette fois, ce fut Janice qui décrocha. J'entendis la musique du juke-box en fond sonore, mais pas grand-chose d'autre.

– Salut Janice. C'est Kinsey. Je suis à San Francisco.

– Alors, Kinsey ? Comment allez-vous ? Je suis toujours étonnée d'avoir de vos nouvelles à pareille heure. Est-ce que vous avez retrouvé le type pour qui elle travaillait ?

– Je lui ai parlé ce soir, et j'ai aussi mis la main sur un des autres acteurs du film. Je ne me suis pas encore fait de religion à leur sujet. Entre-temps, j'ai pensé à autre chose. Est-ce que cela vous ennuierait si je jetais un coup d'œil sur les dossiers financiers de Lorna ?

– Non, pas vraiment. Pouvez-vous me dire pourquoi ou est-ce confidentiel ?

– Rien ne l'est entre nous. Vous me payez. J'essaie de trouver un motif. L'argent pourrait l'être.

– C'est vrai, mais je ne vois pas vraiment dans ce cas particulier. Aucun d'entre nous n'imaginait qu'elle avait de l'argent avant sa mort, jusqu'à ce qu'on fouille dans ses papiers. Je suis encore en état de choc. C'était incroyable, vu ce que j'imaginais. J'étais toujours en train de lui glisser un billet de vingt dollars pour être sûre qu'elle mange correctement. Alors qu'en fait elle possédait des valeurs boursières et plusieurs comptes d'épargne. Elle devait en avoir six. On aurait pu croire qu'avec tant d'argent elle aurait vécu un peu mieux.

Je voulais lui dire que l'argent faisait partie des fonds de retraite de sa fille, mais cela me parut indélicat puisqu'elle n'avait pas vécu assez longtemps pour en faire usage.

– Avait-elle fait un testament ?

– Euh... oui. Sur une simple feuille de papier, écrit de sa propre main. Elle nous léguait tout, à Mace et à moi.

– J'aimerais bien y jeter un coup d'œil, si vous n'y voyez pas d'inconvénient.

– Vous pouvez voir tout ce que vous voulez. Quand je rentrerai du travail, je retrouverai la boîte contenant les effets personnels de Lorna et je la laisserai sur le bureau de Berlyn. Vous pouvez passer la prendre à votre retour. Berlyn vous la donnera.

– Ce serait gentil. De toute façon, je voudrais parler aux deux.

– Oh, zut ! Pendant que j'y pense... Avez-vous rencontré la femme dont Lorna gardait la maison ?

– Une fois.

– Est-ce que vous pourriez me rendre un service ? La dernière fois que j'ai regardé dans les affaires de Lorna, je suis tombée sur un trousseau de clefs. Je suis sûre qu'il lui appartient. Je voulais les lui rendre, mais je ne trouve jamais le temps de le faire.

– Vous voulez que je les lui dépose ?

– Si ça ne vous ennuie pas. Je devrais le faire moi-même, mais je n'en ai tout simplement pas le temps. Et je vous serais reconnaissante de tout me rendre quand vous aurez terminé votre examen. Il y a des décomptes de dividendes et d'intérêts que je dois transmettre à l'avocat qui s'occupe de la succession, quand il remplira le formulaire de ses impôts.

– Est-ce que c'est réglé ?

– C'est toujours en cours. Vous aurez des copies, mais j'aimerais quand même les récupérer.

– Aucun problème. Je pourrai probablement vous rendre le tout après-demain.

– Ce serait parfait.

J'entendis monter le volume des bavardages dans la salle.

– Euh... Il faut que j'y aille, dit-elle.

– A demain, lui lançai-je, et je raccrochai.

Je jetai un coup d'œil à ma chambre, fonctionnelle mais triste. Le matelas était épais comme de la boue et les coussins en mousse caoutchoutée menaçaient de provoquer de graves lésions du cou. J'avais réservé une place sur un vol quittant San Francisco à midi. Il était presque trois heures du matin et je n'étais toujours pas prête à dormir. Si je laissais tomber mon billet de retour, je pourrais prendre la voiture de location jusqu'à l'aéroport de Santa Teresa, où ma VW m'attendait au parking longue durée. Le voyage prendrait en gros six heures et, si je réussissais à ne pas m'endormir au volant, je serais là-bas vers les neuf heures du matin.

L'idée de rentrer à la maison me donna soudain une énergie nouvelle. Je fis basculer mes pieds par-dessus le lit, trouvai mes Reebok, me glissai dedans en laissant pendre les lacets. Je pénétrai dans la salle de bains, rassemblai mes effets de toilette et fourrai le tout dans mon sac de voyage. J'eus plus de mal à réveiller le gardien de nuit qu'à quitter l'hôtel. A trois heures vingt-deux, je filais droit vers le sud sur la 101.

Il n'y a rien d'hypnotique comme une autoroute la nuit. La stimulation visuelle se réduit aux lignes de marquage, l'asphalte défile en une série de traits. Tous les buissons, sur les côtés, deviennent des taches floues. Tous les poids lourds étaient de sortie, des semi-remorques transportant des marchandises allant des voitures neuves aux meubles, des liquides inflammables aux boîtes en carton aplaties. J'apercevais bourgades après bourgades engoncées dans l'obscurité, illuminées seulement par des rangées de réverbères. De temps à autre, un panneau publicitaire venait distraire mes yeux. A longs intervalles surgissait, comme un îlot de lumière, un bistrot de routiers.

Je dus m'arrêter deux fois pour prendre un café. Ayant choisi de rentrer, je trouvais à présent la conduite soporifique et luttais pour rester éveillée. La radio de bord me tenait compagnie. Je passais d'une station à l'autre, écoutant l'animateur d'un talk show, de la musique classique et country et d'innombrables bulletins d'information. Dans le temps, je fumais des cigarettes et j'avais encore le souvenir de cette habitude comme moyen de tuer le temps pendant les voyages en auto. Aujourd'hui, je préférerais me jeter d'un pont plutôt que d'en allumer une. Une heure passa. L'aube approchait et le ciel devenait blanc, les arbres le long de la route commençant à retrouver leurs couleurs, verts charbonneux et gris bleutés. J'étais vaguement consciente du soleil qui montait dans mon champ de vision comme un ballon de plage, les couleurs du ciel virant du gris foncé au mauve, au rose pêche, puis au jaune vif. Il me fallut rabattre le pare-soleil pour éviter d'être aveuglée.

A neuf heures quatorze j'avais rendu ma voiture de location, repris ma VW et la garais devant ma maison. Les yeux me piquaient, j'étais aussi brisée de fatigue que si j'avais eu la grippe, mais au moins étais-je chez moi. Je me glissai à l'intérieur, écoutai s'il y avait des messages sur mon répondeur, me brossai les dents, ôtai mes chaussures et m'écroulai dans mon lit. Pour une fois, le sommeil me tomba dessus comme un coup sur la tête et je sombrai profond, profond, profond.

Je me réveillai à cinq heures de l'après-midi. Ces huit heures auraient dû suffire mais, affamée de sommeil comme je l'étais, j'eus l'impression de m'extraire de sables mouvants. Je luttais toujours pour m'adapter à l'inversion de tendances qu'avait subie ma vie. Au lit à l'aube, à nouveau debout l'après-midi. Je prenais mon petit déjeuner à l'heure du déjeuner, je soupais en plein milieu de la nuit, ce repas se composant souvent de céréales froides ou d'œufs brouillés et de toasts, ce qui revenait à dire que je petit-déjeunais deux fois. J'avais vaguement conscience de la mutation psychologique, du changement de perception qui s'opéraient en moi depuis que j'avais substitué la nuit au jour. Comme prise dans un décalage horaire, mon horloge interne n'était plus synchronisée avec le reste du monde. La connaissance que j'avais de moi-même se décomposait et je me demandai si une personnalité cachée n'allait pas soudain surgir, comme réveillée d'un long sommeil. Ma vie diurne appelait, et je rechignais assez curieusement à lui répondre.

Je roulai hors du lit, jetai mes vêtements sales, pris une douche et m'habillai. Je m'arrêtai dans un mini-libre-service où j'achetai un carton de yaourts et une pomme pour manger dans la voiture en allant chez les Kepler. J'aurais bien dormi deux ou trois heures de plus, mais j'espérais pouvoir parler aux sœurs de Lorna avant que leur mère ne se réveille. Comme moi, ses jours et ses nuits étaient inversés, et je sentais un lien étrange s'établir entre nous.

Cette fois, le camion de plomberie de Mace n'était pas garé dans l'allée. Je laissai ma VW sur le bas-côté, près de la balustrade blanche en lattes de bois, remontai le chemin jusqu'à la terrasse et frappai à la porte. Trinny m'ouvrit, mais cela lui prit un moment.

– Oh, salut. Maman a travaillé seize heures d'affilée et elle n'est pas encore levée.

– C'est bien ce que je pensais. Elle m'a dit qu'elle laisserait à Berlyn une boîte avec des informations pour moi.

– Berlyn est sortie faire des courses. Vous voulez entrer l'attendre ?

– Merci.

Je la suivis à travers le petit salon encombré de meubles jusqu'au coin salle à manger situé à l'une des extrémités de la cuisine. Le soleil n'allait pas tarder à se coucher et les fenêtres commençaient à s'assombrir, ce qui donnait à la pièce un air faussement chaleureux. Une planche à repasser avait été installée, l'odeur du coton fraîchement repassé éveillant en moi des désirs d'été.

– Ça ne vous ennuie pas que je jette un coup d'œil sur le bureau de Berlyn ? Si la boîte est en évidence, je pourrais la prendre.

Trinny reprit le fer à repasser.

– C'est là, à côté.

Elle montra la porte qui donnait sur le bureau.

Un coin de la pièce jouait apparemment aussi le rôle de bureau pour la plomberie Kepler. Je me souvins avoir vu la table de travail et le meuble-classeur le soir où j'avais parlé avec Mace. Un petit coffre avec mon nom griffonné dessus était posé là, à la vue de tous. Pour une fois, je résistai à toute envie de fouiner. Je soulevai le couvercle pour vérifier le contenu du coffret. Une odeur suave de citron et d'épices monta vers moi. Je fermai les yeux et me demandai s'il s'agissait du parfum de Lorna. J'avais déjà fait ce genre d'expérience, déjà respiré des airs imprégnés de l'odeur caractéristique d'une personne. Chez les hommes, c'est la lotion après-rasage, le cuir, ou la transpiration. Chez les femmes, c'est l'eau de Cologne. Les clefs dont Janice m'avait parlé reposaient sur un paquet bien emballé de chemises toutes classées par ordre alphabétique : états bancaires, impôts sur le revenu des années précédentes, dividendes, actions, bilans annuels divers. Dans un coin du coffre était pliée une écharpe en cashmere. J'en appuyai toute la longueur sur mon visage. Je sentis une odeur d'herbe coupée, de cannelle, de citron et de clou de girofle. Je rapportai le coffret dans la cuisine et le posai près d'une des chaises, l'écharpe placée dessus.

– C'est à Lorna ? Elle était dans la boîte avec ses affaires.

Trinny haussa les épaules.

– Je crois.

Je la pliai deux fois et la remis à l'endroit où je l'avais trouvée.

– Ça vous ennuierait que je m'assoie ? J'espérais avoir l'occasion de vous parler.

– Bien, dit-elle.

Elle tourna le bouton du fer en position arrêt.

– J'espère que je n'interromps pas les préparatifs du dîner.

– J'ai une cocotte dans le four. Je n'ai qu'à la réchauffer et à préparer une salade vite fait.

Je m'assis et me demandai comment lui soutirer quelques renseignements. Je n'étais même pas certaine de ce que je voulais savoir, mais pour moi c'était déjà un progrès de me retrouver seule avec elle. Elle portait les jeans coupés à la hauteur des genoux dans lesquels je l'avais vue auparavant. Ses jambes paraissaient solides, ses pieds nus glissés dans des tongs en caoutchouc. Son tee-shirt était, cette fois-ci, un extra grande taille, le devant s'ornant d'un motif peint. Elle passa de la planche à repasser à la table de la cuisine, où elle s'assit en face de moi et se mit à appliquer de la peinture sur un dessin à la Jackson Pollock apposé sur le devant d'un autre tee-shirt. Points et gribouillis. Accrochée à la poignée d'un des placards de la cuisine, il y avait une œuvre achevée où les traits de peinture étaient en relief. Elle surprit mon regard.

– C'est de la peinture moussante. Vous l'appliquez et la laissez sécher. Et quand vous repassez le tee-shirt à l'envers, ça gonfle comme ça.

– C'est mignon, dis-je.

Je me levai et m'approchai du placard de cuisine, prenant le temps d'examiner le produit fini. Ça m'avait l'air bien atroce, mais qu'est-ce que j'y connais ?

– Vous les vendez ?

– Eh bien, pas encore, mais j'espère. J'ai fait celui que je porte et chaque fois que je sors, tout le monde me dit : « T'as un tee-shirt du tonnerre ! » Alors je me suis dit que puisque je n'avais pas de travail, je pourrais peut-être créer mon propre commerce.

Nom de nom ! Elle et sa sœur Lorna, poussées par l'esprit d'entreprise.

– Ça fait longtemps que vous y travaillez ?

– Depuis aujourd'hui.

Je repris ma place près de la table de la cuisine et l'observai. Puis je me lançai. Il devait bien être possible de lui tirer les vers du nez. A ma droite se trouvait une pile de brochures de voyage, vantant les croisières en Alaska, les vacances au ski et des circuits tout compris au Canada et dans les Caraïbes. Je pris une brochure et me mis à lire : « Le dernier paradis vierge au monde... des plages d'un blanc étonnant... des lagons d'un azur profond... »

Trinny remarqua ce que je faisais.

– C'est à Berlyn, dit-elle.

– Où a-t-elle l'intention d'aller ?

– Elle ne sait pas encore. L'Alaska lui paraît bien.

– Vous y irez, vous aussi ?

Elle prit un air déçu.

– Je n'ai pas l'argent qu'il faut.

– Dommage. Ça a l'air bien, dis-je. Ça ne l'ennuie pas de voyager seule ?

– Euh... non. Elle aime ça. Pas tout le temps, mais s'il le faut, elle dit. Elle a déjà fait un voyage en automne.

– Vraiment ? Où est-elle allée ?

– A Acapulco. Elle a adoré. Elle a dit qu'elle m'emmènerait si jamais elle y retournait.

– C'est chouette. Je suis descendue à Viento Negro l'été dernier, mais je n'ai jamais poussé plus au sud.

– Moi, je n'ai jamais été aussi loin. Berlyn a toujours aimé voyager. Je ne suis pas aussi mordue qu'elle. J'aime ça, c'est vrai, mais il y a d'autres choses que je préfère.

– Quoi, par exemple ?

– Je ne sais pas. Acheter des vêtements et des trucs.

J'essayai une autre approche.

– Ça a dû être dur... la mort de Lorna. Ça se passe bien pour vous à présent ?

– Je crois que oui. Ça a été dur pour eux. Maman et Papa étaient beaucoup plus proches avant. Depuis que Lorna est morte, on dirait que tout a changé. Et maintenant, c'est comme si Maman était la seule à s'en préoccuper encore. Elle ne parle que de ca. Et Berlyn en souffre. Ça la fait vraiment chier. C'est comme si elle se disait : « Et nous alors ? On compte pour des prunes ? »

– Vous étiez proche de Lorna ?

– Pas vraiment. Lorna n'était proche de personne. Elle vivait dans son monde, et nous dans le nôtre. Elle avait sa petite maison et elle aimait que ça reste privé. Elle détestait que les gens passent la voir sans prévenir. Souvent, elle n'était même pas chez elle. La nuit, elle sortait beaucoup. Elle nous avait bien fait comprendre qu'il ne fallait pas venir sans téléphoner, ou s'être fait inviter.

– Vous la voyiez souvent ?

– Beaucoup ici, quand elle passait. Mais chez elle... disons une ou deux fois pendant les trois ans qu'elle y a habité. Berlyn aimait bien y aller. Elle est du genre fouineuse. Lorna, elle, était vraiment mystérieuse.

– Par exemple ?

– Je ne sais pas. Par exemple, pourquoi elle faisait toujours une histoire quand on passait chez elle ? Elle n'avait rien à craindre de nous. Nous étions quand même ses sœurs, non ?

– Avez-vous fini par savoir où elle allait la nuit ?

– C'est-à-dire que… non. Probablement nulle part en particulier. Au bout d'un moment, j'ai fini par l'accepter plus ou moins telle qu'elle était. Elle n'était pas sociable comme nous. Berlyn et moi, on est de vraies copines. On aime bien faire des trucs ensemble, sortir, tout, quoi. Tenez… en ce moment, on n'a pas de petit ami, alors on va au cinéma et au bal le samedi. Lorna n'a jamais fait un geste pour nous. Enfin… elle en faisait un de temps à autre, mais il fallait pratiquement se mettre à genoux et la supplier.

– Comment avez-vous appris sa mort ?

– La police est passée à la maison et ils ont demandé à parler à Papa. C'est lui qui l'a annoncée à Maman et elle nous l'a dit. Y avait de quoi attraper la chair de poule. Parce que nous, on croyait que Lorna était partie en vacances, c'est ce que Maman avait dit. Ce qui fait qu'on ne s'est pas inquiétées quand on n'a pas eu de ses nouvelles. On s'est simplement dit qu'elle nous passerait un coup de fil à son retour. C'est dur de penser qu'elle était couchée par terre et qu'elle tombait en poussière.

– Oui. Ça a dû être affreux.

– Oh, mon Dieu ! Je me suis mise à hurler, et Berlyn est devenue blanche comme un linge. Papa, lui, était en état de choc. C'est pour Maman que ça a été le pire. Elle ne s'en est toujours pas remise. Elle titubait dans toute la maison en hurlant et en s'arrachant pratiquement les cheveux. Je ne l'ai jamais vue dans un état pareil. Comme c'est elle qui nous aide quand ça va pas… Tenez… comme quand Grand-Mère est morte. Et c'était quand même sa mère, non ? Ben, elle a gardé son calme, elle a fait les réservations d'avion, elle nous a préparé nos sacs pour qu'on puisse retourner dans l'Iowa pour l'enterrement. On était encore gosses, on faisait les idiotes, on pleurnichait que ça faisait mal à voir… Mais elle, elle a tout bien organisé et gardé son sang-froid. Et quand elle a appris la mort de Lorna, elle s'est tout simplement effondrée.

– La plupart des parents ne s'attendent pas à survivre à leurs enfants, lui fis-je remarquer.

– C'est ce que tout le monde dit. Ça n'aide pas que la police pense qu'on l'a assassinée et tout et tout.

– Quelle est votre opinion ?

Elle fit une grimace silencieuse.

– Peut-être que c'est ses allergies. J'aime pas y penser. C'est trop dégueu.

Je changeai de sujet.

– C'est vous qui avez accompagné Lorna à San Francisco l'an dernier ?

– Non, c'est Berlyn, dit-elle. Qui vous a parlé de ça ?

– J'ai rencontré le type de la vidéo.

Elle leva les yeux de dessus son ouvrage, l'air intéressée.

– Lequel ?

CHAPITRE 12

Elle eut le bon goût de rougir. Malgré ses cheveux très bruns, elle avait le teint clair, et le rouge lui monta aux joues comme une bouffée de chaleur. Elle baissa à nouveau les yeux sur son ouvrage, soudain plus affairée qu'auparavant. Je voyais bien qu'elle cherchait un moyen de changer de sujet. Elle se pencha sur son travail. Il devait être très important de peindre les points avec précision.

– Trinny ?

– Quoi ?

– Comment se fait-il que vous ayez vu la bande ? Et ne me demandez pas laquelle parce que vous savez parfaitement de quelle vidéo il s'agit.

– Je ne l'ai pas vue.

– Allons donc ! Bien sûr que si. Sinon, comment sauriez-vous qu'il y avait plus d'un type ?

– Je ne sais même pas de quoi vous parlez, me renvoya-t-elle d'un ton de pieuse irritation.

– Je parle du film porno dans lequel Lorna a tourné. Vous vous souvenez ? Votre mère vous en a parlé.

– Peut-être que Maman nous a dit ça aussi, enfin… qu'il y avait plus d'un type.

– Mouais, dis-je d'un ton plus que sceptique. Comment ça s'est passé ? Lorna vous a donné une copie ?

– Hmmm, non, dit-elle en deux temps, sa voix dérapant vers le bas.

On était offensée.

– Alors, comment saviez-vous qu'il y avait plus d'un homme ?

– J'ai deviné. Et d'abord, qu'est-ce que ça peut bien vous faire ?

Je la fixai du regard. La conclusion s'imposait d'elle-même.

– Est-ce vous qui l'avez enveloppée et placée dans la boîte aux lettres ?

– Non. Et de toutes les façons, je ne suis pas obligée de vous répondre.

Cette fois, le ton était maussade, mais elle rougit de nouveau. C'était encore mieux qu'un test au détecteur de mensonges.

– Qui l'a fait ?

– Je ne sais rien de rien et vous feriez mieux de changer de sujet de conversation. Nous ne sommes pas au tribunal, vous savez. Je ne suis pas sous serment.

Une avocate en herbe ? Un instant, je crus qu'elle allait se mettre se mettre les doigts dans les oreilles et commencer à fredonner dans le seul but de m'exclure. Je tournai la tête, m'efforçant de saisir son regard.

– Trinny, lui dis-je en chantonnant.

Studieuse, elle travaillait à son tee-shirt, y rajoutant une spirale criarde de peinture gonflante orange.

– Allez ! Je me fiche de ce que vous avez fait, et je vous jure que je n'en dirai pas un mot à vos parents. Je me demandais qui leur avait envoyé la vidéo, maintenant je sais. D'une certaine manière, vous nous avez rendu service à tous. Si ça n'avait pas perturbé votre mère, elle ne serait pas venue me voir et toute l'enquête aurait pu en rester là.

J'attendis, puis lui soufflai la phrase suivante.

– C'est Berlyn ou c'est vous qui avez eu cette idée ?

– Je ne suis pas obligée de vous répondre.

– Vous voulez bien hocher la tête si je tombe juste ?

Elle rajouta des étoiles vert citron à son tee-shirt. Ça devenait de plus en plus minable, mais j'eus l'impression qu'on avançait.

– Je parie que c'était Berlyn, dis-je.

Silence.

– Je me trompe.

Trinny haussa une épaule, mais refusa encore d'établir le contact visuel.

– Ah ! Nous dirons donc que ce petit geste signifie « oui ». Bref, c'est Berlyn qui a envoyé la bande. D'où la question suivante : comment se l'est-elle procurée ?

Re-silence.

– Allons, Trinny ! S'il vous plaît, s'il vous plaît, s'il vous plaît ?

J'avais découvert cette méthode d'interrogation à l'école primaire, et elle est particulièrement efficace lorsqu'il s'agit d'un sujet du type « je-te-le-jure-sur-la-tête-de… et ça restera entre nous autres, nanas ». Je vis qu'elle commençait à faiblir. Quels que soient nos secrets, nous mourons souvent d'envie de les raconter, surtout quand cette confession implique la condamnation d'un tiers.

Sa langue glissa sur ses dents, comme si elle cherchait sa salive. Pour finir, elle me dit :

– Vous jurez de ne pas le répéter ?

Je levai la main comme pour prêter serment.

– Je n'en soufflerai mot à personne. Je ne dirai même pas que vous m'en avez parlé.

– On en a eu marre d'entendre dire combien elle était merveilleuse. Non, parce qu'elle n'était pas si extraordinaire que ça. Elle était belle et elle avait un corps fantastique, mais bon… et après ?

– C'est vrai, dis-je.

– En plus, elle prenait de l'argent pour baiser. Et Berlyn ou moi, on n'aurait jamais fait ça. Alors, moi, je vois pas pourquoi on la portait aux nues, comme ça. Elle n'était pas pure. Elle n'était même pas bonne dans son cœur.

– La nature humaine, faut croire. Votre mère ne peut plus avoir Lorna dans sa vie, mais elle garde cette image de perfection dans son cœur. C'est difficile de lâcher ça quand on n'a plus rien d'autre.

Elle avait commencé à hausser le ton.

– Sauf que Lorna était une salope. Elle ne pensait qu'à elle. Quant à faire plaisir à Papa et à Maman ! Je suis la seule à filer un coup de main… pour ce que ça me rapporte ! Je suis aussi gentille que je peux, et ça ne change jamais rien. Maman n'en a que pour Lorna. Berlyn et moi, on n'est que de la merde.

L'émotion la faisait changer de couleur, comme un caméléon. Des larmes jaillirent de ses yeux comme une eau parvenant soudain à ébullition. Elle posa une main sur son visage qui se crispa tandis qu'elle fondait en sanglots.

Je tendis le bras et touchai sa main.

– Trinny, ce n'est pas vrai. Votre mère vous aime beaucoup. Le soir où elle est passée à mon bureau, elle m'a parlé de vous et de Berlyn... comme vous vous amusiez ensemble, comme vous l'aidiez à la maison. Pour elle, vous êtes un vrai trésor.

Elle pleurait toujours, et me parla d'une voix aiguë et pincée.

– Alors pourquoi elle le dit pas ? Elle ne dit jamais rien.

– Peut-être a-t-elle peur de le faire. Ou alors, elle ne sait plus comment vous le dire. Mais cela ne signifie pas qu'elle ne vous adore pas.

– Je ne supporte plus. Je peux plus !

Elle sanglotait comme une enfant, donnant libre cours à sa peine. Je m'assis et je la laissai s'en sortir toute seule. Pour finir, ses larmes se tarirent et elle poussa un gros soupir. Elle fouilla dans la poche de ses jeans et en sortit un mouchoir miteux dont elle se tamponna les yeux.

– Ah, mon Dieu, dit-elle.

Elle appuya les coudes sur la table, puis se moucha. Elle baissa les yeux, et comprit qu'elle avait mis le coude dans la peinture humide.

– Merde, alors ! Non, mais... regardez-moi ça ! s'écria-t-elle.

Une bulle de rire lui monta comme un rot qui s'échappe.

– Qu'est-ce qui se passe ?

Berlyn se tenait dans l'entrée, l'œil soupçonneux.

Nous sursautâmes toutes les deux, Trinny laissant échapper un hoquet de surprise.

– Berl ! Tu m'as fait une de ces peurs, dit-elle. D'où sors-tu ?

Elle s'essuya rapidement les yeux, s'efforçant de cacher qu'elle avait pleuré.

Berlyn tenait un fourre-tout à provisions en plastique d'une main, son trousseau de clefs de l'autre. Elle fixa Trinny du regard.

– Excuse-moi d'arriver comme ça. Je ne savais pas que vous étiez occupées. Mais c'était quand même pas difficile de me voir me garer dans l'allée.

Elle tourna les yeux vers moi.

– Et vous, qu'est-ce que vous avez ?

– Rien, dis-je. Nous discutions de Lorna et Trinny en est toute tourneboulée.

– Comme s'il y avait besoin de ça, en plus ! J'en ai par-dessus la tête d'entendre parler d'elle. Papa a raison. Faut laisser tomber et passer à autre chose. Où est Maman ? Pas encore levée ?

– Je crois qu'elle est sous la douche, dit Trinny.

Tardivement, je pris conscience que de l'eau coulait quelque part.

Berlyn jeta son sac sur une chaise et s'avança vers le plan de travail où elle se mit à décharger ses courses. Comme Trinny, elle portait des jeans coupés aux genoux, un tee-shirt et des tongs, la tenue même de l'apprenti plombier. On voyait les racines à la base de ses cheveux blonds. Trinny avait quatre ans de plus que Lorna, mais son visage était déjà celui qu'aurait eu sa cadette à l'âge de la maturité. Peut-être n'est-il pas si mal de mourir jeune, d'être à jamais parfaite beauté suspendue dans l'ambre du temps.

Berlyn se tourna vers Trinny.

– Tu peux me donner un coup de main ? dit-elle, chagrinée. Depuis quand est-elle là ?

Trinny me jeta un regard suppliant et alla aider sa sœur.

– Dix minutes, répondis-je bien qu'elle ne m'eût rien demandé. Je suis passée prendre les trucs que votre mère m'avait laissés. Trinny m'a montré comment faire des tee-shirts et nous avons tout naturellement parlé de la mort de Lorna.

Je tendis la main vers le coffret en espérant pouvoir fuir les lieux avant que Janice ne débarque.

Berlyn m'étudia avec intérêt.

– C'est vous qui le dites.

– Ah ! Bon. Même si tout cela m'amuse beaucoup, je ferais mieux de reprendre la route.

Je me levai, passai la bandoulière de mon sac à main par-dessus mon épaule et me saisis du coffret en ignorant Berlyn.

– Merci pour la leçon de peinture, dis-je à Trinny. Je suis désolée pour Lorna. Je sais que vous l'aimiez beaucoup.

Elle eut un sourire peiné et me dit au revoir en me faisant un timide signe de la main. Berlyn pénétra à l'intérieur du bureau sans se retourner et en referma la porte derrière elle d'un coup sec. Je lui tirai la langue et louchai, ce qui fit rire Trinny. Puis je murmurai un merci et pris congé.

Il était presque dix-huit heures lorsque j'ouvris mon bureau et posai le coffret contenant les dossiers de Lorna sur la table. Tout le monde était déjà parti. Même Lonnie qui a l'habitude de travailler tard avait plié bagage. Tous mes formulaires d'impôts et reçus se trouvaient toujours à l'endroit où je les avais laissés. Je fus déçue que les lutins et les fées ne soient pas venus finir mon travail. Je rassemblai tout ce fatras et le fourrai dans un tiroir, dégageant ainsi l'espace. Je doutais que les papiers de Lorna contiennent le moindre renseignement, mais il me fallait y jeter un coup d'œil. Je mis le café en route et m'assis, ôtai le couvercle de la boîte et commençai à explorer les chemises en papier bulle. On aurait dit que quelqu'un avait sorti les dossiers de Lorna directement d'un tiroir de bureau pour les déposer dans cette boîte. Chaque dossier était soigneusement étiqueté. Sur le dessus se trouvaient les copies de différents formulaires de validation de succession que Janice avait dû se procurer auprès de l'avocat. J'eus l'impression qu'elle avait fait les travaux préliminaires de sélection et de regroupement des dossiers en prenant des notes au crayon. J'étudiai chaque feuillet pour essayer de me faire une idée globale de la situation financière de Lorna.

Un comptable aurait sans doute expédié l'affaire en deux temps et trois mouvements. Avec mon cinq sur vingt en maths au lycée, je fronçai beaucoup les sourcils en soupirant et mordillant mon crayon. Janice avait dressé l'inventaire des biens de sa fille, notant l'argent liquide qu'elle possédait au moment de sa mort, ses chèques non encaissés, ses comptes en banque, actions, titres, bons du Trésor et autres fonds d'épargne. Lorna n'avait ni plan de retraite ni assurance vie. Mais elle avait pris une petite assurance sur les bijoux qu'elle avait acquis. Elle ne possédait aucun bien immobilier, mais ses avoirs en liquide représentaient presque cinq cent mille dollars. Pas mal pour une secrétaire-prostituée à mi-temps ! Janice avait inclus une copie du testament qui paraissait assez clair : Lorna laissait tous ses objets de valeur, y compris ses bijoux, tout son argent liquide, ses titres, bons et autres avoirs financiers à ses parents. En annexe se trouvait une copie de la déclaration de conformité d'héritage que Janice avait dûment remplie à la main. Elle y attestait avoir connu la défunte pendant vingt-cinq ans, identifier parfaitement son écriture, avoir examiné le testament et établi que ce qui y était stipulé avait bien été écrit par la défunte.

Danielle pensait qu'il n'y avait pas de testament, mais ce document disait bien le côté systématique de Lorna. Celle-ci n'avait rien laissé à ses sœurs, mais cela ne me parut pas étrange. Leur léguer deux mille dollars à chacune aurait sans doute beaucoup fait pour les adoucir, mais peut-être Lorna ne se rendait-elle pas compte de l'animosité qui les habitait. Ou peut-être le savait-elle et ressentait-elle la même chose à leur encontre. Quoi qu'il en fût, ce n'était pas une succession bien compliquée. Je ne pensais pas que cela nécessitât les services d'un avocat, mais il n'était pas impossible que les Kepler se soient sentis intimidés par toute cette paperasse officielle.

Je vérifiai ses dernières déclarations d'impôts. Ses seules fiches de paie provenaient de l'usine de traitement des eaux. A la rubrique profession, elle avait indiqué secrétaire et conseil en hygiène mentale. Je ne pus m'empêcher de sourire. Lorna s'était montrée méticuleuse dans ses déclarations, ne comptant que les déductions classiques. Si elle n'avait jamais donné un sou aux œuvres de charité, elle avait été (pour l'essentiel) honnête avec le fisc. Qui sait si, aux yeux du destinataire, les services d'une prostituée ne pouvaient être classés dans la catégorie « hygiène mentale » ?

En ce qui concerne les paiements proprement dits, personne aux impôts n'avait dû se demander pourquoi l'essentiel de ses honoraires était réglé en liquide.

Janice avait demandé à la poste de faire suivre le courrier de Lorna à son adresse et y avait ajouté une pile de relevés que sa fille n'avait pas décachetés, tous dans des enveloppes à fenêtre émanant de différentes sources et portant la mention « Renseignements importants sur les impôts ». J'en ouvris quelques-unes, uniquement pour vérifier de quelle fin d'année il s'agissait par rapport à ma liste. Parmi elles se trouvait le relevé d'une banque de Simi Valley que j'avais vu figurer sur ses déclarations des deux dernières années. Le compte avait été fermé, mais la banque lui avait adressé un formulaire 1099-INT précisant les intérêts cumulés au cours des quatre premiers mois de l'année. Je glissai celui-ci au milieu des autres relevés. Toutes les cartes de crédit avaient été annulées et des avis adressés à chaque société. Je jetai un coup d'œil à certaines chemises : chèques annulés, reçus des services publics, bordereaux divers de cartes de crédit.

J'étalai les chèques annulés devant moi comme pour une partie de solitaire. Au bas, sous la mention correspondance, elle avait dûment inscrit l'objet du paiement : épicerie, manucure, coiffeur, linge, divers. Il y avait quelque chose d'émouvant dans cette minutie. Elle ne savait pas qu'elle serait morte au moment où ces chèques lui reviendraient. Elle ne savait pas que son dernier repas serait le dernier, que chacune de ses actions et chacun de ses efforts étaient à inclure dans une partie qui allait bientôt prendre fin. Parfois, l'aspect le plus difficile de mon travail est bien le rappel incessant de ce que nous essayons tous si assidûment d'ignorer : nous ne sommes ici que pour un temps… la vie ne nous appartient qu'à titre d'emprunt.

Je posai mon crayon et mis les pieds sur le bureau, basculant en arrière dans mon fauteuil pivotant. La pièce me paraissant bien sombre, j'étendis la main pour allumer la lampe posée sur le rayonnage derrière moi. Parmi les biens de Lorna, il n'y avait ni carnets d'adresses, ni agendas, ni carnets de rendez-vous d'aucune sorte. Cela aurait pu éveiller ma curiosité, mais je me demandai si cela ne correspondait pas à la prudence dont Lorna avait fait montre vis-à-vis de ses clients. Danielle m'avait dit qu'elle parlait peu et je sentis que cette discrétion pouvait aussi s'étendre à toute trace écrite. Je tendis la main vers l'enveloppe en papier bulle contenant les photos du lieu du crime. Je parcourus les clichés jusqu'à ce que je découvre ceux où l'on voyait ses papiers posés sur sa table et sur le comptoir de la cuisine. Je rapprochai la lumière, mais je ne distinguai aucun carnet de rendez-vous. Je jetai un coup d'œil à ma montre. J'étais crevée. Je m'ennuyais, ça aussi, et j'avais faim, mais je sentais mes sens s'aiguiser tandis que l'obscurité se faisait plus dense. Étais-je en train de me transformer en vampire ou en loup-garou que répugne la lumière du soleil et qui n'en a que pour la lune ?

Je me levai et me glissai dans ma veste, abandonnant les papiers de Lorna sur mon bureau. Il y avait quelque chose qui me tracassait. Je scrutai le bureau. Un fait... quelque chose d'évident... était passé entre mes mains. L'ennui quand on est fatigué, c'est que le cerveau ne fonctionne pas très bien. Paresseusement, je m'arrêtai et poussai une pile de papiers de côté, parcourant rapidement les feuillets. Je jetai un coup d'œil sur le testament manuscrit et la déclaration de Janice confirmant son authenticité. Non, ce n'était pas ça. Théoriquement, affirmer l'authenticité d'un testament dont elle était en grande partie bénéficiaire pouvait paraître intéressé. Cela étant, il fallait bien reconnaître aussi que si Lorna était morte sans testament du tout, le résultat aurait été le même.

Je repris les relevés bancaires et les parcourus à nouveau, m'arrêtant à celui de la banque de Simi. Les intérêts étaient minimes, le compte ayant été fermé au mois d'avril. Avant, elle y avait laissé un crédit d'environ vingt mille dollars. Je regardai la date de fermeture du compte : c'était le vendredi 20 avril. La veille de sa mort.

Je sortis les dossiers que m'avait donnés le lieutenant Dolan. L'inventaire des biens personnels mentionnait toutes sortes d'objets trouvés sur les lieux, y compris le sac à main de Lorna et son portefeuille avec toutes ses cartes de crédit et cent dollars en liquide. Aucune mention des vingt mille dollars. J'allai faire une photocopie du relevé et le fourrai dans mon sac. Serena Bonney avait été la première à arriver sur les lieux. Je cherchai l'adresse de son père dans mes notes, rangeai les papiers de Lorna avec les photos du lieu du crime et descendis à ma voiture, la boîte contenant les dossiers de Lorna sous le bras.

A l'adresse de Clark Esselmann, je trouvai une assez belle propriété d'environ trois hectares, entourée d'un mur bas en grès, au-delà duquel de vastes pelouses disparaissaient dans le noir. Des projecteurs de jardin illuminaient les alentours de la maison de style campagnard français, c'est-à-dire longue et basse avec une toiture très pentue. Des fenêtres à meneaux formaient une série de solides grilles jaunes le long de la façade, de hautes cheminées en pierre brute se dressant comme de sombres tours sur le ciel charbonneux. De faibles ampoules dessinaient les feuillages et les allées, me donnant une idée assez exacte de ce que j'aurais découvert en plein jour. Des lumières qui clignotaient à l'intérieur d'un petit bâtiment situé à quelque distance de la maison principale me firent penser à une maison d'amis, ou peut-être au logement de la bonne.

En arrivant à l'entrée, je tombai sur des portes à commande électronique. Un panneau à clefs doublé d'un interphone avait été installé à la hauteur des vitres d'une voiture de luxe. Naturellement, ma VW me désavantagea. Pour pouvoir sonner, je fus obligée de serrer mon frein à main, d'ouvrir ma portière et de me tordre dans tous les sens au risque de me flanquer de très vilaines crampes dans le dos. J'appuyai sur le bouton et regrettai de ne pouvoir commander un Big Mac avec des frites.

Une voix désincarnée me répondit.

– Oui ?

– Oh, bonjour. Mon nom est Kinsey Millhone. J'ai des clefs qui appartiennent à Serena Bonney.

Pas de réponse. Je m'attendais à quoi, un cri de stupéfaction ?

Une demi-seconde plus tard, les deux battants du portail commencèrent à s'ouvrir en silence. Je remontai l'allée circulaire bordée de genévriers. L'entrée était pavée, un chemin différent conduisant à gauche et vers l'arrière du bâtiment. J'aperçus des garages alignés comme des écuries. Juste pour faire suer le monde, je dépassai la porte d'entrée, longeai un côté de la maison et allai me garer derrière, sur le gravier d'un parking très bien éclairé. Pouvant accueillir quatre voitures, le garage était relié à la maison principale par un long passage couvert, au-delà duquel je vis un petit bout de pelouse et un bassin creusé dans la pierre, éclairé par des lumières immergées parmi les rochers. Dans toute la propriété, l'éclairage mettait en relief les points intéressants du paysage, arbustes décoratifs et troncs d'arbres ressemblant à des toiles peintes sur du velours noir. A la surface du bassin, des nénuphars poussaient en massifs, rompant l'image parfaitement inversée de la maison.

Du jasmin à floraison nocturne remplissait l'air de son parfum. Je rebroussai chemin jusqu'à la porte d'entrée et sonnai comme il faut. Quelques instants plus tard, Serena apparut, vêtue d'un pantalon en coton et d'une chemise blanche en soie.

– Je vous ai ramené vos clefs, dis-je, en les lui tendant.

– Mes clefs ? Mais... oui, ce sont bien les miennes, dit-elle. D'où sortent-elles ?

– C'est la mère de Lorna qui les a trouvées par hasard. Vous avez dû en donner un jeu à Lorna à l'époque où elle vous gardait la maison.

– Merci. J'avais oublié. C'est gentil à vous de me les rendre.

– J'ai aussi une question à vous poser, si vous avez une minute.

– Bien sûr. Entrez donc. Papa est dans le patio. Il est sorti de l'hôpital aujourd'hui même. Vous vous êtes déjà rencontrés ?

– Je ne crois pas que nos chemins se soient jamais croisés.

Je la suivis à travers la maison jusqu'à une vaste cuisine campagnarde. La cuisinière était en train de préparer le repas du soir et leva à peine les yeux de dessus sa planche à hacher lorsque nous passâmes. Une table de salle à manger pour huit était placée devant des portes-fenêtres à l'autre extrémité de la pièce. Le plafond montait à un bon étage et demi de hauteur et possédait des poutres en bois entrecroisées. Un assortiment de paniers et de bouquets d'herbes séchées y était accroché à des chevilles en bois. Le plancher était en pin clair brillant. La disposition de la pièce donnait assez d'espace pour deux plans de travail séparés, situés à trois mètres environ l'un de l'autre. Le premier, couvert de granit foncé, était incrusté de surfaces à découper en bois dur, à côté d'un petit évier. Le second comportait un évier de dimensions classiques, deux machines à laver la vaisselle et un broyeur de détritus. Dans la cheminée au foyer surélevé brûlait un grand feu.

Serena ouvrit les portes-fenêtres et je la suivis dehors. Un grand patio dallé longeait toute la maison, l'éclairage y créant une manière de jour artificiel. Une piscine à fond noir, genre vingt mètres de long sur six de large, en délimitait l'autre bout. L'eau était limpide, mais le carrelage noir effaçait les dimensions intérieures du bassin. Sous l'éclat des projecteurs, des chatoiements vert émeraude rendaient le bassin proprement insondable. On devait plonger là-dedans comme on se jette dans les profondeurs du Loch Ness. Dieu seul savait quelles créatures pouvaient se cacher dans de tels abîmes.

Clark Esselmann était en peignoir et pantoufles et, un bâton à la main, taquinait un labrador noir qu'il voulait faire mettre en position d'attaque.

– Allez, Max. T'es prêt ? On y va.

Le chien était adulte, probablement du même âge en années de chien que le vieillard lui-même. Max était tellement absorbé par le jeu qu'il en tremblait presque. Au moment où nous arrivions, le vieil homme jeta le bâton dans la piscine. Le chien sauta dans l'eau et remonta sur le bâton qui dansait déjà sur l'eau à l'autre extrémité du bassin. Je reconnus le père de Serena d'après les nombreuses photos de lui parues dans le *Santa Teresa Dispatch* au fil des ans. Soixante-dix ans bien sonnés, la chevelure blanche, il se tenait droit comme un I, à l'ancienne mode. S'il souffrait de troubles cardiaques, c'était difficile à voir.

Serena sourit en les observant.

– Ce sont ses retrouvailles avec Max, dit-elle. D'habitude, c'est leur premier rituel du matin : et quel spectacle ! Papa nage dans un couloir et le chien dans l'autre.

J'entendis vaguement le téléphone sonner quelque part dans la maison. Le chien saisit le bâton entre ses dents et nagea dans notre direction, escaladant allègrement les marches à côté de nous. Il déposa le bâton aux pieds du vieil homme, puis aboya vigoureusement une fois. Esselmann jeta de nouveau le bâton. Celui-ci s'envola vers le bout le plus profond de la piscine, y atterrissant avec un léger splash. Le chien se jeta à l'eau et se mit à nager, la tête haute. Le vieillard rit et tapa des mains pour encourager son chien.

– Vas-y, Max ! Vas-y.

Le chien ferma à nouveau sa gueule sur le bâton, fit demi-tour et, à petits coups de pattes, revint vers les escaliers qu'il grimpa tant bien que mal, l'eau dégoulinant de sa robe huileuse. Après quoi, il lâcha le bâton aux pieds d'Esselmann, puis se secoua vigoureusement. L'eau gicla dans tous les sens. Serena et son père éclatèrent de rire. Esselmann essuya les taches d'eau qui étaient tombées en pluie fine sur sa robe de chambre en coton. J'aurais juré que Max s'était mis à sourire, mais peut-être me trompais-je.

Une bonne en uniforme noir apparut à la porte-fenêtre.

– Monsieur Esselmann ? On vous demande au téléphone.

Le vieil homme se retourna, jeta un coup d'œil vers elle, puis regagna la maison tandis que le chien gambadait à ses côtés et aboyait, espérant que le bâton repartirait encore un coup. Serena saisit mon regard et sourit. Il était évident que le retour de son père avait allégé son humeur.

– Puis-je vous offrir un verre de vin ?

– Il vaudrait mieux pas, dis-je. Le vin m'endort et j'ai encore du travail.

Nous rentrâmes dans la cuisine par la porte-fenêtre. Le feu de bois y pétillait allègrement. Esselmann se tenait debout au cœur du dispositif opérationnel, l'écouteur à l'oreille. Il jeta un coup d'œil par-dessus son épaule et leva la main, indiquant ainsi que notre présence ne lui avait pas échappé. Derrière lui, la porte menant au couloir était ouverte, les empreintes mouillées du chien conduisant à une autre porte pour l'instant fermée. Je crus comprendre que Max avait été relégué au sous-sol en attendant d'être sec. J'entendis des grattements, puis le chien lâcha un bref aboiement afin de faire savoir ce qu'il voulait.

– Ne sois pas ridicule, bien sûr que j'y serai... Eh bien, je suis contre, évidemment. Il s'agit quand même d'une attribution de quarante-cinq millions de litres par an. Je suis absolument intransigeant là-dessus et je me fiche de qui le sait.

Puis il prit un ton légèrement moins bourru.

– Je me sens très bien. Je suis touché, Ned, et n'oublie pas de dire à Julia que j'ai bien reçu ses fleurs et qu'elles étaient vraiment belles... Oui, je le ferai. Je n'ai pas le choix. Serena me tient très sévèrement en laisse.

Il se tourna et roula les yeux dans sa direction, sachant qu'elle se trouvait à proximité.

– Je te verrai à la réunion vendredi soir. Dis simplement à Bob et Druscilla comment j'ai l'intention de voter sur ce point. On pourra en parler à ce moment-là, mais j'espère que nous sommes d'accord... Merci. Je n'y manquerai pas... Et toi de même.

Il raccrocha en secouant la tête.

– Quelle bande de crétins ! A peine ai-je le dos tourné qu'ils se font avoir. Je hais les compagnies pétrolières. On ne va quand même pas obéir à ce Stockton !

– Je croyais que tu étais de son côté !

– J'ai changé d'idée, dit-il avec force.

Il me tendit la main et ajouta :

– Veuillez me pardonner mon impolitesse. Je ne devrais pas vous faire attendre debout tandis que je tempête et délire. Clark Esselmann. Vous m'avez surpris au milieu de mes ébats quotidiens avec le chien. Je ne crois pas que nous nous connaissions.

Je me présentai. Sa poignée de main était ferme, mais je détectai un léger tremblement dans ses doigts. De près, je vis qu'il avait mauvaise mine. Il paraissait anémié et le dos de sa main droite portait encore des traces de soins médicaux. Il n'en manifestait pas moins une solide détermination qui semblait l'emporter sur ses constants problèmes de santé.

– Papa, tu n'es pas sérieux ! Tu as vraiment l'intention d'assister à une réunion du conseil ?

– Et comment ! s'écria-t-il.

– Mais tu viens juste de rentrer à la maison. Tu n'es pas en état de le faire. Le médecin ne veut même pas que tu prennes le volant.

– Au besoin, je prendrai un taxi. Ned pourrait aussi passer me prendre.

– Je suis prête à t'y conduire, mais là n'est pas le problème, dit-elle. Je crois vraiment que tu devrais te reposer encore quelques jours.

– Quelle idée ! Je ne suis pas si vieux ni infirme que je ne puisse plus dire ce que je veux faire tel ou tel jour. A présent, si vous voulez bien m'excuser, mesdames, je vais monter me reposer avant le dîner. Je suis heureux d'avoir fait votre connaissance, mademoiselle Millhone. J'espère qu'à notre prochaine rencontre, vous me trouverez décemment vêtu. Je n'ai pas l'habitude de recevoir en robe de chambre.

Serena lui toucha le bras.

– Tu veux un coup de main pour monter ?

– Dieu, non ! dit-il.

Il sortit de la pièce en traînant les pieds, mais en marchant à une vitesse à peu près normale. En passant devant l'entrée de la cave, il se pencha et ouvrit la porte. Le chien devait l'attendre en haut des escaliers car il apparut immédiatement et se mit à trotter derrière le vieil homme, après nous avoir jeté un regard satisfait.

Serena se tourna de nouveau vers moi et poussa un soupir d'exaspération.

– Cet homme est tellement têtu qu'il me rend dingue. Je n'ai jamais eu d'enfant, mais les parents sont sûrement pires qu'eux ! Ah, bah… Il suffit. Vous n'êtes certainement pas venue ici pour écouter mes jérémiades. Vous disiez que vous vouliez me poser une question.

– Je suis à la recherche d'une somme d'argent que Lorna aurait pu avoir en sa possession au moment de sa mort. Elle semble avoir fermé un compte en banque le vendredi précédent. Pour autant que je sache, il manquerait donc vingt mille dollars. Je me demande si vous n'auriez pas vu de l'argent liquide chez elle.

Elle porta la main à sa poitrine tant elle était surprise.

– Elle avait tant d'argent que ça ? C'est incroyable.

– En fait, elle en avait même beaucoup plus, mais c'est la seule somme qui semble manquer.

– J'aurais mieux fait de changer de métier. Oh là là ! Qu'est-ce que Roger va dire !

– Vous n'en avez donc vu aucune trace le jour où vous avez trouvé le corps ? Il aurait pu s'agir d'un chèque au porteur.

– Non, pas moi. Vous avez demandé à son propriétaire ? Je ne suis même pas entrée dans la maison.

– Et lui, si ?

– Une petite minute, sans doute, mais oui, j'en suis sûre.

– Il m'a dit qu'après avoir senti l'odeur, il est reparti chez lui à toute vitesse pour prévenir les flics.

– C'est vrai, mais pendant que nous les attendions, il a ouvert la porte et il est entré.

– Pour quoi faire ?

Elle hocha la tête.

– Je n'en sais rien. Je me suis dit qu'il voulait jeter un coup d'œil. J'avais complètement oublié ce détail avant que vous m'en reparliez.

CHAPITRE 13

De retour chez moi, je trouvai Danielle debout devant ma porte dans un petit rond de lumière. Ses longues jambes étaient nues sous la minijupe la plus courte que j'eusse jamais vue de ma vie. Elle portait des hauts talons, un débardeur noir et une veste de sport universitaire, avec un grand M noir dans le dos. Ses cheveux étaient si longs que, derrière, ils dépassaient de sous sa veste. Elle sourit en me voyant traverser la cour.

– Salut ! me lança-t-elle. Je croyais que vous étiez partie. Je suis venue pour mes dix cents. Les impôts disent que je n'ai pas tout déclaré.

– Vous n'avez pas froid ? Il gèle.

– Vous n'avez jamais dû habiter dans l'Est. Il doit bien faire dix degrés. Avec ma veste, j'ai l'impression de rôtir.

– C'est l'initiale de quoi, ce M ?

– A votre avis ? dit-elle en riant.

Je souris, ouvris la porte et allumai les lumières. Elle me suivit, s'arrêtant à l'entrée pour examiner les lieux. Ses yeux paraissaient immenses, leur couleur verte mise en relief par le noir de son eye-liner, les cils perlés de mascara. Sous tout ce maquillage, elle avait le visage lisse d'un bébé : nez en trompette, bouche boudeuse. Elle fit le tour du salon en vacillant sur ses hauts talons et contempla mes étagères pleines de livres. Elle prit la photo encadrée de Robert Dietz.

– Il est mignon, celui-là, dit-elle. Qui c'est ?

– Un ami.

Elle haussa les sourcils et me jeta un regard qui semblait indiquer qu'elle savait de quel genre d'ami il s'agissait. Puis elle reposa la photo et fourra les mains dans les poches de sa veste. J'accrochai la mienne au dos d'un fauteuil de metteur en scène. Elle s'assit sur le sofa et en effleura le tissu comme si elle voulait en déterminer le poids. Ce soir-là, elle s'était fait des ongles longs et superbement peints en rouge pompier. Elle croisa une longue jambe nue sur l'autre et balança son pied en terminant son examen.

– C'est pas mal, dit-elle enfin. Ils en ont d'autres comme ça ?

– C'est le seul appartement en location. Mon propriétaire a quatre-vingt-cinq ans.

– Je ne fais pas de discrimination raciale. J'aime bien les vieux, dit-elle. Je pourrais peut-être lui faire un prix.

– Je le lui dirai, au cas où ça l'intéresserait. Qu'est-ce que vous faites ici ?

Elle se leva et se dirigea vers la cuisine où elle ouvrit mes placards pour en vérifier le contenu.

– Je m'ennuyais. Je ne vais pas au boulot avant onze heures. Parfois, ça pose des problèmes : qu'est-ce qu'on fait avant, hein ? M. Tête-de-Nœud est de mauvaise humeur, alors je l'évite.

– Qu'est-ce qu'il a ?

– Allez savoir ! Il doit se sentir brimé.

Elle battit l'air de la main pour dissiper la mauvaise humeur du monsieur. Puis elle sortit deux sachets de thé de la poche de sa veste et les balança devant son nez.

– Vous voulez du thé à la menthe ? Vous faites bouillir l'eau, j'ai les sachets. C'est bon pour la digestion.

– Je me moque bien de ma digestion. Je n'ai pas encore dîné.

– Moi non plus. Parfois, le thé, c'est tout ce que je prends quand Lester me fauche mon argent. Il ne veut pas que je grossisse.

– Un vrai pote ! dis-je.

Elle haussa les épaules, comme si ça ne la concernait pas.

– Je prends bien soin de moi. En ce moment, je fais dans la mégavitamine, les anti-inflammatoires du côlon, et autres.

– Un vrai cadeau ! dis-je.

Je remplis la bouilloire d'eau chaude et la posai sur la cuisinière. J'allumai un brûleur.

– Riez si ça vous amuse, mais je suis sûrement en meilleure santé que vous.

– Ça n'est pas bien difficile, vu la manière dont je mange, lui renvoyai-je. Au fait, vous voulez dîner ? Je ne fais pas la cuisine, mais on pourrait se faire livrer une pizza. Je dois sortir dans un moment. C'est comme vous voulez.

– Oui, dit-elle, je mangerais bien de la pizza. A condition de se limiter à la pizza aux légumes, sans saucisse ni poivrons, c'est même pas si mauvais que ça pour la santé. Essayez donc la pizzeria d'à côté ! Je me tape le proprio de temps en temps. Il me fait des prix parce que je lui mâchonne l'os.

– Je n'oublierai pas de lui en parler quand je l'aurai au bout du fil.

– Tenez, je m'en occupe. Où est le téléphone ?

Je lui montrai l'appareil du doigt, sur la table à côté du répondeur. Nous remarquâmes toutes les deux que ce dernier clignotait.

– Vous avez un message, me dit-elle.

Elle se pencha automatiquement en avant et appuya sur la touche avant même que j'aie pu protester. Cela me parut aussi grossier que si elle avait ouvert mon courrier. Une voix mécanique d'ordinateur annonça que j'avais un message. Bip.

– Bonjour, Kinsey. C'est Roger. Je voulais simplement reprendre contact avec vous pour savoir comment ça se passe. En tout cas, ne vous sentez pas obligée de me rappeler... Mais si vous avez d'autres questions, vous pouvez me joindre chez moi. Au revoir. Oh... Je crois que je ferais mieux de vous donner le numéro.

Il récita son numéro de téléphone personnel, puis raccrocha.

– C'est le patron de Lorna, dit-elle. Vous le connaissez ?

– Bien sûr. Et vous ?

Elle plissa le nez.

– Je l'ai rencontré une fois.

Elle prit le téléphone et composa un numéro qu'elle semblait connaître par cœur. Elle se retourna et me dévisagea tandis que le téléphone sonnait à l'autre bout.

– Je vais leur demander de ne pas mettre de fromage. Ça fait moins de graisses, murmura-t-elle.

Je la laissai négocier en préparant le thé. La nuit de notre rencontre, elle m'avait paru méfiante, mais ce n'était peut-être que sa manière de procéder pendant le boulot. Ce soir-là, elle semblait détendue, presque pleine d'entrain. Elle avait dû se droguer, mais sa candeur avait quelque chose de charmant. Elle avait comme une bienveillance naturelle dans le moindre de ses gestes. Je l'entendis mener son affaire avec l'assurance qui vient aux filles qui « se font des types » dans tous les milieux. Elle posa la main sur le combiné.

– C'est quelle adresse ici ? J'ai oublié.

Je lui donnai le numéro, qu'elle répéta au téléphone. J'aurais pu l'emmener chez Rosie, mais je n'étais pas sûre que Rosie se montrerait très polie. William étant absent, je craignais qu'elle ne revienne à sa misanthropie d'antan.

Danielle raccrocha et ôta sa veste, qu'elle plia soigneusement avant de la poser à l'une des extrémités du sofa. Puis elle s'avança vers le comptoir en serrant dans ses mains son sac trop grand. Elle avait la grâce d'une jeune pouliche, toute en bras, longues jambes et épaules osseuses.

Je lui tendis une grande tasse de thé.

– J'ai une question à vous poser, lui dis-je.

– Un instant. Laissez-moi d'abord vous dire quelque chose. J'espère que ce n'est pas trop personnel… je ne voudrais pas vous vexer.

– J'ai horreur des phrases qui commencent comme ça, lui dis-je.

– Moi aussi, mais c'est pour votre propre bien.

– Allez-y. Vous me le direz de toute façon.

Elle hésita, son visage exprimant soudain une répugnance exagérée.

– Vous promettez de ne pas vous fâcher ?

– Allez-y ! Je ne supporte pas le suspense. J'ai mauvaise haleine ?

– Votre coupe de cheveux est vraiment dégueulasse.

– Bravo et merci.

– Pas la peine d'être sarcastique. Je peux vous aider. Non, vrai. Je préparais un diplôme d'esthéticienne quand je me suis branchée avec Lester…

Je la corrigeai :

– M. Tête-de-Nœud.

– Ouais, M. Tête-de-Nœud. En tout cas, je sais très bien couper les cheveux. C'est toujours moi qui coiffais Lorna. Donnez-moi une paire de ciseaux et je vous transforme en quelque chose de sublime. Sans blague.

– Je n'ai que des ciseaux à ongles. Peut-être après le dîner.

– Allez ! Nous avons un quart d'heure avant que la pizza arrive. Et… regardez ça !

Elle me montra son sac ouvert.

– Coucou ! dit-elle.

Dedans, il y avait une brosse, un petit séchoir et une paire de ciseaux. Elle posa le séchoir sur le comptoir et fit claquer les ciseaux comme une paire de castagnettes.

– Vous êtes venue ici avec tout ce fourbi ?

– Je l'ai sur moi en permanence. Parfois, au Palace, je coupe les cheveux dans les toilettes dames.

Je me retrouvai assise sur un tabouret de cuisine, une serviette de bain fixée autour du cou et les cheveux mouillés après une douche dans l'évier. Danielle se mit à tailler et couper en bavardant allègrement. Des mèches de cheveux commencèrent à dégringoler autour de moi.

– Bon, n'ayez pas peur. Je sais que ça a l'air de faire beaucoup, mais c'est simplement parce que tout est inégal. Vous avez des cheveux magnifiques, épais et juste assez ondulés… Ou plutôt, je ne dirais pas qu'ils bouclent mais plutôt qu'ils ont du corps, ce qui est encore mieux.

– Pourquoi n'avez-vous pas passé votre diplôme ?

– Ça a cessé de m'intéresser. En plus, ça ne rapporte pas lourd. Mon père disait que ce serait une position de repli formidable si jamais la situation économique se détériorait, mais faire le tapin, c'est mieux, à mon avis. Les types n'ont pas toujours de quoi se payer un brushing, mais pour ce qui est de se faire tailler une pipe...

Il me fallut une demi-seconde pour comprendre ce qu'elle me disait.

– Que ferez-vous quand vous serez trop vieille pour vous taper des mecs ?

– Je suis des cours de gestion financière à la faculté. En dehors de la baise, il n'y a que l'argent qui m'intéresse.

– Je suis sûre que vous irez loin.

– Il faut bien commencer quelque part, non ? Et vous ? Que ferez-vous quand vous serez trop vieille pour baiser ?

– Je ne baise pas en ce moment. Je suis blanche comme neige.

– Pas étonnant que vous soyez aussi ronchon. C'est vraiment dommage !

Je ris.

Nous gardâmes le silence pendant qu'elle se concentrait sur son travail.

– Et votre question ? reprit-elle au bout d'un moment. Vous n'avez pas dit que vous aviez quelque chose à me demander ?

– Peut-être que je ferais mieux de vérifier combien d'argent j'ai sur moi.

Elle me tira les cheveux.

– Allons, ne soyez pas comme ça. Je parie que vous êtes du genre qui blague pour tenir les autres à distance, pas vrai ?

– Je ne crois pas que je devrais répondre à ça.

Elle sourit.

– Vous voyez ? Je suis même capable de vous étonner. Je suis beaucoup plus intelligente que vous le croyez. Allez-y, posez votre question.

– Ah oui... Lorna vous a-t-elle jamais parlé de retirer vingt mille dollars avant de quitter la ville ?

– Pourquoi aurait-elle fait un truc pareil ? Elle voyageait toujours avec des mecs. Elle ne dépensait jamais son argent personnel quand elle allait quelque part.

– Des mecs ? Quels mecs ?

– Tous ceux qui voulaient, me répondit-elle en coupant de plus belle.

– Vous savez où elle allait ?
– Elle ne parlait jamais de ça.
– Tenait-elle un journal ? Ou alors… avait-elle un carnet de rendez-vous ?

Danielle se toucha la tempe avec la pointe de ses ciseaux.

– Non, elle avait tout là-dedans. Elle disait qu'autrement ses clients ne se sentaient pas tranquilles. Les flics font une descente, ils ont un mandat, on est cuit et tous les autres avec. Arrêtez de gigoter comme ça.
– Excusez-moi. Où est passé l'argent ? Il semble qu'elle ait fermé son compte.
– Ça, elle ne me l'a pas donné ! Dommage. J'aurais ouvert un compte en deux temps trois mouvements.

Elle fit claquer ses ciseaux près de mon oreille, et sept de mes cheveux tombèrent par terre.

– Je l'ai fait exprès, dit-elle.

Elle posa les ciseaux sur le comptoir et brancha le séchoir, ramassant des mèches sur les soies de sa brosse. C'est incroyablement reposant d'avoir quelqu'un qui vous tripote les cheveux comme ça.

J'élevai légèrement la voix pour me faire entendre.

– Aurait-elle eu des dettes ? Voulait-elle se porter caution pour quelqu'un ?
– Vingt mille dollars de caution ! Ça devait être un sacré crime !
– Elle devait de l'argent ?
– Lorna n'avait pas de dettes. Même les cartes de crédit, elle les payait avant que s'y rajoutent les agios, dit-elle. Je parie qu'on le lui a piqué, ce fric.
– Ça m'est aussi venu à l'esprit.
– Sans doute après sa mort, ajouta-t-elle. Sinon, elle se serait battue comme une tigresse.

Elle arrêta le séchoir, le mit de côté et recula pour contempler son œuvre. Il lui fallut encore un moment pour faire bouffer mes cheveux et remettre en place quelques mèches rebelles. Enfin, elle hocha la tête d'un air apparemment satisfait.

On sonna. M. Pizza était sur le pas de la porte. Je tendis

vingt dollars à Danielle et la laissai régler pendant que je me précipitais dans la salle de bains du bas pour me regarder dans la glace. La différence était remarquable. Tout ce qui dépassait avait disparu. Tout ce qui faisait plat ou rebiquait dans tous les sens avait été entièrement apprivoisé et maîtrisé. Mes cheveux tombaient de part et d'autre de mon visage en vagues parfaites et soyeuses. Ils se remettaient même en place quand je secouais la tête. J'aperçus l'image de Danielle dans la glace.

– Ça vous plaît ? me demanda-t-elle.

– C'est extraordinaire.

– Je vous l'avais dit que j'étais douée ! s'exclama-t-elle en riant.

Nous mangeâmes à même la boîte en carton, nous partageant une grande pizza végétarienne sans fromage. C'était excellent et ça ne me boucherait pas les artères. Au bout d'un moment, elle me dit :

– C'est marrant, non ? On est comme des copines.

– Lorna vous manque ?

– Ouais. Elle était formidable. Après le boulot, on allait se balader en ville, on se trouvait un café, on prenait notre petit déjeuner… Je me souviens qu'une fois on s'est acheté un litre de jus d'orange et une bouteille de champagne. On s'est assises sur l'herbe devant chez moi et on a bu des mimosas jusqu'à l'aube.

– Je regrette de n'avoir jamais pu la rencontrer. J'ai l'impression que c'était une fille bien.

A vingt heures, nous pliâmes la boîte et la jetâmes à la poubelle. Danielle enfila sa veste pendant que j'allais chercher la mienne. Une fois dehors, elle me demanda de la déposer chez elle. Je tournai à gauche dans Cabana et suivis ses indications. Nous nous engageâmes dans une ruelle étroite, pas très loin du Neptune's Palace. Son « bouge », comme elle l'appelait, était une petite baraque en planches et lattes de bois, dans la cour arrière d'une autre maison. A une époque, cette petite maison avait sans doute servi de cabane à outils. Elle descendit de voiture et se pencha à la vitre.

– Vous voulez visiter ?

– Peut-être demain soir. J'ai des trucs à faire.

– Passez si vous pouvez. Je l'ai drôlement bien arrangé. Quand les affaires marchent pas, je suis chez moi vers une heure… à condition que Lester me pousse pas au boulot. Merci pour la bouffe et le trajet.

– Merci pour la coupe de cheveux.

Je la regardai disparaître dans le noir en trottinant, ses hauts talons percutant le petit chemin dallé de brique qui menait à sa porte, ses cheveux noirs lui tombant sur le dos comme un voile. J'appuyai sur l'accélérateur et pris la direction de la maison des Kepler.

Je me garai dans l'allée et remontai le chemin pavé qui conduisait à la véranda. La lumière y était éteinte et dans la cour il faisait aussi noir que dans un four. Je grimpai avec précaution les marches basses, faiblement éclairées par la lumière des fenêtres du salon. Janice m'avait dit qu'ils dînaient normalement à cette heure-là. Je frappai à la porte et, venant de la cuisine, j'entendis le raclement d'une chaise qu'on repousse.

Mace m'ouvrit, son corps masquant l'essentiel de la lumière qui se répandait au-dehors. Je sentis une odeur de thon en casserole. Il tenait une serviette en papier à la main et s'essuya la bouche.

– Oh, c'est vous. Nous sommes en train de dîner.

– Est-ce que Janice est là ?

– Elle a déjà filé. Elle travaille de onze heures à sept heures du matin tous les jours, mais une des filles est tombée malade et elle est partie plus tôt. Revenez demain, dit-il.

Et il commença à me fermer la porte au nez.

– Ça vous ennuie qu'on parle un peu ?

L'espace d'un instant, son visage resta de marbre, un infime mouvement d'humeur y supprimant toute autre expression.

– Vous dites ?

– Je me demandais si cela vous ennuierait de discuter quelques minutes avec moi, lui dis-je.

– En fait, oui. J'ai eu une journée longue et pénible, et je n'aime pas qu'on me regarde manger.

Je sentis la colère monter en moi, comme si on m'avait flanqué un coup de chalumeau sur la nuque.

– Plus tard, alors ?

Je me retournai et descendis les marches. Pendant que la porte se refermait derrière moi, il marmonna une obscénité.

Je reculai en faisant crisser mes pneus et enclenchai la première. Quel merdeux ! Ce type ne me plaisait pas du tout. C'était un trou du cul et un imbécile et je lui souhaitai bien des hémorroïdes. Je roulai à l'aveuglette, essayant de me calmer. Je ne savais même pas quoi faire de moi-même. Je serais bien allée au Frankie's parler à Janice, mais je savais que je lui dirais des méchancetés sur son époux.

Au lieu de cela, je me dirigeai vers le Caliente Café dans l'espoir d'y trouver Cheney Phillips. Il était encore tôt pour un mercredi soir, mais le CC était déjà bourré et la sono à fond, et il y avait assez de fumée de cigarettes pour rendre la respiration difficile. Pour un établissement qui n'offre jamais la tournée, deux boissons au prix d'une et encore moins d'amuse-gueules (à moins de considérer les chips et la salsa comme une sorte de canapés), le CC fait de très bonnes affaires de cinq heures de l'après-midi à deux heures du matin, soit de l'ouverture à la fermeture. Cheney était assis au bar en chemise à manches longues, jeans élimés et chaussures montantes. Il avait une bière devant lui et discutait avec son voisin. Il eut un large sourire en me voyant. Ah, mon Dieu ! Je suis incapable de résister aux belles dents.

– Mademoiselle Millhone ! Comment allez-vous ? Vous vous êtes fait couper les cheveux. C'est très réussi.

– Merci. Vous avez une minute ?

– Bien sûr.

Il prit sa bière, descendit de son tabouret de bar et scruta la salle pour y trouver une table libre où nous pourrions parler. Le barman se dirigeait déjà vers nous.

– Il nous faudrait un verre de chardonnay, dit-il.

Nous trouvâmes une table contre le mur latéral. Pendant un

moment, je lui dis toute mon antipathie pour Mace Kepler. Cheney ne l'aimant guère plus que moi, mes commentaires lui firent plutôt plaisir.

– Je ne sais pas ce qu'il a, mais il me tape vraiment sur les nerfs.

– Il déteste les femmes, dit-il.

Je le dévisageai, tout étonnée.

– C'est donc ça ? Ce n'est pas impossible.

– A part ça, où en êtes-vous ?

Je passai plusieurs minutes à lui raconter mon voyage à San Francisco, ma conversation avec Trinny et les aveux qu'elle m'avait faits sur l'histoire de la bande vidéo, puis je lui parlai de l'argent qui manquait sur le compte de Lorna. Je lui montrai le relevé bancaire et observai son visage.

– Qu'en pensez-vous ?

Entre-temps, il s'était déjà vautré, les jambes étendues devant lui. Il avait appuyé un coude sur la table et tenait le relevé par un coin. Il se tortilla sur son siège. Il n'avait pas l'air impressionné.

– Elle quittait la ville. Elle avait probablement besoin d'argent.

Il se redressa et se mit à examiner le relevé bancaire en sirotant sa Corona.

– J'ai interrogé Danielle à ce sujet. D'après elle, Lorna ne payait jamais rien. Elle ne voyageait qu'avec des types qui se chargeaient de tout.

– Oui, mais ça ne veut pas forcément dire grand-chose.

– Bien sûr que non, mais ça pourrait, et tout est là. Serena m'a dit que J. D. était entré dans la maison un instant pendant qu'ils attendaient les flics. Et s'il avait piqué le fric ?

– Parce que vous croyez qu'il était posé là, bien en évidence, ce joli tas de dollars ?

– Qui sait ? dis-je.

– Ouais, bon, d'accord. Pour ce qu'on en sait, Lorna trafiquait peut-être dans les courses de chevaux ? Ou bien alors, elle avait piqué un manteau de fourrure ou s'était acheté une tonne de drogue…

– Hum-hum, dis-je en interrompant son récital. Ou alors, c'est que le fric a été fauché par le premier policier arrivé sur les lieux.

– En voilà une idée ! s'écria-t-il, n'appréciant guère cette suggestion de corruption policière. De toute façon, vous ne savez même pas si c'était en liquide. Ç'aurait pu être un chèque payable à un tiers. Elle aurait pu virer l'argent sur son compte courant pour régler les arriérés de sa carte Visa. C'est rare de se balader avec autant d'argent sur soi.

– Je continue à imaginer une liasse de billets.

– Eh bien, essayez de vous représenter autre chose.

– Serena aurait pu la prendre. Elle m'a dénoncé J. D., mais en dehors de ce qu'elle m'a raconté, rien ne prouve qu'elle ne soit pas entrée dans la maison elle aussi. Ou alors ce sont les parents de Lorna qui ont trouvé la planque et n'en ont rien dit en estimant qu'il leur faudrait de l'argent pour l'enterrement. J'allais poser la question, mais Kepler m'a tellement foutue en rogne...

Cheney parut amusé.

– Vous ne lâchez donc jamais prise !

– Je crois que c'est intéressant, un point c'est tout. Et comme en plus je n'ai pas d'autres pistes... Mace Kepler n'est pas fiché, n'est-ce pas ? J'aimerais beaucoup le coincer.

– Son casier est vierge, nous avons vérifié.

– Ce qui ne signifie pas qu'il ne soit pas coupable. C'est seulement qu'on ne l'a pas encore attrapé.

– Ne perdez pas votre temps.

Il me rendit le relevé en le faisant glisser sur la table.

– Au moins, vous savez qui a expédié la bande porno à Mme K., dit-il.

– Sauf que ça ne mène nulle part.

– Ne vous laissez pas abattre.

– Je déteste ces enquêtes qui n'ont ni queue ni tête. Parfois c'est si clair ! On renifle la piste et il n'y a plus qu'à la suivre. Ça peut prendre du temps, mais on sait au moins où on va. Cette enquête me rend dingue.

Il haussa les épaules.

– Nous avons enquêté pendant des mois et ça n'a rien donné.

– Ouais, je sais. Je ne sais pas ce qui m'a fait croire que je pourrais faire plus.

– Quelle égotiste vous faites ! Vous travaillez trois jours sur une affaire et vous vous imaginez que, crac, vous devriez la résoudre ?

– Ça ne fait pas plus ? J'ai l'impression d'avoir ce rejeton sur les bras depuis des semaines.

– En tout cas, il en sortira quelque chose. Depuis si longtemps que l'assassin se croit à l'abri ! Il ne va pas beaucoup aimer vous voir fouiner partout.

– Il… ou elle.

– En effet. Ne soyons pas sexistes en matière d'assassins, dit-il.

Son biper se déclencha. Jusqu'alors, je ne m'étais même pas rendu compte qu'il en avait un sur lui. Il vérifia le numéro, puis s'excusa. Il se rendit au fond du bar pour se servir du téléphone à pièces. A son retour, il m'annonça qu'il devait partir. L'un de ses informateurs avait été arrêté et le demandait.

Après son départ, je restai le temps de finir mon vin. Les affaires avaient repris de plus belle et le niveau sonore ne cessait d'augmenter, comme le degré de toxicité de la fumée de cigarette. Je saisis ma veste, mon sac et me dirigeai vers le parking. Il n'était pas encore minuit, mais tous les emplacements étaient déjà pris et les voitures commençaient à se garer sur le bord de la route.

Le ciel était couvert. Les lumières de la ville faisaient briller la couverture nuageuse. De l'autre côté de la route, dans la réserve d'oiseaux, une brume basse s'élevait du lagon d'eau fraîche. Une légère odeur sulfureuse semblait imprégner l'atmosphère. Les criquets et les crapauds couvraient les bruits de la circulation sur l'autoroute au loin. Plus près, un train de marchandises s'approchait en faisant résonner sa sirène comme de brefs accords d'orgue. Je sentis le sol trembler doucement et le phare apparut soudain. L'homme à bicyclette me croisa. Je me retournai et le suivis du regard. Le grondement croissant du train rendit son passage aussi silencieux que celui d'un mime.

Je ne vis guère que ses lumières qui dansaient et sa performance de jongleur – pour moi, son unique spectatrice.

Dans le parking, je repérai le toit arrondi de ma VW, là, à l'endroit même où je l'avais garée dans un cercle de lumière artificielle. Une grande limousine noire s'était garée en travers de la file de voitures, bloquant quatre véhicules, dont le mien. Je jetai un coup d'œil du côté conducteur. La vitre s'abaissa silencieusement. Je m'arrêtai et montrai ma voiture pour indiquer que j'étais coincée. Le chauffeur toucha sa casquette, mais ne fit pas le moindre geste pour démarrer. En petite Miss Très-obligeante, j'attendis une demi-seconde, puis je lui dis :

– Je m'excuse de vous déranger, mais si vous pouviez seulement avancer d'un mètre, je devrais pouvoir sortir. Je suis dans la VW juste derrière.

Le regard du chauffeur s'étant déplacé vers un point situé derrière moi, je me retournai pour voir ce qu'il regardait.

Les deux hommes étaient sortis du bar et se dirigeaient vers nous. Leurs pieds faisaient crisser le gravier, on avançait d'un pas tranquille. Je gagnai ma voiture, pensant pouvoir l'ouvrir et m'installer à l'intérieur. Inutile de rester dehors dans le froid, me disais-je. Le rythme des pas s'accélérant, je me retournai pour voir ce qui se passait. Les deux hommes m'encadrèrent de près, puis me prirent chacun par un bras.

– Hé là ! m'écriai-je.

– Pas un bruit, s'il vous plaît, murmura l'un d'eux.

Ils m'escortèrent jusqu'à la limousine, me soulevant pratiquement du sol tandis qu'ils accéléraient l'allure. J'eus l'impression d'être redevenue la petite gosse que mes parents soulevaient à bout de bras pour me faire monter sur le trottoir ou franchir une flaque. Quand on est petit, c'est drôle. Quand on est grand, c'est plutôt effrayant. La portière arrière de la limousine s'ouvrit. J'essayai d'enfoncer mes talons dans la terre, mais en vain.

Le temps que je rassemble mes esprits et reprenne courage en hurlant au secours, j'étais déjà à l'arrière de la limousine dont la portière avait claqué derrière moi.

L'intérieur était en cuir noir et noyer verni. Je vis un minibar, un téléphone et un écran de télévision éteint. Au-dessus de ma tête, une série de boutons multicolores servaient à contrôler le confort des passagers : température de l'air, vitres, lumières pour lire, toit coulissant en forme de lune. Le panneau de séparation intérieur en verre remonta, nous isolant du chauffeur. J'étais coincée entre mes deux types sur la banquette arrière, en face d'un troisième, une large bande de moquette noire moelleuse entre nous. Soucieuse de ma propre sécurité, je m'obstinai à regarder droit devant moi. Je ne souhaitais pas être en mesure d'identifier les deux sous-fifres. Le type que j'avais en face de moi n'avait pas l'air de se préoccuper de ce que je le regarde ou pas. Des trois hommes émanait une forte chaleur corporelle qu'absorbait un silence qui étouffait tout, hormis les bruits de respiration lourde, la mienne surtout.

Les seules lumières allumées dans la limousine étaient de petites barres latérales. L'éclat des projecteurs du parking était atténué par les vitres fortement teintées, mais nous étions plus qu'amplement éclairés. L'ambiance était tendue, comme si l'attraction terrestre n'était plus la même que dehors. Peut-être était-ce à cause des pardessus. J'étais convaincue que, moi exceptée, tout le monde était armé. Je sentis mon cœur battre follement dans ma poitrine, une transpiration nauséabonde me dégoulinant des deux côtés du corps. Souvent la peur me rend impertinente, mais pas cette fois-là. Je me trouvais excessivement respectueuse. Ces hommes-là fonctionnaient selon des règles qui n'étaient pas les miennes. Qui pouvait savoir ce qu'ils considéraient comme impoli ou injurieux ?

La limousine était si longue que l'homme qui me faisait face devait être assis à deux bons mètres de moi. La soixantaine, petit et carré, pratiquement chauve sur le dessus. Son visage était parsemé de grains de beauté et sa peau aussi profondément creusée qu'un croquis à la plume. Ses joues s'évasaient presque en forme de cœur, le menton en constituant la pointe. Ses sourcils blancs broussailleux et indisciplinés surplombaient des yeux noirs profondément enfoncés dans leurs orbites. Ses paupières supérieures tombaient, les inférieures étaient gonflées comme des poches couleur de fumée. Il avait des lèvres minces et de grandes dents un peu de travers. Ses mains étaient grandes, ses poignets épais et il portait des bijoux en or massif. Il sentait le cigare et un after-shave épicé. Il avait quelque chose de très masculin : brutal, décidé et sûr de lui. Il tenait négligemment un petit carnet dans une main, mais ne semblait pas s'y référer.

– J'espère que vous voudrez bien excuser la méthode assez peu orthodoxe que j'ai dû adopter pour pouvoir vous rencontrer. Nous n'avions pas l'intention de vous effrayer.

Aucun accent, ni inflexion régionale.

Les deux types qui m'encadraient étaient aussi immobiles que des mannequins.

– Vous êtes sûr de ne pas vous tromper de personne ?

– Oui.

– Je ne vous connais pas, dis-je.

– Je suis avocat à Los Angeles et représente un monsieur qui est actuellement à l'étranger pour ses affaires. Il m'a demandé de prendre contact avec vous.

– A quel sujet ?

Les battements de mon cœur avaient quelque peu ralenti. Ces types-là n'étaient ni des voleurs ni des violeurs. Je ne pensai pas qu'ils allaient me tirer desssus et jeter mon corps dans le parking. Le mot M-A-F-I-A se forma au fond de mon esprit, mais je l'empêchai de devenir réalité concrète. Surtout ne pas en être certaine, au cas où je serais obligée de témoigner plus tard. Ces gars-là étaient des professionnels. Ils ne tuaient pas pour le plaisir. Et comme je n'avais jamais eu à traiter avec eux, je m'estimais en sécurité.

Le soi-disant avocat me dit alors :

– Vous êtes en train d'enquêter sur une affaire que mon client a suivie. La victime s'appelle Lorna Kepler. Nous serions heureux de savoir ce que vous avez appris.

– Et quels sont ses motifs, si je puis oser la question ?

– C'était une de ses amies intimes. C'était quelqu'un de très, très bien. Il ne souhaite pas voir resurgir des choses qui pourraient souiller sa réputation.

– Souillée, elle l'était avant de mourir, lui fis-je remarquer.

– Ils étaient fiancés.
– Comment ?
– Ils devaient se marier à Las Vegas le vingt et un avril, mais Lorna n'est jamais venue au rendez-vous.

CHAPITRE 14

Je l'observai dans la pénombre de la limousine. Son affirmation semblait assez absurde pour être vraie. On m'avait dit que Lorna avait pêché de gros poissons dans son travail, peut-être était-elle tombée amoureuse d'un type qui le lui avait rendu. M. et Mme Gangster.

– Il n'a envoyé personne pour la retrouver quand elle ne s'est pas présentée ?

– C'est un homme orgueilleux. Il a pensé qu'elle avait changé d'avis. Naturellement, quand il a su ce qui lui était arrivé, la nouvelle a eu du mal à passer. A présent, bien sûr, il se demande s'il n'aurait pas pu la sauver.

– Nous ne le saurons sans doute jamais.

– Quels renseignements avez-vous pu obtenir jusqu'ici ?

Je fus bien obligée de hausser les épaules.

– Je travaille depuis lundi et je n'ai pas trouvé grand-chose.

Il garda le silence un instant.

– A San Francisco vous avez discuté avec quelqu'un à qui nous avons déjà eu affaire, M. Ayers.

– C'est exact.

– Que vous a-t-il dit ?

Je marquai une pause. J'ignorais si la volonté, ou le refus, de coopérer de Joe Ayers serait mal vu de ces gens-là. Je me le représentai accroché à son lustre par la peau des couilles. Mais peut-être la pègre ne procédait-elle pas vraiment comme ça. Peut-être se payaient-ils une mauvaise réputation ces derniers temps. Habitant à Santa Teresa, nous n'avions pas beaucoup d'expérience dans ce domaine. J'avais la bouche sèche. Je me sentais responsable envers les gens que j'avais interrogés.

– Il s'est montré poli, dis-je. Il m'a donné quelques noms et numéros de téléphone, mais comme je les avais déjà, ses renseignements ne m'ont guère servi.

– Qui d'autre avez-vous interrogé ?

Il est difficile de paraître naturel quand on a la voix qui se met à trembler.

– Des membres de sa famille. Son patron. Il lui arrivait de garder la maison pour sa femme, alors je lui ai parlé.

Je m'éclaircis la voix.

– Mme Bonney ? Celle qui l'a retrouvée ?

– C'est exact. J'ai également parlé à l'inspecteur de la Criminelle qui était chargé de l'affaire.

Silence.

– C'est à peu près tout, ajoutai-je d'un ton lamentable.

Son regard se porta sur son carnet et s'éclaira quand il releva les yeux. Il était évident qu'il savait parfaitement avec qui j'avais parlé et qu'il attendait de voir jusqu'à quel point j'avais l'intention d'être franche. Je fis comme si j'étais au tribunal, à la barre des témoins. A l'entendre, il était avocat. S'il avait des questions, qu'il me les pose et je répondrais. Au cas peu probable où j'en aurais su plus que lui, je pensais qu'il valait mieux ne pas donner des renseignements sans qu'on me les demande.

– Qui d'autre ? demanda-t-il.

Un autre filet de transpiration coula le long de mon corps.

– Je ne vois rien d'autre a priori, dis-je.

Il faisait chaud dans la voiture. Je me demandai s'ils avaient allumé le chauffage.

– Et Mlle Rivers ?

Je le regardai sans comprendre.

– Je ne connais personne de ce nom.

– Danielle Rivers.

– Aaaah oui. C'est vrai. Je lui ai parlé. Auriez-vous quelque chose à voir avec le type en vélo ?

Il fit semblant de ne pas entendre.

– Vous lui avez parlé deux fois, dont ce soir.

– Je lui devais de l'argent. Elle est passée le prendre. Elle m'a coupé les cheveux et nous avons commandé une pizza végétarienne. Pas de quoi fouetter un chat.

Son regard se fit glacial.

– Que vous a-t-elle dit ?

– Rien. Vous savez bien… elle m'a dit que Lorna était son mentor et m'a expliqué quelques-unes de ses stratégies financières. Elle a mentionné son manager, un certain Lester Dudley. Vous le connaissez ?

– Je ne pense pas que M. Dudley ait un rapport quelconque avec ce dont nous parlons, dit-il. Que pensez-vous de ce meurtre ?

– Je n'en pense rien.

– Vous ne savez pas qui l'a tuée ?

Je secouai la tête.

– Mon client espère que vous lui transmettrez son nom quand il sera en votre possession.

Et comment, me dis-je.

– Pourquoi ?

J'essayais de ne pas paraître insolente, mais ce n'était pas facile. Il est sans doute assez peu intelligent de questionner ce genre d'individus, mais j'étais curieuse.

– Il y verrait un geste de courtoisie.

– De courtoisie… Ah bon. Je comprends. Comme entre nous autres, professionnels.

– Il pourrait aussi vous récompenser de votre peine.

– Je lui en sais gré, mais… hmm. Je ne voudrais pas paraître impolie, mais je ne veux vraiment rien de lui. Enfin… rien qui me vienne à l'esprit sur le moment. Remerciez-le de son offre.

Silence de mort.

Il porta la main à la poche intérieure de son manteau. Je tressaillis, mais il n'en retira qu'un stylo à bille rétractable qu'il fit cliqueter. Il griffonna quelque chose sur une carte de visite et me la tendit.

– On peut me joindre à n'importe quelle heure à ce numéro.

Le type à ma droite s'avança, prit la carte et me la fit passer.

Pas de nom. Pas d'adresse. Seulement un numéro écrit à la main.

L'avocat poursuivit d'un ton plaisant :

– En attendant, nous préférerions que cette conversation reste confidentielle.

– Bien sûr.

– Et ça vaut pour tout le monde.

– C'est entendu.

– Y compris M. Phillips.

Cheney Phillips, agent en civil de la brigade des mœurs.

– J'ai compris.

Je sentis de l'air frais sur mon visage et compris qu'on m'avait ouvert la portière. Le type que j'avais à ma droite descendit et me tendit sa main. J'appréciai son aide. Il est difficile de glisser sur une banquette quand la sueur colle à la garniture intérieure. J'espérai ne pas avoir fait pipi dans ma culotte. Dans cette situation, je n'étais même pas sûre de pouvoir faire fonctionner mes jambes. Je sortis du véhicule sans beaucoup de grâce, le derrière en premier, comme dans un accouchement par le siège. Pour me stabiliser, je posai la main sur la voiture garée à côté de la mienne.

Le type réintégra la limousine. La portière arrière se ferma avec un bruit sec et la voiture démarra, glissant silencieusement hors du parking. Je regardai la plaque d'immatriculation, mais le numéro était couvert de boue. Pas que j'aurais fait vérifier la plaque. Je n'avais aucune envie de savoir qui étaient ces types.

Sous ma veste, le dos de mon pull-over à col roulé était froid et humide. Un spasme involontaire parcourut ma carcasse. J'avais besoin d'une douche chaude et d'un coup de brandy, mais je n'avais le temps ni pour l'une ni pour l'autre. J'ouvris ma voiture, me glissai à l'intérieur et verrouillai ma portière comme si on me poursuivait. Je jetai un coup d'œil derrière pour m'assurer que j'étais seule. Avant même de faire démarrer la voiture, j'allumai le chauffage.

Je m'assis dans un box à l'arrière du Frankie's Coffee Shop, aussi loin que possible des fenêtres. Je n'arrêtais pas de surveiller les clients et de me demander si l'un d'entre eux n'était pas en train de me suivre. Le café était relativement plein : des couples d'un certain âge qui venaient ici depuis des années, des gosses qui cherchaient un endroit où aller. Janice m'avait vue arriver, elle vint à ma table, la cafetière en main. Le couvert était déjà mis : nappe, argenterie, tasse en céramique épaisse blanche retournée sur une soucoupe assortie. Je retournai la tasse à l'endroit, elle la remplit. Je laissai ma tasse sur la table pour qu'elle ne voie pas à quel point mes mains tremblaient.

– On dirait que vous en avez besoin, me dit-elle. Vous êtes pâle comme un linge.

– Vous pouvez me parler ?

Elle jeta un coup d'œil par-dessus son épaule.

– Dès que les types de la table numéro cinq auront dégagé, dit-elle. Je vous laisse ça.

Elle posa la cafetière et retourna à son poste, s'arrêtant pour prendre une commande au passe-plat de la cuisine.

Quand elle revint, elle portait un énorme roulé à la cannelle et deux carrés de beurre enveloppés dans du papier argenté.

– Je vous ai apporté un casse-croûte. A voir votre tête, ça ne vous ferait pas de mal de prendre un petit remontant sucré avec votre caféine.

– Merci. Ça m'a l'air parfait.

Elle s'assit en face de moi, s'assurant qu'elle pouvait voir entrer d'éventuels clients.

J'ouvris l'emballage des deux carrés de beurre et pris un bout de roulé chaud que je beurrai et mangeai en gémissant presque à haute voix. La pâte était molle et humide, le glaçage coulant entre les couches de gâteau. Rien ne vaut la peur pour ouvrir l'appétit, surtout quand la nourriture est réconfortante.

– Fantastique. Je pourrais devenir accro. C'est la mauvaise heure ?

– Pas encore. Il faudra peut-être qu'on s'interrompe. Vous allez bien ? Vous n'avez pas l'air dans votre assiette.

– Je vais très bien. Il y a deux ou trois choses que j'aimerais vous demander.

Je m'arrêtai pour lécher le beurre sur mes doigts, puis je les essuyai avec une serviette en papier.

– Vous saviez que Lorna devait se marier à Las Vegas le week-end où elle est morte ?

Janice me dévisagea comme si je m'étais mise à parler une langue étrangère et qu'elle attendait les sous-titres en bas de l'écran.

– Où diable avez-vous entendu dire un truc pareil ?

– Vous pensez que ça pourrait être vrai ?

– Jusqu'à maintenant, j'aurais dit catégoriquement non. Mais maintenant que vous en parlez, je n'en suis pas si sûre. C'est possible, dit-elle. Cela pourrait expliquer son attitude. Je ne la comprenais vraiment pas, à l'époque. Elle avait l'air excitée. Comme si elle voulait me dire quelque chose, mais se retenait. Vous savez comment sont les gosses... Enfin, non... vous ne le savez peut-être pas. Quand ils ont un secret, ils ont du mal à le garder. Ils veulent tellement le dire qu'ils ne supportent pas de se taire et la plupart du temps, ça sort tout seul. Elle était dans cet état-là. A l'époque, je n'en étais pas consciente. Je l'avais bien remarqué, puisque c'est ce qui m'est venu à l'esprit dès que vous avez dit ça... Mais sur le moment, je n'ai pas cherché à creuser. Qui devait-elle épouser ? Pour autant que je sache, elle ne voyait personne.

– Je ne connais pas le nom du monsieur. J'ai cru comprendre qu'il s'agissait d'un type de Los Angeles.

– Mais qui vous l'a dit ? Comment êtes-vous arrivée à lui ?

– Son avocat m'a contactée il y a peu de temps. En fait, c'était peut-être lui, mais il cachait son jeu. Difficile de savoir.

– Pourquoi ne s'est-il pas manifesté plus tôt ? Ça fait dix mois qu'elle est morte et c'est la première fois que j'entends parler de lui.

– Peut-être commençons-nous enfin à pêcher dans le bon marécage.

– Voulez-vous que je demande aux filles si Lorna leur en a parlé ?

– Je ne suis pas certaine que ça en vaille la peine. Je n'ai aucune raison de penser que c'est une histoire inventée. Il s'agit surtout de remplir quelques cases vides.

– Quoi d'autre ? Vous avez dit que vous vouliez me demander deux ou trois choses.

– Le vingt avril – la veille de sa mort –, elle a fermé un compte d'épargne qu'elle avait à la Simi Valley. Il semblerait qu'elle ait retiré vingt mille dollars environ, soit en liquide, soit en chèque. Il est aussi possible qu'elle ait transféré l'argent sur un autre compte, mais je n'en trouve aucune trace. Est-ce que ça vous rappelle quelque chose ?

Elle secoua lentement la tête.

– Non. Je n'ai jamais entendu parler de ça. Ni Mace ni moi ne sommes tombés sur des sommes d'argent importantes. Je les aurais données, sachant que ça pourrait servir de preuve. En plus, s'agissant d'argent appartenant à Lorna, ça aurait fait partie de sa succession et il nous faudrait peut-être payer des impôts dessus. Je ne triche pas avec le fisc, pas même d'un centime. C'est une chose que je lui ai apprise. On ne plaisante pas avec le fisc.

– Est-ce qu'elle aurait pu le cacher ?

– Pour quoi faire ?

– Je n'en ai pas la moindre idée. Elle aurait pu fermer le compte et planquer l'argent quelque part en attendant d'en avoir besoin.

– Vous croyez que quelqu'un l'a volé ?

– Je ne sais même pas si cet argent a vraiment existé. On dirait que oui, mais je n'en suis pas sûre. Peut-être que son propriétaire le lui a pris. De toutes les façons, c'est un détail qu'il me faudra éclaircir.

– En tout cas, moi, je n'ai jamais rien vu.

– Se souciait-elle de sa propre sécurité ? Je n'ai pas vu beaucoup de verrous ni de serrures chez elle.

– Oh, elle était terrible. Elle laissait la porte grande ouverte la moitié du temps. J'ai souvent pensé que quelqu'un aurait pu entrer pendant qu'elle faisait son jogging, ce qui expliquerait l'absence de tout signe d'effraction. Les flics pensaient la même chose parce qu'ils me l'ont demandé plusieurs fois.

– A-t-elle jamais parlé d'un coffre-fort dans sa maison ?

Elle avait pris un ton sceptique.

– Oh, je ne pense pas qu'elle ait eu un coffre-fort. Ça ne lui ressemble pas du tout. Dans cette baraque minable ? Ça n'aurait eu aucun sens. Elle croyait aux banques, elle. Elle avait des comptes partout.

– Et ses bijoux ? Où les gardait-elle ? Avait-elle un coffre ?

– Rien de tout ça. Elle avait une vieille boîte à bijoux ordinaire dans sa commode, mais nous n'y avons rien trouvé qui ait de la valeur. Seulement des bijoux fantaisie.

– Mais il fallait bien qu'elle ait des pièces de valeur si elle se donnait tant de mal et dépensait tant d'argent pour se payer l'assurance. Elle a même pris soin de mentionner ses bijoux dans son testament.

– Je serais heureuse de vous montrer ce que nous avons trouvé et vous verrez vous-même, dit Janice.

– Et ces systèmes de sécurité-maison où les gens cachent leurs objets de valeur, vous savez, de faux rochers ou canettes de Pepsi ou des têtes de laitue bidon dans le bac à légumes ? Y avait-il quoi que ce soit de ce genre chez elle ?

– J'en doute. A ma connaissance, la police n'a jamais rien trouvé dans la maison. Pour dehors, je ne suis pas certaine. Je sais qu'ils ont fait des recherches dans le terrain tout autour. Si elle possédait des trucs de ce genre, ils l'auraient repéré, non ?

– Vous avez sans doute raison, mais j'y retournerai peut-être demain jeter un coup d'œil. C'est peut-être une perte de temps, mais je n'aime pas les bouts qui dépassent. De toute façon, je n'ai pas de meilleure idée.

Je rentrai à la maison et dormis d'un sommeil agité, ma conscience aiguillonnée par le fait que j'avais encore du pain sur la planche. Tandis que mon corps chancelait d'épuisement, les synapses de mon cerveau claquaient dans tous les sens. Mes idées semblaient jaillir comme des fusées, explosant en plein air, un feu d'artifice d'impressions. Sous l'effet d'une bien curieuse métamorphose, j'étais attirée dans le monde nocturne et chimérique de Lorna Kepler. La prostitution de nuit et l'obscurité me paraissaient à la fois exotiques et familières, et je me sentais m'éveiller à ces possibilités. En attendant, mon système fonctionnait en surchauffe et je me court-circuitai plus que je ne dormis.

A dix-sept heures vingt-cinq, quand j'ouvris enfin les yeux, je me sentis si lourdement ancrée dans mon lit que j'eus du mal à bouger. Je refermai les paupières, me demandant si je n'avais pas pris cent cinquante kilos de plus durant mon sommeil. Je vérifiai les extrémités de mon corps, mais ne trouvai aucun signe prouvant que j'aurais énormément grossi pendant la nuit. Je roulai hors de mon lit en geignant, rassemblai mes esprits en accordant le moins d'attention possible aux détails, et sortis. Au premier fast-food sur lequel je tombai, j'achetai un grand gobelet de café chaud et le tétai comme un bébé, en me brûlant vraiment les lèvres.

A dix-huit heures, alors que les gens ordinaires rentraient du travail, je dévalai avec force cahots l'étroit chemin de terre qui conduisait à la petite maison de Lorna. Je conduisais sans jamais quitter des yeux le rétroviseur, me demandant si les types de la limousine me suivaient. Quelles que soient leurs méthodes, c'étaient des experts en filature. Depuis que j'avais commencé mon enquête, je n'avais jamais été consciente de la moindre surveillance. Même maintenant, j'aurais volontiers juré que personne ne m'observait.

Je me garai, l'avant de la voiture vers la sortie, m'arrêtant comme la première fois pour m'imprégner du parfum moussu des lieux. Je posai mon gobelet vide par terre et sortis ma lampe de poche et un tournevis de la boîte à gants. Je descendis de voiture, essayant de me rendre compte du temps qu'il faisait. J'étais vaguement consciente du flux et du reflux des voitures sur l'autoroute, morne marée de véhicules qui passaient au loin. L'air était doux et frais, les ombres oscillaient capricieusement comme balancées par le vent. Je m'avançai vers la maison, l'estomac noué d'inquiétude. Je n'en revenais pas d'en avoir tant appris sur Lorna depuis ma première visite. J'avais revu les photos *post mortem* si souvent que j'aurais presque pu évoquer l'aspect qu'elle avait lorsqu'ils l'avaient découverte : ramollie, en train de se désintégrer, retournant aux éléments. S'il y avait des fantômes ici-bas, elle en était sûrement.

Il y avait du brouillard et j'entendis le gémissement intermittent d'une corne de brume appelant dans l'océan. La brise nocturne paraissait saturée, riche en parfums végétaux. Je balayai l'obscurité avec le faisceau de ma lampe. Le jardin de Leda était broussailleux et envahi de mauvaises herbes, des tomates sauvages se hissant au milieu de tiges de maïs mort semblables à du papier. Quelques bouquets d'oignons avaient survécu à la dernière récolte. Une fois le printemps arrivé, même abandonné, ce jardin pourrait ressusciter.

Arrivée dans la cour, j'étudiai la maison en faisant le tour par l'extérieur. Il n'y avait rien d'intéressant : des détritus, des feuilles mortes, des carrés d'herbe desséchée. Je montai les marches qui conduisaient à la véranda. La porte était toujours dégondée. Je tapai dessus pour voir si elle était creuse, mais elle me renvoya un bruit mat, dense et solide. J'allumai. La lumière miteuse d'un ampoule de quarante watts qui pendait du plafond dessina l'intérieur comme un lavis jaune pâle. Je fis un lent survol des lieux. Où aurais-je caché vingt mille dollars en liquide ? Je commençai par l'entrée et poursuivis vers la droite. La maison était médiocrement isolée et semblait disposer de peu de recoins ou de cachettes. Je donnai des coups de-ci de-là, enfonçant le bout de mon tournevis dans les fissures et les fentes. J'eus l'impression de jouer au dentiste qui cherche des caries.

La cuisine semblait offrir plus de cachettes. Je sortis des tiroirs, mesurai la profondeur des placards, cherchant toute anomalie susceptible de suggérer une ouverture. Je rampai par terre, et me salis sérieusement en le faisant. J'étais sûre que les flics avaient fait exactement la même chose… s'ils avaient su quoi chercher.

Ensuite, j'essayai la salle de bains, éclairant avec ma lampe l'arrière et l'intérieur de la cuvette, testant les carreaux qui pouvaient bouger. Je sortis l'armoire à pharmacie de son logement et sondai les boiseries derrière. J'examinai minutieusement l'alcôve où elle avait installé son lit et vérifiai la plaque métallique du salon, sur laquelle avait était posé le poêle à bois. Il n'y avait rien. Quoi qu'ait pu faire Lorna de son argent, elle ne l'avait pas gardé chez elle. Si elle possédait des bijoux ou de fortes sommes, elle ne les avait pas fourrés dans une cachette. Non, disons plutôt que quoi qu'elle ait pu faire de ses objets de valeur, je ne savais pas où ils se trouvaient. Peut-être quelqu'un d'autre avait-il mis la main dessus avant moi ou peut-être, comme l'avait suggéré Cheney, avait-elle utilisé son argent d'une autre façon. Je terminai mes recherches par un second examen, et me sentis bien frustrée.

Par hasard, mon regard tomba sur le boîtier de la sonnette Belltone. Le logement en ayant été démonté, je me penchai dessus et utilisai mon tournevis pour explorer l'intérieur. Un instant, je priai le ciel qu'un compartiment secret veuille bien s'ouvrir et qu'une liasse de billets de banque accepte d'en jaillir. J'ai tant d'optimisme que j'espère toujours ce genre de choses. Il n'y avait rien, bien sûr, hormis l'embout renforcé d'un fil électrique. Je n'avais jamais vraiment étudié le mécanisme d'une sonnette de porte, mais ce fil me parut étrange. Je le contemplai un instant, puis je me baissai plus près, en louchant. Mais… qu'est-ce que je voyais là ?

Je sortis et descendis les marches en bois grinçantes. La véranda était soutenue par des supports en béton qui la relevaient d'un bon mètre, l'espace se réduisant peu à peu à mesure que le terrain remontait vers l'arrière. On avait sans doute voulu empêcher l'humidité d'atteindre les solives du plancher, mais cela avait créé une ouverture jonchée de cendres, où l'on pouvait ramper et qu'on avait masquée à l'aide de lattes en bois. Je m'accroupis près des lattes et passai mes doigts dans les trous. Je tirai et un petit segment se détacha, me permettant de scruter l'espace sous la maison. Il y faisait aussi noir que dans un four. J'éclairai avec ma lampe et eus droit à une attaque de faucheux qui voulaient me faire déguerpir.

Il y avait une plaque de contreplaqué par terre, avec quelques outils de jardinage posés dessus. Je me relevai, alignant mon regard sur l'emplacement approximatif du boîtier de la sonnette. J'ajustai ma position et braquai la lampe vers le haut, le long des solives. Je vis l'endroit où le fil vert descendait à travers le plancher. Il était agrafé le long des poutres à grands intervalles, et filait vers la partie de la véranda qui m'était la plus proche. J'allais devoir me glisser en dessous, ce qui ne me réjouissait guère vu le nombre d'araignées tapies dans le noir.

Je me mis à quatre pattes et passai dessous. Je semai la panique parmi les bébés araignées, bon nombre d'entre eux détalant avec une crainte et un émoi assurément fort arachnéens. Plus tard, ils disserteraient sans doute avec horreur sur le caractère imprévisible de l'être humain.

– Ah, beurk, tous ces doigts, s'écrieraient-ils sans doute, et ces grands pieds dégoûtants : on dirait toujours qu'ils sont sur le point de vous écraser.

Les mamans araignées les consoleraient.

– La plupart des êtres humains sont parfaitement inoffensifs, et ils ont tout aussi peur de nous que nous d'eux, leur diraient-elles.

J'allongeai le cou en avant, balayant le dessous de la terrasse avec le faisceau de ma lampe. Juste à la hauteur de mes yeux, un boîtier de cuir avait été agrafé au bois. Je me servis du plat de mon tournevis pour faire sauter les agrafes. Le boîtier était poussiéreux et en charpie à l'endroit où le cuir avait commencé à se détériorer. Le dos bombé, je me dégageai tant bien que mal du dessous de la véranda. Je m'époussetai les mains, ôtai en frottant fort le sable et la saleté de mon jean, puis j'éteignis la lampe et retournai dans la maison pour y examiner ma trouvaille. Ce que je tenais à la main ressemblait à l'étui d'un petit poste de radio ou d'un magnétophone portatif, avec des ports où mettre des fiches d'écouteur ou de micro. Il y avait une fente servant au contrôle du volume. Ce ne pouvait être qu'un dispositif d'espionnage, pas du tout sophistiqué, mais peut-être efficace. Quelqu'un avait placé quelque chose de semblable dans mon appartement deux ou trois ans plus tôt et je ne l'avais découvert que par hasard. Entre-temps, l'enregistreur à commande vocale avait capté tout ce que je disais au téléphone, tous les messages reçus sur mon répondeur, et toutes les conversations que j'avais pu avoir chez moi.

Quelqu'un avait espionné Lorna. Bien sûr, il était possible qu'elle ait elle-même fait installer cet appareil, mais seulement si elle avait une raison de garder une trace audible de ses conversations. Mais si tel était le cas, je ne pouvais pas croire qu'elle n'eût pas installé l'enregistreur à l'intérieur de la maison, où la réception aurait été meilleure et les bandes plus faciles à remplacer. Un appareil de ce type, fixé sous la maison, enregistrait forcément beaucoup de bruit ambiant.

Sacré nom de nom, me dis-je, et qui donc, parmi ses connaissances, pouvait avoir accès à toutes sortes de matériel d'espionnage ? Mlle Leda Selkirk, la fille du détective privé qui avait un jour perdu sa licence pour écoute téléphonique illégale ? Je rallumai ma lampe et éteignis les lumières dans la maison. J'ouvris ma voiture, mis le contact, et ramenai lentement la VW le long du chemin cahoteux vers la rue.

Je me garai devant la maison des Burke qui se trouvait à moitié dans le noir.

Je frappai à la porte. Quand Leda m'ouvrit, je restai plantée devant elle avec mon boîtier en cuir vermoulu suspendu au bout de mon tournevis comme la peau d'un étrange animal. Ce soir-là, elle avait le ventre nu. Nous étions à la mi-février et sa tenue aurait mieux convenu à une danseuse du ventre : ses pantalons bouffants de type sarouel étaient taillés dans un tissu léger à fleurs qui rappelait le bas d'un pyjama d'été. Le haut était dans le même tissu, avec un motif différent, sans manches et avec un bouton juste entre les seins, qu'elle avait plutôt minuscules.

– Est-ce que J. D. est là ? lui demandai-je.

Elle hocha la tête.

– Il n'est pas encore rentré.

– Ça ne vous ennuie pas que j'entre ?

Je la voyais jouer l'imbécile, sa réaction étant à classer entre la dénégation et la connerie.

Elle me regarda, puis elle regarda le boîtier en cuir et parut incapable de dire autre chose que :

– Oh.

Elle recula. Je pénétrai à l'intérieur du couloir sombre et la suivit vers la cuisine, à l'arrière de la maison. Un coup d'œil à gauche me révéla la présence de Jack, le bambin aux doigts gluants. Affalé sur le canapé, il était comme stupéfié et regardai un dessin animé en vidéo. Le bébé, lui, dormait, effondré sur le côté dans un siège de voiture bien rembourré tandis que des images colorées dansaient sur son visage.

La cuisine sentait encore les oignons frits et le bœuf haché du dîner de lundi, qui me paraissait déjà bien lointain. Certaines des assiettes empilées dans l'évier ne semblaient pas avoir changé d'aspect, la vaisselle de quelques repas de plus y ayant été ajoutée. Leda était probablement du genre à attendre qu'il ne reste plus d'assiettes propres avant de se décider à les laver.

– Vous voulez du café ? me demanda-t-elle.

Je vis qu'elle venait d'en faire du frais avec une machine Mister Coffee : l'appareil crachait encore ses dernières gouttes.

– Ce ne serait pas de refus, dis-je.

Je m'assis sur la banquette en essayant de repérer les endroits gluants sur la table de la cuisine. Je trouvai quelques centimètres propres et m'y accoudai avec précaution.

Elle prit une grande tasse et me la remplit, puis s'en reversa une avant de reposer la cafetière sur la machine. Vu de profil, son nez paraissait trop long pour son visage, mais, sous certaines lumières, l'effet était néammoins charmant. Elle avait un cou élancé et des oreilles d'elfe, ses cheveux noirs coupés court formaient des mèches fines tout autour de son visage. Ses yeux étaient soulignés de noir qui avait coulé et son rouge à lèvres tirait sur le brun.

Je posai le boîtier au milieu de la table.

Elle s'assit sur le banc et ramena ses pieds sous elle. Elle se passa la main dans les cheveux, l'air plutôt penaud.

– J'ai souvent eu l'intention de l'enlever, mais en fin de compte je ne l'ai jamais fait. Quelle conne je suis !

– Vous avez installé du matériel d'espionnage ?

– Ce n'était pas grand-chose. Juste un micro et un magnétophone.

– Pourquoi ?

– Je ne sais pas. Je me faisais du souci, dit-elle.

Ses yeux noirs paraissaient immenses, pleins d'innocence.

– Je vous écoute.

Elle rougit.

– Je pensais que J. D. et Lorna trafiquaient ensemble, mais je m'étais trompée.

Il y avait un biberon à moitié plein de lait en poudre sur la table. Elle dévissa la tétine et se servit du lait pour faire un café-crème. Elle m'en offrit, mais je refusai.

– C'était quel genre ? A commande vocale ?

– Euh... oui. Je sais que ça a l'air idiot rétrospectivement, mais je venais juste de découvrir que j'étais enceinte de mon bébé, et je vomissais à longueur de journée. Jack était encore dans ses couches et J. D. me mettait hors de moi. Je savais que j'étais vache, mais je ne pouvais pas m'en empêcher. J'étais affreuse et je me sentais encore pire. Et il y avait là Lorna, et elle était mince et élégante. Je ne suis pas bête. J'avais deviné ce qu'elle faisait pour gagner sa vie, et lui aussi. J. D. a commencé à trouver des excuses pour y aller tous les deux jours. Je savais que si je lui en parlais en face, il me rirait au nez, alors j'ai emprunté du matériel à Papa.

– Étaient-ils réellement amants ?

Elle prit un air ironique.

– Il a réparé ses toilettes. L'un de ses stores s'était défait, et il a réparé ça aussi. Le pire qu'il ait jamais fait a été de se plaindre de moi, et même ça, ce n'était pas si terrible. Elle a piqué une crise et l'a engueulé. Elle lui a dit qu'il avait un sacré culot alors que c'était moi qui souffrais et faisais tout le sale boulot. Elle lui a aussi reproché de ne pas lever le petit doigt pour Jack. C'est à cette époque-là qu'il s'est mis à faire la cuisine, ce qui m'a beaucoup aidée. Je me sens mal de ne jamais l'avoir remerciée, mais je n'étais pas censée savoir qu'elle avait pris ma défense.

– Comment avez-vous appris à installer le dispositif ?

– En regardant Papa. Lorna s'absentait souvent, alors ça n'a pas été difficile. La sonnette n'a jamais fonctionné, mais le boîtier y était. J'ai simplement percé un trou dans le plancher, et puis je me suis glissée sous la maison. En fait, il n'y avait qu'à s'assurer que la bande soit suffisamment près du rebord de la véranda pour que je puisse la changer sans difficulté. C'est là que nous rangions les outils de jardinage. Chaque fois que je désherbais, je m'arrangeais pour vérifier la bande.

– Combien de bandes avez-vous mises ?

– Une seule, mais la première fois ça n'a pas marché parce que le micro était défectueux et n'enregistrait rien la moitié du temps. Le second essai était meilleur, mais le son étant déformé, on n'entendait pas très bien. La radio était allumée. Elle écoutait tout le temps une station de jazz. Au début, il y a un petit passage avec elle et J. D. J'ai dû l'écouter trois fois pour être sûre que c'était bien lui. Après, il y a Lorna qui se sèche les cheveux… Ça, c'était marrant. Je l'ai enregistrée en train de répondre à deux ou trois coups de fil, et tout le moment où elle engueule J. D. Après, il y a encore de la musique, de la country cette fois, et puis elle discute avec un type. C'est ce qui reste de la première prise, je crois.

– Vous l'avez dit à la police ?

– Il n'y avait rien à en dire. En plus, j'étais assez gênée. Je ne tenais pas à ce que J. D. sache que je n'avais pas confiance en lui, surtout quand j'ai su qu'il était innocent. Je me sentais bête. Et puis… tout ça est illégal et donc, pourquoi m'incriminer moi-même ? J'ai encore peur qu'ils commencent à se dire que J. D. l'a tuée. J'ai eu horriblement peur quand vous avez commencé à nous interroger, mais au moins, de cette manière, je peux prouver qu'ils étaient amis et s'entendaient bien.

Je la fixai du regard.

– Vous voulez dire que vous avez toujours les bandes ?

– Bien sûr, ouais… mais il n'y en a qu'une, dit-elle. La première fois, ça a surtout donné des parasites, alors j'ai enregistré par-dessus.

– Ça vous ennuierait que je l'écoute ?

– Quoi ? Tout de suite ?

– Si vous n'y voyez pas d'inconvénient.

CHAPITRE 15

Elle se redressa et se leva de table. Elle sortit dans le couloir et disparut de ma vue. Quelques instants plus tard, elle était de retour avec une boîte à cassette vide et un petit magnétophone. La cassette était déjà en place et visible à travers la fenêtre ovale.

– Je n'avais sans doute pas à garder ça, mais je me sentais mieux ainsi. En fait, J. D. n'aurait pas pu la tuer parce qu'il n'était même pas en ville. Il est parti à la pêche vendredi matin. Elle a été assassinée samedi, alors que lui se trouvait à des kilomètres d'ici.

– Et où étiez-vous ce jour-là ?

– Je n'étais pas là non plus. J'avais décidé de l'accompagner un bout. Il m'a emmenée jusqu'à Santa Maria et nous a déposés, Jack et moi, chez ma sœur, le vendredi. J'ai passé une semaine avec elle, puis je suis rentrée en car.

– Ça ne vous ennuie pas de me donner son nom et son numéro de téléphone ?

– Vous ne me croyez pas ?

– Allons, Leda, vous n'êtes pas tombée de la dernière pluie ! Et vous n'êtes pas exactement une communiante non plus, que je sache.

– Oui, je sais, mais ça ne veut pas dire que je tuerais qui que ce soit.

– Et J. D. ? Peut-il justifier où il était ?

– Vous pouvez le demander à Nick, le mari de ma sœur. C'est avec lui qu'il est allé à Nacimiento.

Je notai son nom et son numéro de téléphone.

Leda appuya sur la touche « play » du magnétophone. Après un bref intervalle blanc, le son parut s'emballer. La qualité était lamentable ; il y avait plein de bruits sourds et de fracas comme si des gens bougeaient tout autour. Le magnétophone avait été placé si près que le moindre coup frappé à la porte ressemblait à un grondement de tonnerre. Une chaise grinça et quelqu'un traversa bruyamment la pièce.

– Oh, salut. Entrez donc. J'ai votre chèque.

S'ensuivaient deux ou trois remarques inaudibles, entre eux deux. Puis la porte d'entrée se referma avec un bruit d'explosion amortie.

Des bruits de pas lourds.

– Comment va Leda ?

– Elle a le cafard, mais c'était déjà comme ça la dernière fois. Elle a le sentiment d'être grosse et laide. Elle est convaincue que je fais le con derrière son dos, alors elle éclate en sanglots chaque fois que je quitte la maison.

J'avançai la main.

– Un instant, s'il vous plaît. C'est la voix de J. D. ?

Elle appuya sur « pause » et l'enregistrement s'arrêta.

– Ouais, je sais, c'est difficile à reconnaître. J'ai dû le repasser deux ou trois fois moi-même. Vous voulez l'écouter encore un coup ?

– Si ça ne vous ennuie pas, dis-je. Je n'ai jamais entendu la voix de Lorna, mais je présume que vous pouvez l'identifier.

– Oui, bien sûr.

Elle appuya sur « retour ». Quand la bande s'arrêta, elle appuya sur « marche », et nous réécoutâmes le début.

– Oh, salut. Entrez donc. J'ai votre chèque.

A nouveau, les remarques qu'ils avaient échangées d'une voix assourdie, puis le bruit de la porte d'entrée qui se refermait comme un bang supersonique.

Des bruits de pas lourds.

– Comment va Leda ?

– Elle a le cafard, mais c'était déjà comme ça la dernière fois. Elle a le sentiment d'être grosse et laide. Elle est convaincue que je fais le con derrière son dos, alors elle éclate en sanglots chaque fois que je quitte la maison.

Puis ce fut Lorna :

– Quel est son problème ? Elle est adorable.

– C'est ce que je pense, mais elle a une copine à qui c'est arrivé.

Des bruits de pas résonnant lourdement sur le plancher et le grincement d'une chaise qu'on repousse, semblable au rugissement d'un lion dans la jungle.

– Elle n'a pris que sept kilos avec Jack. Comment peut-elle se sentir grosse ? Ça ne se voit même pas. Ma mère en a pris plus de vingt avec moi. Ça, c'est moche. J'ai vu des photos. Le ventre qui pend jusqu'au plancher. Les nichons comme des ballons de foot, et les jambes commes des bâtons.

Rire. Marmonnements. Parasites.

– Ouais, mais ce n'est pas objectif, donc vous ne pouvez pas la convaincre du contraire. Vous savez comment elle est... (marmonnements, marmonnements)... anxieuse.

– Voilà ce qui vous arrive quand on se met avec quelqu'un deux fois plus jeune.

– Elle a vingt et un ans !

– Bien fait pour vous. C'est un bébé. Écoutez, vous voulez que je vous garde Jack pendant que vous sortez dîner ?

Autres marmonnements.

– xxxxxxxxxxxxx.

Ici la réponse était entièrement inaudible, couverte par les parasites.

– ... problème. Lui et moi nous entendons parfaitement. En échange, rendez-moi service et vaporisez la baraque la prochaine fois que je m'absente. Les araignées deviennent incontrôlables.

– Merci... reçu dans votre boîte aux lettres.

Grincements de chaises. Boum, boum, pas lourds traversant la maisonnette. Voix étouffées. La conversation se poursuivait à l'extérieur, puis elle s'arrêtait abruptement. Silence. Lorsque la bande reprit, nous entendîmes des accents de musique country avec le sifflement aigu d'un séchoir en surimpression. Le téléphone se mit à sonner. Quelqu'un débrancha le séchoir. Boum,

boum, boum, des pas lourds comme une série de coups de feu. Quelqu'un qui décroche le combiné. Lorna qui élève la voix pour saluer son interlocuteur. Après, ses interventions se réduisaient à une série de réponses brèves… « en effet », « bien sûr », « oui », « OK », « c'est parfait ». Comme il était fait allusion au « Palace de temps en temps », je me dis qu'elle parlait peut-être avec Danielle. Difficile à dire avec les accords de musique country par-dessus. Suivait une deuxième conversation entre J. D. et Lorna, dont la teneur correspondait en gros à ce qu'avait indiqué Leda. J. D. se plaignait, et Lorna l'engueulait parce qu'il ne donnait jamais un coup de main à la maison.

Impatiente, Leda appuya sur le bouton d'arrêt.

– Ça continue dans ce style. Ça me gonflait de savoir qu'ils parlaient tout le temps de moi dans mon dos. Le reste n'est que marmonnements, dont on ne peut d'ailleurs pas entendre grand-chose.

– Dommage, dis-je.

– Ouais, mais le matériel était plutôt limité. Je ne voulais pas me lancer dans des trucs sophistiqués parce que ç'aurait été trop compliqué. L'amplification était minimale. Ça donne beaucoup de distorsion.

– Quand avez-vous enregistré ça ? Y a-t-il moyen de déterminer la date exacte ?

– Pas vraiment. Lorna a gardé Jack à deux ou trois reprises, mais je ne l'ai jamais noté. Il ne s'agissait pas d'une occasion particulière. On sortait simplement faire un tour, histoire de manger un morceau. Avec le petit à la maison, une heure à soi, c'est le paradis.

– De quel mois pouvait-il s'agir ? Ça devait être tout au début de votre grossesse, parce qu'il mentionne que ça ne se voit pas encore. Et il n'était pas question d'un reçu ? Dans la première conversation, on dirait qu'il passait prendre le loyer.

– Oh. Peut-être que oui. Vous avez sans doute raison. C'est-à-dire que… Jeremy étant né en septembre, ça devait être… Je ne sais pas… en avril ? Elle payait le premier du mois.

– Quand avez-vous commencé l'enregistrement ?

– Vers cette époque, je crois… Comme je vous l'ai dit, la

première bande était entièrement parasitée. Celle-ci est la seconde que j'ai faite. Je crois qu'il avait effectivement fait venir quelqu'un pour tuer toutes les araignées et les bestioles. Il l'a probablement noté quelque part, si vous voulez que je vérifie.

– Qu'est-ce qu'il y a d'autre sur cette bande ?

– En gros, des broutilles. Les piles sont mortes à mi-chemin, et après, tout ce qu'on entend, c'est ce qui est resté de mon premier enregistrement.

Elle sortit la bande et la replaça dans l'emballage vide. Puis elle se leva de table comme si elle allait sortir de la pièce.

Je lui saisis négligemment le bras.

– Ça vous ennuie que je l'emporte ?

Elle hésita.

– Pour quoi faire ?

– Pour la réécouter.

Elle fit la grimace.

– Nnn... je ne sais pas. Je ne pense pas que ce soit une bonne idée. C'est la seule que j'ai.

– Je vous la rendrai dès que possible.

Elle hocha la tête.

– Je préfère pas.

– Allons, Leda, qu'est-ce qui vous inquiète tant ?

– Comment savoir que vous ne la remettrez pas aux flics ?

– Ben tiens ! Pour qu'ils puissent entendre des gens se déplacer à pas lourds en parlant de choses insignifiantes. Il n'y a pas là de quoi incriminer qui que ce soit. Ils discutent de bestioles, quand même ! D'ailleurs, vous pouvez toujours prétendre que vous aviez la permission. Qui pourra vous contredire ?

Ça la fit réfléchir.

– Où est l'intérêt pour vous ?

– J'ai été engagée pour faire ça. C'est mon boulot, lui répondis-je. Écoutez... D'après ce que vous dites, cette bande a été enregistrée moins d'un mois avant la mort de Lorna. Comment pouvez-vous être certaine qu'elle n'a aucune valeur ?

– Vous me la rapporterez tout de suite ?

– Je vous le promets.

A contrecœur, elle posa la cassette sur la table et la poussa vers moi.

– Mais je veux savoir où vous appeler au cas où j'aurais besoin de la ravoir, dit-elle.

– Vous êtes un ange.

Je sortis ma carte professionnelle et y inscrivis mon numéro de téléphone et mon adresse personnels.

– Je vous ai déjà donné tout ça, mais les voici à nouveau. Ah, oui... encore une chose.

– Quoi ? demanda-t-elle d'un ton maussade.

Chaque fois que je manipule les gens, ça a l'air de les rendre vraiment de mauvaise humeur.

– J. D. aurait-il reçu de l'argent ces derniers mois ?

– J. D. n'a pas d'argent. S'il en a, il ne m'en a jamais parlé. Vous voulez que je le lui demande quand il rentrera ?

– C'est sans importance. De toute façon, si vous en faites mention, vous serez sans doute obligée de lui dire de quoi nous avons parlé, et je ne crois pas que vous y teniez.

D'après l'expression de son visage, je me dis que je pouvais compter sur sa discrétion.

En rentrant, je m'arrêtai dans un mini-libre-service. J'avais bien un magnétophone quelque part, mais les piles étaient probablement mortes. Pendant que j'y étais, je m'achetai une grande tasse de café et un vilain sandwich à la viande enveloppé dans du papier cellophane. A voir la matière rose qui en débordait sur le côté, il était difficile de savoir à quelle partie de la vache appartenaient ces minces tranches. Je mangeai en conduisant, trop affamée pour attendre. Il n'était pas tout à fait vingt heures, mais il s'agissait sans doute là de mon déjeuner.

Une fois rentrée, il me fallut quelque temps pour m'organiser. Le magnétophone se trouvait exactement à l'endroit où il fallait, dans le tiroir inférieur de mon bureau. Je changeai les piles et trouvai le casque, un crayon et un bloc-notes. Je fis passer toute la bande, en écoutant les yeux fermés, le casque appuyé contre mes oreilles. Je la repassai encore, prenant des notes cette fois. Je transcrivis ce que je pouvais entendre clairement et laissai une série de points, tirets et points d'interrogation là où le son était déformé ou inaudible. Ce fut long, mais il y eut enfin un moment où je sentis que j'avais glané tout ce que je pouvais.

Comme l'avait indiqué Leda, vers la fin de la bande, au bout d'une heure de conversation ennuyeuse, sa machine était tombée en panne ; tout ce qui restait était un fragment de son premier enregistrement. L'une des voix était celle de Lorna. L'autre était masculine, mais pour autant que je puisse m'en rendre compte, ce n'était pas J. D. Il y avait de la musique country à la radio. Lorna avait dû l'arrêter parce que le silence se faisait brusquement, ponctué de parasites. Puis le type prit brutalement la parole et dit :

– Hé…

Lorna parut contrariée.

– Je déteste ce genre de truc… xxxxxxxxx

– Oh, allons donc ! C'est pour rire. Mais tu dois reconnaître que c'est… xxxxxxx Elle y va… xxxxxxxx jour… xxxxxxx…

– Merde, quoi ! Tu veux bien arrêter de dire ça ! Tu es vraiment malade…

– Les gens ne devraient pas… xxxxxxx (vacarme… tintement)…

Bruit d'eau… Grincement…

– xxxxxxx….

Un bruit sourd, puis un autre.

– Je plaisante pas… par…

– xxxxxxx…

Rire… grincement de chaise… froissement… murmure…

Il y avait quelque chose de querelleur dans le ton, de la nervosité dans la voix de Lorna. Je repassai la bande deux fois de plus, notant tout ce que j'entendais nettement, mais à aucun moment la conversation n'avait de sens. J'ôtai le casque. Je me pinçai l'arête du nez et me frottai les mains sur le visage. Je me demandai si les types du labo auraient un moyen d'amplifier le son sur une bande de ce genre. Je ne suis qu'une détective privée et le matériel technologique de pointe n'était pas exactement mon fort. Une machine à écrire portative, voilà bien tout ce que j'avais de plus moderne. L'ennui, c'est que je ne voyais pas comment demander de l'aide aux flics sans donner des explications. Malgré les assurances que je lui avais prodiguées, Leda était coupable d'avoir celé, sinon des preuves, du moins des renseignements importants pour l'enquête. Les flics ont tendance à se montrer hargneux quand on s'y attend le moins, et je ne tenais pas à ce qu'ils s'intéressent à quelque chose qui au départ ne m'appartenait pas.

Qui d'autre est-ce que je connaissais ? J'essayai les pages jaunes de l'annuaire à la rubrique « matériel audio ». Les entreprises y figurant proposaient du théâtre à domicile par rayons laser, des écrans de télévision géants, des systèmes audio faits et installés sur mesure, des graphiques de présentation, suivis d'annonces pour appareils auditifs, évaluations de la capacité auditive et des orthophonistes. J'essayai la rubrique « son », consacrée en grande partie à la conception de systèmes d'intercommunication à distance et aux systèmes de sonorisation résidentiels ou commerciaux. Oh !

Je consultai ma montre : vingt et une heures quinze. Je revins aux pages blanches à K-MAJ et appelai Hector Moreno à la station FM. Il était sans doute trop tôt pour le trouver, mais je pouvais au moins lui laisser un message. On décrocha au bout de trois sonneries.

– K-MAJ. Hector Moreno à l'appareil.

– Hector. C'est vraiment vous ? C'est Kinsey Millhone. N'est-ce pas horriblement tôt pour vous ?

– Eh bien, mais... Comment allez-vous ? Je change d'horaire de temps à autre. Ça m'empêche de m'ennuyer. Et vous ? Quel bon vent vous amène ?

– Je suis en possession d'un enregistrement de très mauvaise qualité. Connaîtriez-vous un moyen de le nettoyer ?

– Ça dépend de ce que vous avez. Je pourrais essayer, dit-il. Vous voulez passer ? Je laisserai la porte ouverte.

– J'arrive tout de suite.

En route, je fis un arrêt chez Rosie, lui parlai de Beauty et la suppliai de me donner des os. Un peu plus tôt, elle avait fait bouillir près d'un kilo de jarret de veau, en réserve. Il me fallut faire le tri dans ses poubelles pour les retrouver, mais elle en enveloppa deux dans du papier avec ses admonestations habituelles.

– Tu devrais avoir un chien, me dit-elle.

– Je ne suis jamais chez moi, lui fis-je remarquer.

Elle est toujours sur mon dos. Ne me demandez pas pourquoi. Simplement pour m'agacer, à mon avis. Je pris le paquet d'os et commençai à battre en retraite, espérant ainsi écourter la discussion.

– Un chien est un bon compagnon, et il protège.

– J'y penserai, lui dis-je tandis que la porte de la cuisine se refermait.

– Et trouve-toi un mec, pendant que tu y es.

Je pénétrai à l'intérieur de la station. Hector avait laissé la porte entrouverte et les lumières allumées dans le hall d'entrée. Je descendis dans la pénombre de la cage d'escalier avec mon paquet d'os emballés dans du papier. Beauty m'attendait quand j'atteignis le bas. Elle avait la taille d'un petit ours, ses yeux noirs brillant d'intelligence. Elle avait le pelage roux et la racine des poils bouffante et douce. Dès qu'elle m'aperçut, sa fourrure parut ondoyer et elle émit un grognement bas et sourd. Je la vis lever la tête. Sans prévenir, elle pinça les lèvres et poussa un cri ascendant, une espèce de hurlement qui me sembla se poursuivre pendant plusieurs minutes. Je ne bougeai pas, mais je sentis mes propres poils se hérisser. Je restai figée sur la dernière marche, la main sur la rampe. Quelque chose de primitif dans son hurlement m'avait glacée du haut en bas. J'entendis Hector l'appeler, puis les coups sourds et rapides de ses béquilles tandis qu'il déboulait dans le couloir.

– Beauty ! s'écria-t-il.

D'abord, elle refusa de céder. Il l'appela de nouveau. A contrecœur, elle roula les yeux vers lui, et je la vis en débattre dans sa tête. Elle était volontaire, déterminée. Aussi fort que fût son désir d'obéir, elle n'avait pas envie de se soumettre. Ses plaintes étaient tristes, de ces demi-paroles proférant un sentiment dans la langue insistante de la race canine. Elle hurla de nouveau, et m'observa.

– Qu'est-ce qu'elle a ? murmurai-je.

– Ça me dépasse.

– Je lui ai apporté des os.

– Ce n'est pas ça.

Il se baissa et la toucha. Le hurlement se transforma en un cri plus faible, empreint d'une telle souffrance qu'il me brisa le cœur. Hector me tendit la main, je lui fis passer le paquet d'os de veau.

Hector me regarda avec curiosité.

– Vous sentez comme Lorna. Avez-vous touché quelque chose à elle ?

– Je ne pense pas. Seulement des papiers, dis-je. Il y avait une écharpe à elle dans la boîte contenant ses dossiers, mais ça, c'était hier.

– Asseyez-vous très prudemment sur les marches, là où vous êtes.

Je m'assis lentement. Il se mit à parler à Beauty d'un ton rassurant. Elle m'observait avec un mélange d'espoir et de perplexité, pensant que j'étais Lorna, mais sachant que je ne l'étais pas. Hector lui offrit les os, mais elle ne manifesta aucun intérêt. Au lieu de cela, avec précaution, elle avança son museau carré et me renifla les doigts. Je vis ses narines travailler comme si elle analysait minutieusement les composantes de mon odeur personnelle. Hector lui gratta les oreilles et massa ses épaules charnues. Finalement, elle parut reconnaître qu'elle s'était trompée. Elle baissa la tête, m'observant avec perplexité comme si d'un moment à l'autre j'allais me métamorphoser en cette femme qu'elle attendait.

Hector se redressa.

– Ça va aller. Venez. Là... Reprenez donc ça, dit-il en me tendant les os. En fin de compte, elle pourrait bien décider que vous lui plaisez.

Je le suivis dans le petit studio. Beauty avait repris sa garde méfiante et se plaça entre moi et Hector, posant la tête sur ses pieds. De temps en temps, elle me jetait un regard, mais elle était de toute évidence abattue. Hector venait de faire du café. Il m'en m'offrit dans une bouteille Thermos posée sur le comptoir à côté d'une boîte en carton et d'un album de photos en cuir. Je le laissai me verser une tasse, et songeai que je ne pouvais guère me sentir plus mal. Il se percha sur son tabouret et je l'observai tandis qu'il arrêtait progressivement le morceau de jazz en cours. Il improvisa un commentaire, faisant semblant de le connaître, en lisant les notes à l'intérieur de la pochette du CD. Sa voix était profonde et mélodieuse. Il introduisit une autre cassette, ajusta les niveaux sonores, puis se tourna vers moi.

– Essayons les os, dit-il, Beauty a besoin d'un remontant, pauvre petite.

– Je ne me sens pas bien, dis-je. Je portais ces jeans au moment où j'ai parcouru les dossiers de Lorna.

J'ouvris le sac en papier et commençai à faire du charme à Beauty, pendant qu'Hector me donnait ses instructions. Elle se laissa enfin attendrir, me permettant de caresser la fourrure épaisse de sa tête. Elle prit un os entre ses pattes et le lécha soigneusement avant de le tester avec les dents. Elle n'émit aucune objection particulière lorsque je me levai et m'installai à côté de son maître sur un tabouret. Entre-temps, Hector avait commencé à trier une pile de vieilles photos noir et blanc à bords blancs crénelés. Il avait une boîte de coins gommés et monta les clichés sélectionnés dans un épais album bourré de photos.

– Qu'est-ce que c'est que tout ça ?

– Ce sera bientôt l'anniversaire de mon père et j'ai pensé que ça lui ferait plaisir. L'essentiel a été pris pendant la Deuxième Guerre mondiale.

Il me tendit l'instantané d'un homme en pantalon à plis et chemise blanche, debout devant un micro.

– Il avait quarante-deux ans. Il avait essayé de s'engager, mais Oncle Sam l'avait refusé. Trop vieux, les pieds en mauvais état, un tympan perforé. Il travaillait déjà comme speaker à la station de radio WCPO à Cincinnati et ils lui ont dit qu'on avait besoin de lui pour l'effort de guerre : il fallait maintenir le moral ici, au pays. Il m'emmenait souvent avec lui. C'est probablement comme ça que j'ai attrapé le virus.

Il mit l'album de côté.

– Voyons ce que vous m'avez apporté.

Je sortis la cassette de mon sac et la lui tendis.

– C'est quelqu'un qui écoutait aux portes. Je préfère ne pas dire qui.

Il la retourna dans sa main.

– Je ne peux sans doute pas faire grand-chose avec ça. J'espérais qu'il s'agissait d'un huit ou d'un multipistes. Vous savez comment ça fonctionne ?

– Pas du tout, dis-je.

– Ça, c'est un ruban en mylar, revêtu d'un côté d'un liant contenant de l'oxyde de fer. Le signal passe à travers une bobine dans la tête enregistreuse, provoquant la formation d'un champ magnétique entre les pôles de l'aimant. Des particules de fer sont magnétisées dans ce qu'on appelle des domaines. Inutile de vous ennuyer à mort, dit-il. Ce qu'il faut savoir, c'est qu'un matériel d'enregistrement professionnel vous donnera une fidélité bien meilleure qu'un petit appareil comme ça. De quoi s'agissait-il ? D'un petit machin à piles ?

– Exactement. Il y a beaucoup de bruit ambiant, des marmonnements et des parasites. Impossible d'en entendre la moitié.

– Ça ne m'étonne pas. Qu'avez-vous utilisé pour la lecture, le même truc ?

– Probablement l'équivalent, lui répondis-je. Si je comprends bien, vous ne pouvez pas m'aider.

– Je peux la mettre sur l'appareil que j'ai à la maison et voir si ça donne quelque chose. Si le son n'a pas été mis au niveau dès le départ, il n'y aura jamais moyen de le reprendre en lecture, mais j'ai de bons haut-parleurs et je pourrai peut-être filtrer certaines fréquences, jouer sur les basses et les aigus, et voir ce que ça donne.

Je sortis les notes que j'avais prises.

– Voilà ce que j'ai recueilli jusqu'ici. Tout ce que je ne pouvais pas entendre, je l'ai laissé en blanc avec un point d'interrogation.

– Vous voulez me confier la bande ? Je peux faire un essai en rentrant cette nuit et vous rappeler demain dans la journée.

– Je ne sais pas… J'ai juré d'y veiller comme sur ma vie. Il m'en coûterait d'admettre que je vous l'ai laissée.

– Alors, n'en dites rien. Si quelqu'un vous la réclame, n'en parlez pas, téléphonez-moi et passez la reprendre.

– Hector, vous êtes un grand vicieux.

– Ne le sommes-nous pas tous ?

Il prit mes notes et passa dans l'autre pièce pour en faire une copie pendant que j'attendais. Je lui donnai ma carte professionnelle avec mon adresse et mon numéro de téléphone personnels griffonnés au dos. Le temps que je quitte le studio, Beauty avait apparemment décidé que je faisais partie de sa bande, quoique beaucoup plus bas dans la hiérarchie, et que j'avais donc besoin de protection. Elle m'accompagna très gentiment jusqu'au bas de l'escalier, réglant son pas sur le mien, et me regarda remonter les marches et déboucher dans le hall d'entrée. Je jetai un coup d'œil en arrière et la vis toujours là, la tête en l'air, ses yeux rivés aux miens.

– Bonne nuit, Beauty, lui dis-je.

En sortant du parking de K-MAJ, j'aperçus un cycliste solitaire fonçant de l'autre côté du carrefour. Il prit le virage en grand et disparut de ma vue, les réflecteurs de ses rayons formant des cercles lumineux. Un instant, je sentis un grondement monter dans mes oreilles et l'obscurité m'envahir les yeux. Je baissai la vitre et ingurgitai de l'air frais dans mes poumons. Une vague de moiteur froide traversa mon corps et s'en fut. Je débouchai sur le carrefour vide et ralentis, regardant à droite, mais il n'y avait aucune trace de lui. Les réverbères s'éloignèrent en une série de poteaux qui se réduisirent à un point avant de s'évanouir.

Je me dirigeai vers le bas de State Street, maraudant sur le territoire de Danielle. J'avais besoin de compagnie, ou d'une bonne nuit de sommeil, selon ce qui se présenterait en premier. Si je trouvais Danielle, peut-être nous offririons-nous du champagne et du jus d'orange, et porterions-nous un toast à Lorna en souvenir du bon vieux temps. Ensuite, je rentrerais. Je m'arrêtai dans le parking du Neptune's Palace et descendis de ma voiture.

A l'autre extrémité du parking, le niveau sonore était beaucoup plus fort que ce que j'avais jamais entendu avant. La foule était turbulente. Les portes latérales donnant sur le parking étaient ouvertes, et un groupe de noceurs en était sorti. Un bonhomme tomba sur le côté, emportant deux femmes avec lui. Ils s'étalèrent tous les trois sur l'asphalte et se mirent à rire. C'était la foule du jeudi soir, presque folle tant elle avait d'énergie, tout le monde déterminé à faire la fête, se préparant pour le week-end à venir. La musique cognait contre les murs. La fumée de cigarette dérivait en volutes dans l'air froid de la nuit. J'entendis du verre se briser, puis un rire de fou furieux, comme si quelque mauvais génie avait été lâché. J'aperçus une voiture de patrouille dans le parking. Les flics descendent normalement ici toutes les deux ou trois heures. Le policier de ronde se gare et parcourt les lieux à la recherche des infractions sur l'alcool et des petits malfaiteurs.

Je m'armai de courage et poussai la porte. Je parcourus la longueur du bar comme un poisson qui remonte le courant, scrutant l'ensemble des clients dans l'espoir de trouver Danielle. Elle avait dit qu'elle commençait normalement à onze heures du soir, mais il était possible qu'elle se soit arrêtée pour prendre un verre au bar. Aucune trace d'elle, mais je vis Berlyn se diriger vers la piste de danse. Elle était vêtue d'une courte jupe noire et d'un débardeur en satin rouge avec de très fines bretelles. Ses cheveux étaient un peu trop courts pour le nœud qu'elle portait sur le haut de la tête, beaucoup d'entre eux s'en libérant au lieu d'y rester attachés. Ses boucles d'oreilles étaient des doubles anneaux en strass qui brillaient et rebondissaient contre son cou dès qu'elle bougeait. Je crus d'abord qu'elle était seule, puis je vis un type fendre la foule devant elle. Les autres danseurs qui s'agitaient l'entourèrent, et elle disparut.

Je refis le chemin en sens inverse, gagnai la porte d'entrée et regardai dans le parking – sans succès. Je mis la VW en marche et patrouillai aux alentours, m'arrêtant à tous les coins de rue fréquentés par les putes. Encore dix minutes de cette merde et je reprendrais la direction de mon appartement. Pour finir, je m'arrêtai au bord du trottoir, me penchai et baissai ma vitre. Une brunette maigre comme un clou, en tee-shirt, minijupe et bottes de cow-boy, se détacha du mur contre lequel elle s'appuyait. Elle s'avança tranquillement vers moi et ouvrit la portière côté passager. Je voyais la chair de poule former des ondulations sur ses bras frêles et nus.

– Vous cherchez de la compagnie ?

Elle devait être droguée, son corps sentait l'odeur bizarre du crack. Ses yeux brouillés étaient incapables de fixer quoi que ce soit et ne cessaient de remonter vers ses arcades comme l'image d'une télévision au défilement déréglé.

– Je cherche Danielle.

– Chérie, Danielle est occupée, alors je joue le rôle à sa place. Tout ce que tu veux, je peux l'avoir, et c'est la vérité.

– Est-ce qu'elle est rentrée chez elle ?

– C'est possible. Donne-moi dix billets, et je m'assois sur ton nez.

– Ça rime, dis-je. Très bien. Question métrique, ce n'est pas tout à fait ça, mais sinon, vous êtes un vrai Longfellow.

– Sois pas bizarre, mon poulet. T'as de la monnaie ?

– On m'a tout ratiboisé.

– J'en suis pas fâchée !

Elle s'écarta de ma voiture et reprit son poste. Je démarrai, en espérant ne pas avoir déclenché une crise de pentamètre iambique. Il ne m'était pas venu à l'esprit que Danielle pût traîner chez elle avant d'aller au boulot.

Je remontai deux pâtés de maisons et tournai à gauche dans l'étroit passage où Danielle vivait. Je m'arrêtai à la hauteur de sa maison et jetai un coup d'œil à travers la trouée des massifs d'arbustes, mon regard remontant l'allée en brique qui menait à sa porte. Les rideaux étaient tirés, mais je vis de la lumière à l'intérieur. Je ne savais pas si elle ramenait des types chez elle. C'était assez près du Palace pour être pratique, mais il y avait aussi deux ou trois hôtels borgnes dans le coin, où elle préférait peut-être amener sa clientèle. Je vis une ombre passer devant la fenêtre, ce qui signifiait qu'elle était peut-être debout. Le moteur de ma voiture faisait du bruit, mes phares découpant l'obscurité comme des lames. J'hésitai. Peut-être était-elle seule et apprécierait-elle une visite. Ou alors, elle était occupée. Je ne n'avais vraiment pas envie de la surprendre en train de bosser.

Tout en pesant le pour et le contre, j'arrêtai le moteur et éteignis mes phares. L'allée disparut dans un noir total, les insectes nocturnes se mettant à grésiller dans le silence lourd. En moins d'une minute, mes yeux s'étaient accoutumés à l'obscurité et le paysage commença à se reconstituer dans des nuances charbon. Je descendis de voiture et la fermai à clef. Et si je frappais un coup ? Advienne que pourra si elle était occupée. J'avançai en tâtonnant et gagnai l'allée de brique, la main tendue devant moi pour éviter de trébucher sur des poubelles.

J'atteignis la porte, levai la tête et tendis l'oreille en espérant entendre des voix ou du rire enregistré à la télé. Je frappai un petit coup à la porte. De l'autre côté, j'entendis de faibles gémissements, voluptueux et répétitifs. Mm-Oh. Je me souvins de la première roulotte dans laquelle j'avais emménagé après la mort de ma tante. En y rentrant tard par une nuit d'été, j'avais entendu une voisine enceinte émettre des sons identiques. En bonne citoyenne, j'étais allée à sa fenêtre, où j'avais frappé et lui avais demandé si elle avait besoin d'aide. Je pensais qu'elle était dans les douleurs de l'accouchement et j'avais compris un peu tard que je venais d'interrompre le processus grâce auquel on fabriquait les bébés, et non celui de leur mise au monde.

Derrière moi, quelqu'un sortit de l'ombre et se fraya un chemin à travers les arbustes. Ses pas tranquilles crissèrent sur le pavé et s'estompèrent progressivement. Danielle s'étant remise à gémir, je reculai et regardai l'allée avec perplexité. Était-ce son jules que je venais de voir ? J'appuyai mon oreille contre la porte.

– Danielle ?

Pas de réponse.

Je frappai à nouveau. Silence. J'essayai la poignée. Les gonds ne firent aucun bruit quand la porte se rabattit vers l'intérieur. Au début, je ne vis que du sang.

CHAPITRE 16

La salle des urgences de l'hôpital Saint-Terry était une vraie maison de fous, un aperçu du purgatoire. Il y avait eu un accident entre six voitures sur l'autoroute et toutes les salles d'examen étaient remplies de blessés et de mourants. Dans tous les boxes, à travers le tissu blanc et chaud des stores d'isolement, je vis des ombres soigner des gens avec, en toile de fond, des chariots de matériel, des ballons d'oxygène fixés au mur, des poches de sang et de glucose suspendues à des crochets, des appareils de radiographie. De temps à autre, le léger bourdonnement dû à cette activité était interrompu par les cris hallucinants d'un patient. Allongée sur une civière, livrée à elle-même, une victime se tordait de douleur, comme si des flammes la léchaient. « Pitié, ayez pitié », hurlait-elle. Un garçon de salle entra et la conduisit dans une salle d'examen qui venait d'être libérée.

On avait réquisitionné des médecins, des infirmières et des aides-soignants de tous les services. Je les regardai travailler en parfaite harmonie, de façon rapide et précise. Ce que les feuilletons médicaux de la télévision omettent aisément, c'est toute la douleur et le vomi, les fonctions corporelles déréglées, les aiguilles perçant la chair, les meurtrissures et les tremblements, les faibles appels à l'aide. Qui donc souhaiterait assister à cette tranche de vie réelle ? Nous voulons tous le drame des hôpitaux sans l'angoisse sous-jacente.

Dans la salle d'attente, les visages des proches qu'on avait prévenus de l'accident étaient gris et hagards. On parlait à voix basse, les membres de la famille resserrés en petits groupes, courbés de peur. Deux femmes se cramponnaient l'une à l'autre en pleurant désespérément. De l'autre côté des portes vitrées, à l'une des extrémités du parking, les drogués de la nicotine s'étaient rassemblés dans un nuage de fumée de cigarettes. J'avais vu Serena Bonney peu après qu'on eut amené Danielle, mais elle avait été emportée dans la tourmente.

Quand j'avais enfin ouvert la porte d'entrée, Danielle gisait nue sur le sol, son visage rose luisant comme une pastèque sans pépins. Du sang jaillissait d'une déchirure béante dans son cuir chevelu et elle bougeait ses membres de façon désordonnée comme si elle voulait échapper à ses lésions internes. J'avais déconnecté ma machine à émotions et fait tout ce que je pouvais pour endiguer le sang pendant que je saisissais le combiné posé sur sa table de nuit. L'opérateur de Police Secours avait alerté une voiture de patrouille et une ambulance, qui étaient arrivées ensemble quelques instants plus tard. Deux auxiliaires médicaux s'étaient mis au travail, administrant les premiers soins. Les contusions sur son corps formaient un dessin noir, des lignes superposées semblant indiquer qu'elle avait été frappée violemment avec un instrument contondant. Il s'agissait en fait d'un morceau de tuyau en fonte enveloppé dans des chiffons, que son agresseur avait jeté dans les buissons en partant. Le policier l'avait repéré en arrivant et l'avait laissé là pour que les enquêteurs, arrivés sur les lieux peu de temps après, puissent l'emporter. Le flic ayant mis les scellés, nous étions sortis dans la petite véranda. C'était là que, debout dans un rond de faible lumière, il m'avait interrogée en prenant des notes.

Entre-temps, l'allée s'était remplie de voitures. Des lumières bleues clignotaient dans l'obscurité, la radio de bord émettant une manière de murmure inexpressif et saccadé que brisaient de grands intervalles de grincements. Une foule de voisins s'était rassemblée dans la cour d'à côté, assortiment bariolé de chaussures de jogging sans chaussettes, de pantoufles, de manteaux et de vestes de ski enfilés par-dessus des pyjamas et des chemises de nuit. Le policier de service s'était mis à parcourir la foule, vérifiant s'il y avait d'autres témoins en dehors de moi.

Une Mazda sport d'un rouge éclatant s'était alors arrêtée dans l'allée en faisant crisser ses pneus. Cheney Phillips en avait émergé et s'était mis à remonter l'allée. Ayant découvert ma présence, il avait échangé quelques paroles brèves avec le policier en uniforme, déclinant son identité avant de pénétrer à l'intérieur de la maison. Je l'avais vu s'arrêter sur le seuil et reculer d'un pas. De la porte ouverte, il avait examiné lentement la scène sanglante, comme s'il prenait une série de clichés à retardement. Je me représentai la vue telle que je l'avais perçue : les draps froissés, les meubles renversés et retournés. Entre-temps, Danielle avait été enveloppée dans des couvertures et transférée sur une civière à roulettes. Je m'étais écartée pour que les auxiliaires médicaux puissent la sortir par la porte de devant. Du regard, j'avais interpellé le plus âgé des deux.

– Ça vous ennuie que je vous accompagne ?

– Ça ne me gêne pas, du moment que l'inspecteur n'est pas contre.

Cheney avait saisi notre échange et acquiescé de la tête.

– A plus tard, m'avait-il lancé.

Ils avaient fait doucement glisser la civière à l'arrière de l'ambulance.

J'avais laissé ma voiture près de l'allée, derrière la maison de Danielle, et m'étais assise à côté de sa forme recouverte d'une couverture, au fond de l'ambulance, essayant de ne pas gêner le jeune auxiliaire médical qui continuait à contrôler ses signes vitaux. Elle avait les yeux contusionnés et aussi gonflés que ceux d'un oiseau tout juste sorti de l'œuf. De temps à autre, je la voyais remuer, aveuglée par la douleur et la confusion.

– Ça va aller. Tu vas bien. C'est fini, n'arrêtais-je pas de lui dire.

Je n'étais même pas sûre qu'elle m'entende, mais espérais que mes encouragements lui parvenaient. Elle était à peine consciente. Les lumières jaunes clignotantes se reflétaient dans les vitres des magasins tandis que nous remontions State Street à toute vitesse. La sirène semblait dissociée de tout ce qui se passait. A cette heure-là, les rues sont presque vides, et le voyage s'accomplit avec une célérité remarquable. C'est en atteignant la salle des urgences que nous apprîmes le carambolage sur la 101.

Je restai une heure dans la salle d'attente tandis qu'on s'occupait d'elle. La plupart des victimes de l'accident avaient déjà été soignées, et les lieux commençaient à se vider. Je me retrouvai en train de parcourir le même *Family Circle* que j'avais déjà lu. Les femmes y étaient toujours aussi parfaites, et leurs dents aussi. Le numéro du mois de juillet était écorné. Certains articles avaient été arrachés et quelqu'un avait annoté celui concernant le retour d'âge masculin, rajoutant des commentaires grossiers dans la marge. Je lus des recettes pour barbecues de jardin quand on n'a pas le temps, une colonne de suggestions des lecteurs visant à résoudre différents dilemmes parentaux sur les mensonges et les vols commis par les enfants, et leur incapacité à lire. Cela me donna beaucoup de confiance en la génération montante.

Cheney Phillips entra. Ses cheveux noirs étaient aussi bouclés que les poils d'un caniche et je remarquai qu'il était impeccablement habillé : pantalon de serge et veste de sport sur une chemise blanche immaculée, chaussettes noires et mocassins. Il se dirigea vers la réception et sortit son insigne, se présentant à l'employée qui était frénétiquement occupée à remplir des formulaires d'admission. Elle donna un bref coup de fil. Je l'observai tandis qu'il la suivait dans la salle de soins où je les avais vus amener Danielle. Quelques instants plus tard, il repassa dans le couloir, à nouveau en conversation avec l'un des médecins des urgences. Deux infirmiers sortirent en manœuvrant une civière à roulettes. La tête de Danielle était emmaillotée de pansements. L'expression sur le visage de Cheney resta neutre tandis qu'on l'emportait. Le médecin disparut dans le box suivant.

Cheney leva la tête et me vit. Il entra dans la salle d'attente et s'assit à côté de moi, sur le canapé en tweed bleu. Il me prit la main et nos doigts s'entrelacèrent.

– Comment va-t-elle ? lui demandai-je.

– Ils l'emmènent en chirurgie. Le médecin craint une hémorragie interne. J'imagine que le type lui a cassé la gueule en guise de cadeau de rupture. Elle a la mâchoire brisée, des côtes cassées, la rate endommagée et Dieu sait quoi encore. D'après le docteur, elle est très mal en point.

– Elle avait une gueule atroce, dis-je.

Comme à retardement, je sentis le sang quitter mon cerveau. Une moiteur froide, et la nausée m'emplit comme un puits. D'habitude, je ne suis pas excessivement émotive, mais Danielle était une amie et j'avais vu les dégâts. Entendre Cheney me faire l'inventaire de ses blessures me rappelait trop crûment les souffrances dont j'avais été témoin. Je posai la tête entre mes genoux jusqu'à ce que mon sang cesse de gronder. C'était la seconde fois que je me sentais partir, je compris que j'avais besoin d'aide.

Cheney m'observait avec inquiétude.

– Vous voulez qu'on aille prendre un Coca ou une tasse de café ? Nous ne saurons probablement rien avant une heure.

– Je ne peux pas m'absenter. Je veux être là quand elle sortira de la salle d'op'.

– La cafétéria se trouve au bout du couloir. Je dirai à l'infirmière où nous nous trouvons et elle pourra venir nous chercher si nous ne sommes pas de retour d'ici là.

– D'accord, mais assurez-vous que Serena est au courant. Je l'ai vue là-bas derrière il y a un petit moment.

La cafétéria avait fermé à dix heures, mais nous trouvâmes une rangée de distributeurs qui proposaient des sandwiches, des yaourts, des fruits frais, des glaces et des boissons chaudes ou froides. Cheney acheta deux canettes de Pepsi, deux sandwiches jambon-fromage au pain de seigle et deux parts de tarte aux cerises sur des assiettes en polystyrène. Je m'assis tout engourdie à une table vide. Cheney revint avec son plateau chargé de nourriture, de pailles, de serviettes, de couverts en plastique, de petits paquets de sel et de poivre et de sachets de sauce au vinaigre, de moutarde, de ketchup et de mayonnaise.

– J'espère que vous avez faim, dit-il.

Il commença par mettre la table, disposant les condiments sur les serviettes en papier assorties posées devant nous.

– J'ai l'impression d'avoir déjà mangé, mais pourquoi pas ?

– Vous ne pouvez pas laisser passer ça.

– Quel festin ! dis-je en souriant.

J'étais trop fatiguée pour lever un doigt. Comme si j'étais redevenue gosse, je le regardai déballer les sandwiches et les assaisonner.

– Il faut les rendre vraiment écœurants, dit-il.

– Pourquoi ?

– Parce que, comme ça, on ne remarque pas combien ils sont fades.

Il déchira les paquets en plastique avec ses dents, inondant la viande de giclées rouge vif et jaune. Du sel, du poivre, des barbouillages de mayonnaise et un peu de sauce vinaigrée.

– Alors, vous voulez en parler ? dit-il en continuant sa besogne.

Il fit sauter le couvercle d'une canette de Pepsi et me passa un sandwich amélioré par ses soins.

– Mangez ça. Sans discuter.

– Comme si on pouvait résister !

Je mordis dans le sandwich, presque en pleurant, tellement il était bon. Je gémis et calai ma nourriture dans ma joue pour pouvoir lui parler en mangeant.

– J'ai vu Danielle hier. Nous avons dîné ensemble, chez moi. Je lui ai dit que je la verrais peut-être ce soir, mais je suis vraiment passée chez elle par hasard.

Je posai une main sur ma bouche, avalai et pris une gorgée de Pepsi.

– Comme je ne savais pas si elle était seule, je suis restée assise dans ma voiture sans arrêter le moteur, en attendant de savoir. Il y avait de la lumière et j'ai finalement décidé d'aller frapper à sa porte. Dans le pire des cas, elle était avec un type et je serais repartie sur la pointe des pieds.

– Il a probablement aperçu vos phares.

Cheney avait avalé la moitié de son sandwich en trois coups de dents environ.

– Nos mères nous tueraient si elles nous voyaient manger si vite.

Je me goinfrais aussi vite que lui.

– Je ne peux pas m'en empêcher. C'est délicieux.

– Bon, continuez. Je ne voulais pas vous interrompre.

Je fis une pause pour m'essuyer la bouche avec une serviette en papier.

– Il a dû au moins m'entendre. La moitié du temps, cette voiture fait autant de raffut qu'une tondeuse électrique.

– L'avez-vous vu partir ?

Je secouai la tête.

– Je n'ai fait que l'apercevoir. A ce moment-là, j'étais dans la véranda et j'entendais Danielle qui gémissait. Aux bruits qu'elle faisait, je croyais qu'elle « recevait ». C'était comme si je l'avais surprise dans les affres de la passion, faisant peut-être semblant pour accentuer l'effet. Quand j'ai vu le type dans l'allée, je me suis dit que quelque chose n'allait pas, mais quoi, je ne savais pas. A priori, il n'y avait aucune raison de penser qu'il avait un quelconque lien avec elle, mais cela me paraissait quand même bizarre. C'est alors que j'ai essayé la poignée.

– Il l'aurait sans doute tuée si vous n'étiez pas arrivée.

– Oh ! mon Dieu, ne me dites pas ça. J'étais sur le point de repartir quand je l'ai aperçu.

– Vous sauriez le décrire ? grand ? petit ?

– Là, je ne peux rien pour vous. Je ne l'ai vu qu'une seconde, dans le noir.

– Vous êtes sûre qu'il s'agissait d'un homme ?

– Eh bien… je n'en jurerais pas devant un tribunal, mais si vous voulez savoir ce que j'ai pensé sur le moment, je dirais que oui. Les femmes n'ont pas l'habitude de se taper dessus avec des tuyaux en fonte. C'était un Blanc, ça, je le sais.

– Quoi d'autre ?

– Des vêtements sombres, et je suis certaine qu'il portait de grosses chaussures parce que j'ai entendu ses semelles crisser sur le pavé pendant qu'il s'éloignait. Et décontracté, le monsieur. Sans courir. Il marchait doucement, sans se presser, comme s'il était sorti faire une promenade.

– Comment savez-vous que ce n'était pas le cas ?

Je réfléchis un instant.

– Je crois que c'est parce qu'il ne m'a pas regardée. Même dans le noir, les gens sentent la présence des autres. Je l'ai bien repéré. Quand quelqu'un vous regarde, on se retourne et on le regarde aussi. Je m'en rends surtout compte sur l'autoroute. Quand je dévisage un autre conducteur, cela semble capter son attention et il se retourne pour me dévisager à son tour. Il ne s'est pas retourné, mais je suis certaine qu'il se savait observé.

Cheney se pencha sur son assiette et attaqua la tarte.

– Nous avions deux ou trois voitures de patrouille dans le coin peu après avoir reçu l'appel, mais nous n'avons pas retrouvé sa trace.

– Peut-être habite-t-il quelque part pas loin.

– Ou alors, il s'était garé à proximité. Vous a-t-elle dit si elle avait rendez-vous ce soir ?

– Elle n'a pas parlé de rendez-vous. Mais ça aurait pu être Lester, maintenant que j'y pense. Elle a prétendu qu'il était de très mauvaise humeur, mais allez savoir ce qu'elle entendait par là.

La tarte était du genre dont je me souvenais depuis la classe élémentaire, mélange parfait de colle de cerise et de fruits roses tout ratatinés. La croûte était en vrai carton et faillit casser les dents de la fourchette. Le premier coup de dents était toujours le meilleur, le summum de la tarte.

– Difficile d'imaginer Lester en train de faire un truc pareil. Si elle a pris des coups, elle ne peut pas travailler. Pour M. Tête-de-Nœud, il n'y a que le boulot qui compte. Il ne toucherait pas à ses filles. Il doit s'agir d'un client.

– Vous croyez qu'elle emmerdait quelqu'un ?

Cheney me jeta un bref coup d'œil.

– Ce truc-là n'était pas improvisé. Le type avait prévu son coup. Il y est allé avec son tuyau déjà enveloppé pour cacher les empreintes digitales.

Je terminai ma tarte et passai ma fourchette sur le bord de l'assiette en polystyrène. Je vis le jus rouge dégouliner entre les dents de la fourchette en plastique. Je pensai aux gorilles dans la limousine et me demandai s'il fallait en parler à Cheney. On m'avait prévenue de ne pas le lui dire, mais supposons que ce soit eux ? Je ne voyais vraiment pas quelle pouvait être leur motivation. Pourquoi un avocat de Los Angeles aurait-il voulu assassiner une pute du coin ? S'il était tellement amoureux de Lorna, pourquoi battre à mort sa meilleure amie ?

– Qu'est-ce qu'il y a ? me demanda Cheney.

– Je me demande si cela a un rapport avec mon enquête.

– C'est possible. Nous ne le saurons jamais si nous ne l'attrapons pas.

Il se mit à rassembler les serviettes en papier chiffonnées et les canettes de Pepsi vides, empilant les emballages en plastique sur le plateau. Songeuse, je lui donnai un coup de main et nettoyai le dessus de la table.

Lorsque nous fûmes revenus aux urgences, Serena appela la salle d'opération et se mit à discuter avec l'une des infirmières. Même en tendant l'oreille, je ne saisis aucun renseignement.

– Vous feriez aussi bien de rentrer, dit-elle. Danielle est toujours en chirurgie et, une fois sortie, elle restera dans la salle de repos encore une heure. Et après, ils la conduiront aux soins intensifs.

– Je pourrai la voir ? demandai-je.

– C'est possible, mais j'en doute. Vous n'êtes pas de la famille.

– Comment va-t-elle ?

– Son état est apparemment stable, mais ils ne sauront pas grand-chose avant que le chirurgien ait terminé. C'est lui qui pourra vous donner les détails, mais il en a encore pour un moment.

Cheney m'observait.

– Je peux vous déposer, si vous voulez.

– Je préfère attendre ici, dis-je. Ça ira, vous pouvez partir si vous voulez. Vraiment. Pas la peine de garder le bébé.

– Ça ne me gêne pas. De toute façon, je n'ai rien de mieux à faire. On pourrait peut-être trouver un divan quelque part, pour que vous vous reposiez.

Serena suggéra la petite salle d'attente à proximité de l'unité de soins intensifs. C'est là que nous atterrîmes. Cheney s'assit et se mit à lire une revue pendant que je me recroquevillais sur un canapé un peu plus petit que moi. Il y avait quelque chose d'apaisant dans le froissement du papier quand il tournait les pages et dans la manière dont il se raclait la gorge de temps à autre. Le sommeil tomba sur moi comme un poids qui m'enfonçait dans le canapé. A mon réveil, la pièce était vide, mais Cheney avait jeté sa veste de sport sur le haut de mon corps. Je me dis qu'il ne devait pas être bien loin. Je sentis la doublure en soie de la veste imprégnée d'après-rasage luxueux. Je regardai l'horloge au mur : trois heures trente-cinq du matin. Je restai allongée encore un moment et me demandai s'il n'y aurait pas moyen de rester : je me sentais bien au chaud et en sécurité. Je pourrais apprendre à vivre sur un canapé de salle d'attente, me faire livrer mes repas, aller me laver dans les toilettes dames plus bas dans le couloir. Ce serait moins cher que de payer un loyer, et s'il m'arrivait quelque chose, j'aurais l'aide médicale à portée de la main.

J'entendis des pas et un murmure de voix masculines dans le couloir. Cheney apparut sur le seuil et s'appuya au chambranle de la porte.

– Ah. Vous revoilà. Vous voulez voir Danielle ?

Je me redressai.

– Elle est réveillée ?

– Pas vraiment. Elle sort de la salle d'opération. Elle est encore sonnée, mais ils l'ont admise en USI. J'ai dit à l'infirmière de service que vous étiez inspectrice à la brigade des mœurs et que vous deviez identifier un témoin.

Je me passai les mains dans les cheveux, me rendant compte que pour une fois et grâce à l'habileté de Danielle pas une mèche ne se dressait tout droit sur ma tête. Je rassemblai mes forces et poussai un gros soupir en me forçant à me réveiller. Je me mis debout et défroissai des plis de mon pull-over à col roulé. L'avantage, quand on s'habille décontracté, c'est qu'on a toujours à peu près la même allure. Même quand on dort dans ses blue-jeans, ça ne se voit pas.

Dans le couloir, nous utilisâmes le téléphone intérieur pour appeler le poste des infirmières de l'USI. Cheney se chargea des formalités et on nous fit entrer tous les deux.

– Est-ce que je suis censée avoir un insigne ? lui murmurai-je en descendant le couloir.

– Ne vous faites pas de bile. Je leur ai dit que vous vous étiez déguisée en mendiante pour mener une opération en secret.

Je lui donnai une petite bourrade.

Nous attendîmes devant la chambre de Danielle, observant à travers la vitre l'infirmière en train de vérifier sa tension et d'ajuster l'écoulement de l'intraveineuse. Comme à l'unité de cardiologie, les chambres étaient disposées en U autour du poste des infirmières, les patients étant clairement visibles et sous surveillance constante. Cheney discuta avec le médecin et me rapporta l'essentiel de la conversation.

– Il a enlevé la rate. En fait, c'est le chirurgien orthopédique qui a fait le plus gros du travail. Il lui a remis sa mâchoire et sa clavicule et lui a bandé les côtes. Elle avait deux doigts cassés et beaucoup de contusions. Elle devrait s'en remettre, mais ça prendra du temps. La plaie au cuir chevelu était ce qu'il y avait de moins grave. Légère commotion, beaucoup de sang. Ça m'est arrivé aussi. On se cogne la tête contre l'armoire à pharmacie, on dirait qu'on va saigner à mort.

L'infirmière arrangea les couvertures de Danielle et sortit de la chambre.

– Deux minutes, dit-elle en levant les doigts en V.

Nous restâmes côte à côte en silence, baissant les yeux dans sa direction comme des parents contemplant un nouveau-né. Il était difficile de croire qu'elle nous appartenait. Elle était presque méconnaissable : les yeux noircis, la mâchoire gonflée, le nez enveloppé et bandé. Placée sur une attelle, une de ses mains sortait des couvertures. Tous ses ongles rouge vif avaient sauté ou étaient brisés et les extrémités de ses pauvres doigts enflés paraissaient ensanglantées. Le reste de son corps ne formait guère plus qu'un monticule de la taille d'un enfant. Elle dérivait entre éveil et inconscience, jamais assez éveillée pour se rendre compte de notre présence. Elle semblait diminuée par tous ces appareils, mais il y avait quelque chose de rassurant dans la présence de tout ce personnel. Aussi malmenée fût-elle, c'était ici qu'elle devait être.

En quittant l'USI, Cheney me passa un bras autour des épaules.

– Ça va ?

J'appuyai brièvement la tête contre lui :

– Ça va. Et vous ?

– Pas trop mal, dit-il.

Il appela l'ascenseur.

– J'ai interdit au médecin de donner des renseignements sur son état. Et personne ne peut entrer.

– Vous croyez que le type pourrait revenir ?

– On dirait qu'il a déjà essayé de la tuer une fois. Qui sait jusqu'à quel point il veut achever le boulot ?

– Je me sens coupable. J'ai l'impression que c'est en rapport avec la mort de Lorna, dis-je.

– Vous voulez me mettre au courant ?

– De quoi ?

Les portes des ascenseurs s'ouvrirent. Nous entrâmes et Cheney appuya sur le bouton du rez-de-chaussée. Nous commençâmes à descendre.

– La partie que vous ne m'avez pas racontée. Vous me cachez quelque chose, n'est-ce pas ?

Le ton était léger, mais son regard intense.

– Je crois que oui, dis-je.

Je lui rapportai brièvement ma conversation avec l'avocat de Los Angeles et ses sous-fifres. Puis, en sortant de l'ascenseur, je lui dis :

– Vous savez qui ça peut être ? Il a dit qu'il représentait quelqu'un, mais peut-être parlait-il de lui-même.

– Je peux demander autour de moi. Je sais que ces types montent ici pour se payer du bon temps. Donnez-moi le numéro de téléphone et je le ferai vérifier.

– J'aimerais mieux pas. Moins j'en saurai, mieux ça vaudra. Ils font venir des prostituées ici ?

– Peut-être à petite échelle. Rien de très important. Sans doute contrôlent-ils le trafic local, mais ça ne veut pas dire qu'ils fassent plus que prendre leur part du gâteau. Ils laissent le gros œuvre aux types qu'ils ont sous leurs ordres.

Cheney s'était garé dans une rue latérale plus proche de l'entrée principale que de la salle des urgences. Nous arrivâmes dans le hall. La boutique de cadeaux et le café étaient fermés, intérieurs sombres visibles à travers des baies vitrées. Au comptoir central, un homme était en grande conversation avec l'employée des renseignements. Quelque chose se transforma dans l'attitude de Cheney : il prit le style flic. Son expression devint implacable et dans sa manière de marcher apparut un soupçon d'esbroufe. D'un geste harmonieux, il montra son insigne à l'employée, son regard rivé sur le bonhomme qui lui causait des ennuis.

– Salut Lester. Tu veux bien venir par ici ? On pourra discuter un peu.

Lester Dudley modifia son propre comportement en conséquence. Il abandonna ses manières brutales et devint tout mielleux.

– Phillips ! dit-il. Ça fait plaisir de vous voir. J'ai cru vous apercevoir plus tôt, du côté de chez Danielle. Vous êtes au courant de ce qui s'est passé ?

– C'est pour ça que je suis ici. Sinon, tu ne me verrais pas. C'est ma nuit de repos. J'étais chez moi en train de regarder la télévision quand le dispatcheur a appelé.

– Vous n'étiez pas seul, j'espère. J'ai horreur de voir des types comme vous sans personne. Ma proposition tient toujours, nuit et jour, mâle ou femelle. Ce dont vous avez envie, Lester le fournit…

– Tu fais le maquereau, Lester ?

– Je vous faisais marcher, Phillips. Doux Jésus, on ne peut plus blaguer ? Je connais la loi aussi bien que vous, même mieux sans doute, quand j'y pense.

Lester Dudley ne correspondait pas à l'idée que je me faisais du maquereau. De loin, il ressemblait à un adolescent maussade, trop jeune pour être admis dans un cinéma porno sans être accompagné par un parent ou un tuteur. Je lui donnais la quarantaine. Poids mouche, un mètre soixante à tout casser. Il avait les cheveux noirs et raides, gominés vers l'arrière, de petits yeux, un grand nez et le menton légèrement fuyant. Son cou était mince, et le faisait ressembler à un navet.

Cheney ne prit pas la peine de nous présenter, mais Lester paraissait conscient de ma présence, clignant sournoisement des paupières telle une créature fouisseuse ramenée soudain à la lumière du jour. Il portait des vêtements de gosse : un tee-shirt en coton à longues manches et rayures horizontales, des blue-jeans, une veste en jean et des baskets. Il avait les bras croisés, les mains glissées sous les aisselles. Sa montre était une Breitling, sans doute une contrefaçon, criblée de cadrans et beaucoup trop grande pour son poignet, le genre de cadeau qu'on reçoit en échange de points gagnants.

– Alors, comment ça se passe pour Danielle ? La gonzesse au comptoir n'a pas voulu me répondre clairement.

Le biper de Cheney se déclencha. Il regarda le numéro qui apparaissait sur son écran.

– Merde ! murmura-t-il. Je reviens tout de suite.

Lester parut rebondir sur ses talons, mal à l'aise, fixant Cheney du regard tandis qu'il s'approchait du comptoir.

Je me dis que c'était le moment de rompre la glace.

– Vous êtes le manager personnel de Danielle ?

– C'est ça même. Lester Dudley, dit-il en me tendant la main.

Je la lui serrai malgré ma répugnance.

– Kinsey Millhone, dis-je. Je suis une de ses amies.

Quand on a besoin de renseignements, mieux vaut surmonter ses aversions personnelles.

– L'employée me fait suer. Je n'ai rien pu lui faire dire, même après lui avoir expliqué qui j'étais. Elle doit être au Women's Lib [1].

– Naturellement.

– Comment va-t-elle ? La pauvre ! On me dit que le type s'est vraiment défoulé sur elle. C'est sûrement un pété au crack qui a fait le coup. C'est vraiment des salauds.

– Le médecin est parti avant que je puisse lui parler, lui répondis-je. Peut-être l'employée a-t-elle reçu l'ordre de ne divulguer aucun renseignement.

1. Équivalent américain du MLF *(NdT)*.

– Non, pas elle. Elle prenait beaucoup trop son pied. Elle s'amusait à mes dépens. C'est pas quc ça me gêne. Ces nanas genre libéré me tirent toujours dessus à boulets rouges. Parce qu'elles ont toujours pas disparu, vous savez ? C'est pas croyable. Je pensais qu'elles auraient abandonné depuis le temps, mais manque de pot, non. Tenez, à peine la semaine dernière, y a une bande de casse-couilles qui m'est tombée dessus comme une tonne de briques. J'aurais fait de la traite des Blanches ! Tu parles d'un combat ! Qu'est-ce que c'est que cette histoire de traite des Blanches alors que la moitié de mes filles sont noires ?

– Vous prenez les choses trop au pied de la lettre. Je crois que vous avez mal compris.

– Mal compris ? répéta-t-il. Mes filles gagnent bien leur vie. Je veux dire... vraiment bien, le gros paquet, des mégadollars. Où ces filles trouveraient-elles des possibilités d'emploi pareilles ? Elles n'ont aucune formation. La moitié d'entre elles ont des QI à double zéro. C'est pas elles qui pleurnichent. Est-ce qu'elles se plaignent ? Pas du tout. Elles vivent comme des reines. Autre chose encore. Aucune de ces casse-couilles n'a quoi que ce soit à leur proposer. Pas de travail, pas de formation, pas même l'aide publique. Jusqu'où va leur sollicitude ? Ces filles ont besoin de gagner leur vie. Vous voulez savoir ce que je leur ai dit ? Je leur ai dit : « Mesdames, c'est du commerce. C'est la loi de l'offre et de la demande. C'est pas moi qui crée le marché. Les filles fournissent la marchandise et les prestations de service, et voilà toute l'affaire. » Mais elles s'en fichent. Vous savez de quoi il s'agit ? De répression sexuelle. Elles détestent les mecs, elles détestent l'idée qu'on puisse prendre son pied avec le sexe opposé...

– Ou alors, elles n'aiment pas qu'on exploite des jeunes femmes. C'est juste une idée comme ça.

– Eh bien, si c'est leur point de vue, de quoi se plaignent-elles ? Je suis de leur avis. Mais elles me traitent comme l'ennemi, c'est ça que j'arrive pas à comprendre. Mes filles sont propres et bien protégées, c'est la vérité.

– Danielle était bien protégée ?

– Bien sûr que non, dit-il, exaspéré par ma stupidité. Elle

aurait dû m'écouter. Je le lui avais dit. « Ne ramène pas de types à la maison. » Je lui avais dit : « Ne te fais pas de mecs si je ne suis pas devant la porte. » Ça, c'est mon boulot. C'est comme ça que je gagne mon pourcentage. Je la conduis quand elle a des rendez-vous. Nom de nom, aucun dingue ne peut lui mettre la main dessus quand elle est accompagnée. Si elle n'appelle pas, je ne peux rien faire pour elle. C'est aussi simple que ça.

– Peut-être est-il temps qu'elle change de métier, dis-je.

– C'est ce qu'elle dit et moi, je lui réponds : « Hé, ça dépend de toi. » Personne n'oblige mes filles à rester. Elle veut partir, c'est son affaire. Mais j'aimerais quand même savoir comment elle va gagner sa vie...

Il fit traîner sa phrase, une pointe de scepticisme dans la voix.

– Que voulez-vous dire ? Je ne vous suis pas.

– J'essaie tout simplement de l'imaginer en train de travailler dans un grand magasin, ou comme serveuse, quelque chose de ce genre. Un boulot au SMIC. Avec les coups qu'elle a pris, ce serait dur, bien entendu, mais du moment que ça ne la gêne pas de remettre les pieds sur terre, pourquoi serais-je contre ? Des cicatrices sur le visage, c'est peut-être un bon truc pour trouver du travail.

– Personne n'a parlé de cicatrices au visage, lui renvoyai-je. Qui vous a dit ça ?

– Ben... c'est ce que je croyais. On m'a dit que le mec l'avait vraiment cognée fort. Naturellement, j'ai pensé... enfin, vous savez bien, il a dû la défigurer. C'est malheureux, bien sûr, mais il y a beaucoup de types qui essaient de faire ça. Empêcher une pauvre fille de gagner sa vie, leur saper le moral et autres trucs de ce genre.

Cheney revint, son regard passant avec curiosité du visage de Lester au mien.

– Tout va bien ?

– Oui, bien sûr, dis-je sèchement.

– On parlait affaires, dit Lester. Je ne sais toujours pas comment se porte Danielle. Est-ce qu'elle va s'en sortir ?

– Il est temps de partir, lui dit Cheney. On vous accompagne jusqu'à votre voiture.

– Mais bien sûr. Où l'ont-ils mise, en orthopédie ? Je pourrais lui envoyer des fleurs si je savais. Quelqu'un m'a dit qu'on lui avait fracturé la mâchoire. Probablement un fou défoncé à la coke.

– Laissez tomber les fleurs. Nous ne donnons aucun renseignement. Ordres du médecin, dit Cheney.

– Très intelligent. J'allais le suggérer moi-même. Ça la protégera des salauds.

– C'est peut-être un peu tard, lui renvoyai-je, mais mon ironie lui échappa.

Une fois dans la rue, nous nous serrâmes tous la main comme après une réunion d'affaires. A peine Lester eut-il tourné le dos que j'essuyai la mienne sur mon jean. Cheney et moi attendîmes de le voir partir dans sa voiture.

CHAPITRE 17

Il était presque quatre heures du matin quand la petite Mazda rouge de Cheney se mit à vrombir à travers les rues sombres. Avec la capote baissée, le vent me cinglait le visage. Je renversai la tête en arrière et regardai défiler le ciel. Du côté montagneux de la ville, les contreforts brumeux étaient décorés de colliers de réverbères clignotant comme les ampoules d'un arbre de Noël. Dans les maisons que nous longions, je voyais s'allumer de temps à autre une lumière, un travailleur matinal branchant la cafetière et titubant jusqu'à la douche.

– Trop froid pour vous ?

– C'est très bien, dis-je. Lester semblait en savoir beaucoup sur l'agression de Danielle. Vous croyez que c'est lui ?

– Pas s'il voulait qu'elle travaille, dit Cheney.

Le ciel à cette heure est d'un gris uni qui peu à peu se dégrade jusqu'au noir des arbres. La rosée sature l'herbe. Parfois on entend un jet d'eau programmé par ordinateur pour arroser la pelouse avant que le soleil soit entièrement levé. Si la sécheresse persistait, la consommation d'eau serait limitée et toute l'herbe luxuriante mourrait. L'année précédente, de nombreux propriétaires en avaient été réduits à pulvériser leurs jardins avec une épaisse peinture verte.

Dans Cabana Boulevard, un gosse en planche à roulettes dévalait le trottoir plongé dans l'obscurité. Il me vint à l'esprit que je m'attendais à voir le Jongleur, l'homme à la bicyclette, avec ses feux arrière et ses pieds qui pédalaient. Il était devenu force capricieuse à l'ouvrage, elfe ou esprit malfaisant qui, produit de mon imagination, dansait devant moi comme réponse à une énigme. Partout où j'allais, il finissait par apparaître, toujours pressé d'aller quelque part, n'arrivant jamais tout à fait à destination.

Cheney avait ralenti et se pencha en avant pour examiner l'adepte de la planche à roulettes. Il leva la main pour le saluer, et le gosse lui répondit.

– Qui est-ce ? lui demandai-je.

– Il fait l'entretien de nuit dans une maison de repos. On lui a retiré son permis pour conduite en état d'ivresse. En fait, c'est un gentil garçon.

Quelques instants plus tard, il tournait dans l'allée de Danielle où ma voiture était toujours garée. Il se rangea derrière la VW, passant au point mort pour réduire le grondement du moteur.

– Comment se présente votre journée ? Vous aurez le temps de dormir ?

– Je l'espère. Je suis vraiment claquée, dis-je. Vous allez au travail ?

– Je rentre me coucher. Pour quelques heures, en tout cas. Je vous appellerai plus tard. Si le cœur vous en dit, on pourrait manger ensemble quelque part.

– Voyons d'abord comment les choses prennent tournure. Si je ne suis pas là, laissez un numéro. Je vous rappellerai.

– Vous allez au bureau ?

– En fait, je pensais aller nettoyer chez Danielle. Quand j'y étais, il y avait du sang partout.

– Ne vous sentez pas obligée de le faire. Le propriétaire a dit qu'il enverrait des gens dès le début de la semaine. Il ne peut pas les faire venir avant lundi, mais je préfère que ça soit eux qui le fassent.

– Ça ne me gêne pas. J'aimerais faire quelque chose pour elle. Peut-être passer prendre sa robe de chambre et ses pantoufles et les lui apporter à l'hôpital.

– Comme vous voudrez, dit-il. Je vais vous regarder partir. M'assurer que la voiture démarre et que le grand méchant loup ne vous attrape pas.

J'ouvris la portière et descendis, saisissant mon sac à main au passage.

– Merci de m'avoir accompagnée et le reste. Non, sincèrement.

– De rien.

Je claquai la portière et m'approchai de ma voiture pendant que Cheney jouait les anges gardiens. La VW démarra sans un murmure. Je saluai de la main pour montrer que tout allait bien, mais il n'était pas prêt à me lâcher. Il me suivit jusque chez moi, nos deux voitures dévalant et remontant les rues tortueuses plongées dans le noir. Pour une fois, je trouvai une place juste devant la maison. Là, je lui parus en sécurité. Il passa en première et fila.

Je fermai ma voiture, franchis la barrière et passai par-derrière. Je défis le verrou et me glissai à l'intérieur. Je ramassai le courrier qui avait été poussé sous la porte, allumai la lumière, posai mon sac et refermai à clef derrière moi. Je commençai à ôter un à un mes vêtements pendant que je grimpais l'escalier en spirale, éparpillant mes effets par terre comme dans une scène de comédie romantique où les amants ont du mal à attendre. J'étais comme eux, mais c'était le sommeil que je désirais. Toute nue et vacillant sur mes jambes, je fermai les stores, débranchai le téléphone et baissai les lumières. Et me glissai sous ma couette en poussant un soupir de soulagement. Je croyais être trop fatiguée pour dormir, mais il s'avéra que non.

Il était dix-sept heures bien sonnées quand je me réveillai. Un instant, je crus avoir fait le tour du cadran. Je levai les yeux vers le dôme limpide en Plexiglas au-dessus de ma tête, essayant de m'orienter dans la pénombre. Le soleil se couchant tôt en février, la journée filait déjà comme de l'eau sale au fond d'une baignoire. J'évaluai mon état mental et décidai que j'avais probablement assez dormi. Je me rendis alors compte que je mourais de faim et m'extirpai de mon lit. Je me brossai les dents, me douchai et me fis un shampoing. Ensuite, j'enfilai un vieux sweat-shirt et des jeans usés. En bas, je remplis un seau en plastique de chiffons et de produits de nettoyage. Maintenant que la crise était passée, j'étais folle de colère contre celui qui avait attaqué Danielle. Les hommes qui battent les femmes sont, à mes yeux, presque aussi minables que ceux qui battent leurs enfants.

J'essayai d'appeler Cheney, mais il devait être déjà parti. Je laissai un message sur son répondeur en précisant l'heure de mon appel et le fait que j'avais trop faim pour l'attendre. Quand j'ouvris ma porte, une enveloppe en papier bulle tomba du chambranle où quelqu'un l'avait coincée. Sur le dessus, Hector avait griffonné un mot : « Vendredi 17 heures 35. Ai frappé en vain. Transcription modifiée et bande ci-jointes. Excusez-moi de ne pas avoir pu faire mieux. Appelez-moi dès votre retour. » Il avait marqué son numéro personnel et celui du studio. Il devait être passé pendant que j'étais sous la douche. Je vérifiai l'heure. Il était venu un quart d'heure auparavant et j'en conclus qu'il n'était pas encore joignable à l'un ou l'autre des numéros. Je fourrai la bande et la transcription dans mon sac et me rendis dans un café où on sert le petit déjeuner vingt-quatre heures sur vingt-quatre.

J'examinai les annotations d'Hector en me goinfrant, avalant à toute vitesse une pleine assiettée d'aliments interdits par les nutritionnistes. Il n'avait pas réussi à déchiffrer beaucoup plus que moi. A mes notes, il avait ajouté ceci :

– Hé là !... je déteste ces trucs... moi penser. Vous n'êtes pas...

– Oh, allons donc ! Je blaguais... *(rire).* Mais vous devez reconnaître que c'est une idée formidable. Elle y va tous les jours à la même heure... idéel...

– Vous êtes malade...

– Les gens ne devraient pas se... dans mon... *(brouhaha... cliquetis... bruit d'eau... craquement).*

– S'il arrivait quoi que ce soit, je...

Coup sourd, coup sourd...

– Je ne blague pas... trapu...

– Aucun rapport...

Rire... grincement de chaise... froissements... murmures.

Au bas de la page, il avait griffonné trois gros points d'interrogation. C'était aussi mon opinion.

Arrivée chez Danielle, je garai ma voiture dans l'allée près des buissons comme la nuit précédente. Il faisait déjà noir. A ce rythme-là, peut-être ne reverrais-je jamais plus le plein jour. Je sortis ma lampe de poche et vérifiai les piles, m'assurant de la puissance du faisceau lumineux. Je déambulai quelques minutes le long de l'allée, me servant de cette lame de lumière pour couper à travers les herbes folles. Je ne m'attendais pas à trouver quoi que ce soit. Je ne cherchais pas vraiment d'indices matériels. Je voulais seulement voir où l'agresseur avait pu aller. Il aurait pu se cacher dans beaucoup d'endroits et traverser pas mal de cours pour rejoindre la rue. En pleine nuit, il suffit d'un tronc d'arbre pour se cacher. Il aurait même pu s'installer confortablement jusqu'à l'arrivée de l'ambulance et des voitures de flics.

Je retournai à la maison en traversant la cour de derrière.

Je grimpai les escaliers et frappai à la porte de la cuisine éclairée. Je vis son propriétaire rincer les assiettes du dîner avant de les poser sur l'égouttoir. Il m'aperçut à peu près au même moment et se dirigea vers moi en s'essuyant les mains avec un torchon. Il me donna une clef et je lui parlai un peu de l'agression. Il était allé se coucher à dix heures. Il avait le sommeil léger, mais sa chambre étant au second étage, côté rue, il n'avait rien entendu. Il devait avoir soixante-dix ans passés. Il était retraité de l'armée, mais ne me dit pas dans quelle arme il avait servi. S'il savait comment Danielle gagnait sa vie, il ne fit aucun commentaire. Il avait l'air de l'aimer aussi fort que moi et c'était là tout ce qui m'intéressait. Je lui dis que je ne savais pas dans quel état elle se trouvait mais, oui, elle en avait réchappé et s'en remettrait sans doute. Il ne demanda pas de détails.

Je remontai l'allée en brique conduisant à véranda. La bande adhésive délimitant le lieu du crime avait été enlevée, mais j'aperçus des traces de poudre à empreintes digitales autour de la poignée et du chambranle de la porte. Les flics essaieraient sûrement d'identifier les empreintes sur le bout de tuyau ensanglanté enveloppé de chiffons, mais je ne pensais pas que cela donnerait grand-chose. Je pénétrai à l'intérieur de la maison et allumai le plafonnier. Les éclaboussures de sang rappelaient un test de Rorschach, formant un motif rouge foncé de barbouillages et de points d'exclamation là où la violence des coups avait projeté une double traînée de sang sur le mur. Le petit tapis ensanglanté avait été enlevé et probablement jeté dans la poubelle à l'arrière de la cour. Les gouttes de sang tombées sur la plinthe ressemblaient à des larmes de peinture.

L'appartement se réduisait à une pièce et demie et avait été construit à bon marché. Je fis le tour des lieux, bien qu'il n'y eût pas grand-chose à voir. Tout comme la mienne, l'habitation de Danielle n'occupait qu'un tout petit espace. On aurait dit que la lutte s'était déroulée uniquement dans la pièce de devant, dont la plus grande partie était occupée par des sièges et un lit géant. Les draps et l'édredon étaient en imprimé Laura Ashley, chintz à fleurs roses et blanches avec rideaux assortis, et s'harmonisant au papier peint à rayures roses et blanches. Sa cuisine se limitait à une plaque chauffante et un four à micro-ondes posé sur une commode peinte.

La salle de bains était petite et blanche, de minuscules carreaux à l'ancienne noirs et blancs recouvrant le sol. Le lavabo était entouré du même imprimé Laura Ashley que dans la chambre à coucher. Elle avait acheté un rideau de douche assorti en coton satiné avec une cantonnière recouvrant la tringle. Le mur en face des cabinets était une galerie miniature. Une douzaine de photos encadrées étaient accrochées les unes à côté des autres, beaucoup d'entre elles de travers. Danielle avait dû être projetée contre la cloison. Plusieurs photos étaient tombées par terre, et gisaient retournées sur le carrelage. Je les soulevai avec précaution. Deux des cadres s'étaient fracassés sous le choc, les verres des quatre autres étaient ou fendus ou cassés. J'empilai les quatre photos endommagées, jetai les éclats de verre dans la poubelle, puis redressai les cadres qui restaient, m'arrêtant pour étudier les personnages. Danielle bébé. Danielle avec Maman et Papa. Danielle vers neuf ans, au cours d'un récital de danse, cheveux relevés.

Je revins dans la pièce de devant et trouvai une épaisse liasse de sacs en papier brun coincés entre le mur et la commode. Je mis les cadres endommagés dans un sac et les déposai près de la porte d'entrée. J'en avais vu de semblables à deux ou trois dollars pièce au drugstore. Peut-être passerais-je en prendre pour les remplacer. Je retirai toute la literie et l'étalai dans la véranda. Même le plumeau avait reçu une giclée de fleurs ensanglantées. Je passerais à la teinturerie demain matin. Je remplis mon seau d'eau chaude, y ajoutant une mixture puissante de solutions nettoyantes. J'essuyai les murs, frottai les plinthes et les planchers jusqu'à ce que l'eau savonneuse devienne rose mousseux. Je vidai mon seau, le remplis à nouveau, et recommençai.

Quand j'eus terminé, je pris la transcription, m'assis sur le lit et me servis du téléphone de Danielle pour essayer de joindre Hector à son numéro personnel. Il répondit tout de suite.

– C'est Kinsey. Je suis contente de vous trouver. Je pensais que vous seriez peut-être en route pour le studio.

– Pas si tôt, et de toute façon aujourd'hui je n'y vais pas. Jc travaille du samedi au mercredi inclus, donc les jeudis et vendredis soir constituent en général mon week-end. La nuit dernière était une exception, mais j'essaie d'éviter au maximum. J'ai de grands projets pour ce soir. Je donne un bain à Beauty et après, c'est elle qui m'en donne un. Si j'ai bien compris, vous avez eu la transcription.

– Oui, et je suis désolée de vous avoir raté. J'étais sous la douche quand vous l'avez déposée.

Nous passâmes un moment à regretter la mauvaise qualité de l'enregistrement.

– Qu'en avez-vous tiré ?

– Pas grand-chose. J'ai saisi quelques mots, mais rien de très clair.

– Avez-vous compris de quoi ils parlent ?

– Non. Lorna a l'air en colère contre lui, mais c'est à peu près tout ce que j'ai compris.

– Vous êtes sûr qu'il s'agit de Lorna ?

– Je ne pourrais pas le jurer, mais je suis à peu près certain que oui.

– Et le type ?

– Je n'ai pas reconnu sa voix. Je ne crois pas le connaître.

Vous devriez réécouter. Peut-être pourrions-nous trouver les pièces manquantes comme un jeu de patience.

– Inutile d'y consacrer notre vie, dis-je. Je ne suis même pas sûre que ça en vaille la peine, mais je tenterai le coup encore une fois en rentrant.

Je jetai un coup d'œil sur sa transcription annotée.

– Et cet « idéel » ? Ça paraît bizarre, non ? Quoi « idéel » ?

– Je n'étais pas vraiment sûr de celui-là, mais c'est le seul mot qui me soit venu à l'esprit. La phrase qui ne cesse de me trotter dans la tête, c'est cette histoire de : « Elle y va tous les jours à la même heure. » Je ne vois vraiment pas de quoi il s'agit.

– Et pourquoi « trapu » ? C'est Lorna qui dit ça, je crois.

– Cela peut vous paraître bizarre, mais je vais vous dire ce qui me frappe là-dedans. Je crois qu'elle n'utilise pas trapu comme adjectif. Il y a un type en ville qu'on appelle le Trapu. Peut-être s'agit-il de lui.

– Voilà qui est intéressant. C'était quelqu'un qu'elle connaissait ?

– Probablement. Son vrai nom est John Stockton. On l'appelle le Trapu parce qu'il est petit et gros. C'est un promoteur…

– Attendez… J'ai déjà entendu ce nom. Je suis presque certaine que Clark Esselmann l'a mentionné… à supposer qu'il n'y en ait qu'un seul. Est-il membre du Conseil des eaux de Colgate ?

Il rit.

– Alors là, aucune chance. Jamais ils ne l'admettraient au Conseil. Ça ferait un tas de conflits d'intérêts. Il voterait pour lui-même dans une bonne demi-douzaine de coups fumeux.

– Oh ! Dans ce cas, ça n'a probablement rien à voir. Lui parlait-elle ou parlait-elle de lui ?

– Elle devait plutôt parler de lui. En fait, il pourrait y avoir un rapport marginal. Stockton serait obligé de s'adresser au Conseil des eaux s'il lui fallait un permis pour tel ou tel projet. Étant donné que Lorna faisait du « baby-sitting » chez Esselmann, elle a pu entendre parler du Trapu.

– Et alors ? Dans une ville comme la nôtre, on entend parler de beaucoup de choses, mais on ne vous assassine pas toujours pour autant. C'est vraiment difficile d'obtenir un permis ?

– Ce n'est pas difficile d'en demander un, mais étant donné le manque d'eau actuel, il faudrait qu'il s'agisse d'un sacré projet pour qu'ils acceptent de dire oui.

– Ah bon !

Cette idée me travailla pendant un moment, mais cela ne semblait mener à rien.

– Je ne vois pas le rapport. S'ils parlent d'eau, ça pourrait coller avec « elle y va tous les jours à la même heure ». Peut-être est-ce une allusion à la natation. Je sais que Lorna faisait du jogging, mais est-ce qu'elle nageait aussi ?

– Pas que je sache. D'ailleurs, si le type est en train de parler à Lorna, pourquoi dirait-il « elle » ? Il ne peut s'agir que de quelqu'un d'autre. Et Stockton n'a rien à voir avec les piscines. Il fait des galeries marchandes et des lotissements. Dans une phrase comme celle-là, ils parlent peut-être de travail. Elle va « au travail » tous les jours à la même heure. Ou elle va « au lit » tous les jours à la même heure.

– C'est vrai. Bah... il nous viendra peut-être quelque chose si nous laissons reposer un peu. Rien d'autre qui vous aurait frappé ?

– Pas vraiment. Simplement que Lorna avait l'air en rogne.

– J'ai pensé la même chose et c'est pour ça que j'ai écouté avec autant d'attention. Quoi que dise ce type, ça ne lui plaisait pas vraiment.

– Comme vous dites, pour que ça s'éclaircisse il faut laisser mijoter un moment. Si j'ai une idée de génie, je vous passe un coup de fil.

– Merci, Hector.

Quand je fermai tout et rendis la clef au propriétaire, il était près de dix-huit heures quarante-cinq et l'apparence des lieux s'était nettement améliorée. L'odeur d'ammoniaque faisait un peu institution pénitentiaire, mais au moins Danielle ne rentrerait-elle pas dans un abattoir. Je gagnai ma voiture, les bras chargés de tout un fatras. Je posai le seau en plastique à l'avant, côté passager, et posai les draps sur le siège arrière, ainsi que le sac en papier contenant les cadres brisés. Je me glissai derrière le volant et restai immobile un moment, me demandant ce que j'allais faire ensuite. L'idée émise par Hector que, dans l'enregistrement, Lorna parlait de Stockton le Trapu m'intriguait un peu. D'après les remarques de Clark Esselmann au téléphone, Stockton devait participer à la prochaine réunion du Conseil, qui se déroulait ce soir même. Avec un peu de chance, je tomberais sur Serena et pourrais lui poser d'autres questions sur l'argent qui manquait.

Je trouvai un téléphone public à la station-service la plus proche et cherchai le numéro du Service des eaux de Colgate. Les bureaux étaient fermés, mais le message sur le répondeur donnait des détails sur la réunion : elle se tiendrait à dix-neuf heures, dans la salle de conférences. Je sautai dans ma voiture et pris la route en direction du nord.

Quatorze minutes plus tard, je me présentai à l'entrée du parking et compris combien j'avais de voitures devant et derrière moi. Comme dans un rally, nous nous rangions dans les créneaux de stationnement les uns après les autres. J'arrêtai le moteur, descendis de voiture et fermai à clef. Pour trouver le lieu de la réunion, il suffisait de suivre la file. A l'arrière du bâtiment, je vis des lumières allumées et partis dans cette direction en me disant que les places seraient sûrement chères.

L'entrée de la salle de conférences était située dans un petit patio fermé. A travers l'épais vitrage, je vis que les membres du Conseil des eaux étaient déjà assis. Je pénétrai à l'intérieur, anxieuse de m'installer tant qu'il y avait encore de la place. La salle de réunion était terne et fonctionnelle : tapis brun, murs lambrissés de bois sombre, tables pliantes disposées en L devant, et trente-cinq chaises pliantes pour l'auditoire. Il y avait une grande fontaine à café sur une table, une pile de tasses, des sachets de sucre et un grand récipient de lait Cremora. L'éclairage était au néon et nous rendait tous jaunes.

Le Conseil des eaux se composait de sept membres, chacun ayant une plaque gravée indiquant son nom et son titre : le conseiller du district des eaux, le directeur général et ingénieur en chef, le président, et quatre directeurs dont l'un était Clark

Esselmann. Ed, le membre du conseil auquel il avait parlé au téléphone, était apparemment Theodore Ramsey et s'étais assis deux chaises plus loin. Les « Bob » et « Druscilla » qu'il avait mentionnés en passant étaient respectivement Robert Ennisbrook et Druscilla Chatham.

Comme il se doit, on avait fourni de grands pichets d'eau glacée aux membres du conseil, eau qu'ils se versaient et buvaient à la régalade tout en discutant de sa pénurie. Je connaissais certains des membres de nom ou de réputation, mais, exception faite d'Esselmann, je ne reconnus aucun visage. Serena se trouvait dans la rangée de devant et tripotait nerveusement ses affaires en essayant de se comporter comme si elle ne se faisait pas de souci pour son père. En costume et cravate, celui-ci paraissait fragile mais déterminé. Il était déjà en conversation avec Mme Chatham, la femme qui s'était installée à sa gauche.

Beaucoup de gens s'étaient déjà rassemblés, et la plupart des chaises pliantes étaient occupées. J'en repérai une et en pris possession, me demandant ce que je faisais là. Certains des participants avaient des porte-documents ou des blocs-notes. Mon voisin avait pris des notes qu'il semblait peaufiner tandis que nous attendions le début de la réunion. Je me retournai et examinai les rangées derrière moi, dont toutes les chaises étaient occupées. A travers la vitre, je vis d'autres personnes assises sur la table de pique-nique ou adossées à la balustrade. Des hautparleurs permettaient au trop-plein de spectateurs de suivre les débats.

Des copies de l'ordre du jour étaient empilées à l'entrée, et je quittai brièvement mon siège pour en prendre une. Je compris que les membres de l'auditoire seraient libres d'interpeller le conseil. Certains remplissaient déjà des demandes d'intervention. On se consultait beaucoup, certains semblant se connaître, d'autres s'étant regroupés pour appuyer telle ou telle autre motion particulière. Je ne connaissais pas les enjeux de la réunion et ce que j'avais vu de l'ordre du jour me paraissait si fastidieux que je n'étais même pas certaine de pouvoir m'y intéresser. Je me demandai si je serais capable d'identifier Stockton le Trapu. Beaucoup d'entre nous paraissent petits et gros une fois assis.

A dix-neuf heures trois, on ouvrit la séance avec l'appel des menbres du conseil présents. On donna lecture du procès-verbal de la séance antérieure, qui fut approuvé sans modification. Divers points de l'ordre du jour furent retenus sans discussion, donnant lieu à beaucoup de froissements de papiers, de toux et de raclements de gorge. Tout le monde parlait d'une voix monocorde, chacun des sujets abordés se réduisant à ses éléments les plus ennuyeux. Les politiques de service furent discutées entre les membres du conseil dans le style cassant qui convient à tous ceux qui veulent faire de l'obstruction au Congrès. S'il se passait des choses importantes, cela m'échappait totalement. Ma curiosité venait de ce que, dans la conversation téléphonique qu'il avait eue avec Ned, Clark Esselmann m'avait semblé plutôt passionné. En coulisses, les sentiments étaient apparemment exacerbés. Ici, en revanche, on s'efforçait de neutraliser toute émotion dans l'intérêt du service public.

Un par un, les membres de l'auditoire purent approcher le podium, adressant aux membres du conseil des déclarations préparées à l'avance. Ils en donnèrent lecture de leur plus belle voix d'orateur, réussissant à livrer leurs commentaires sans spontanéité, humour ou enthousiasme aucun. Comme à l'église, le mélange de chaleur corporelle et d'air chaud élevait la température ambiante à des niveaux anesthésiants. Pour quelqu'un qui manquait autant de sommeil que moi depuis cinq jours, il était difficile de ne pas tomber de sa chaise.

J'ai honte d'admettre que je m'assoupis une fois et ne m'aperçus de mon petit plongeon dans l'inconscient qu'en sentant ma tête tomber sur ma poitrine. Cela dut se reproduire parce que, au moment même où je commençais à apprécier une sieste bien méritée, un échange verbal particulièrement animé me réveilla de nouveau. Trop tard, je compris que j'avais raté le premier round.

Clark Esselmann s'était levé et appuyait son doigt sur la poitrine d'un orateur debout sur le podium.

– Ce sont des gens comme vous qui ruinent notre comté.

L'homme auquel il s'adressait ne pouvait être que John le Trapu. Il devait mesurer dans les un mètre cinquante et était très épais, avec un gros visage rond de bébé et de rares cheveux noirs. Il transpirait fortement et ne cessait de s'éponger le visage pendant tout cet échange.

– Des gens comme moi ? Oh, vraiment, monsieur ! Mettons donc de côté la question des personnalités. Il ne s'agit pas de moi. Il ne s'agit pas de vous. Il s'agit de travail pour notre communauté. Il s'agit de croissance et de progrès pour les citoyens de notre comté, les...

– Fadaises ! Il s'agit de l'argent que vous vous foutez dans la poche, espèce de fils de pute ! En quoi vous sentez-vous concerné par les citoyens de notre comté ? D'ici que cette... cette abomination vienne à se réaliser, vous serez loin. A compter vos bénéfices alors que nous autres devrons nous farcir cette horreur pour les siècles à venir.

Comme des amoureux tout juste fiancés, Clark Esselmann et John Stockton n'avaient plus d'yeux que l'un pour l'autre. La salle était électrifiée, une vague d'excitation semblant onduler à travers l'auditoire.

La voix de Stockton dégoulinait de dégoût.

– Monsieur, au risque de vous offenser, permettez-moi de vous demander ceci : qu'avez-vous fait pour créer des emplois ou construire des logements, pour assurer la sécurité financière des citoyens du comté de Santa Teresa ? Ça vous gênerait de répondre ?

– Ne changez pas de sujet...

– Vous ne répondez pas, parce que la réponse est : rien. Vous n'avez même pas donné un bout de bois, un sou, une brique pour la santé financière et le bien-être de la communauté au sein de laquelle vous vivez.

– C'est faux !... c'est faux ! s'écria Esselmann.

Stockton poursuivit en ces termes :

– Vous avez bloqué la croissance économique, vous avez fait obstruction aux possibilités d'emploi. Vous avez dénoncé le développement, empêché tout progrès. Et pourquoi ? Vous avez ce qu'il vous faut. Pourquoi vous soucier de ce qui arrive aux autres ? Nous pouvons tous nous jeter dans l'océan pour ce qui vous concerne.

– Vous auriez parfaitement raison de le faire ! Allez donc vous jeter dans l'océan !

– Messieurs !

Le président s'était levé.

– Laissez-moi vous dire ceci : quand vous serez mort depuis longtemps, et la possibilité de croissance aussi, qui paiera le prix de votre manque d'imagination ?

– Messieurs ! Messieurs !

Le président frappait la table de son marteau sans aucune efficacité. Serena s'était levée, mais son père lui fit signe de se tenir à l'écart avec le geste péremptoire qui devait l'intimider depuis toujours. Je la vis s'affaler sur son siège tandis qu'il criait :

– Gardez vos discours pour le Rotary Club, jeune homme ! Je suis fatigué d'entendre ce baratin pseudo-altruiste. La vérité est que vous êtes dans cette histoire uniquement pour le fric et vous le savez. Si vous êtes tellement intéressé par les possibilités économiques et la croissance, faites don du terrain et de tous les bénéfices que vous projetez de faire. Ne vous cachez pas derrière la rhétorique…

– Et vous, hein ? Pourquoi ne donnez-vous pas quelque chose ? Vous avez plus de biens que nous tous réunis. Et ne me parlez pas de me cacher derrière la rhétorique, espèce de crétin pompeux…

Un garde en uniforme apparut à côté de Stockton et le prit par le coude. Fou furieux, Stockton se libéra, mais un de ses associés se présenta de l'autre côté, et il sortit de la salle encadré par les deux hommes. Esselmann resta debout, les yeux étincelants de colère.

Au milieu du flot d'apartés qui suivirent, je me penchai vers mon voisin.

– Pardonnez mon ignorance, mais de quoi s'agit-il ?

– John Stockton essaie d'obtenir des adductions d'eau pour une grande parcelle qu'il veut revendre à la Marcus Petroleum.

– Je croyais que ce genre de décisions devait passer par le Conseil de surveillance du comté.

– En effet. Il a donné son accord le mois dernier par un vote de cinq à zéro à condition qu'ils utilisent l'eau recyclée du Services des eaux de Colgate. On aurait pu penser que cela passerait sans opposition, mais Esselmann vient de monter une contre-attaque.

– Mais pourquoi toute cette passion ?

– Stockton possède des terres très convoitées par des compagnies pétrolières. Et, sans eau, ces terres ne vaudraient rien... Esselmann a commencé par le soutenir, mais maintenant il s'y oppose et le Trapu se sent trahi.

Je songeai à la conversation téléphonique que j'avais entendue. Esselmann avait parlé d'une transaction douteuse qu'on avait voulu faire avaler au conseil pendant qu'il se trouvait à l'hôpital.

– Est-ce que Stockton travaillait là-dessus pendant la maladie d'Esselmann ?

– Sans aucun doute. En plus, il a failli réussir, le salaud. Maintenant qu'Esselmann est de retour, il use de toute son influence pour faire rejeter la demande.

La femme devant nous se retourna et nous jeta un regard plein de reproche.

– Il reste encore des affaires à traiter, si vous n'y voyez pas d'inconvénient, me lança-t-elle.

– Je vous demande pardon.

Le président du conseil essayait désespérément de rétablir l'ordre, malgré le manque d'intérêt de l'auditoire.

Je mis ma main devant ma bouche.

– Il y a eu vote ? demandai-je plus bas.

Mon voisin hocha la tête.

– La question s'est présentée il y a un an, et le conseil a nommé un comité d'experts de premier plan pour l'étudier et rendre un avis. Ils ont fait faire des études d'impact sur l'environnement. Vous savez comment ça se passe. C'était surtout destiné à repousser la décision dans l'espoir qu'il n'en serait plus jamais question. En fait, on ne votera pas avant le mois prochain. C'est pour ça qu'ils continuent les consultations.

La femme devant nous ayant posé un doigt sur ses lèvres, nous abrégeâmes la conversation.

Pendant ce temps, Esselmann s'était brusquement rassis, rouge de colère. Serena fit le tour de la table et s'installa à côté de lui, à son grand déplaisir. Stockton avait disparu, mais je l'entendais dans le patio, sa voix toujours hérissée de colère. Quelqu'un s'efforçait de le calmer, mais sans grand succès. La séance reprit, le président passant adroitement à la question suivante : l'agrément à donner à un système de coupe-feu, qui ne perturba personne. Lorsque enfin je me glissai dehors, Stockton avait disparu et le patio était vide.

CHAPITRE 18

Je me dirigeai vers Saint-Terry, m'arrêtant en chemin pour faire le plein d'essence. Je savais que j'atteindrais l'hôpital après les heures de visite, mais l'unité de soins intensifs avait un règlement bien à elle. On y autorisait une visite de cinq minutes par heure pour les membres de la famille. L'hôpital était aussi brillamment illuminé qu'un hôtel de villégiature et je dus faire tout le tour du bâtiment pour trouver une place où me garer. Je traversai le hall d'entrée et tournai à droite, vers les ascenseurs. Arrivée à l'étage, j'utilisai un téléphone mural pour appeller le service. L'infirmière de garde qui me répondit était polie, mais ne reconnut pas mon nom. Elle me mit en attente sans vraiment vérifier si Danielle était bien présente. J'étudiai la marine en pastel accrochée au mur. Quelques instants plus tard, l'infirmière me reprit d'un ton plus amical. Cheney avait dû faire dire qu'on me laisse entrer. Elle me prenait sans doute pour quelqu'un de la police.

Je m'immobilisai dans le couloir et observai Danielle à travers la vitre de sa chambre. Son lit d'hôpital avait été légèrement redressé. Elle paraissait somnoler. Ses longs cheveux noirs étaient éparpillés sur l'oreiller et débordaient du lit. Son visage paraissait encore plus meurtri. Le pansement blanc qu'elle avait en travers du nez formait un contraste violent avec ses paupières enflées et noires comme du charbon. Sa bouche était sombre et gonflée. Ils avaient dû lui bloquer la mâchoire avec du fil métallique car elle n'avait pas la bouche béante du malade qui dort. Son intraveineuse était toujours en place, ainsi que son cathéter.

– Vous avez besoin de lui parler ?

Je me tournai et retrouvai l'infirmière de la nuit précédente.

– Je ne veux pas l'embêter, dis-je.

– De toute façon, je dois la réveiller. Vous feriez aussi bien d'entrer. Mais ne la contrariez pas.

– Bien sûr que non. Comment va-t-elle ?

– Assez bien. Elle a pris beaucoup d'antalgiques, mais elle se réveille de temps à autre. Encore un jour ou deux et nous pourrons la descendre en médecine générale, mais nous pensons qu'elle est plus en sûreté ici.

Je me tins tranquillement à côté du lit pendant que l'infirmière lui prenait la tension et le pouls, tout en ajustant l'écoulement de son intraveineuse. Ses yeux s'ouvrirent à la manière confuse et vacillante de quelqu'un qui ne sait plus très bien où il est ni pourquoi. L'infirmière annota le graphique et quitta la pièce. Les yeux verts de Danielle brillaient intensément au milieu de la masse sombre de ses meurtrissures.

– Salut. Comment ça va ?

– J'ai connu mieux, dit-elle entre ses dents. Ils m'ont ficelé la mâchoire. C'est pour ça que je parle comme ça.

– C'est ce que je me disais. Vous avez mal ?

– Non, je plane.

Elle sourit brièvement, sans bouger la tête.

– Je n'ai pas vu le type, si c'est ce que vous vous demandez. Je ne me souviens que du moment où j'ai ouvert la porte.

– Ce n'est pas étonnant. Ça reviendra peut-être avec le temps.

– J'espère que non.

– Oui, bon. Dites-moi si vous êtes fatiguée. Je ne veux pas vous épuiser.

– Ça va. J'aime bien votre compagnie. Où en êtes-vous ?

– Pas grand-chose de neuf. Je rentre chez moi après une réunion du Conseil des eaux. Quel cirque ! Le vieux bonhomme pour lequel Lorna faisait la garde s'est lancé dans une énorme engueulade avec un promoteur, un certain Stockton. Avant ça, c'était tellement rasoir que j'ai failli m'endormir.

Danielle poussa un murmure pour me signifier qu'elle m'écoutait. Elle avait les paupières lourdes et je crus qu'elle allait s'endormir elle aussi. J'avais espéré que le nom du Trapu déclencherait quelque chose, mais peut-être n'avait-elle plus assez d'énergie pour ça.

– Lorna vous a-t-elle jamais parlé de John Stockton ?

Je n'étais même pas sûre qu'elle m'entende. Tout était silencieux dans la chambre, mais elle parut sortir de sa torpeur.

– Client, dit-elle.

– C'était un client ? répétai-je, stupéfaite.

Je réfléchis un instant, essayant de digérer le renseignement.

– Ça m'étonne quand même. Il ne semblait pas être son genre. Quand ça ?

– Il y a longtemps. Je crois qu'elle ne l'a vu qu'une fois. L'autre type, c'est lui que...

– Quel autre type ?

– Le vieux.

– C'est lui que... quoi ?

– Que Lorna baisait.

– Je ne crois vraiment pas. Vous devez le confondre avec quelqu'un d'autre. Clark Esselmann est le père de Serena Bonney. C'est le vieux qu'elle gardait...

Elle bougea sa main intacte, pinçant les draps.

– Il vous faut quelque chose ?

– De l'eau.

Je jetai un coup d'œil à la table de lit roulante. Il y avait une cruche remplie d'eau, une tasse en plastique et une paille, également en plastique, avec une partie en accordéon qui se repliait.

– Vous avez le droit de boire ça ? Je ne veux pas que vous trichiez sous pretéxte que je ne suis pas au courant.

Elle sourit.

– Je ne tricherais pas... ici.

Je remplis la tasse et en pliai la paille, puis la tins près de sa bouche et abaissai la paille jusqu'à ce qu'elle touche ses lèvres. Elle en prit trois petites gorgées en aspirant légèrement.

– Merci.

– Vous me parliez de quelqu'un à qui Lorna avait eu affaire.

– Esselmann.
– Vous êtes sûre que nous parlons du même type ?
– C'est le beau-père du patron, non ?
– Oui, mais pourquoi ne pas me l'avoir dit plus tôt ? Ça pourrait être important.
– Je croyais vous l'avoir dit. Qu'est-ce que ça change ?
– Dites-m'en plus et nous verrons ce que ça change.
– C'était un pervers sexuel.
Elle grimaça en essayant de se réinstaller dans son lit. Un spasme de douleur parut traverser son visage.
– Ça va ? Vous n'êtes pas obligée de me parler tout de suite.
– Ça va. Mes côtes me font un mal de chien, mais c'est tout. Je vais me reposer un instant.
J'attendis et me mis à réfléchir. Un pervers ? Je m'imaginai Esselmann recevant la fessée et gambadant de-ci, de-là, en porte-jarretelles.
Je vis que Danielle luttait pour retrouver ses esprits.
– Elle y est allée après sa crise cardiaque, mais il lui a fait des avances. Elle n'en croyait pas ses oreilles. Mais bon… après tout, elle s'en foutait pas mal. Un dollar, c'est un dollar, et il la payait une fortune. Cela dit, elle ne s'y attendait pas. Il semblait si… convenable.
– Je n'en doute pas. Et sa fille ne l'a jamais su ?
– Personne ne l'a su. Mais plus tard, Lorna a lâché le morceau. Elle m'a dit qu'il l'avait appris et qu'elle ne l'avait plus jamais revu. Elle avait honte. Serena avait envie de l'engager, mais le vieux ne voulait pas en entendre parler.
– Qu'entendez-vous par : « il l'avait appris » ? A qui a-t-elle « lâché le morceau » ?
– Je n'en sais rien. Après ça, elle n'a plus voulu en parler. Elle m'a dit : « Cette leçon-là, on ne l'apprend qu'une seule fois. »
– Pardon, dit l'infirmière qui était de retour. Je ne voudrais pas vous paraître impolie, mais pourriez-vous en finir ? Les médecins ne veulent pas que ses visites durent plus de cinq minutes.
– Je comprends. C'est bien.
Je me tournai vers Danielle.

– Nous reparlerons de ça plus tard. Essayez de vous reposer.

– D'accord.

Danielle referma les yeux. Je restai près d'elle encore une minute, plus pour moi que pour elle, puis je me glissai hors de la chambre. L'assistante de service au poste des infirmières me regarda partir.

J'essayai de me représenter Lorna Kepler avec Clark Esselmann. Et pervers avec ça ? Quelle idée ! Ce n'était pas tant son âge que son aura d'homme compassé qui m'en empêchait. J'étais incapable de concilier sa respectabilité avec ses penchants sexuels (présumés). Ça devait faire plus de cinquante ans qu'il était marié avec la mère de Serena. Tout cela avait dû se passer avant la mort de Mme Esselmann.

Je fis un crochet au drugstore, où j'achetai quatre cadres de photos de 20 × 25 pour remplacer ceux que j'avais apportés de chez Danielle. Lorna et Clark Esselmann ! Quelle drôle d'association ! Le drugstore semblait rempli des mêmes images contradictoires : remèdes contre l'arthrite et préservatifs, pots de chambre et contrôle des naissances. Profitant de l'occasion, j'achetai quelques paquets de fiches de répertoire, puis je retournai chez moi en essayant de penser à autre chose.

Je me garai, fis basculer mon siège en avant et sortis le coffret plein des papiers de Lorna de dessous les draps éclaboussés de sang. Pour quelqu'un d'aussi obsessionnel pour tout ce qui touche à son appartement, je n'ai guère de scrupules concernant l'état de ma voiture. J'empilai mes achats par-dessus le coffret et entrai chez moi en maintenant le tout de la pointe du menton.

Je m'installai à mon bureau. Je n'avais ni retranscrit ni regroupé mes notes depuis le deuxième jour de l'affaire et les fiches que j'avais remplies alors me parurent insuffisantes, voire ineptes. Les informations s'accumulent et se combinent, couche sur couche, chacune influençant la perception qu'on a des choses. Avec mon carnet de notes, mon agenda, mes bordereaux d'essence, mes reçus et mon billet d'avion, je me mis à reconstituer les événements survenus entre mardi et ce jour-là en passant en revue mes rencontres avec le patron de Lorna,

Roger Bonney, Joseph Ayers et Russell Turpin à San Francisco, Trinny, Serena, Clark Esselmann et le (soi-disant) avocat dans la limousine. A présent, il me fallait y ajouter les allégations de Danielle sur les relations embrouillées de Lorna et de Clark Esselmann – et vérifier ce dernier point si j'en trouvais le moyen. Je pouvais difficilement m'adresser à Serena.

De fait, cela me fit du bien de voir le terrain parcouru. En l'espace de cinq jours, j'avais construit un tableau assez exhaustif du style de vie de Lorna. Je m'absorbai dans mes souvenirs. Aussitôt mes fiches remplies, je les fixai au tableau, méli-mélo de faits divers et d'impressions. Ce fut en revenant sur les finances de Lorna et en reprenant l'inventaire de ses biens que je saisis enfin quelque chose que je n'avais pas vu. Glissée à l'intérieur du dossier contenant ses titres d'actions, se trouvait la liste détaillée des bijoux qu'elle avait assurés. Quatre pièces étaient mentionnées : un collier de grenats, un bracelet de grenats assorti, une paire de boucles d'oreilles et une montre en diamants, dont la valeur estimée totalisait vingt-huit mille dollars. Les boucles d'oreilles étaient décrites commes des pierres calibrées, des diamants qui allaient du demi-carat au carat entier et avaient été montés en anneaux doubles. Je les avais déjà vues sur Berlyn, mais avais cru qu'il s'agissait de faux. Je regardai l'heure. Il était presque onze heures du soir et je fus stupéfaite de découvrir que j'avais travaillé presque deux heures. Je pris le téléphone et appelai les Kepler, espérant qu'il ne serait pas trop tard. Ce fut Mace qui décrocha. Quel con, celui-là ! Je détestais lui parler. J'entendis une émission sportive télévisée braillant en toile de fond. Probablement un match de boxe, d'après les rugissements de la foule. Je me fourrai un doigt dans le nez pour déguiser ma voix.

– Bonsoir, monsieur Kepler, est-ce que Berlyn est là, s'il vous plaît ?

– Qui est à l'appareil ?

– Marcy. Je suis une de ses amies. Je suis passée chez vous la semaine dernière.

– Ouais, eh ben, elle est pas là. Et Trinny non plus.

– Vous savez où elle est allée ? On avait rendez-vous, mais j'ai oublié où.

– C'est comment votre nom ?

– Marcy. Elle serait pas allée au Palace, des fois ?

Il y eut un silence de mauvais augure tandis qu'à l'arrière-plan quelqu'un en prenait vraiment pour son compte.

– Que je vous dise un truc, Marcy. Elle ferait mieux de ne pas y être. Si jamais elle est allée au Palace, elle aura de mes nouvelles. C'est là qu'elle vous a donné rendez-vous ?

– Euh... non.

Mais j'étais prête à parier qu'elle s'y trouvait. Je raccrochai. J'écartai la paperasse, enfilai ma veste et trouvai mon sac, m'arrêtant le temps de me passer un coup de peigne.

J'ouvris ma porte et là, il y avait un homme.

Je fis un bond en arrière et poussai un cri avant de voir qui c'était.

– Merde alors, J. D. ! Mais qu'est-ce que vous faites là ? Vous m'avez fichu une de ces frousses !

Il avait sursauté aussi, à peu près au même moment que moi, et maintenant il s'appuyait au chambranle de la porte.

– Eh ben merde ! Vous m'avez fait peur, vous aussi. J'allais frapper quand vous êtes sortie en trombe.

Il avait mis une main sur sa poitrine.

– Attendez un instant. Mon cœur bat à toute vitesse. Je m'excuse de vous avoir fait peur. Je sais que j'aurais dû appeler avant. Je me suis simplement dit que vous seriez peut-être là.

– Comment savez-vous où j'habite ?

– Vous avez donné une carte de visite à Leda et vous l'avez noté ici même, au dos. Je peux entrer ?

– D'accord, mais faudrait pas que ça dure trois heures, dis-je. J'allais sortir. J'ai quelque chose à faire.

Je reculai et le regardai entrer. Je n'aime pas que n'importe qui débarque chez moi à l'improviste. Si je n'avais pas eu quelques questions à lui poser, je lui aurais sans doute demandé de rester dehors. Il était habillé comme la dernière fois où je l'avais vu, et moi aussi, d'ailleurs. Nous avions tous les deux des jeans usés et des vestes en toile bleue. Il avait toujours ses bottes de cow-boy et moi mes chaussures de sport. Je refermai la porte derrière lui et me dirigeai vers le comptoir de la cuisine, espérant qu'ainsi il ne s'approcherait pas de mon bureau.

Comme la plupart des gens qui découvrent mon appartement pour la première fois, il regarda autour de lui avec intérêt.

– C'est chouette, dit-il.

Je lui indiquai un siège en jetant furtivement un coup d'œil à ma montre.

– Asseyez-vous.

– Non, ça ira. De toutes les manières, je ne peux pas rester longtemps.

– Je vous offrirais bien quelque chose, mais je n'ai que des pâtes crues. Vous aimez les *rotelli* ?

– Ne vous inquiétez pas pour moi. Ça ira, dit-il.

Je m'installai sur un tabouret et lui laissai l'autre, au cas où il changerait d'avis. Il paraissait mal à l'aise, planté là comme un bâton, les deux mains dans les poches arrière de son jean. Son regard rencontra le mien, puis s'en détacha. La lumière du salon n'était pas aussi flatteuse pour son visage que celle de sa cuisine. Ou peut-être ce décor qu'il ne connaissait pas y dessinait-il de nouvelles lignes de tension.

Je me lassai d'attendre.

– Puis-je vous être utile en quoi que ce soit ? lui demandai-je.

– Ouais, eh ben, Leda m'a dit que vous étiez passée. Je suis rentré vers sept heures et elle était plutôt bouleversée.

– Tiens, dis-je d'un ton neutre. Je me demande bien pourquoi.

– C'est cette histoire de bande. Elle aimerait bien la récupérer, si ça ne vous ennuie pas.

– Pas du tout.

Je m'avançai vers le bureau et la sortit de l'enveloppe en papier bulle dans laquelle Hector l'avait glissée. Je la fis passer à J. D., qui la mit dans la poche de sa veste sans vraiment la regarder.

– Vous avez pu l'écouter ? s'enquit-il.

Il avait l'air beaucoup trop décontracté.

– Brièvement. Et vous ?

– Je sais à peu près ce qu'il y a dedans, enfin… Je savais ce qu'elle faisait.

– Ah, dis-je avec un hochement de tête évasif.

A l'intérieur, une petite voix me souffla : « Mais nom de nom, de quoi s'agit-il ? C'est bougrement intéressant, ça. »

– Pourquoi était-elle bouleversée ?

– A mon avis, parce qu'elle ne veut pas que la police soit au courant.

– Je lui ai dit que je ne la leur donnerais pas.

– Elle n'a pas trop confiance. Vous savez, elle est plutôt d'un naturel anxieux.

– Je l'avais compris, J. D., lui répondis-je. Je me demande simplement ce qui a pu la troubler au point de vous envoyer ici.

– Elle n'est pas troublée. Elle ne veut pas que vous pensiez que c'était moi.

Il déplaçait son poids d'un pied sur l'autre, souriant d'un air embarrassé et jouant son meilleur numéro de « Oh » et de « Mince alors ».

– Elle ne voulait pas que vous jouiez à l'inquisiteur avec moi. Que vous me sondiez.

S'il y avait eu une petite saleté sur le plancher, il l'aurait écrasée avec la pointe de sa botte.

– Je sonde tout le monde. Ça n'a rien de personnel, dis-je. En fait, puisque vous êtes là, j'ai une question à vous poser.

– Eh bien, allez-y. Je n'ai rien à cacher.

– Quelqu'un a mentionné que vous êtes entré dans la maison de Lorna avant l'arrivée des flics.

Il fronça les sourcils.

– On a dit ça ? Mais qui donc ?

– Je ne pense pas que ce soit un secret. Serena Bonney, lui répondis-je.

Il hocha la tête.

– C'est exact. Vous voyez… je savais que Leda avait mis un micro. J'étais au courant pour la bande et je ne voulais pas que les flics la repèrent… Alors, ce que j'ai fait, c'est… J'ai ouvert la porte, je me suis penché et j'ai coupé le fil du micro. Je suis resté dans la maison moins d'une minute et c'est pour ça que je n'ai jamais jugé bon d'en parler.

– Lorna était-elle au courant de cet enregistrement ?

– Je n'ai jamais rien dit. En vérité, j'étais gêné par le comportement de Leda. Vous savez bien… son attitude. Elle était plutôt tranchante avec Lorna. Elle est jeune et immature, et Lorna me faisait déjà la vie dure à son propos. Si je lui avais dit que Leda nous espionnait, elle se serait fendu la pêche ou alors elle se serait fâchée, et je ne pensais pas que ça aiderait leurs relations.

– Elles avaient de mauvaise relations ?

– Non. Elles n'étaient pas mauvaises, mais pas si bonnes que ça non plus.

– Leda était jalouse ? lui suggérai-je.

– Peut-être un peu, disons.

– Bref, vous êtes là pour me dire quoi ? Qu'en vérité tout va très bien entre vous et Leda et que ni l'un ni l'autre vous n'aviez la moindre raison de vouloir vous débarrasser de Lorna… c'est ça ?

– C'est la vérité. Je sais que vous croyez que j'ai quelque chose à voir avec sa mort…

– Comment pourrais-je penser un truc pareil ? Vous m'avez dit que vous n'étiez pas là.

– C'est exact. Et Leda non plus. J'étais sur le point de partir à la pêche avec mon beau-frère et, à la dernière minute, elle a décidé de monter avec moi à Santa Maria où je passais le prendre. Elle a dit qu'elle préférait traîner avec sa sœur plutôt que rester ici toute seule.

– Pourquoi me redites-vous tout ça ? Je ne comprends pas.

– Parce que vous faites comme si vous ne nous croyiez pas.

– Mais enfin, J.D. ! Comment pourrais-je ne pas vous croire alors que vous m'avez fourni de si bons alibis l'un pour l'autre ?

– Ce n'est pas un alibi. Écoutez-moi, bon Dieu ! Comment pourrait-il s'agir d'un alibi quand tout ce que je fais, c'est vous dire où nous étions ?

– Vous avez utilisé quelle voiture pour monter au lac Nacimiento ?

Il hésita.

– Mon beau-frère a un camion. Nous l'avons pris.

– Santa Maria est à une heure de route. Comment savoir si Leda n'est pas repartie dans votre voiture ?

– Je n'en suis pas absolument certain, mais vous pourriez demander à sa sœur. Elle vous le dirait.

– Ben tiens !

– Non, vraiment, elle vous le dirait.

– Allons donc ! Si vous êtes prêt à mentir pour Leda, je ne vois pas pourquoi sa sœur n'en ferait pas autant.

– Quelqu'un d'autre a dû la voir ce samedi-là. Il me semble qu'elle a parlé d'une réunion de maquillage le matin. Vous savez, une vendeuse de cosmétiques vient à domicile et donne des soins esthétiques à tout le monde, et après les clientes achètent les produits Mary Jane ou je ne sais trop quoi. Inutile de vous fâcher.

– Mary Kay. Mais vous avez raison. Je ne devrais pas me fâcher. J'ai dit à Leda que j'allais vérifier. Je n'ai pas encore eu l'occasion de le faire, donc c'est ma faute, pas la vôtre.

– Vous voyez ? Je ne sais pas comment vous vous y prenez, mais même quand vous vous excusez, on dirait que vous n'y croyez pas vraiment. Pourquoi êtes-vous si dure avec moi ?

– J. D. ! Je suis dure parce que je suis pressée et que je ne comprends pas où vous voulez en venir.

– Mais je ne veux en venir nulle part. Je suis simplement venu chercher la bande. J'ai pensé qu'étant ici, je... vous savez bien... je pourrais en discuter avec vous. En tout cas, c'est vous qui m'avez interrogé. Je n'ai rien demandé. A présent, on dirait que j'ai aggravé mon cas.

– Bon, d'accord. Admettons et restons-en là. Sinon, nous passerons la nuit à nous expliquer.

– OK. Du moment que vous n'êtes pas fâchée.

– Mais je ne suis pas du tout fâchée.

– Et que vous me croyez.

– Je n'ai jamais dit ça. J'ai dit admettons.

– Oh bon, d'accord. Nous dirons donc que tout va bien.

Je sentis que je commençais à loucher.

Il était vingt-trois heures vingt quand je me frayai un chemin dans la foule du Neptune's Palace. Côté abîmes de l'océan, l'illusion était parfaite. Des lumières d'un bleu aquatique viraient au noir. Les éclairages jouaient sur la piste de danse comme les reflets au fond d'une piscine. Je levai les yeux au plafond et eus droit à une tempête en mer. Des éclairs zigzaguaient dans un faux ciel, un vent invisible balayant la surface de l'océan. J'entendis les craquements du navire quand la pluie cingle le mât, le cri des matelots en train de se noyer sur fond de rock-and-roll. Les danseurs se balançaient en avant et en arrière, leurs bras ondulant dans l'air chargé de fumée. La musique était si forte qu'elle en devenait presque absence de son, silence, de la même manière que le noir représente toutes les couleurs intensifiées jusqu'au rien.

Je me trouvai un perchoir au bar, me payai une bière et scrutai la foule. Les garçons étaient maquillés de mascara et de rouge à lèvres noir, les filles arborant des coiffures punk et de savants tatouages. Je détournai prudemment le regard. La musique cessa brusquement et la piste commença à se vider. J'aperçus au passage une tête blonde qui me rappela Berlyn. Puis je la perdis de vue. Je me laissai glisser du tabouret et fis le tour par la droite en observant les tourbillons de la meute vers l'endroit où j'avais cru la voir. Aucune trace d'elle, mais je pensais ne pas m'être trompée.

Je m'attardai près d'un grand aquarium d'eau de mer où une anguille plate aux dents féroces était en train de dévorer un malheureux poisson. Soudain je la vis, assise à une table avec un grand costaud en débardeur, treillis et rangers de l'armée. Il avait le crâne rasé, mais ses épaules et ses avant-bras disparaissaient sous une épaisse toison. Toutes les parties de son corps non envahies par les poils étaient ornées de tatouages de dragons et de serpents. Je voyais les bosses sur son crâne et des bourrelets de chair le long de son cou. Je me dis souvent que le gras du dos serait la partie du corps humain que les êtres d'une autre planète préféreraient manger.

Berlyn était assise de profil. Elle s'était débarrassée de sa veste en cuir, qui pendait maintenant au dos de sa chaise et y était retenue par son sac à bandoulière. Elle portait les boucles d'oreilles, les deux anneaux incrustés de diamants. Sa jupe était en satin vert et, comme la noire, courte et serrée. En parlant, elle portait souvent la main à ses boucles d'oreilles, touchant l'une puis l'autre pour s'assurer qu'elles n'avaient pas disparu. Elle avait l'air mal à son aise, comme si elle n'avait pas l'habitude de porter des bijoux aussi beaux. Les lumières de la bougie posée au milieu de la table accrochaient les innombrables facettes des pierres.

Une musique tonitruante déchira l'air et le couple se leva pour danser à nouveau. Berlyn portait les mêmes hauts talons pointus, espérant sans doute donner quelque grâce à des chevilles aussi informes que des piliers de véranda. Son postérieur ressemblait à un gros baluchon qu'elle se serait ficelé autour de la taille. La table à côté de la leur avait été abandonnée, je m'installai sur la chaise voisine.

Trinny apparut soudain à ma droite. J'aurais bien évité le contact, mais je savais qu'elle m'avait déjà repérée.

– Salut, Trinny. Comment allez-vous ? Je ne savais pas que vous veniez ici.

– Tout le monde vient ici. C'est branché.

Elle regardait autour d'elle tout en parlant, claquant les doigts et pointant le menton en avant au rythme de la musique. Je me demandai s'il s'agissait d'un rite d'accouplement.

– Vous êtes venue seule ?

– Nn-non, avec Berl. Elle a un ami qu'elle retrouve ici parce que Papa ne l'aime pas.

– Vraiment ? Berlyn est là, elle aussi ? Où est-elle passée ?

– Elle est allée danser. Elle était assise juste là.

Elle me montra vaguement la piste, que j'observai consciencieusement. Berlyn s'y déhanchait beaucoup avec son grand costaud. Je vis sa tête rasée au-dessus des autres qui s'agitaient sur la piste.

– C'est lui le type que votre père n'aime pas ? Je ne vois pas pourquoi.

Elle haussa les épaules.

– Je crois que c'est à cause de ses cheveux. Papa est plutôt du genre conservateur. Il pense que les mecs ne devraient pas se raser la tête.

– Ouais, mais qu'est-ce que ça peut faire s'il a tant de poils partout ailleurs ? lui demandai-je.

Trinny fit la grimace.

– Je n'aime pas les types qui ont des poils dans le dos.

– Elle a de bien belles boucles d'oreilles, Berlyn. Où les a-t-elle trouvées ? J'aimerais bien en avoir de pareilles.

– C'est du strass.

– Du strass ? Mais c'est génial ! D'ici on dirait de vrais diamants, vous ne trouvez pas ?

– Ouais. Comme si elle allait porter des diamants !

– Peut-être les a-t-elle achetées dans un magasin spécialisé dans le faux. Vous savez... émeraudes, rubis et autres. Moi, je vois ces trucs-là et je suis incapable de faire la différence.

– Ouais, peut-être.

Je levai les yeux. Un type qui projetait beaucoup son menton en avant et claquait férocement des doigts se tenait debout près de la chaise de Trinny. Elle se leva et se mit à se déhancher sur place. J'agitai la main, essayant d'observer les danseurs entre leurs bras qui battaient l'air.

– Vous permettez ?

Ils gagnèrent la piste et se lancèrent dans un be-bop. Je retrouvai Berlyn avec son prétendant. Je gardai les yeux rivés sur leurs têtes. Je me penchai en avant comme pour nouer un lacet et glissai la main dans son sac. J'y sentis son portefeuille, une trousse de maquillage et sa brosse à cheveux. Je me redressai, puis dégageai simplement le sac du dos de la chaise où elle l'avait accroché et laissai le mien à sa place. Je me passai la bandoulière sur une épaule et me dirigeai vers les toilettes pour dames.

Il y avait cinq ou six femmes devant les lavabos et tout un attirail de maquillage dispersé sur les étagères prévues à cet effet. Elles se crêpaient frénétiquement les cheveux, jouaient de la brosse, du rose à joues et du crayon à lèvres et ne levèrent même pas les yeux lorsque j'entrai dans une cabine et en verrouillai la porte. Je fixai le sac à un crochet gentiment mis à disposition par la direction et commençai la fouille.

Le portefeuille de Berlyn ne m'apprit pas grand-chose : permis de conduire, deux cartes de crédit, quelques reçus pliés et glissés au milieu des billets de banque. Son chéquier indiquait une série de dépôts à intervalles hebdomadaires : son salaire chez Kepler Plumbing, Inc. La nana était bien mal payée. En revenant sur les derniers mois, je notai des dépôts occasionnels de deux mille cinq cents dollars, certains suivis de chèques établis à l'ordre de Holiday Travel. Voilà qui était plus intéressant. Je découvris la petite boîte à bijoux en velours dans laquelle elle devait ranger les boucles d'oreilles.

J'essayai la poche intérieure à fermeture Éclair, faisant le tri de vieilles listes pour l'épicier, de reçus de drugstore bon marché et de talons de chèques. Je tombai sur les livrets de deux comptes d'épargne différents. Le premier avait été ouvert avec un dépôt de neuf mille dollars, la transaction remontant à un mois environ après la mort de Lorna. Puis je vis des retraits occasionnels de deux mille cinq cents dollars, ramenant le solde actuel à mille cinq cents. Le deuxième compte était crédité de six mille dollars. Il y en avait sans doute un troisième ailleurs. Berlyn avait fourré les carbones de ses fiches de dépôt et de retrait à l'arrière d'un des livrets – information qu'elle n'osait pas laisser à la maison. Si Janice avait découvert ces fonds occultes, des questions plutôt désagréables auraient été posées. J'ôtai une fiche carbone de chacun des deux livrets.

Quelqu'un frappa à la porte.

– Vous êtes morte ou quoi ?

– Un instant, répondis-je.

Je tirai la chasse, laissant l'eau couler bruyamment tandis que je remettais le tout dans le sac à main. J'émergeai de la cabine, le sac en bandoulière sur l'épaule. Une Noire avec une coupe afro des années soixante-dix pénétra dans la cabine que je venais d'évacuer. Je trouvai un lavabo libre et me frottai soigneusement les mains. Je sentais qu'elles en avaient besoin.

Je quittai les toilettes et regagnai rapidement la table juste au moment où le morceau se terminait en une tonitruante apothéose. Des applaudissements tumultueux jaillirent de la piste, avec sifflements stridents et gros piétinements. Je me glissai sur ma chaise, enlevai mon sac de la sienne et y remis celui de Berlyn.

Celle-ci approchait, son grand costaud juste derrière elle. Sa chaise bascula dangereusement. Je fis le geste de la retenir, mais pas assez vite pour empêcher son sac et sa veste en cuir de tomber par terre.

CHAPITRE 19

J'avais vu Berlyn ouvrir la bouche d'un air contrarié lorsqu'elle s'était rendu compte que la chaise allait basculer. Elle avait l'air en nage et fâchée – son état permanent, je le craignais. Je lui tournai brusquement le dos et me retrouvai face au bar. Je bus ma bière, le cœur battant. J'entendis son exclamation de surprise.

– Regardez-moi ça ! Putaaaaaiiin...

Elle étira son juron sur trois notes musicales tandis qu'elle ramassait ses affaires, puis s'arrêta pour vérifier le contenu de son sac.

– Quelqu'un y a fourré son nez ! dit-elle.

– Quoi ? Dans ton sac ? lui demanda le type.

– Oui, Gary, dans mon sac, dit-elle d'une voix lourde d'ironie.

– Il manque rien ?

Il paraissait inquiet, mais pas hors de lui. Peut-être était-il habitué à son ton de voix.

– Hé, mais...

Je sentis qu'elle s'adressait à moi.

Elle me donna un coup dans l'épaule.

– C'est à vous que je cause !

Je me retournai, feignant l'innocence.

– Pardon ?

– Oh, mon Dieu ! Mais qu'est-ce que vous foutez là ?

– Bonjour, Berlyn. Je me disais bien que c'était vous ! J'ai vu

Trinny il y a un instant et elle m'a dit que vous étiez par là. Qu'est-ce qui se passe ?

Elle secoua le sac comme s'il s'agissait d'un vilain petit chien.

– Ne me racontez pas de conneries. Vous avez fouillé là-dedans !

Je portai la main à mon cœur et regardai autour de moi d'un air perplexe.

– Je suis allée aux toilettes. Je viens juste de m'asseoir, lui répondis-je.

– Ha, ha ! Très drôle.

Je levai les yeux vers le type.

– Elle est droguée ? dit-il.

Il roula les yeux.

– Allez, Berl, calme-toi, d'accord ? Elle ne t'a rien fait. Laisse cette nana tranquille.

– Ta gueule !

Ses cheveux blonds paraissaient presque blancs dans la lumière clignotante qui tombait du plafond. Ses yeux étaient soulignés de noir, du mascara séparant ses cils en minuscules rangées de pointes. Elle me fixa des yeux avec une singulière intensité, se hérissant à la manière d'un chat qui sent une menace.

Je laissai mon regard errer sur son visage, m'arrêtant sur les anneaux de diamants qui tremblotaient légèrement au bout de ses oreilles. Mon sourire resta agréable.

– Et si vous nous cachiez quelque chose, hein ?

Elle se pencha en avant d'un air si agressif que je crus un moment qu'elle allait m'empoigner par le devant de mon col roulé et me soulever de ma chaise. Puis elle colla son visage si près du mien que je sentis son haleine. Elle empestait la bière, ce qui n'est pas terriblement agréable.

– Qu'est-ce que vous dites ?

Je parlai clairement, en articulant.

– J'ai dit : Vous avez de belles boucles d'oreilles. Je me demande où vous les avez trouvées.

Son visage devint livide. Elle eut l'air décontenancée.

– Je ne suis pas obligée de vous parler.

Je jetai un œil sur le type pour voir comment il prenait la chose. Ça ne semblait pas beaucoup l'intéresser. Je le trouvai soudain beaucoup mieux qu'elle.

– Autre chose... Vous voulez bien me dire comment vous avez pu déposer autant d'argent sur vos comptes d'épargne ?

Le costaud la regarda de nouveau, puis revint sur moi, perplexe.

– C'est à moi ou à elle que vous causez ?

– En fait, à elle. Je suis détective privée, et je travaille sur une affaire. Je ne pense pas que vous voudriez vous trouver au milieu de tout ça, Gary. Pour le moment, ça baigne, mais dans une minute, ça va faire mal.

Il leva les bras.

– Hé, mais... Vous avez un problème, vous le réglez sans moi. Salut, Berl. Moi, je me tire.

– C'est ça, au revoir, lui lançai-je.

Et me tournant vers Berlyn, j'ajoutai :

– Ma voiture est dehors. Vous voulez qu'on discute ?

Nous nous assîmes dans la voiture. On aurait dit qu'il se passait autant de choses dans le parking qu'à l'intérieur du dancing. Deux flics de service s'étaient engagés dans une discussion solennelle avec un gamin qui paraissait avoir du mal à tenir debout. Dans l'allée devant nous, à deux voitures de là, une jeune fille dégobillait tout ce qu'elle avait dans l'estomac en s'accrochant à un pare-chocs. La température baissait et le ciel au-dessus de nous semblait aussi clair que du verre. Berlyn ne me regardait pas.

– On commence par les boucles d'oreilles ?

– Non.

Renfrognée, la demoiselle. Peu disposée à coopérer.

– Par l'argent que vous avez volé à Lorna ?

– C'est pas la peine de le prendre comme ça, dit-elle. Je n'ai pas exactement volé.

– Je vous écoute.

Elle semblait au supplice, se demandant jusqu'à quel point elle devait coopérer avec moi.

– Je vous dis ça à titre tout à fait confidentiel, d'accord ?

Je levai la main dans le style scout. J'adore tout ce qui est confidentiel, et plus ça l'est, mieux c'est. Je vendrais probablement la mèche, mais elle n'était pas obligée de le savoir.

Elle tourna autour du pot encore un moment, cherchant le moyen de formuler la chose.

– Lorna a appelé pour dire à Maman qu'elle partait en voyage. Maman ne m'en a parlé que plus tard, juste avant d'aller au travail. J'étais furieuse parce que je devais parler à Lorna du voyage à Mazatlan. Comme elle m'avait dit qu'elle pourrait m'aider, je suis passée chez elle. Sa voiture était là, mais les lumières étaient éteintes et elle n'a pas répondu quand j'ai frappé. Je me suis dit qu'elle était sortie. J'y suis retournée tôt le lendemain matin, espérant la trouver avant son départ.

– Quelle heure était-il ?

– Disons neuf heures - neuf heures et demie. Je devais apporter l'argent à l'agence de voyages avant midi, sinon je perdais mes arrhes. Je leur avais déjà donné mille dollars et il leur fallait le reste, sinon je perdais tout ce que j'avais déposé.

– C'était pour la croisière que vous avez faite à l'automne dernier ?

– No... non.

– Qu'est-ce qui vous avait fait croire que Lorna avait de l'argent ?

– Lorna en avait toujours. Tout le monde savait ce qu'elle faisait. Elle était parfois généreuse et parfois non. Ça dépendait de son humeur. En plus, elle m'avait dit qu'elle m'aiderait. Elle l'avait pratiquement promis.

Je décidai qu'il valait mieux attendre un peu avant de la questionner davantage sur ce sujet.

– Continuez, lui dis-je.

– Eh bien, j'ai frappé à la porte, mais elle ne répondait pas. J'ai vu que sa voiture était encore là et j'ai pensé qu'elle était peut-être sous la douche ou autre. J'ai ouvert la porte et jeté un coup d'œil à l'intérieur. Elle était par terre. Je suis restée plantée là, à la regarder. J'étais tellement choquée que je n'arrivais même pas à réfléchir.

– La porte était-elle fermée à clef la veille au soir ?

– Je ne sais pas. Je n'ai pas essayé. Je n'y ai même pas pensé. En tout cas, j'ai touché son bras et elle était vraiment froide. Je savais qu'elle était morte. Je l'avais compris rien qu'en la voyant. Ses yeux étaient grands ouverts et regardaient dans le vide. C'était vraiment dégueulasse.

– La suite ?

– Je me sentais très mal. C'était horrible. Je me suis assise et je me suis mise à pleurer.

Elle cligna des paupières, regardant à travers le pare-brise. Elle en faisait un peu trop à mon goût. Je la soupçonnai de se forcer à pleurer pour me faire croire à la sincérité de sa douleur.

– Vous n'avez pas appelé la police ? lui demandai-je.

– Non.

– Pourquoi ? J'aimerais seulement savoir ce qui vous passait par la tête.

– Je ne sais pas, me répondit-elle à contrecœur. J'avais peur qu'ils croient que c'était moi qui l'avais tuée.

– Pourquoi l'auraient-ils cru ?

– Je ne pouvais même pas prouver où j'étais plus tôt dans la journée, parce que j'étais seule à la maison. Maman était là, mais elle dormait, et Trinny avait encore un travail à cette époque-là. Parce que... si on m'avait arrêtée, Maman et Papa en seraient morts.

– Je comprends. Vous vouliez les protéger, lui dis-je d'un air un peu narquois.

– J'ai essayé de réfléchir. J'étais vraiment baisée, vous savez ? J'avais justement prié pour avoir cet argent, et maintenant c'était trop tard. Et la pauvre Lorna ! J'étais tellement désolée pour elle. Je n'arrêtais pas de penser à tout ce qu'elle ne pourrait plus jamais faire, se marier, avoir un bébé... Elle ne pourrait jamais plus aller en Europe...

– Bref, qu'est-ce que vous avez fait ? lui demandai-je en interrompant son récital.

Sa voix commença à trembloter.

Elle sortit un mouchoir en papier miteux et se tamponna le nez.

– Ben… je savais où elle rangeait ses carnets de chèques, alors j'ai emprunté son permis de conduire et un carnet… J'étais tellement perdue que je ne savais plus quoi faire.

– J'imagine. Et après ?

– J'ai pris ma voiture et je suis descendue dans la vallée pour retirer de l'argent de son compte d'épargne.

– Combien ?

– Je ne m'en souviens pas. Pas mal, je crois.

– Vous avez fermé le compte, n'est-ce pas ?

– Qu'est-ce que je pouvais faire d'autre ? Je me suis dit que dès qu'ils sauraient sa mort, ils gèleraient tous ses comptes comme ils l'avaient fait pour ma grand-mère, et… à quoi bon ? Elle avait promis de m'aider. Ce n'était pas comme si elle avait refusé ou un truc comme ça. Elle voulait me le passer, ce fric.

– Et la signature ? Comment avez-vous fait ?

– De toute façon, on écrit pareil. C'est moi qui lui ai appris avant qu'elle entre au jardin d'enfants. Elle avait toujours imité mon écriture, alors je n'ai pas eu trop de mal à imiter la sienne.

– Ils ne vous ont pas demandé des papiers d'identité ?

– Bien sûr, mais comme on se ressemble assez… J'ai le visage plus plein, mais c'est à peu près la seule différence. Vous savez, la couleur des cheveux… tout le monde peut la changer. Plus tard, quand le journal a annoncé la nouvelle, personne n'a fait le rapport. Je ne crois même pas qu'ils aient passé sa photo dans le canard local.

– Et la banque ? Ils n'ont pas envoyé un avis de fermeture du compte ?

– Bien sûr, mais c'est moi qui reçois tout le courrier à la maison. Tout ce qui venait d'eux, je le prenais et je le jetais vite fait.

– Enfin… presque tout, dis-je. Et après ?

– C'est tout.

– Et les boucles d'oreilles ?

– Ah, oui. J'aurais sans doute pas dû faire ça.

Elle fit une grimace pour me montrer qu'elle regrettait et autres émotions profondes.

– Depuis un moment, je me dis que je devrais remettre le reste.

– Où ça ?

– Nous avons toujours certains de ses vêtements et d'autres choses. J'ai pensé à mettre les bijoux dans un vieux sac, comme si c'était là qu'elle les gardait. Dans la poche de son manteau d'hiver, disons... Et après, je tombe dessus et je fais l'étonnée...

– C'est une idée, dis-je.

Je passais à côté de quelque chose, mais je n'arrivais pas à comprendre quoi.

– Et si on revenait à l'argent un instant ? Après être revenue de Simi Valley, vous aviez toujours le permis de conduire de Lorna, ainsi que l'argent, non ? J'essaie de comprendre ce que vous avez fait ensuite. Uniquement pour avoir une vue d'ensemble.

– Je ne comprends pas. Que voulez-vous dire ?

– Son permis de conduire étant signalé dans le rapport de police, vous avez dû le remettre en place.

– Oh, bien sûr. J'ai remis le permis exactement à sa place. Ouais, c'est ça.

– Hum-hum. Dans son portefeuille, par exemple ?

– Exactement. Puis j'ai compris qu'il valait mieux faire croire qu'elle avait fermé le compte elle-même, vous voyez... comme si elle avait pris de l'argent avant de partir en voyage.

– Jusque-là, je vous suis, dis-je prudemment.

– Tout le monde pensant qu'elle était déjà partie, il me suffisait de faire croire qu'elle était encore vivante toute la journée du vendredi.

– Un instant. Je croyais que c'était samedi. Tout ça s'est passé vendredi ?

– Ça ne pouvait être que vendredi. La banque n'est pas ouverte le samedi et l'agence de voyages non plus.

Ma bouche ne s'ouvrit pas vraiment tout grand, mais j'en eus le sentiment. Je me tournai pour la regarder droit dans les yeux, mais elle ne parut pas le remarquer. Elle était prise par son récit et ne s'était sans doute même pas rendu compte que je la regardais d'un air stupéfait. Elle était vraiment le mélange le plus incroyable de ruse et de stupidité, et beaucoup trop âgée pour être si inconsciente.

– Je suis rentrée à la maison. J'étais vraiment, vraiment bouleversée, alors j'ai dit à Maman que j'avais mal au ventre et je suis allée me coucher. Le samedi après-midi, je suis retournée chez Lorna et j'ai rentré le courrier avec le journal du matin. Il n'y avait pas de mal à ça. Enfin... quand on est mort on est mort, alors qu'est-ce que ça changeait ?

– Qu'avez-vous fait du livret bancaire ?

– Je l'ai gardé. Je ne voulais pas qu'on sache que l'argent n'y était plus.

– Vous avez donc attendu un mois et vous avez ouvert deux ou trois comptes d'épargne.

Je me surveillai, essayant de ne pas céder à la tentation de proférer ce qu'un professeur eût probablement qualifié d'exclamations violemment accusatrices. Berlyn devait en avoir pris conscience car elle hocha la tête, s'efforçant de paraître humble et repentante. Quoi qu'elle ait pu se raconter pendant les dix mois qui avaient suivi la mort de Lorna, je me dis que cela devait lui paraître bien différent maintenant qu'elle me l'expliquait.

– Vous n'aviez pas peur qu'on trouve vos empreintes chez elle ? lui demandai-je.

– Pas vraiment. J'ai essuyé tout ce que je touchais pour qu'elles ne se voient pas, mais même si j'en avais oublié... je me suis dit que j'avais le droit d'être là. Je suis sa sœur et je suis souvent allée chez elle. En plus, je ne crois qu'ils pourraient dater une empreinte.

– Je suis étonnée que vous ne vous soyez pas acheté des vêtements neufs ou une voiture.

– Ça n'aurait pas été juste. Je ne lui avais pas demandé ces choses-là.

– Vous ne lui aviez pas demandé ses bijoux non plus, lui fis-je remarquer d'un ton acerbe.

– Je pensais qu'elle n'aurait pas été contre, enfin... Pourquoi s'en soucierait-elle ? J'ai eu vraiment le cœur brisé en la trouvant comme ça.

Elle cessa de me regarder et eut l'air troublée.

– De toutes les manières, pourquoi m'en aurait-elle voulu puisqu'elle ne pouvait plus rien faire à ce moment-là ?

– Vous savez quand même que vous êtes en infraction avec la loi, non ?

– Ah bon ?

– En fait, vous en avez enfreint plusieurs, lui précisai-je, affable.

Je sentais la colère monter en moi. Comme si j'étais sur le point de vomir. J'aurais dû fermer ma gueule parce que je ne pouvais plus me retenir :

– Voici de quoi il s'agit, Berlyn. En plus d'avoir commis un vol aggravé, dissimulé des preuves, touché aux lieux du crime, fait obstruction à la justice et Dieu sait quoi encore, vous avez complètement foutu en l'air l'enquête sur le meurtre de votre propre sœur ! A cause de vous, il y a en ce moment même un trou du cul qui se promène libre comme l'air. Vous comprenez ? Quel genre de conne êtes-vous donc ?

Alors seulement, elle se mit à pleurer sérieusement.

Je me penchai et ouvris la portière de son côté.

– Sortez. Rentrez chez vous, lui dis-je. Mieux, allez chez Frankie et racontez à votre mère tout ce que vous avez fait avant que cela n'apparaisse dans mon rapport.

Elle se tourna vers moi, le nez rouge, son mascara ruisselant le long de ses joues. Ma trahison lui avait presque coupé le souffle.

– Mais je vous ai raconté tout ça à titre confidentiel ! Vous avez dit que vous ne le répéteriez pas !

– Je n'ai pas vraiment dit ça, mais si je l'ai fait, alors j'ai menti. Je suis vraiment quelqu'un de lamentable. Je regrette que vous ne l'ayez pas compris. Et maintenant, sortez de ma voiture !

Elle sortit en claquant la portière, sa douleur s'étant transformée en fureur en l'espace de dix secondes exactement. Elle approcha son visage de la vitre et me cria :

– Salope !

Je démarrai et partis en marche arrière, tellement en colère que je faillis l'écraser.

Je commençai à tourner dans le coin, espérant tomber sur Cheney Phillips. Peut-être était-il de service, effectuant sa tournée du vice comme un médecin. Je cherchais surtout un moyen de m'occuper pendant que je faisais le point sur les conséquences de ses aveux. Pas étonnant que J. D. soit nerveux ! Pas étonnant qu'il cherche par tous les moyens à déterminer le jour et l'heure exacte de son départ avec Leda. Si Lorna avait été assassinée le vendredi soir ou le samedi, ils étaient innocentés. Il suffisait de décaler la mort d'un jour en arrière pour que tout soit remis en question.

Je repris le raccourci par Cabana et me dirigeai vers le CC. Peut-être Cheney y traînait-il. Il n'était pas tout à fait minuit. Le vent s'était levé, gémissant dans les arbres, soufflant comme si la tempête allait se déchaîner bien qu'il ne plût pas. Le ressac bouillonnait, un embrun impétueux montant des vagues au moment où celles-ci se fracassaient sur le rivage. Dans une rue latérale, sur ma gauche, j'entendis une alarme d'automobile, le bruit semblant porter comme le hurlement d'un loup. Du coin de l'œil, je vis une feuille de palmier desséchée tomber d'un arbre et raser la chaussée devant moi.

Il y avait très peu de voitures dans le parking du Caliente Café. C'était tranquille pour un vendredi soir, rien qu'une poignée de clients – et aucun signe de Cheney. Avant de partir, je me servis du téléphone public pour essayer de le contacter chez lui. Soit il était sorti, soit il ne répondait pas, et je raccrochai sans laisser de message sur son répondeur. Je ne savais pas ce qui me chiffonnait le plus : l'histoire que m'avait racontée Berlyn ou les révélations de Danielle sur Lorna et Clark Esselmann.

Je fis un détour par Montebello, toujours en proie à l'incertitude. La propriété des Esselmann se trouvait dans une ruelle étroite, sans trottoirs ni réverbères. Les phares de ma voiture blanchissaient la route devant moi. Le vent soufflait toujours. Même avec les fenêtres fermées, je l'entendais gémir dans l'herbe. Une grosse branche était tombée et il me fallut ralentir pour l'éviter, mes yeux suivant le mur bas qui courait le long du domaine. Tous les projecteurs de jardin étaient éteints et la maison, dont la forme noire et anguleuse se découpait sur le ciel couleur d'argile, était plongée dans l'obscurité. La nuit était sans lune. Un hibou plana au-dessus de la route, se posa brièvement dans le champ herbeux de l'autre côté et s'éleva de nouveau dans les airs, un petit paquet sombre dans ses griffes. Certaines morts sont aussi silencieuses que le vol d'un oiseau, certaines proies aussi résignées qu'une boule de chiffon.

Le portail était fermé et je ne voyais pas grand-chose au-delà des formes sombres des genévriers qui bordaient l'allée. Je reculai, tournai et laissai tourner mon moteur en me demandant ce que j'allais bien pouvoir faire. Plus tard, je m'interrogeai sur ce qui se serait passé si j'avais pris la décision d'appuyer sur le bouton de l'interphone et avais annoncé ma venue. Sans doute cela n'aurait-il rien changé, mais comment en jurer ? Finalement, je passai en première, rentrai chez moi et me mis au lit. Au-dessus de ma tête, le vent poussait les feuilles sèches contre ma lucarne, et c'était comme les grattements de tout petits pieds, quelque chose qui aiguillonnait ma conscience tandis que je me tournais et me retournais dans mon sommeil. A un moment, en pleine nuit, j'aurais pu jurer qu'un doigt froid frôlait mon visage et je me réveillai en sursaut. La loggia était vide et le vent réduit à un murmure.

Le téléphone sonna à midi. J'étais réveillée depuis une heure, mais je ne voulais pas bouger. Ayant accompli ma transmigration au royaume de la nuit, je trouvais répugnant de me lever avant deux heures de l'après-midi. Le téléphone sonna de nouveau. Ce n'était d'ailleurs pas qu'il m'aurait fallu plus de sommeil, non. Je ne tenais tout simplement pas à affronter la lumière du jour. A la troisième sonnerie, je tendis le bras, posai le téléphone sur mon lit et m'en calai l'écouteur entre l'oreille et l'oreiller.

– Allô ?

– C'est moi, Cheney.

Je me redressai sur un coude et fis courir ma main dans mes cheveux.

– Tiens, tiens. J'ai essayé de vous appeler hier soir, mais j'imagine que vous étiez sorti.

– Non, non, j'étais là, dit-il. Ma petite amie était passée et nous avons débranché le téléphone à dix heures. Qu'est-ce qui se trame de votre côté ?

– Il faut qu'on se voie. Il y a toutes sortes de merdes qui nous tombent dessus dans cette enquête.

– Et vous ne savez pas tout. Je viens de recevoir un coup de fil d'un copain au bureau du shérif. Clark Esselmann est mort ce matin dans un accident invraisemblable.

– Il est quoi ?

– Vous ne me croirez jamais. Le bonhomme a été électrocuté dans sa piscine. Il a plongé pour faire quelques longueurs et il a grillé, enfin, je crois. Le jardinier a été tué, lui aussi. Il a sauté dans l'eau pour essayer de sauver son patron et il est mort de la même façon. La fille d'Esselmann dit qu'elle a entendu un cri et que le temps qu'elle se pointe, ils étaient morts tous les deux. Heureusement qu'elle a compris ce qui se passait et qu'elle a fermé le disjoncteur.

– Ça, c'est vraiment bizarre, dis-je. Pourquoi le disjoncteur n'a-t-il pas fonctionné en premier ? C'est fait pour ça, non ?

– Ne me le demandez pas. Je n'en sais rien. Un électricien est allé vérifier tous les câblages, alors on verra bien ce qu'il en dit. De toute façon, Hawthorn y est parti avec les gars de la Criminelle et je suis sur le point d'y aller. Vous voulez que je fasse un crochet pour vous prendre ?

– Donnez-moi six minutes. Je vous attendrai devant la porte.

– A tout de suite.

Nous nous présentâmes à l'entrée de la propriété. Cheney appuya sur le bouton et annonça notre arrivée à une voix caverneuse à l'autre bout.

– Un instant, je vais voir, dit le bonhomme avant de raccrocher.

En venant, j'avais tout dit à Cheney de l'affrontement qui avait opposé Esselmann et Stockton pendant la réunion de la veille au soir. Je lui avais également rapporté ma conversation avec Berlyn et ce que Danielle m'avait dit sur Esselmann et Lorna.

– Vous avez beaucoup travaillé, me fit-il remarquer.

– Pas assez. Je suis venue ici hier soir avec l'idée de lui parler. Je ne sais absolument pas ce que j'avais l'intention de lui dire, mais... Il faisait noir et je n'ai pas cru devoir réveiller tout le monde rien que pour l'interroger sur ses prétendues perversions sexuelles.

– Bien, mais il est trop tard maintenant.

– C'est bien vrai, dis-je.

Le portail s'étant ouvert, nous nous engageâmes dans l'allée sinueuse bordée de véhicules : deux voitures banalisées, le camion de l'électricien et une voiture du comté, celle du coroner, sans doute. Cheney gara sa Mazda derrière la dernière voiture de la file et nous nous approchâmes à pied. Un véhicule de secours de la brigade des pompiers et une ambulance orange et blanc étaient en stationnement devant, ainsi qu'une voiture de patrouille noire et blanche appartenant aux services du shérif du comté. Un adjoint au shérif en uniforme quitta son poste près de la porte d'entrée et se porta à notre rencontre. Cheney lui ayant montré son insigne, ils échangèrent quelques mots, puis l'homme nous fit signe de passer.

– Comment se fait-il qu'on vous laisse entrer ? lui lançai-je dans un souffle tandis que nous traversions la terrasse.

– J'ai dit à Hawthorn qu'il pourrait y avoir un rapport lointain avec une affaire sur laquelle nous travaillons. Ça ne lui pose aucun problème. Du moment que nous ne le gênons pas.

Il se tourna et pointa un doigt vers mon visage.

– Vous faites le moindre ennui et je vous tords le cou.

– Pourquoi ferais-je des ennuis ? Je suis aussi curieuse que vous.

Nous nous arrêtâmes à la porte d'entrée et nous écartâmes pour laisser passer deux auxiliaires médicaux de la brigade des pompiers qui avaient remballé leur matériel et s'apprêtaient à repartir. Sans doute n'avait-on plus besoin d'eux.

Nous entrâmes dans la maison et traversâmes la grande cuisine campagnarde. Tout était tranquille. Aucun bruit de voix, aucun ronronnement d'aspirateur, pas la moindre sonnerie de téléphone. Je ne vis ni Serena ni un seul employé de maison. Les portes-fenêtres étaient ouvertes et le patio, tel un plateau de cinéma, était encombré de gens dont le statut et la fonction n'étaient pas immédiatement clairs. La plupart traînaient à une distance respectueuse de la piscine, mais l'équipe des premiers constats était en plein travail. Je reconnus la photographe, le coroner et son assistant. Deux inspecteurs en civil prenaient des mesures pour un croquis. A présent que nous étions admis, personne ne semblait mettre en question notre droit d'être là. D'après ce que nous comprîmes, il n'était pas encore établi qu'un crime avait été commis, mais les lieux étaient passés au peigne fin eu égard à l'importance d'Esselmann au sein de la communauté.

Son corps et celui du jardinier avaient été retirés de l'eau. Ils reposaient côte à côte, discrètement recouverts de bâches. Deux paires de pieds étaient visibles, l'une nue et l'autre chaussée de bottes de travail. Le dessous des pieds nus était marqué par un faisceau irrégulier de brûlures et la chair noircie par endroits. Aucune trace du chien. J'en conclus qu'on l'avait enfermé quelque part. La deuxième équipe d'auxiliaires médicaux se tenait là tranquillement, attendant sans doute l'accord du coroner pour transporter les corps à la morgue. Il était clair qu'il ne leur restait rien d'autre à faire.

Cheney me laissa m'occuper comme bon me semblait. Sa présence sur les lieux était à peine plus justifiée que la mienne, mais là où il se sentait libre de circuler, je pensais qu'il était plus intelligent de garder un profil bas. Je me tournai et regardai les propriétés voisines. De jour, leurs pelouses ondulantes étaient inégales, le gazon étant mêlé d'un mélange de fétuques et d'oignons des Bermudes, ces derniers en période de dormance et formant des bandes d'un brun défraîchi. Les arbustes en fleurs entourant le patio dressaient un mur de couleurs à hauteur de taille. Je vis l'endroit exact où le jardinier avait travaillé ce matin-là, la haie qu'il était en train de tailler étant nette d'un côté et broussailleuse de l'autre. Ses cisailles électriques reposaient sur le béton à l'endroit où il avait dû les laisser tomber avant de sauter dans l'eau. La piscine paraissait calme, sa surface sombre reflétant une partie du toit très pentu. Peut-être n'était-ce qu'une invention de mon imagination trop active, mais j'aurais juré qu'une faible odeur de chair grillée s'attardait dans l'air matinal.

Je traversai le patio vers le passage couvert qui reliait les quatre garages à la maison, puis je revins tranquillement sur mes pas. Je ne voyais pas comment la mort d'Esselmann aurait pu être accidentelle, mais je ne comprenais pas non plus quel rapport elle pouvait avoir avec celle de Lorna. Il se pouvait qu'il l'ait tuée, mais cela ne me paraissait guère vraisemblable. S'il éprouvait des remords à cause de leur relation, ou s'il craignait qu'elle fût dévoilée, il aurait pu choisir de se suicider, mais quelle façon bizarre de s'y prendre ! Pour ce qu'il en savait, Serena aurait très bien pu arriver sur les lieux à ce moment, et serait alors morte avec lui.

Je remarquai une certaine activité sur le côté de la maison proche de la piscine : l'électricien discutait avec les deux inspecteurs de police. Il leur expliquait des choses en faisant de grands gestes et je les vis tous regarder le tableau électrique, puis la remise à outils où étaient installés la pompe, le filtre et le chauffage de la piscine. L'électricien s'avança à l'autre bout. Il s'accroupit sans cesser de parler, tandis qu'un des inspecteurs scrutait l'eau en plissant les paupières. Puis il se mit à quatre pattes et se pencha plus près. Il posa une question à l'électricien, ôta sa veste de sport, en remonta la manche et plongea le bras dans l'eau. On fit venir la photographe, l'inspecteur lui donnant de nouvelles instructions. Elle rechargea son appareil et changea d'objectif.

L'autre inspecteur rejoignit l'adjoint au coroner et les deux hommes se consultèrent. Le coroner ayant reculé, les deux auxiliaires médicaux préparèrent les corps en vue de leur transport en ambulance. D'où je me trouvais, je voyais la nouvelle circuler parmi le personnel présent. Quelle qu'elle fût, je la vis passer de couple en couple tandis que le groupe se reformait. Le policier partit plus loin et je me rapprochai doucement de l'adjoint au coroner, sachant que si je faisais preuve de patience, le train des nouvelles atteindrait bientôt ma petite gare. L'électricien avait laissé sa boîte à outils sur la table du patio et vint la récupérer. Pendant ce temps, l'adjoint au shérif discutait avec le spécialiste des empreintes digitales, qui n'avait pas eu grand-chose à faire jusque-là. Tous trois se mirent à parler et regarder la piscine derrière eux. J'entendis l'électricien utiliser le mot « idéel », et mes pensées ne firent qu'un bond jusqu'à la transcription dont Hector et moi avions discuté.

Je posai une main sur son bras, il se tourna vers moi.

– Excusez-moi de vous interrompre, mais qu'est-ce que vous venez de dire ?

– Je disais qu'il y avait un problème avec l'IDM. Un fil s'est détaché et c'est pour ça que le disjoncteur n'a pas fonctionné comme il aurait dû. Un des projecteurs a explosé au fond de la piscine et c'est ce qui a expédié le courant dans l'eau.

– Je croyais qu'on disait ICDM, interrupteur de circuit de défaut à la masse.

– C'est la même chose. Moi, j'utilise les deux. IDM est plus facile et tout le monde comprend ce que ça veut dire.

C'était un beau gosse d'une vingtaine d'années, un membre éminent de l'armée d'experts qui font marcher un peu mieux le monde civilisé.

– J'ai jamais vu ça de ma vie, fit-il remarquer à l'adjoint. Pour casser un projecteur immergé comme ça, il faudrait prendre un bâton et le défoncer d'en haut. L'inspecteur va se renseigner pour savoir quand l'entretien de la piscine a été fait pour la dernière fois, mais il y a quelqu'un qu'a vraiment merdé. Et ça, ça veut dire un gros procès. Un très gros procès, même.

– Vous croyez que le jardinier aurait pu le faire ? voulut savoir le spécialiste des empreintes digitales.

– Aurait pu faire quoi ? On ne pète pas un projecteur de piscine comme ça. Et je l'ai dit à l'inspecteur. C'est drôlement costaud, ce verre-là. Faut cogner rudement fort pour le casser. Si ça s'était passé de nuit, avec les autres projecteurs allumés, quelqu'un aurait pu le remarquer. Mais de jour comme ça, et avec tout ce carrelage noir, c'est à peine si on peut voir le fond là où il est le plus haut… Je ne parle même pas du bout où c'est profond.

De l'autre côté du patio, l'inspecteur fit signe à l'électricien de revenir et celui-ci s'avança dans sa direction. A l'endroit où je me trouvais, l'adjoint au shérif et l'expert en empreintes digitales avaient changé de discussion. Ils parlaient de quelqu'un qui s'était électrocuté avec sa tondeuse à gazon électrique parce qu'en essayant de se rendre utile, sa mère avait branché la prise à trois broches dans une rallonge à deux trous. L'isolement du fil de masse étant défectueuse, il y avait eu contact direct entre la rallonge et la poignée métallique de la tondeuse. L'adjoint donna force détails sur la nature des dégâts, les comparant à un autre cas où un enfant avait mordu dans une rallonge alors qu'il jouait dans une flaque d'eau dans la salle de bains.

Je n'arrêtais pas de penser à l'enregistrement et au passage où il était dit : « Elle y va tous les jours à la même heure. » Et si on s'était trompé de cible en tuant Esselmann ? Peut-être était-ce Serena qui était visée. Je cherchai Cheney des yeux, mais ne le trouvai pas. Je m'approchai de l'inspecteur le plus proche de moi et lui dis :

– Ça vous ennuierait que je parle à la fille d'Esselmann ? Ça ne prendra qu'une minute. Je suis une de ses amies.

– Je ne veux pas que vous discutiez de la mort de M. Esselmann. Ça, c'est mon boulot.

– C'est pour autre chose.

Il m'examina un moment, puis détourna les yeux.

– Faites vite, dit-il.

CHAPITRE 20

Je traversai la cuisine et gagnai le devant de la maison. Dans le hall d'entrée, je tournai à droite et montai les escaliers. Je n'avais aucune idée de la manière dont les chambres à coucher étaient disposées. Je les fis toutes, les unes après les autres. Au bout du couloir, je tombai sur un croisement en T, avec un salon à droite et une chambre à coucher à gauche. Je vis Serena allongée sur un lit à colonnes, recouverte d'une couverture légère. La pièce était ensoleillée et spacieuse, les murs tapissés d'un papier jaune et blanc à petites roses. Il y avait des rideaux blancs à la fenêtre, et toutes les boiseries étaient peintes en blanc.

Serena n'avait pas l'air de dormir. Je frappai au chambranle de la porte. Elle tourna la tête et me regarda. Je ne pensais pas qu'elle avait pleuré. Son visage était pâle, sans traces de larmes, ses yeux disant plus la résignation que la tristesse, si tant est qu'il soit possible de faire une telle distinction.

– Ils ont fini ?

Je secouai la tête.

– Ils en ont sans doute encore pour un moment. Vous voulez que j'appelle quelqu'un ?

– Pas vraiment. J'ai appelé Roger à l'usine. Il va venir dès qu'il aura un moment. Vous cherchez quelque chose ?

– J'aurais une question à vous poser, si vous vous en sentez.

– Ça ira. De quoi s'agit-il ?

– Vous servez-vous de la piscine tous les jours ?

– Non. Je n'ai jamais aimé la natation. Ça, c'était la passion de Papa. Il a fait installer cette piscine il y a cinq ans environ.

– Quelqu'un d'autre qui s'en servirait régulièrement ? Une bonne ? La cuisinière ?

Elle y réfléchit un instant.

– De temps à autre, un ami demande à l'utiliser, mais personne d'autre, dit-elle. Pourquoi cette question ?

– J'ai entendu une conversation enregistrée dans des circonstances dont je préfère ne pas parler. Lorna discutait avec un homme qui a utilisé cette phrase : « Elle y va tous les jours à la même heure. » Je me disais bien qu'il pouvait s'agir d'une piscine, mais à l'époque ça n'avait aucun sens. Je me demandais seulement s'il n'y a pas une « elle » qui y nagerait tous les jours à la même heure.

Elle sourit d'un air triste.

– Seulement la chienne, et elle n'y va qu'avec Papa. Vous l'avez vue l'autre soir. Ils jouent à « va chercher » et quand il fait ses longueurs, elle nage à côté de lui.

Je me sentis toute confuse.

– Je croyais que c'était un chien. Ne s'appelle-t-il pas Max ?

– Si, mais c'est l'abréviation de Maxine. En fait, son vrai nom est beaucoup plus long parce qu'elle a un pedigree.

– Ah… Maxine. Et comment va-t-elle ? Je ne l'ai pas vue en bas. Je pensais la trouver ici avec vous.

Serena se redressa péniblement.

– Oh, mon Dieu ! Merci de me le rappeler. Elle est toujours au toilettage. Je l'y ai amenée tôt ce matin. Le propriétaire du salon était même arrivé avant l'heure du rendez-vous. J'étais censée la reprendre à onze heures, mais j'ai complètement oublié. Demandez à Mme Holloway si elle veut bien y aller. Si vous pouviez les appeler pour leur dire ce qui s'est passé… Pauvre Max ! Elle va en mourir. Sans Papa… Ils étaient inséparables.

– Mme Holloway, la gouvernante ? Je ne l'ai pas vue non plus, mais je peux appeler le salon si vous le souhaitez.

– S'il vous plaît. Peut-être Roger pourra-t-il passer la prendre en revenant. C'est au « Toilettage de Montebello », dans le bas du village. Le numéro est sur le planning dans la cuisine. Je ne voudrais pas vous déranger, mais...

– Ça ne me dérange pas, lui dis-je. Comment vous sentez-vous ?

– Bien, non, vraiment. Je veux simplement rester un peu seule avant de descendre. De toute façon, il faudra sans doute que je parle encore une fois avec l'inspecteur. Je n'arrive toujours pas à y croire. C'est tellement absurde.

– Prenez votre temps, dis-je. Je dirai au propriétaire du salon que quelqu'un passera prendre Max plus tard. Vous voulez que je ferme ça ? Ce sera plus tranquille.

– D'accord. Et merci.

– De rien. Je suis navrée pour votre père.

– Merci.

Je quittai la chambre et en refermai bien la porte derrière moi. Puis je descendis à la cuisine et appelai le salon. Je me présentai comme une amie de Serena et leur annonçai que son père était mort subitement. L'employée se montra extrêmement bienveillante et m'exprima ses condoléances. Le salon fermait à trois heures et elle pourrait nous déposer Max en rentrant chez elle. Je laissai un mot dans ce sens en me disant que Mme Holloway ou Serena le remarquerait.

Le temps que je retourne au patio, les corps avaient été enlevés et la photographe avait remballé son matériel avant de partir. Il n'y avait plus trace de l'électricien, du coroner et de son adjoint. Le spécialiste des empreintes digitales s'était attaqué au matériel d'entretien de la piscine. De mon côté du bassin, je vis Cheney en train de discuter avec le plus jeune des deux inspecteurs, son copain Hawthorn, sans doute, bien qu'il ne nous eût jamais présentés. M'ayant aperçue, il mit fin à sa conversation et traversa le patio pour venir à ma rencontre.

– Je me demandais où vous étiez passée, dit-il. Ils ont presque fini. Vous voulez qu'on s'en aille ?

– Ce serait aussi bien.

Nous ne nous dîmes pas grand-chose avant d'avoir quitté la maison et descendu l'allée qui conduisait à sa voiture.

– Alors, on a des hypothèses ? lui demandai-je. Ça ne peut pas être un accident. Ce serait trop ridicule.

Cheney déverrouilla la portière, et me la tint ouverte.

– Ça n'en a pas l'air, mais nous verrons bien ce qu'ils trouvent.

Il referma ma portière et mit ainsi fin à la conversation. Je me penchai et remontai le loquet de son côté, mais je dus attendre qu'il ait fait le tour. Il se glissa derrière le volant.

– Arrêtez donc d'être si tatillon et jouez le jeu, lui dis-je. Qu'est-ce que vous en pensez ?

– J'en pense qu'il serait stupide d'essayer de deviner.

– Oh, allons donc, Cheney ! Ce ne pouvait qu'être un meurtre. Quelqu'un a pété le projecteur de la piscine, puis débranché l'IDM. Vous n'avez jamais cru à un accident. C'est vous qui avez dit à Hawthorn qu'il pourrait y avoir un rapport lointain entre la mort de Lorna et celle d'Esselmann.

– Un rapport ? Quel rapport ? dit-il, un rien pervers.

– C'est la question que je vous pose ! m'écriai-je. Dieu, que vous êtes exaspérant ! Bon, d'accord, je commence. Voici ce que je pense.

Il roula des yeux blancs, sourit et mit le contact. Il posa un bras sur le siège et, regardant dans la lunette arrière, recula au-delà du portail avec une nonchalance à couper le souffle. Arrivé sur la route, il passa en première et partit en trombe. Je lui parlai des enregistrements clandestins de Leda, je n'en avais pas la transcription sur moi, mais le texte en était si fragmentaire qu'il n'était pas difficile de s'en souvenir.

– Je crois que le type est en train de lui raconter son plan. Il a trouvé le moyen de tuer Esselmann et il ne se sent plus. Peut-être pensait-il qu'elle trouverait ça amusant, mais ça n'est manifestement pas le cas. Vous devriez l'entendre sur la bande. Elle est embêtée et furieuse, et il essaie de faire comme si ce n'était qu'une grosse blague. L'ennui, c'est qu'en lui disant ça, il se découvre et que si jamais il passe à l'acte, elle saura que c'est lui. Et vu la réaction qu'elle a, il ne peut plus être sûr qu'elle la fermera.

– Bref, ça donne quoi ? En deux mots, dit-il.

– Je crois qu'on l'a assassinée parce qu'elle en savait trop.

Il fit la grimace.

– Ouais, sauf que Lorna est morte au mois d'avril. S'il voulait tuer Esselmann, pourquoi avoir attendu aussi longtemps ? Si sa seule inquiétude était que Lorna crache le morceau, pourquoi ne pas tuer le vieux tout de suite après sa mort à elle ?

– Je ne sais pas. Peut-être voulait-il attendre que les choses se calment. En allant trop vite, il risquait d'attirer l'attention.

Il m'écoutait, mais je voyais bien qu'il n'était pas convaincu.

– Revenons à son plan. Comment ce type avait-il l'intention de s'y prendre ?

– Je crois qu'il parle d'une variante de ce qui s'est effectivement passé. Clark et Max font toujours la même chose le matin. Clark jette un bâton dans la piscine et la chienne plonge dans le bassin pour aller le chercher. C'est une retriever. Rapporter des trucs, c'est dans ses gènes. Après avoir joué, ils nagent ensemble. Et maintenant, l'histoire. Supposons qu'il y ait du courant dans l'eau. Il lance le bâton. Elle plonge et se prend une grosse décharge. Il voit qu'elle est en difficulté. Il plonge après elle et il meurt à son tour. Ça ressemble à un accident, à un monstrueux concours de circonstances qui affecte tout le monde. Le pauvre vieux. Il a essayé de sauver son chien et il en est mort. Sauf que Serena a conduit le chien au toilettage et que Clark est allé nager tout seul. Et qu'à la place de Clark et de la chienne, c'est Clark et le jardinier qu'on a. Mais la machination reste la même.

Cheney demeura silencieux un moment.

– Comment savez-vous que c'est bien Lorna qui parle sur la bande ? me demanda-t-il. Vous n'avez jamais entendu sa voix. Le bonhomme pourrait très bien être en train de parler avec Serena.

– Mais pourquoi se trouverait-elle là ? lui renvoyai-je aussitôt.

Je remarquai qu'il était plus drôle de poser les questions que d'avoir à y répondre.

– Là, je ne sais toujours pas. L'essentiel, c'est que Serena est furieuse parce qu'elle ne veut pas que le chien serve d'appât. Et elle le conduit au toilettage pour le mettre à l'abri.

– Je viens de parler à Serena. La voix n'est pas la même.

– Un instant. Là, vous trichez ! Vous m'avez dit que les voix étaient déformées. Vous avez parlé à J. D. et vous m'avez dit que ça ne semblait pas être lui non plus.

– C'est vrai, reconnus-je à contrecœur. Mais vous laissez entendre que Serena a tué son père, et je ne le crois pas. Pourquoi l'aurait-elle fait ?

– Le bonhomme a beaucoup d'argent. N'est-ce pas elle qui hérite de tout ?

– Sans doute, mais pourquoi le tuer ? Il avait déjà eu une crise cardiaque et son état de santé déclinait. Il lui suffisait d'attendre, et pas bien longtemps. En plus, je l'ai vue avec lui. Que de l'affection. A l'occasion, elle se plaignait de son entêtement, mais on voit bien qu'elle l'admirait. De toute façon, j'essaierai de récupérer la bande et vous entendrez vous-même.

– Qui est-ce qui l'a ?

– Leda. Elle a envoyé J. D. la récupérer hier soir. En tout cas, c'est ce qu'il m'a assuré. C'est vrai qu'au rayon des suspects, ce ne sont pas de mauvais candidats. Ils étaient bien nerveux à l'idée que je refile la bande à la police. Ni l'un ni l'autre n'ont d'alibi. Et vous savez comment J. D. gagne sa vie ? Il est électricien. S'il y a quelqu'un qui saurait piéger une piscine, c'est bien lui.

– La ville est bourrée de types qui en savent assez long là-dessus pour faire le coup, dit-il. Cela dit, si votre hypothèse est juste, alors l'assassin d'Esselmann est forcément quelqu'un qui connaissait la maison, la piscine et le petit numéro quotidien avec la chienne.

– Exact.

– Ce qui nous ramène à Serena.

– Peut-être, dis-je lentement. Mais il y a quelqu'un d'autre qui saurait tout ça lui aussi. Roger Bonney.

– Et son motif ?

– Aucune idée, mais c'est certainement lui le lien entre Lorna et Esselmann.

– Eh bien, nous y voilà, grogna Cheney. Et si Roger connaît

Stockton, on aura fait le tour et nous pourrons l'accuser de meurtre.

Cheney faisait le facétieux, mais il avait marqué un point et je sentis l'inquiétude m'envahir.

Mes pensées se tournèrent vers Danielle et le type qui avait filé dans l'obscurité de l'allée.

– Comment savoir si ce n'est pas le même type qui a attaqué Danielle ? Et si cette agression était à relier à tout le reste ?

Cheney avait atteint ma maison, il ralentit pour s'arrêter. Il serra le frein et se mit au point mort.

Il se tourna vers moi, et son sourire avait disparu.

– Soyez gentille et pensez à autre chose, voulez-vous ? Le jeu est amusant, mais vous savez aussi bien que moi que ça ne signifie rien…

– Je ne fais jamais que lancer des hypothèses… comme on jette des assiettes contre un mur pour voir s'il y en a une qui tiendra.

Il se pencha vers moi et me tira légèrement les cheveux.

– Faites bien attention à vous. Même si vous avez raison et que toutes ces choses sont reliées, vous ne pouvez pas vous lancer toute seule, dit-il. Cette affaire dépend du shérif du comté. Ça n'a rien à voir avec vous.

– Je sais.

– Alors, ne me regardez pas comme ça. Ça n'a rien de personnel.

– Si, c'est personnel. Surtout s'agissant de Danielle.

– Arrêtez de vous faire du souci. Elle est en sûreté.

– Pour combien de temps ? D'un jour à l'autre maintenant, ils vont la sortir des soins intensifs. Les hôpitaux ne sont pas exactement des lieux de haute sécurité. Vous devriez voir les gens entrer et sortir.

– Vous avez raison. Laissez-moi réfléchir un peu et voir ce que je peux faire. Nous en reparlerons bientôt, d'accord ?

Il sourit et je me vis lui rendre son sourire.

– OK.

– Bien. Je vais vous donner le numéro de mon biper. Faites-moi signe si quelque chose se présente.

– Je le ferai.

Il me récita son numéro et me le fit répéter avant de démarrer. Je restai sur le trottoir et regardai partir sa Mazda. Puis je franchis le portail et passai par-derrière. Nous étions samedi après-midi et il était près de trois heures. J'entrai chez moi, notai le numéro de son biper et le laissai sur mon bureau. Je me sentais dans un état d'excitation brusquement en suspens. La réponse planait quelque part à la périphérie, comme des taches bougeant dans mon champ visuel et s'en échappant sur le côté chaque fois que je me tournais pour les regarder. Il devait bien y avoir une chaîne d'événements, quelque chose qui reliait toutes les pièces du puzzle. Il fallait que je trouve un moyen de me distraire et de mettre de côté toutes les questions jusqu'à ce que brusquement des réponses me viennent. Je montai les escaliers en colimaçon jusqu'au grenier et me changeai, enfilant mon survêtement et mes chaussures de jogging. Je fourrai la clef de la maison dans ma poche et gagnai Cabana Boulevard au petit trot.

Le temps était vif et clair et le soleil de ce milieu d'après-midi se répandait tel un sirop doré sur les montagnes au loin. L'océan était tapis étincelant de diamants, l'air fraîchement imprégné de l'odeur salée de la mer. Ma course fut un plaisir, ravivant pleinement en moi les joies de l'activité physique. Je fis six kilomètres en me sentant en pleine force. En rentrant, je pris une douche et recommençai à zéro en mangeant des céréales et des toasts et lisant le journal que je n'avais pas eu le temps de regarder le matin. Je sortis faire quelques courses, m'arrêtant chez l'épicier et chez le marchand de vin. Il était près de dix-huit heures quand je me sentis enfin assez détendue pour m'asseoir à mon bureau et allumer la lumière.

Je retournai à mes fiches. Je faisais seulement semblant, ne suivant aucune piste particulière, essayant tout simplement de m'occuper jusqu'à ce que je sache que faire ensuite. Je jetai un coup d'œil sur le sac contenant les cadres de photos cassés. Merde. J'avais évidemment oublié d'apporter les draps de Danielle chez le teinturier avant la fermeture, mais je pouvais au moins changer les cadres. Je m'avançai vers le comptoir de la cuisine avec ceux que j'avais achetés. Je plaçai la poubelle à proximité et sortis les photos du sac en papier, soit quatre agrandissements de vingt centimètres sur vingt-cinq, tous en couleur. J'ôtai le cadre et le liseré du premier, m'arrêtant pour étudier l'image : trois chats allongés sur une table de pique-nique. Un tigré aux poils lisses était en train de sauter de la table, visiblement pas très heureux de l'immortalité photographique dont on le gratifiait ainsi. Les deux autres chats avaient le poil long, l'un crème pâle et l'autre noir, et fixaient l'objectif avec des expressions d'arrogance pour le premier, et de total désintérêt pour l'autre. Au dos, Danielle avait inscrit la date et les noms des chats : Smokey, Tigger et Cheshire.

Tandis que j'ôtais la photo du cadre brisé, le verre se sépara en deux morceaux. Je les jetai à la poubelle, suivis du cadre. J'en sortis un autre et arrachai l'étiquette avec le prix, faisant glisser le liseré et le dos cartonné hors du cadre. J'insérai la photo entre les deux, retournant le tout pour m'assurer que l'image était bien droite. J'introduisis les trois parties, liseré, photo et dos cartonné, entre le verre et les séries d'agrafes qui dépassaient du cadre. Je retournai de nouveau le tout. Ça avait l'air bien.

Je pris la deuxième photo et recommençai l'opération. Le verre n'était fendu que dans un coin, mais le cadre était irrécupérable. Le cliché représentait deux jeunes hommes et une jeune fille sur un voilier, chacun avec une canette de bière, des coups de soleil et les cheveux emmêlés par le vent. C'était sûrement Danielle qui avait pris la photo. Il devait s'agir d'une bonne journée avec de bons amis, à une époque de sa vie où elle était encore innocente. J'ai déjà fait des sorties de ce genre. On rentre fourbu et sale, mais ça reste gravé dans la mémoire.

Sur la troisième photo, Danielle posait sous une tonnelle blanche en compagnie d'un jeune monsieur bien fait de sa personne. En voyant sa robe et l'orchidée qu'elle portait au poignet, je me dis que le cliché avait été pris à la fête marquant la fin de ses études secondaires. Je trouvais sympathique d'avoir un aperçu de sa vie privée, de regarder des images d'elle telle qu'elle était avant. Elle était entrée dans la vie comme la novice au couvent, et le fossé était tout aussi large qu'entre son passé et ce qu'elle était maintenant.

Le liseré de la dernière photo avait été retouché, un large bandeau gris limitant l'image à ses deux personnages centraux : Danielle et Lorna, habillées élégamment et assises dans un restaurant. On aurait dit une photo du commerce, prise par un photographe ambulant gagnant sa vie en faisant des clichés. Il était difficile de dire où elle avait été faite : à Los Angeles ou à Las Vegas, dans une boîte de nuit chic, avec dîner dansant. Dans le fond, je vis un bout de l'estrade où se tenait l'orchestre, et une plante verte. Des verres à champagne étaient posés sur la table devant elles. Le cadre était bon marché, mais le large liseré gris était bien choisi pour le sujet, les isolant toutes deux.

Les deux jeunes femmes paraissaient élégantes, assises à une table ronde dans un box rembourré de cuir noir. Ce que Lorna était belle ! Cheveux noirs, yeux noisette, visage d'un ovale parfait. Son expression était grave, avec un soupçon de sourire sur les lèvres. Elle portait une robe de cocktail en satin noir, à manches longues et décolleté carré. Les boucles en diamants scintillaient à ses oreilles. Danielle était en vert, avec un débardeur moulant à paillettes et sans doute une minijupe, si je m'en référais aux goûts que je lui connaissais. Ses longs cheveux noirs étaient remontés en chignon. Je m'imaginai Lorna la mettant sur son trente et un pour une sorte de rendez-vous haut de gamme : deux call-girls en virée. Sur le dessus de la banquette, je vis la main et le bras qu'un lui avait passés dans le dos. Mon cœur se mit à battre la chamade.

Je retirai la photo du cadre et la retournai. Une fois le liseré ôté, je pus voir les quatre personnes assises à la table ce soir-là : Roger, Danielle, Lorna et Stockton le Trapu. Nous y voilà, me dis-je. Nous y voilà ! Peut-être pas tout en détail, mais le centre de l'énigme.

J'emportai la photo jusqu'au téléphone, appelai le biper de Cheney, entrai mon numéro et appuyai sur la touche # dès que j'eus obtenu la tonalité. Je raccrochai. En attendant qu'il me rappelle, je m'assis à mon bureau et parcourus mes notes, en sortant toutes les fiches où il était question de Roger. La plupart provenaient de mon premier entretien et avaient été complétées après ma conversation avec Serena. J'examinai les fiches sur mon panneau, mais n'en vis aucune autre où sa présence était mentionnée. Je les étalai sur mon bureau comme pour lire les tarots. Je retrouvai les notes que j'avais gribouillées après l'avoir rencontré. Il m'avait dit que Lorna l'avait appelé vendredi matin. J'entourai le jour et ajoutai un point d'interrogation, fixant la fiche sur la photo à l'aide d'un trombone.

Le téléphone sonna.

– Kinsey Millhone, dis-je machinalement.

– C'est Cheney. Qu'est-ce qui se passe ?

– Je n'en sais trop rien. Laissez-moi vous raconter sur quoi je suis tombée et vous me direz.

Je lui expliquai brièvement comment j'étais entrée en possession des photos et lui décrivis avec précision celle que j'étais en train de regarder.

– Je sais que vous plaisantiez quand vous m'avez parlé de Roger et de Stockton, mais ils se connaissaient vraiment, et assez bien pour aller courir les putes ensemble. J'ai repris mes notes et suis tombée sur une contradiction intéressante. Roger m'a dit que Lorna l'avait appelé vendredi matin, mais elle n'aurait pas pu le faire. Elle était déjà morte.

Il y eut un bref silence.

– Je ne vois pas où vous voulez en venir.

– Et moi non plus. C'est pour cela que je vous appelle, lui dis-je. Mais voici à quoi je pense : supposons que Roger et Stockton faisaient des affaires ensemble. Si Lorna a raconté à Roger sa relation avec Esselmann, ils auraient pu utiliser ce renseignement pour faire pression sur lui. Esselmann se rebiffe...

– Et Stockton l'assassine ? C'est ridicule. Il a beaucoup de cordes à son arc. Si une affaire ne marche pas, il en a une autre toute prête et si celle-ci échoue également, il en a d'autres encore. Croyez-moi, Stockton est dans les affaires pour faire des affaires, un point c'est tout. Si Esselmann meurt, ça le contrarie un temps parce qu'il est obligé d'attendre qu'on lui trouve un remplaçant et patati et patata...

– Je ne dis pas qu'il s'agit de Stockton. Je crois que c'est

Roger. C'est lui qui avait accès au matériel d'entretien de la piscine. Et à Lorna. En fait, il avait accès à tout. De plus, il connaissait Danielle. Supposons que Stockton et lui aient parlé affaires cette nuit-là. Danielle est alors l'unique témoin.

– Comment le prouver ? Tout ça n'est que spéculation. C'est plutôt vague. Vous n'avez rien de concret, enfin... rien que vous puissiez présenter au procureur. Il ne marcherait jamais.

– Et la bande ?

– Elle ne prouve rien. D'abord, c'est illégal, et vous n'êtes même pas sûre qu'il s'agisse de Lorna. Ils pourraient parler de n'importe quoi. Vous savez ce qu'est le fruit de l'arbre empoisonné ? J'ai réfléchi à toute cette affaire depuis que je vous ai déposée. Vous avez là des gens qui ont modifié les lieux du crime et trafiqué les preuves. Le dernier avocat de la défense vous mettrait en pièces.

– Et Roger qui prétend que Lorna l'a appelé le vendredi matin ?

– Eh bien, il s'est trompé. Elle l'a appelé un autre jour.

– Et si j'y allais avec un micro caché et discutais avec lui ? Laissez-moi lui demander...

Cheney m'interrompit d'un ton mi-impatient mi-offensé.

– Lui demander quoi ? Nous n'allons quand même pas vous mettre un magnétophone sur le ventre ! Ne soyez pas stupide. Qu'est-ce que vous voulez ? Aller frapper à sa porte ? « Salut, Rog. C'est Kinsey. Qui avez-vous assassiné aujourd'hui ?... Oh, non, pour rien. Simple curiosité. Excusez-moi, voudriez-vous bien parler dans cette fleur artificielle que je porte sur mon revers ? » Ça n'est pas votre travail. Admettez-le. Vous ne pouvez rien faire.

– Des conneries. C'est des conneries.

– A vous d'apprendre à vivre avec. Nous ne devrions même pas en discuter.

– Cheney, je suis fatiguée, j'en ai marre des méchants qui gagnent. Je suis malade de voir les gens assassiner impunément. Comment se fait-il que la loi les protège, eux, et pas nous ?

– Je vous entends bien, Kinsey, mais cela ne change rien aux faits. Même si vous avez raison pour Roger, vous n'avez aucun moyen de le coincer. Donc, laissez tomber. Peut-être commettra-t-il une erreur et alors *nous* le coincerons.

– On verra.

– Ne me dites pas « on verra ». Vous agissez bêtement et c'est vous qui allez écoper, pas lui. Je vous rappellerai plus tard. J'ai un autre appel.

Je raccrochai, dans tous mes états. Je savais qu'il disait vrai, mais je déteste ce genre de trucs et le fait qu'il eût raison n'arrangeait rien. Je restai assise là un instant, les yeux fixés sur la photo de Lorna et Danielle. Étais-je donc la seule à me soucier d'elles ? Je tenais la pièce manquante du puzzle, mais je n'avais pas le choix, et aucun moyen de faire justice. Mon manque d'efficacité avait quelque chose d'humiliant. Je traversai la pièce et revins sur mes pas, me sentant impuissante. Le téléphone sonna de nouveau et je saisis brusquement le combiné.

– C'est Cheney.

Il avait la voix étrangement blanche.

– Génial. J'espérais bien que vous me rappelleriez. Entre nous deux, il y a sûrement un moyen d'y arriver, lui dis-je.

Je croyais qu'il appelait pour s'excuser d'avoir été si pète-sec. M'attendant à ce qu'il me suggère une action éventuelle, je n'étais pas du tout prête à entendre ce qu'il m'annonça alors.

– C'était l'hôpital de Saint-Terry qui m'appelait, dit-il. L'infirmière des soins intensifs. Nous avons perdu Danielle. Elle vient de mourir.

Je me sentis tourner de l'œil et attendis la suite.

– Elle est morte ? répétai-je.

– Elle a fait un arrêt cardiqaue. Ils ont essayé de la réanimer, mais c'était trop tard...

– Danielle est morte ? Mais c'est absurde. Je l'ai vue hier soir.

– Kinsey, je suis navré. Ils viennent de m'appeler. Je suis aussi étonné que vous. J'aurais préféré que ce soit quelqu'un d'autre qui vous l'annonce, mais j'ai pensé que vous deviez savoir.

– Cheney.

Mon ton était plein de reproches alors que le sien était devenu compatissant.

– Vous voulez que je passe ?

– Non, je ne veux pas que vous passiez. Je veux que vous arrêtiez de me prendre la tête, lui renvoyai-je sèchement. Pourquoi me faites-vous ça ?

– Je serai là dans un quart d'heure.

J'entendis un déclic, il avait raccroché.

Soigneusement, je reposai l'écouteur sur la fourche. Puis, toujours debout, je mis ma main sur ma bouche. De quoi s'agissait-il ? Qu'est-ce qui se passait ? Comment Danielle pouvait-elle être morte alors que Roger n'était pas menacé ? Au début, je n'éprouvai rien. Ce fut le vide, l'absence totale de sensation. J'absorbai la part de vérité que Cheney m'avait annoncée, mais sans ressentir la moindre émotion. Comme un singe, je m'étais saisie de cette information à la manière d'une pièce qui brille et je la tournais et retournais dans ma main. J'y croyais bien dans ma tête, mais étais incapable de comprendre avec mon cœur. Je restai immobile une bonne minute et quand enfin les sentiments me revinrent, ce ne fut pas de la douleur que j'éprouvai, mais un déferlement de fureur. Telle quelque antique créature remontant des profondeurs, ma rage creva à la surface et je frappai.

Je décrochai le téléphone, mis la main dans la poche de mes jeans et en sortis la carte qu'on m'avait donnée dans la limousine. Le numéro griffonné y était toujours, combinaison magique de chiffres qui signifiaient la mort. Je composai le numéro, sans réfléchir un instant à ce que j'étais en train de faire. J'étais animée par un désir brûlant d'agir, par le besoin aveugle de répliquer à l'homme qui m'avait porté ce coup.

Au bout de deux sonneries, quelqu'un décrocha.

– Oui ?

– Roger Bonney a tué Lorna Kepler.

Je raccrochai. Je m'assis. Je sentis mon visage se contracter de chaleur, des larmes y coulant brièvement.

J'entrai dans la salle de bains et regardai par la fenêtre, mais la rue était dans l'obscurité. Je retournai à mon bureau. Mon Dieu ! Qu'avais-je fait ? Je décrochai à nouveau et refis le numéro. Le téléphona sonna, sans fin. Rien, pas de réponse. Je raccrochai. Les mains tremblantes, je sortis mon revolver du tiroir du bas et y enfonçai un nouveau chargeur. Je le glissai dans ma ceinture à l'arrière de mon jean et enfilai ma veste. J'attrapai mon sac à main et les clefs de la voiture, éteignis les lumières et fermai à clef en sortant.

Je pris la 101 et fonçai vers Colgate. Je ne cessais de vérifier mon rétroviseur, mais il n'y avait aucun signe de la limousine. A la hauteur de Little Pony Road, je pris la bretelle de sortie et tournai à droite, dépassai le terrain de foire et arrivai au croisement de State Street. Je m'arrêtai au feu, tambourinant d'impatience sur mon volant, et vérifiai à nouveau dans mon rétroviseur. Le long de cette artère, il n'y avait qu'une seule touche de couleur, des mots écrits au néon rouge sur le drugstore. É-CO-NO-MI-SEZ, disait le panneau. Dans le centre commercial à ma gauche, il y avait apparemment des soldes exceptionnels qui dureraient toute la nuit. Des projecteurs trouaient le ciel. Des drapeaux en plastique blanc étaient accrochés entre des poteaux. A l'entrée du parking, un clown et deux mimes invitaient les voitures qui passaient à entrer. Les deux clowns blancs commencèrent une saynète. Je ne savais pas quel drame silencieux ils jouaient, mais l'un d'eux se tourna vers moi et me regarda tandis que je m'éloignais de la lumière. Je ne vis que la tristesse qu'il avait peinte sur sa bouche tombante.

Je longeai une station-service plongée dans le noir, vitrines et pompes fermées pour la nuit. J'entendis une alarme antivol se déclencher, dans une boutique voisine, me sembla-t-il, mais je ne vis ni policiers ni passants se précipiter pour voir ce qui se passait. S'il y avait vraiment des malfaiteurs sur les lieux, ils pouvaient prendre tout leur temps. Nous sommes tous tellement habitués aux alarmes qui se déclenchent que nous n'y faisons plus attention et pensons que le signal s'est enclenché par erreur et ne signifie rien. Six rues plus loin, je traversai un petit carrefour et pris la route qui conduisait à l'usine de traitement des eaux.

L'endroit était fort peu habité. Je voyais de temps en temps une maison sur ma droite, mais les champs en face étaient mal entretenus et parsemés de grosses pierres. Des coyotes couinaient et hurlaient au loin ; il fallait quitter les collines pour trouver de l'eau. Il était encore trop tôt pour que les prédateurs se mettent en route, mais la meute obéissait à sa loi. On chassait, ce soir, on reniflait la piste. Je m'imaginai quelque malheureuse créature fuyant à toute vitesse, craignant pour sa vie. Le coyote tue vite, une grâce pour sa victime, mais guère une consolation.

Je tournai dans l'entrée de l'usine. Des lumières étaient allumées à l'intérieur et il y avait quatre automobiles devant. Je laissai mon sac à main dans ma voiture et la verrouillai. Toujours aucun signe de la limousine. Je me dis qu'il ne s'en servirait pas pour faire le coup. Il enverrait probablement ses gorilles et ceux-ci pourraient très bien commencer par passer chez Roger. Un camion du comté était garé dans l'allée. Je posai la main dessus en passant. Le capot était encore chaud. Je montai les marches menant à l'entrée éclairée. Je sentais la bosse rassurante de mon revolver au creux de mon dos. Je poussai les portes vitrées.

Le bureau de la réception était vide. Il y a longtemps de cela, Lorna Kepler s'y était assise. C'était curieux de l'imaginer travaillant ici jour après jour, saluant les visiteurs, répondant au téléphone, échangeant des banalités avec le technicien de contrôle et les vieux mécaniciens de l'entretien. Peut-être s'agissait-il de sa dernière simulation, de l'ultime geste qu'elle avait fait pour paraître normale. D'un autre côté, il se pouvait aussi qu'elle se soit vraiment intéressée aux collecteurs d'aération et aux bassins mélangeurs.

L'intérieur du bâtiment me parut d'abord silencieux. Des néons se reflétaient sur les sols en carrelage poli. Le couloir était désert. Dans l'un des bureaux situés à l'arrière, je saisis les accents d'une station de musique country. J'entendis quelqu'un cogner sur un tuyau, mais le bruit venait de loin, des entrailles mêmes de l'usine. Je descendis le couloir en vitesse, jetant un coup d'œil à gauche dans le bureau de Roger. Les lumières étaient allumées, mais il n'y était pas. J'entendis des pas. Un type en survêtement et casquette de base-ball apparut au coin, avançant dans ma direction. Il ne semblait pas trouver ma présence anormale, mais ôta poliment son couvre-chef en me voyant. Ses cheveux formaient une masse de boucles grises aplaties comme une casquette autour de sa tête.

– Puis-je vous aider ? me demanda-t-il.

– Je cherche Roger.

Le type pointa le doigt vers le bas.

– C'est lui que vous entendez cogner sur les tuyaux d'échantillonnage.

Il devait avoir cinquante et quelques années, avec un visage large et une fossette au menton. Il avait un sourire sympathique. Il me tendit la main et se présenta.

– Delbert Squalls, dit-il.

– Kinsey Millhone. Pourriez-vous faire savoir à Roger que je suis là ? C'est urgent.

– Bien sûr, aucun problème. De fait, j'y descendais. Vous voulez me suivre ?

– Merci.

Squalls revint sur ses pas et ouvrit la porte vitrée donnant sur la partie du bâtiment que j'avais déjà vue : tuyaux multicolores, mur de cadrans et de jauges. Je vis le trou béant dans le sol. Des cônes orange en plastique avaient été placés à une extrémité pour prévenir les gens du danger.

– Il y a combien de personnes qui travaillent ce soir ?

– Voyons voir. Cinq, moi compris. Par ici. Vous n'êtes pas claustrophobe, j'espère ?

– Pas du tout, lui répondis-je en mentant, et je le suivis.

Lors de ma précédente visite, j'avais aperçu une véritable rivière d'eau noire et silencieuse qui filait tout en bas. Ça puait les produits chimiques et je n'avais jamais rien vu de pareil. A présent, je découvrais des lumières et de sinistres murs en béton, décolorés aux endroits où l'eau était passée. Je ressentis le besoin d'avaler ma salive.

– Où est passée l'eau ? lui demandai-je.

– Nous fermons les vannes et ça part dans deux grands bassins. Ça prend quatre heures environ, dit-il sur le ton de la conversation. Nous le faisons une fois par an. Nous avons des circuits échantillonneurs de post-aération en cours de réparation. Ils sont presque entièrement corrodés. Ils étaient obstrués depuis des mois et nous les avons fermés. Nous avons dix heures pour faire le travail avant que l'eau revienne.

Des barreaux métalliques fixés au mur formaient une échelle permettant de descendre au canal. Les cognements avaient cessé. Delbert se retourna et, passant lentement son pied dans l'ouverture, se mit à descendre. *Tinc, tinc, tinc,* firent les semelles de ses souliers sur les barreaux métalliques tandis qu'il disparaissait. Je m'avançai, me retournai et descendis à mon tour.

Le fond se trouvait à trois mètres cinquante sous terre. Nous étions arrivés dans le canal d'entrée où des dizaines de millions de litres d'eau étaient passés. Ici, il faisait toujours nuit et pour toute lune il n'y avait qu'une ampoule de 200 watts. Ça sentait la terre et l'humidité. Je vis la vanne d'arrêt à l'extrémité assombrie du tunnel et des traces de sédiments sur le sol. J'avais l'impression de faire de la spéléo, ce qui n'est pas une de mes passions. J'aperçus Roger. Il me tournait le dos et travaillait sur une canalisation suspendue. Il se tenait sur une échelle à cinq mètres environ de nous, la grosse ampoule dans son cache métallique accrochée au tuyau près de son visage. Il portait un survêtement bleu et des cuissardes en caoutchouc noir. Je vis une veste en jean glissée entre les montants de l'échelle. Il faisait frais et j'étais contente d'avoir ma veste.

Roger ne se retourna pas.

– C'est vous, Delbert ? dit-il par-dessus son épaule.

– C'est moi. Je vous ai amené une amie. Une mademoiselle... comment dites-vous, Kenley ?

– Kinsey.

Roger se retourna. La lumière brillait dans ses yeux et l'inondait de blanc.

– Je vous attendais, dit-il.

Delbert avait mis les mains sur ses hanches.

– Vous voulez que je vous aide ? demanda-t-il à Roger.

– Pas vraiment. Pourquoi n'iriez-vous pas donner un coup de main à Paul ?

– J'y vais.

Delbert se mit à remonter l'échelle, nous laissant seuls. Sa tête disparut, puis son dos, ses hanches, ses jambes, ses bottes.

Tout était silencieux. Roger descendit de son échelle et s'essuya les mains à un chiffon tandis que je restais là, essayant d'arrêter une décision. Je le vis ramasser sa veste et chercher quelque chose dans une poche de devant.

– Ce n'est pas ce que vous croyez, lui dis-je. Écoutez... Lorna devait se marier le week-end où elle a été assassinée. Au début de la semaine, un type m'a coincée dans une limousine avec deux de ses sbires en manteaux qui faisaient des bosses...

Je sentis ma voix faiblir.

Il avait quelque chose dans la main. De la taille d'un talkie-walkie, étui en plastique noir, deux boutons devant.

– Vous savez ce que c'est ?

– On dirait un fusil paralysant.

– C'est exact.

Il appuya sur un bouton, deux électrodes minuscules jaillissant de l'appareil au bout de deux câbles électriques véhiculant une charge de cent vingt mille volts. A peine les électrodes m'eurent-elles touchée que je me retrouvai par terre, le corps entièrement paralysé. Impossible de bouger. Impossible de respirer. Au bout de quelques secondes, mon cerveau se remit à fonctionner. Je savais ce qui s'était passé, mais je ne savais pas quoi faire. J'avais imaginé toutes sortes de réactions de sa part, mais pas celle-là. Allongée sur le dos comme une pierre, j'essayai de faire entrer de l'oxygène dans mes poumons. Mains et pieds, plus rien ne répondait. Pendant ce temps, Roger s'était mis à me palper et tomba sur mon revolver qu'il fourra dans la poche de son survêtement.

J'émis un son, mais pas très puissant sans doute. Il regagna le mur et grimpa à l'échelle. Je crus qu'il allait me laisser là, mais non : il fit basculer la trappe, qui se referma.

– Un peu d'intimité nous fera du bien, dit-il en redescendant.

Il trouva un seau en plastique qu'on avait jeté, le retourna et s'assit dessus, non loin de moi. Il se pencha tout près et me dit tout doucement :

– Vous me cherchez et je vous étouffe avec cette veste. Dans votre état de faiblesse, ça ne laissera aucune trace.

C'est ce qu'il avait fait à Lorna, me dis-je. Il lui avait tiré dessus avec un fusil paralysant, puis il lui avait collé un coussin sur le visage. Ça n'avait certainement pas duré longtemps. Je me sentais comme un bébé dans les premiers stades de son développement, déplaçant mes membres à l'aveuglette pour essayer de me retourner. En grognant, je réussis à me tourner sur le côté. J'étais toujours couchée par terre et respirais en regardant le pavé mouillé du coin de l'œil. Ma joue reposait sur quelque chose de graveleux : de l'anthracite, de la boue, de petits coquillages. Je rassemblai mes forces, poussant petit à petit le bras droit sous mon corps. J'entendis la trappe s'ouvrir, et Delbert Squalls appela en bas :

– Roger ?

– Oui ?

– Y a un type ici qui veut vous voir.

– Oh, merde ! grogna-t-il.

Puis il s'adressa à Delbert et lui cria :

– Dites-lui que je monte tout de suite.

Je regardai dans sa direction, incapable de parler, et vis une grimace d'impatience lui traverser le visage. Il me prit sous les aisselles et m'appuya contre le mur. Comme une poupée de chiffon, je me retrouvai assise avec mes jambes droit devant moi, les pieds tordus et les épaules affaissées. Au moins je respirais. Au-dessus de ma tête, j'entendis quelqu'un faire les cent pas. Je voulais le prévenir, lui dire qu'il faisait une terrible erreur. Pendant que je grognais ainsi, il remonta l'échelle, faisant *tinc, tinc* avec les pieds. Sa tête et ses épaules disparurent. Je sentis les larmes me monter aux yeux. Mes membres étaient toujours insensibilisés par la décharge électrique. J'essayai de bouger les bras, mais n'obtins pour tout résultat que de me sentir aussi paralysée que lorsqu'on a les jambes engourdies. Je commençai à serrer le poing pour essayer d'y faire circuler le sang. Tout mon corps me semblait curieusement anesthésié. J'écoutai, tendant l'oreille, mais n'entendis rien. En me débattant, je réussis enfin à basculer sur le côté, me retournant sur mes mains et mes genoux, position dans laquelle je restai un instant à respirer fort, jusqu'à ce que je puisse me remettre debout. Je ne sais pas combien de temps cela me prit. Au-dessus de moi, tout était silencieux. Je tendis la main vers l'échelle et m'agrippai au barreau le plus proche. Au bout d'un moment, je commençai mon ascension.

Le temps que j'arrive à sortir, il n'y avait plus personne dans le couloir. Je me poussai en avant. J'avançais mieux, mais mes bras et mes jambes me paraissaient encore curieusement déconnectés. J'atteignis le bureau de Roger, où je jetai un coup d'œil en m'appuyant au chambranle de la porte. Il n'y était pas. Mon revolver avait été soigneusement placé au milieu de son sous-main. Je m'approchai du bureau, le repris et le glissai à nouveau au creux de mes reins.

Je quittai la pièce et me dirigeai vers la réception. Delbert Squalls était assis derrière le comptoir et parcourait l'annuaire, sans doute pour commander des pizzas pour l'équipe de nuit. Il leva la tête alors que je passais devant lui.

– Où est Roger ? lui demandai-je.

– Ne me dites pas qu'il vous a laissée en bas ! C'est un grossier personnage. Vous venez de le rater. Il est parti avec le bonhomme en pardessus. Il a dit qu'il revenait tout de suite. Vous voulez lui laisser un mot ?

– Je ne crois pas que ce soit nécessaire.

– Bon, comme vous voulez.

Il reprit ses recherches.

– Bonne nuit, Delbert.

– Bonne nuit. Passez une bonne soirée, dit-il en tendant la main vers le téléphone.

Je sortis dans l'air froid de la nuit. Le vent s'était remis à souffler et le ciel, quoique sans nuages, sentait la pluie qui se rapproche. Il n'y avait pas de lune, et on aurait dit que le vent avait poussé les étoiles contre le flanc des montagnes.

Je descendis les marches et gagnai l'emplacement où j'avais garé ma voiture. Je me glissai dans la VW, tournai la clef de contact et repris la route qui conduisait en ville. Juste après le carrefour, je crus apercevoir une limousine qui filait dans le noir.

ÉPILOGUE

On n'a jamais revu Roger Bonney depuis cette nuit-là. Rares sont les gens qui savent ce qui lui est vraiment arrivé. J'ai eu un long entretien avec le lieutenant Dolan et Cheney Phillips et, pour une fois, je leur ai dit la vérité. Étant donné l'énormité de ce que j'avais fait, je sentais qu'il était de mon devoir d'en accepter la responsabilité. Pour finir, après avoir pris beaucoup de choses en considération, ils ont décidé qu'il ne servirait à rien de poursuivre l'affaire. Pour la forme, ils ont lancé un avis de recherche, mais cela n'a rien donné. Et on en est resté là.

A présent, au plus profond de la nuit, je repense au rôle que j'ai joué dans l'histoire de Lorna Kepler et à la façon dont tous ces fantômes ont été apaisés. Il n'est pas d'homicide qui ne suscite en nous le désir primitif de rendre coup pour coup, la volonté impulsive d'infliger une douleur proportionnelle à celle que nous avons subie. La plupart du temps, nous dépendons des procédures judiciaires pour régler nos griefs. Peut-être n'avons-nous même instauré les pauvres limites du système judiciaire que pour mieux contenir notre sauvagerie profonde. Le problème est bien pourtant que la loi nous semble souvent tiède dans ses remèdes et nous laisse sans repos, comme innassouvis dans notre besoin irrésistible de satisfaction. Et que se produit-il alors ?

Pour ma part, la question qui me taraude est aussi simple qu'obsédante : saurai-je jamais retrouver mon chemin après m'être ainsi fourvoyée parmi les ombres ?

Respectueusement porté à votre attention,
Kinsey Millhone.

RÉALISATION : I.G.S.-CHARENTE-PHOTOGRAVURE À L'ISLE-D'ESPAGNAC
IMPRESSION : BUSSIÈRE CAMEDAN IMPRIMERIES À SAINT-AMAND-MONTROND
DÉPÔT LÉGAL : MARS 1996. N° 23009 (1/561)